병신과 머저리

이청준 전집 1 중단편집
병신과 머저리

초판 1쇄 발행 2010년 7월 30일
초판 16쇄 발행 2025년 6월 27일

지은이 이청준
펴낸이 이광호
펴낸곳 ㈜문학과지성사
등록번호 제1993-000098호
주소 04034 서울 마포구 잔다리로7길 18(서교동 377-20)
전화 02)338-7224
팩스 02)323-4180(편집)   02)338-7221(영업)
전자우편 moonji@moonji.com
홈페이지 www.moonji.com

ⓒ 이청준, 2010. Printed in Seoul, Korea

ISBN 978-89-320-2081-5 04810
ISBN 978-89-320-2080-8(세트)

이 책의 판권은 지은이와 ㈜문학과지성사에 있습니다.
양측의 서면 동의 없는 무단 전재 및 복제를 금합니다.

이청준 전집1
병신과 머저리

문학과지성사
2010

일러두기

1. 문학과지성사판 『이청준 전집』에는 장편소설, 중단편소설, 그리고 작가가 연재를 마쳤으나 단행본으로 발간되지 않은 작품과 미완성작 등을 모두 수록했다.
2. 전집의 권별 번호는 개별 작품이 발표된 순서를 따르되, 장편소설의 경우 연재 종료 시점을, 중단편소설의 경우 게재지에 처음 발표된 시점을 기준으로 삼았다. 단, 연재 미완결작의 경우 최초 단행본 출간 시점을 그 기준으로 삼았다. 중단편집에 묶인 작품들 역시 발표된 순서대로 수록하였으며, 각 작품 말미에 발표 연도를 밝혀놓았다.
3. 전집의 본문은 『이청준 문학전집』(열림원) 발간 이후 작가가 새롭게 교정, 보완한 내용을 충실히 반영하여 확정하였다. 특히 미발표작의 경우 작가가 남긴 관련 자료에 근거하여 수록하였음을 밝힌다.
4. 전집의 각 권에는 작품들을 수록하고 새롭게 씌어진 해설을 붙였으며 여기에 각 작품 텍스트의 변모 과정과 이청준 작품들의 상호 관계를 밝히는 글을 실었다. 이 글은 현재의 문학과지성사판 전집의 확정 텍스트에 이르기까지 주요한 특징적 변모를 잘 보여준다.
5. 이 책의 맞춤법은 국립국어연구원의 '한글 맞춤법'에 따르는 것을 원칙으로 하되, 띄어쓰기의 경우 본사의 내부 규정을 따랐다. 단, 작품의 분위기에 영향을 준다고 판단되는 방언이나 구어체 표현·의성어·의태어 등은 작가의 집필 의도를 살려 그대로 두었다 (괄호 안: 현행 맞춤법 표기).
    예) ① 방언 및 의성어·의태어: 밴밴하다(반반하다) 희멀끄럼하다(희멀겋다) 달겨들다(달려들다) 드키(듯이) 뚤레뚤레(둘레둘레) 뎅강(뎅궁) 까장까장(꼬장꼬장)
    ② 작가의 고유한 표현:
    ─그닥(그다지) 범상찮다(범상치 않다) 들춰업다(둘러업다)
    ─입물개 개없고 아심찮게도 목짓 펀뜻 사양기
    ③ 기타: 앞엣사람 옆엣녀석 먼젓사람 천릿길 뱃손님 뒷번 그리고 나서(그러고 나서) 그리고는(그러고는)
6. 이 책의 외래어 표기는 국립국어연구원의 '외래어 표기법'에 따라 바꾸었다. 단, 작품의 제목이나 중요한 어휘로 등장하는 경우에는 원본을 그대로 살렸다.
    예) ① 맘모스(매머드) 여자 대학/세느(센) 다방/뎃쌍(데생) ② 레지('종업원'으로 순화)
7. 이 책에 쓰인 문장부호의 경우 단편, 논문, 예술 작품(영화, 그림, 음악)은 「 」으로, 단행본 및 잡지, 시리즈 명 등은 『 』으로 표시하였다. 대화나 직접 인용은 큰따옴표(" ")와 줄표(─)로, 강조나 간접 인용의 경우 작은따옴표(' ')로 묶었다.

차례

퇴원 7
아이 밴 남자 37
줄광대 65
무서운 토요일 98
바닷가 사람들 125
굴레 142
병신과 머저리 170
전근 발령 213
별을 보여드립니다 232
공범 264
등산기 288
행복원의 예수 307

해설 이카루스의 꿈/권오룡 338
자료 텍스트의 변모와 상호 관계/이윤옥 374

퇴원

　나는 다시 침대에서 몸을 일으켰다. 창문이 바로 눈앞에 와닿았다. 막연한 상념이 누워 있을 때나 한가지로 유리창을 흐르고 있었다. 명색이 2층이었으나 무질서하게 솟아오른 건물들로 안계(眼界)는 좁게 차단되고 있었다. 내다볼 수 있는 곳이라고는 건물들 사이로 훨씬 저쪽 거리 맞은편에 무성영화의 영사막처럼 길게 남쪽으로 멀어져가고 있는 D초등학교의 블록 담벼락과, 그 밑으로 뻗어 나간 한 줄기의 보도(步道)뿐이었다. 보도에는 언제나 몇 사람의 행인이 잠시 떠올랐다가는 소리 없이 사라지고, 사라졌는가 하면 다시 떠오르곤 했다. 좀더 이쪽으로 종로 거리가 그 보도와 만나고 있었으나 건물에 가려 보이지는 않았다. 가끔 끽끽거리는 전차의 경적이 날카롭게 귀를 쑤셔왔다. 그리고는 어디서나 볼 수 있는 하늘과 가옥이 있을 뿐이었다. 무엇 때문에 거기서 생각을 잘라버릴 수 없는지 모르겠다. 내게는 그 비슷한 데다 무얼 잊어놓은 기억조차 없는데, 마치 그런 것이라도 찾고 있는 듯한 기분이다. 착각이다. 착각보다 더 막연했다. 이 조그만 창문으로 들어오는 풍경의 이미지는 그만큼도 구체성이 없었다. 한 가지만 더 이야기한다면, 그 건물들 사이로 U병원의 탑시계가 건너다보이는 것이었다. 그것도 오래전에 고장이 나서, 항상 같은 점에만 서 있는 두 바늘을 아주 떼어버렸기 때문에 시간을 알아볼 수 없는 것이었다. 그러니까 D초등학교의 블록 담벼락을 끼고 흐르는 그 영사막 같은 한 조각의 보도와 두 바늘을 잃어버린 시계, 그리고 가끔 고막을 울려오는 전차의 경적 외에 이 창문으로는 보이는 것도 들리는 것도 없었다. 그러면서도 이 단조로운 풍경이 자아내는 어떤 기묘한 분위기는 집요하게 나를 간섭해오곤 했다. 눈만 감으면 어떤 상념이 머릿속을 맴돌았다. 눈을 뜨면 그것은 벌써 그 시계탑이며 블록의 담벼락 거리로 멀찌막이 나앉아서 나를 응시하고 있었다. 독실을 쓰고 있을 때는 그쪽으로 트인 창문이 없었으니까 이런 일이 없었다. 내가 이런 상념에 매달리게 된 것은 이 3인용 병실로 방을 옮기던 바로 그날부터였던 것 같다.

"선생님은 매일 그 창문만 내다보고 앉아서 무얼 그리 골똘히 생각하고 계세요?"

마치 어부가 바다를 향해 그물을 던지듯 나에게 던져진 여자의 소리에 나는 비로소 상념에서 풀려나왔다. 여자가 또 입에서 구린내가 나는 모양이다. 이 병실에는 나 말고도 두 사람의 환자가 들어 있다. 그 한 사람이 지금 이 여자가 지켜 앉아 있는 침대의 주인이다. 그런데 괴상한 일은, 이 방으로 옮겨 온 지가 일주일이 되는 오늘까지도 나는 그 남자의 얼굴을 바로 본 적이 없다는 것이다. 그는 언제나 자기 침대에서 잔기침 한번 하는 법이 없이 벽을 향해 드러누워 있기만 했다. 그것은 마치 애초부터 벽을 향해 만들어진 가구와도 같았다. 간호원이 가끔 혈압을 재거나 주사를 놓으러 왔다가 무슨 물건을 찾듯이 그의 이불을 들출 때까지 나는 그가 이 병실 한쪽 구석에 누워 있다는 사실조차 잊고 있는 적이 많았다. 어쩌다가 그 남자는 목구멍 속에서 한두 마디 말을 웅얼거리는 때도 있는 것 같기는 했다. 그러나 그런 때 의사나 간호원은 대개 그 말을 잘 알아듣지 못하고 엄청나게 큰 소리로 되묻곤 했기 때문에 그는 아주 입을 다물고 돌아누워버리는 것이 예사였다. 그러니까 나는 이 사내의 목소리 한번 제대로 들은 적이 없었고, 무슨 병을 앓고 있는지조차 확실히 모르고 지내오는 터였다. 그런데 그 침대 곁에는 제법 깔끔한 차림새에, 아랫입술이 조금 내민 듯한 인상을 주는 그의 아내가 언제나 찰싹 붙어 앉아 있었다. 그러나 이 여자 역시 자기의 환자에 관한 이야기는 한번도 입에 올린 적이 없었다. 그렇다고 이 여자가 말이 적은 편인 것은 결코 아니었다. 여자는 침대 곁에 걸상을 끌어다 놓고, 벽을 향해 누운 남자와는 등을 지고 앉아서 (이상하게 들릴지 모르지만 그것은 하나의 풍경으로서 묘한 조화를 이루고 있었다) 연신 이쪽에다 말을 거는 것이었다. 더욱이 이야기를 하는 여자의 입끝에는 언제나 웃음기가 서려 있었다. 이웃집 처녀의 바람기라든지 만원버스, 여학교 시절의 수학여행, 심지어는 어떤 서커스단의 파산 경위 등속과 같은 일에 관해서는 무한정 이야기를 늘어놓았지만, 정작 자기의 환자에 관해서는 일언반구가 없었다. 그렇다고 그것으로 내가 여자의 불공(不恭)을 말하는 것은 결코 아니다. 하여튼 나는 원래 이야기를 좋아하지 않는 데다가, 그런 수수께끼 같은 일에는 나대로 상상의 날개를 펴기 좋아하는 성미여서, 그럭저럭 그냥 지내고 있는 것이다. 그러나 여자는 그런 나의 속셈 따위는 아랑곳하지 않았다. 무작정 말을 걸어오곤 하였다. 긴 시간을, 더구나 병실에서 입을 다물고 앉아 있으면 구린내가 난다는 것이었다. 여자는 구린내의 입가심으로 나를 선택한 셈이었다. 이 병실에 들어 있는 다른 청년 하나는 장막(漿膜) 밖에 물이 고여서, 하루건너마다 링거병으로 물을 하나씩 뽑아내고도, 이야기는커녕 물 한 모금 마실 여유도 없이 배가 부풀어 숨을 헐떡이고 있으니 말이다.

"아이 따분해. 이러다간 생사람 말라 죽겠어."

여자가 또 입가심을 좀 하잔다.

종일 목에 가시가 걸려 있는 것 같아서 나도 잠시 기분을 돌려 보고 싶기는 하다. 이야기의 머리만 떼어주면 여자는 장안의 잡동사니를 다 뱉어놓을 판이다. 대화(對話)라는 것이 있을 리는 없다. 그저 상대방의 얼굴을 빌려 자기 이야기를 지껄이면 그만인 것이다. 그러나 내게 무슨 이야기가 있을 것인가?

"부인께서 무슨 재미있는 이야기라도 들려주시겠습니까?"

나는 할 수 없이 이렇게 말하고 등을 벽에 기대었다.

"선생님께서도 가끔 얘기를 좀 해보세요."

살아났다는 듯이 여자는 눈을 반짝이며 짐짓 사양기까지 내보인다. 이 여자가 이야기의 차례를 양보한다는 것은 분명 예의에 속할 일이었다.

"제게 얘기가 있겠어요? 만날 이러구 누그러져 있는 꼴에."

"선생님은 군대까지 갔다 오셨다면서 그러세요? 남자들만 지내는 곳엔 여자에게 참 재미있는 얘깃거리가 많을 텐데요."

제법 자기를 위해 이야기를 해달란다.

"군대야 천 사람 만 사람 하는 이야기가 똑같은걸요, 뭐."

"하여튼 선생님께선 아주 귀중한 얘기를 가지고 계실 거예요."

"무얼루요?"

"평소에 말이 없이 늘 무엇을 생각하고 있는 분은 으레 그런 법이에요."

여자는 단정했다. 그러나 그녀의 선명하고도 단호한 추리는 나에게 해당되는 종류의 것이 아니었다. 군영 3년간은 기억할 수도 없을 만큼 시시했고, 지금 내가 마치 무엇을 생각하고 있는 듯이 가장하고 있다고 해도 실상 나는 그 상념의 추상조차 알 수가 없는 터이니 말이다.

그러나 나는 더 이야깃거리를 생각할 필요가 없었다. 복도에서 미스 윤의 날렵한 발소리가 다가왔다. 미스 윤은 이 병원에 있는 단 한 사람의 간호원이다. 그녀를 처음 보았을 때 나는 그녀의 흰 귀에 반해버렸을 만큼 미스 윤은 사랑스러운 귀를 가지고 있었다. 그리고 그녀의 발걸음 소리는 이 병원에서 나의 유일한 위안거리였다. 미스 윤은 그렇게 시원스런 발소리를 내며 걸었다. 나는 언제 그렇게 시원스럽게 걸어본 적이 있었던가 싶을 지경이었다. 물론 나는 스스로의 발자국 소리를 의식해본 적이 없지만, 가만히 귀를 기울이고 있으면 그녀의 발걸음 소리에는 분명 어떤 율동감 같은 것이 느껴지곤 하는 것이다. 그리고 그 율동감은 처음에는 바이올린의 고음처럼 아주 가늘게 떨고 있는 듯하다가, 걸음걸이에 조금씩 폭을 얻어가면서 나중에는 나의 내부를 온통 차지해버리기 때문에, 나는 한참씩 그 율동감 속에 의식이 마비되어버리는 수가 많았다.

 나는 그녀의 발소리가 더 가까워 오기 전에 몸을 눕히고 담요를 뒤집어썼다. 어쩐지 요즘은 그녀를 대하기가 여간 면구스럽지 않았다. 아침에 받아 내놨으니까 또 오줌병을 내밀어야 하지는 않겠지만, 체온계를 재갈처럼 입에 물고 멀뚱멀뚱 앉아 있기도 민망스럽기는 매한가지다. 그녀는 곧잘 왜 나를 그렇게 쳐다보는지 모르겠다. 나의 비밀을 눈치채고 있는 것은 아닐까? 입꼬리를 살짝 끌어올리면서 웃을 때, 그녀는 꼭 그런 것 같았다. 그리고 그 웃음은 영락없이 나를 비웃는 것이었다. 네까짓 게 무얼…… 그때마다 나는 이런 식으로 마음을 도사리지만, 입 표정과는 정반대로 조심스럽게 나를 지켜보는 그녀의 눈동자만은 어떻게 해볼 재간이 없었다. 속까지 환히 들여다보는 듯한, 은근한 핀잔을 담은 그런 눈초리였다. 그 눈과 마주치면, 나는 그녀의 입에서 금방 나의 비밀이 튀어나올 것 같은 조마조마한 기분이 되어버리곤 하는 것이다.

 문이 열리는 소리가 났다. 이번에는 또박또박 끊어지는 발소리가 천천히 장막 환자 쪽으로 찍혀갔다.

 "뭘 좀 먹었나요?"

미스 윤의 말에 청년은 어깨숨만 짧게 몰아쉬고 있었다. 듣고만 있어도 나까지 숨이 차오르는 것 같은 건조하고 세찬 마찰음이었다.
　"어디가요. 나가는 게 있어야지, 배가 저 모양이 되어가지고야 어떻게……"
　연신 졸고 앉아서도 손만은 청년의 배에서 떼는 법이 없는 노인이 말을 받았다.
　"그렇지만 환자가 우선은 좀 먹어야 병을 견뎌내지요."
　미스 윤이 온 바람에 나와의 이야기를 방해당한 여자가 이번에는 그쪽을 참견했다. 청년의 얼굴은 똥 먹은 곰의 상이 되었으리라. 청년은 누구든지 먹으라고 하는 말에는 화를 냈다. 병문객이나 옆엣사람들은 청년의 마른 얼굴을 보고 당황한 나머지 으레 첫마디로 그 소리를 내놓기 일쑤였다. 더욱이 이 여자의 경우 청년은 더 화를 냈다. 그러나 그는 얼굴을 찡그리고 묘하게 신경질적인 분위기를 자아낼 뿐 한번도 불평을 입 밖에 내놓은 적은 없었다.
　"물은 내일 뽑겠어요."
　한마디를 떨어뜨려놓고 미스 윤은 바삐 문을 나가버렸다. 문밖에서 발소리가 차츰 멀어지자 나의 가슴속에서도 역시 그 바이올린의 고음 같은 율동감이 긴 선으로 사라져갔다. 나는 담요를 차고 일어나 앉았다. 창문이 눈앞에 와닿았다. 블록 담벼락 밑으로 흐르는 그 한 줄기의 보도는 조용히 밤으로 가라앉고, 어둠을 빨아들여 빛나기 시작한 U병원 탑시계의 파란 형광이 곱게 동그라미를 그리고 있었다.

갑자기 발소리가 다시 문밖에 와 멎었다. 미스 윤이 머리만 빼꼼히 디밀고는 눈으로 나를 점찍었다.

"잠깐 보세요."

한마디를 던져넣고 그녀는 다시 문을 닫았다. 전에는 그런 일이 없었다. 그녀의 입꼬리가 어떻고, 눈에 무슨 질책을 담고 있었다고는 해도, 명색이 환자인 나를 그런 식으로 불러내는 일은 없었다. 그런 일은 이 내과병원의 경영주이자 의사인 준이 엄히 금해 놓은 터였다. 도대체 이 조그만 여자의 속셈은 무엇인가?

나는 결국 슬리퍼를 끌고 병실을 나섰다. 평소의 걸음걸이가 좀 흐느적거리는 데다가 환자 행세까지 잔뜩 더해서 나는 슬리퍼를 바닥에서 떼지 않고 복도를 지나갔다.

"어때, 요즘 좀 괜찮은가?"

사무실에는 뜻밖에 아직 왕진 중인 줄 알았던 준이 돌아와 있었다. 나를 부른 것은 미스 윤이 아니라 준이었던 모양이다. 준의 얼굴에는 어딘지 장난기가 배어 있는 것 같았다.

"환자를 그렇게 함부로 불러내는 법이 어디 있어!"

나는 화가 난 듯이 그렇게 말하면서 미스 윤을 보았다. 그녀는 무엇이 우스웠는지 고개를 돌렸다.

"몰라봐서 미안하군. 모처럼 좋은 게 있어서 불렀지."

빙글빙글 웃으면서 준은 가방을 열고 포장이 요란한 병을 하나 꺼내어 테이블에 올려놓았다. 놀라기는 미스 윤이 오히려 더한 모양이었다. 펜을 쥔 손을 엉거주춤 쳐들고 다가와서 레테르를 들여다보았다.

"영어라서 전 잘 모르지만 아마 이건 위궤양에 특효약이라 적힌 모양이죠?"

그녀는 정말로 그것이 술인 줄을 모르는 양 어리둥절한 얼굴로 준과 나를 번갈아 쳐다봤다. 나는 난처해서 어찌할 바를 몰랐다. 이 작자들은 도대체 나를 위궤양 환자로 믿어주는 것인지, 아니면 벌써 모든 것을 다 짐작하고도 시치미를 떼는 것인지 알 수가 없다.

"워낙 자네 병은 술에 조상을 둔 것이기는 하지만, 그렇게 갑자기 외면을 해버려도 위장의 비위를 건드려서 오히려 좋지 않을 거야. 게다가 자넨 요즘 많이 좋아진 것 같기도 하고……"

준은 내가 생각할 수 있는 것보다 훨씬 좋은 변명거리를 찾아주었다. 그는 테이블 위를 치우고 간략한 주석을 만들었다. 그리고 둘은 마주 앉아서 병마개를 땄다.

"선생님들께 좋은 약이라면…… 저도 배가 좀 이상해요."

호기심이 움직였던지 미스 윤은 나까지 끼워서 '선생님'으로 응대하더니 딱 한 잔을 얻어 마시고는 병실로 나가버렸다. 준은 병이 바닥날 때까지도 별반 취한 기색이 없었다. 놈이 의사가 되더니 제법 독종이 된 모양이었다. 이쯤 되었으면 오늘은 무슨 시원한 소리가 있으려니 하고 나는 은근히 기다리고 있었으나, 준은 나의 병에 대해선 끝내 무관심이었다. 오히려, 이렇게 된 이상 네놈의 위궤양은 술로나 고쳐보라는 듯 서슴없이 잔을 내밀곤 했다. 알 수가 없었다. 준이 드디어 퇴근 채비를 하는 것을 보고 나는 그 방을 나왔다. 복도를 지나올 때 나는 아까보다 더 요란스럽게 슬리퍼를 끌었다. 병실 문 앞까지 와서 막 손잡이에 손을 대었을 때 뒤에서 미스 윤의 소리가 들려왔다.
"선생님 이거!"
그녀는 손에 각성제를 들고 있었다.
"술 마셨으니까 좋을 거예요."
표정을 묘하게 지으며 그녀는 한마디 더 덧붙였다.
"겁이 나서 저도 두 알 먹었어요."
약을 건네주고 나서 그녀는 정색을 한 눈으로 나를 말끔히 쳐다보았다. 그래도 내가 말이 없으니까 그녀는,
"눈빛이 형편없이 탁해졌군요. 내일 거울을 가져다 드릴 테니 좀 보세요."

나는 문득 이 여자의 유방을 만져주고 싶은 생각이 들었다. 팽팽한 탄력과 부드러운 촉감을 적당히 섞어놓은 유방을 여인들이 한 사람도 빠짐없이 갖고 있다는 것은 신기한 일이었다. 그러나 미스 윤은 벌써 복도 저쪽 끝으로 사라지고 있었다.

병실에서는 예의 여자가 다시 입가심을 시작하려는 눈치를 보였다. 나는 모른 척 담요를 뒤집어 써버렸다. 도대체 이 병원 사람들의 말을 나는 알아들을 수가 없다. 하기는 내가 병원을 들어온 것부터가 어이없는 장난이었을는지 모른다. 제대를 하고 나서, 저고리와 신발은 그럭저럭 바꿔 꿰고, 바지는 아직 그 푸르딩딩한 제대복 채로 기어든 데가 이 준의 병원이었다. 준은 나의 학교 동창이자 옛날 선생님이었다. 내가 아직 집에 있을 때, 학교에서 돌아오면 아버지는 나와 같은 고3 배지를 단 준을 꼭꼭 선생님이라 부르라고 했다. 아버지가 그러는 데는 한두 가지 곡절이 있는 것 같

았다.

   어머니의 청으로 담임선생이 진학시험 친구로 준을 집으로 데리고 오던 날, 아버지는 몹시 화를 냈다.
   "너는 제구실도 한번 못해볼 게다—날마다 네 친구 발바닥이나 핥아!"
   담임선생과 준의 앞에서 아버지는 선언했다. 담임선생의 긴 설득 끝에도 아버지는 가벼운 하품을 하고는,
   "가정교사를 두는 건 상관 안 하지만…… 안 될 겝니다. 이틀을 굶겨놔도 배고픈 줄을 모르는 놈입니다. 저놈은"
하고 태연한 나를 못마땅해하는 눈으로 건너다볼 뿐이었다. 나는 그 말에 처음으로 얼굴이 굳어지는 것을 느꼈다.
   우리 방으로 건너오자 준은,
   "미안해. 내가 오지 않는 게 좋았을 뻔했어"
하고 나에게 신경을 썼다. 나는 아무 말도 하지 않았다.
   "하지만 그런 말은 누구나 듣는 거지—"
   준이 덧붙였다.
   —이틀을 굶겨놔도 배고픈 줄을 모르는 놈입니다. 저놈은—
   아버지의 마지막 말에 나의 얼굴이 굳어지는 내력을 알았다면, 준은 그렇게 말하지 않았을 것이다. 아버지는 나를 광에다 가두고 정말로 이틀을 굶긴 적이 있었다.
   소학교 3학년 때 가을. 나는 그즈음 남몰래 즐기고 있는 한 가지 비밀이 있었다. 광에 가득히 쌓아 올린 볏섬 사이에 내 몸이 들

어가면 꼭 맞는 틈이 하나 나 있었다. 나는 거기다 몰래 어머니와 누이들의 속옷을 한 가지 두 가지씩 가져다 깔아놓고, 학교에서 돌아오면 그곳으로 기어들어 생쥐처럼 낮잠을 자곤 했다. 속옷은 하나같이 부드럽고 기분 좋은 향수 냄새가 났다. 장에는 그런 옷이 얼마든지 쌓여 있어 내가 한두 가지씩 덜어내도 어머니와 누이들은 알아내지를 못했다. 어두컴컴한 그 광 속 굴에 들어앉아 이것저것 부드러운 옷자락을 만지작거리며 거기서 흘러나오는 냄새를 맡고 있노라면, 그보다 더 기분 좋은 일이 없었다. 그러다 나는 스르르 잠이 들고, 잠이 깨면 다시 생쥐처럼 몰래 그곳을 빠져나왔다. 그런데 어느 날은 거기서 너무 오래 잠이 들어 있다가 아버지가 비춘 전짓불빛을 받고서야 눈을 떴다. 아버지는 아무 말도 하지 않고 그대로 광을 나가더니 나를 남겨둔 채 문에다 자물쇠를 채워버렸다. 그 문은 이틀 뒷날 저녁때 열렸다. 나는 광에다 나를 가두어놓은 동안 밖에서 일어난 일에 대해서는 아무것도 모른다. 그러나 문이 열렸을 때, 거기 있던 옷가지는 한 오라기도 성한 것이 없이 백 갈래 천 갈래로 찢겨 있었다.

―이틀을 굶겨놔도 배고픈 줄을 모르는 놈입니다. 저놈은.

―하지만 그런 말은 누구나 듣는 거지.

나는 준에게 나중까지 그 이야기를 하지 않았다. 그는 언제나 나보다 어른이었다. 아버지는 준을 선생님이라 부르라고 했다. 아버지가 나에게 간섭하는 것은 그 한 가지뿐이었다. 나는 아무 생각도 없이 아버지의 말을 따랐다. 준이 오고 한 달쯤 되던 어느 날 저녁상을 받은 자리에서였다.

"넌 우리 선생님에게 시집가도 좋을 거야."

대학교 2학년을 다니고 있던 누이에게 나는 문득 그렇게 지껄였다. 숟가락을 가만히 놓고 방을 나간 준이 그날 밤중까지 돌아오지 않았다. 다음 날 나는 학교로 가는 대신 금고에 손을 대어 꾸러미를 만들어가지고 준의 집을 찾아갔다. 영문을 모르는 준의 어머니에게 나는 별 뜻도 없이 그 꾸러미를 절반쯤 풀어놓고 그길로 서울로 떠났다. 그 돈을 준이 어떻게 처리했는지, 그 후로 내게는 그것을 알 필요도 권리도 없었다. 하여튼 내가 그를 다시 만났을 때 그는 조그만 개인병원을 내고 있는 내과 의사였다. 남해(南海)를 밤길로만 달리는 배를 타기 전날, 우연히 신문에서 어머니의 부고를 보고 딱 한 번만 들르리라고 집을 찾아갔더니 준이 와 있었다.

준도 나처럼 옛날 일을 회상하기 좋아하는 성미가 아니었다. 언제나 그렇듯이 내가 태도를 결정하지 못하고 미적미적 서울에 남아 있는 동안 나는 두어 번 준의 병원엘 들렀다. 그러다가 나는 옛날에 벌써 징집년이 지나가버린 나이로 군대를 지원했다. 어떻게 모든 것을 다시 시작해보고 싶은 생각이 났던 것일까? 그런 것은 아니었다. 그는 항상 나보다 어른이었다. 그곳밖에는 준에게서 멀리 가버릴 쉬운 곳이 없었다.

군대에서 나는 아버지가 요령 없는 부정관리로 붉은 벽돌집으로 갔다는 소문을 들었다.

그러니까 내가 제대를 하고 준을 다시 찾아간 것은 애초부터 무엇을 돌려받자는 생각에서였던 것은 아니었다. 생각난 것이 준 한 사람뿐이었다는 것이 가장 적당한 이유일 것이다. 준은 나의 내방을 퍽 반겨주었다. 그리고 옛 주인의 근황을 알고 있던 그는 나의 고충을 자상히 이해해주었다. 그때부터 준은 나의 편리한 금고가 되었다. 추호도 빚을 받는다는 생각은 없었다. 그 역시 그러는 나를 별로 불편하게 생각하진 않는 것 같았다. 오히려 준은 내가 혹시 간호원(미스 윤 말이다) 나부랭이에게 이상히 보이지나 않을까 염려를 해줄 정도였다. 기억할 수도 없을 만큼 돈을 꺼내 갔다. 처음엔 무엇을 좀 해보려고도 했었다. 그러나 행운의 여신을 끼지 않고는 해본다는 일이 만판 허탕으로만 끝났다. 나중에는 숫제 내 목구멍으로 먹어 삼키고나 말자는 심사가 되었다. 꼭 술이라고는 말하지 않겠다.

제대를 하고 1년이 지났다.

2개월 전 일이었다. 공복이 되면 배가 쓰려오기 시작했다. 회충인가 했더니 약을 먹고 나도 마찬가지였다. 무슨 일일까고 준에게 물었다.

"밥을 먹으면 통증이 가시지?"

그는 대수롭지 않은 일이라는 투로 물었다. 나는 좀 치사한 느낌이었으나 그렇다고 했더니, 위궤양이 아닌지 모르겠다면서 사진을 찍어보자고 했다. 물론 나는 반대했다. 그럴 리도 없으려니와, 만약 그런 병을 배에 담았다면 나는 살 만큼만 살겠노라고 결연히 선언했다. 지난 1년 동안 주릴 만큼 주리고 술에 절어들었다고는 해도 나의 위장이 그렇게 쉽사리 요절이 나리라고는 믿어지지 않았다. 그러나 준은

"하지만 알아둬. 위궤양이 발병할 조건은 첫째 정신적 긴장감, 둘째가 불규칙한 식생활, 셋째는 술이거든. 부정할 테지만 그런 점에서 자넨 영락없이 합격이야. 더욱이 공복시에 통증이 오고 식사로 그 통증이 가신다면 의심할 여지가 없어, 잘 생각해서 하란 말야"

하고 못을 박았다. 나의 처지에다 일부러 연관을 시켰는지 준의 말은 그럴듯하기도 했다.

그런 뒤로 증세는 정말 완연해졌다. 무엇보다도 공복에 통증이 온다는 말이 끼니가 불규칙한 나에게는 금방 공포로 변해버렸다. 끼니 생각만 하면 멀쩡하던 배가 때도 되기 전부터 쓰려오기 시작했다. 정작 한 끼라도 밥을 거르는 경우가 생기면 통증은 절망적일 정도로 심했다. 하루 종일 위를 채울 궁리만 해야 했다. 그래도 금방 통증이 오고, 위가 패어 들어가는 정도를 느낄 수 있을 만큼 발작이 심할 때가 있었다. 할 수 없이 다시 준을 찾아갔다.

"더 살겠다는 욕심보다 우선 견딜 수가 없어."

입원을 하라고 했다. 복도 끝에 있는 입원실을 독방으로 썼다.

일단 입원을 한 뒤로 준은 일체 개인적인 면담을 허용하지 않았다. 그리고 무슨 특별한 배려가 있었는지 간호원은 나의 병명이 위궤양이라는 것을 알고 있다면서도 매일 아침과 저녁 두 차례씩 링거병에다 오줌을 받아 갔다. 그러면서도 내가 가끔 화장실로 가서 오줌을 배설해버리는 것에 대해서는 괘념하지 않았다. 그런 식으로 특정한 일과를 치러가노라니 내가 환자라는 느낌이 주머니 속의 알밤처럼 또렷또렷 실감되었다. 창문은 건물로 완전히 차단되고 시간의 변화를 느낄 수 있는 것은 체온을 재거나 무슨 이름도 알 수 없는 주사약을 놓으러 왔다가 돌아가는 간호원의 발자국 소리와, 거리의 식당에서 자극성 없는 음식으로 배달해오도록 준이 조처해준 세 끼의 식사배달을 받을 때뿐이었다. 준은 하루에 한 번쯤 나타나서 지극히 사무적인 거동만 취하다 나가버리는 게 고작이었다. 무엇보다 다행스러운 것은 이제 배의 통증을 쫓기 위해서 꼭꼭 마련해야 할 세 끼의 식사에 대한 공포를 지니지 않아도 된다는 점이었다. 그렇게 며칠이 지나자 이상한 일이 생겼다. 통증이 깨끗이 사라져버리는 것이었다. 거짓말 같은 일이었다. 나는 오히려 당황했다. 처음부터 나는 병에 확증이 없이 입원을 했던 터이고, 증세라는 것은 그 통증이 유일한 것이었으므로 난처할 수밖에 없었다. 그러나 그런 일을 입 밖에 내지는 않았다. 간호원은 여전히 오줌을 받아 갔다. 그것이 마치 내 병세 판별에 중요한 자료라도 되는 듯이 말이다. 그리고 나는 창문도 없는 병실에서 하루 종일 몸을 눕혔다 일으켰다 하는 단조로운 동작을 되풀이하면서 그 간호원의 발자국 소리에 귀를 기울이고 있었다. 견디다 못해 하루는 준에게 방을 옮겨달라고 했다. 준은 그러마고 했다. 다음 날로 나는 지금 이 방으로 몸이사를 해왔다. 그리고는 창문을 향한 그 기이한 상념이 시작되었다.

　여기서도 오줌은 받아내야 했다.
　미스 윤의 발걸음 소리도 나의 내부에서 일정한 진폭을 유지했다.
　준이고 미스 윤이고, 나의 병을 취급하는 엄숙한 태도엔 변함이 없었다.

이튿날.

침대의 한 부분 같은 그 남자는 이제 숨을 쉬는 기색조차 없이 이불자락에 묻혀서 지냈고, 장막 고장의 청년은 앙상하게 마른 팔과는 반대로 얼굴이 퉁퉁 부어올랐다. 호흡음이 한층 건조해지고 노인의 손은 그의 배 위에서 쉴 새 없이 오르내렸다. 여자가 두어 번 입가심을 하려 덤벼들었으나, 나는 한마디도 대꾸하지 않고 창문에만 계속 붙어 앉아 있었다.

저녁에 미스 윤은 오줌병을 내간 뒤에 다시 병실로 들어와서,

"거울을 부탁하셨지요?"

말을 뒤집어서 하고는 자기 것인 듯한 손거울을 내주었다. 무엇 때문에 미스 윤이 일부러 거울을 가져다주는지 알 수는 없다. 이제사 거울을 주는 것을 보면, 어젯밤 미스 윤의 말에는 다른 뜻이 있었던 것 같았다. 하지만 나는 아무것도 생각하기가 싫었다.

"지금 몇 시쯤 되었습니까?"

종일 바늘 없는 탑시계를 바라보고 있었던 탓인지 문득 나는 필요도 없는 시간을 묻고 있었다.

"제 시계…… 고장인걸요."

미스 윤은 팔을 들어 시계를 보였다.

"시계가 모조리 고장이군."

"모조리라뇨?"

나는 대답 대신 창밖을 내다보았다. 탑시계에 파란 형광이 돌아나고 있었다.

퇴원 23

"그렇군요."

미스 윤이 등 뒤에서 다가와 있었다.

"왜 수선하지 않을까—"

"왜 수선해야 하나요?"

미스 윤은 짓궂게 웃으면서 나를 쳐다보았다. 오늘 밤은 좀 이상하다 생각했다.

"시계니까."

나는 미스 윤이 갑자기 오랜 친구나 된 것처럼 쉬운 말을 썼다.

"의미가 있는 것 같아서 전 그대로가 좋아요. 저 시계가 꼭 선생님을 닮았거든요."

이 여자는 나에게 무슨 말을 하려는 것인가? 역시 나는 이 집 사람들의 이야기에는 서투르다. 나는 미스 윤의 장난기가 서린 듯한 눈을 바라보았다. 속눈썹이 길다. 그것은 마치 가시처럼 나의 몸 어느 부분을 찔러왔다.

"이유는 선생님께서 더 잘 아실 거예요."

그녀는 목소리를 낮추어 말하고 나서, 갑자기 어젯밤 각성제를 건네줄 때처럼 빤히 나를 쳐다보다가는 후닥닥 방을 나가버렸다. 나는 침대에 몸을 엎드리고 냄새를 맡았다. 크레졸 비슷한 냄새뿐이었다.

다음 날 아침. 수수께끼의 남자는 죽어 있었다. 늘 하던 대로 벽을 향해 찰싹 붙어 있으니까 우리는 아직 으레 그가 자고 있으려니만 생각했다. 아니 그런 생각을 했다기보다 그에 대해서는 아무것도 생각하지 않았다고 해야 옳을 것이다. 그런데 여자가 건드려보고는 죽었다고 했다.

병실의 변화라고는 여자가 한 사람 방을 나가버린 것뿐이었다.

"선생님의 얘기를 한 번도 듣지 못하고 헤어지게 되어 섭섭하네요."

집으로 남자를 옮겨가면서 여자는 그렇게 말하고 아쉬운 듯이 병원을 나갔다.

나는 여전히 창문에 기대앉아서 통행인들이 잠시 떠올랐다가 사라지곤 하는 보도를 지켜보고 있었다. 막연한 상념이 엉켜들 뿐이었다.

"시계를 고치고 있군요."

돌아다보니 미스 윤이 들어와 있었다. 그녀는 체온계도 혈압계도 또 주사침도 들고 있지 않았다.

"시계를 고치고 있다고 말했잖아요? 무얼 저만 그렇게 보세요?"

나는 그제서야 창문으로 시계탑을 내다보았다. 좀 멀기는 하지만, 사람이 하나 그 탑시계에 매달려 바늘을 끼워 넣고 있는 것이 보였다.

"그렇군요. 바늘을 끼워 넣는군요."

"그럼, 제 거울 돌려주세요."

나는 침상 귀에 팽개쳐둔 거울을 집어 미스 윤에게 내밀었다.

"용도를 몰라서 그냥 두어둔 것입니다."

"용도라뇨?"

"시곗바늘을 수선하기 때문에 그걸 돌려줘야 한다는 이유는 더욱 모르겠구요."

그녀는 한참 눈을 껌벅이고만 있었다.

"선생님은 아마 적적하실 때, 거울을 들여다보신 적이 없으신가 봐요. 거울을 들여다보노라면 잃어진 자기가 망각 속에서 살아날 때가 있거든요."

"괴상한 취미로군요."

"그렇게 생각되실지도 모르죠. 제가 틀리지 않다면 선생님은 분명 내력 깊은 이야기가 있으실 분인데, 그 이야기가 너무 깊이 숨어버린 것 같거든요."

나는 미스 윤이 왜 이런 소리를 지껄이고 있는지 알 수 없었다. 탑시계에 매달려 있던 사람이 바늘을 두 개 얌전히 꽂아놓고 내려갔다. 미스 윤은 거기다 시선을 준 채 전에 없이 가라앉은 목소리로 말을 이었다.

"선생님 마음에도 이제 바늘을 꽂아보세요. 그럴 힘이 있을 거예요, 선생님에게는. 뭣하면 거울을 하루 더 빌려드리지요."

그녀는 거울을 다시 침대에 놓아두고 방을 나갔다. 이상하다. 이 여자는 틀림없이 나의 병세를 알고 있는 모양이다. 거울을 봐라? 그러면 제가 어쩌겠다는 것인가? 나는 침상 위에 벌렁 드러누워 한동안 미스 윤과 씨름을 하고 있었다. 어쩐지 조금이라도 미스 윤의 환영을 나의 내부에 들여보내어서는 안 될 것 같은 두려운 생각이 들었다. 나는 당장 눈앞에서 미스 윤을 쫓기 위하여 그녀가 침상 끝에 놓고 간 거울을 집어들었다. 거울 속에서 나는 참으로 오랜만에 나의 얼굴을 보았다. 전체의 윤곽은 가운데가 조금 들어가고 이마와 턱이 둥그람한 것이 내 얼굴의 특징이었다. 그리고 무엇보다 미스 윤이 흐려졌다고 하던 나의 눈은 흰자위가 조금 아래로 깔리고 검은자위가 약간 노리끼했다. 천장에 매어달린 형광등의 동그라미가 마침 그 눈동자에 들어앉아 있어서 나는 꼭 하얀 불을 두 눈에 켜 달고 있는 것 같았다.

뱀잡이—

무심히 지껄이다가 나는 깜짝 놀라 하마터면 소리를 지를 뻔했다. 이야기가 하나 비수처럼 가슴을 후비고 들어왔다. 그렇지. 그 여자도 미스 윤도 나에게는 틀림없이 귀한 이야기가 있으리라고 했었지.

살모사. 이놈에 대해서는 나도 이야기가 있다. 나는 거울을 내려놓고 문 쪽을 바라다보았다. 이야기가 생각났을 때 미스 윤이 냉큼 나타나주지 않는 것이 원망스러웠다.

뱀잡이—

그게 군대에서 나의 별명이었다. 어느 봄날, 작업장에서 돌아오다가 볕을 쬐러 나와 바위 위에 몸을 사리고 있는 꽃뱀을 한 마리 만났었다. 나는 그놈의 가죽을 벗기어 고운 나무토막에다 입혔다. 그것을 소대장에게 지휘봉으로 바친 것이 내가 정말 뱀잡이가 되어버린 인연이었다. 중대장이 그 지휘봉에 눈독을 들였다. 중대장에게도 하날 새로 만들어 선물했다. 그랬더니 온 대대 안의 장교와 고급 하사관들이 그 뱀가죽 지휘봉을 갖고 싶어 했다. 나는 매일 틈이 나면 회초리를 저으며 뱀을 찾아다녔다. 만나는 놈마다 가죽을 벗겼다. 특히 빛깔이 좋은 놈을 만나는 날은 하루 종일 기분이 좋아서 뱀을 더 찾지도 않고 놀았다. 그중에도 살모사의 가

죽은 일품에 속했다. 이놈의 가죽은 대대 안에서도 꼭 대대장 한 사람의 지휘봉에밖에 입혀주질 못했다. 다른 장교들이 그것을 얼마나 갖고 싶어 했을 것인지 나는 지금 상상할 수도 없다. 살모사를 찾기 위해서 나는 동삼을 찾는 채약사처럼 산이란 산, 숲이란 숲은 모조리 뒤지고 돌아다녔다. 이 살모사가 특히 환영을 받는 데는 또 한 가지 이유가 있었다. 나는 뱀을 잡으러 나갈 땐 반드시 항고를 휴대했다. 가죽을 벗긴 뱀의 고기를 항고에 담아 오면 사병들에게 큰 선심을 쓸 수 있었다. 살모사라는 놈은 고기 맛이 또한 진미였다. 쇠고기에 비할 바가 아니라고 했다. 그래서 이놈의 고기는 사병에게까지 차례가 가지 않았다. 대대장의 지휘봉을 장식한 놈의 살집은 중대장이 먹었다. 선임하사는 다음부터 살모사의 고기는 아무 말 말고 자기에게 가져오라고 반협박을 했을 정도였다. 그러지 않으면 다시는 뱀잡이를 내보내지 않겠다는 것이었다.

그쯤 되었으니 뱀에 대해서라면 나는 일견식을 자부해도 좋을 것이다. 그리고 그런 이야기는 썩 귀한 것이기도 하다. 그러나 미스 윤이 나타나질 않는다. 나는 좀이 쑤셔서 그냥 누워 있지 못하고 벌떡 자리를 차고 일어났다.

시계의 두 바늘이 3시를 가리키고 있는 것이 역력히 보였다. D초등학교의 블록 담벼락 밑을 흘러가고 있는 보도에는 웬일인지 여느 때보다 통행인이 훨씬 불어나 있었다. 그리고 아직도 눈에 띌 만큼 사람 수가 금방금방 늘어가고 있었다.

문이 열리고 손에 몇 가지 유리 기재를 든 미스 윤이 들어오더니 준이 곧 그 뒤를 따라 나타났다. 둘은 나를 거들떠보지도 않고 다짜고짜 장막 고장의 청년에게 덤벼들어 물을 뽑기 시작했다. 나는 다시 창으로 눈을 보냈다. 안계에 떠오른 보도의 한쪽이 어느새 인파로 가득 차 있었다. 사람들은 이제 위로 올라가지도, 아래로 내려오지도 않고 그냥 그 자리에 머물러 있었다. 손에는 저마다 깃대를 들고 있는 것 같았다. 누가, 비어 있는 저 한쪽 길을 지나갈 모양인가? 길의 이쪽은 안계가 차단되어 볼 수 없고, 거기선 들려오는 소리마저 없으니 무슨 일이 벌어지고 있는지를 모르겠다. 준이들은 퍽 여러 번 방을 들락이며 장막 고장의 청년에게만 매달려 있더니 드디어 기구를 챙기기 시작했다.

"거리에 무슨 사람들이?"

나는 누구에게랄 것도 없이 물었으나 준은 그 말을 흘려버리고,

"영양주사 놓긴 했습니다만 뒤에 뭘 좀 먹게 하십시오"

하고는 방을 나가버렸다. 시체를 내보내고 난 준이니까 기분이 좋아 있을 리 없다고 생각했다. 미스 윤은 방을 나가지 않고, 이번에는 나한테로 혈압계를 들고 왔다. 그러나 나는 미스 윤에게 그걸 묻지 않았다. 나의 팔에다 고무줄을 잡아매고 있는 그녀의 머리 냄새가 갑자기 가슴 깊숙이 빨려 들어왔다. 그 냄새는 옛날 어느 때, 아니 내가 태어나기도 전에 벌써 맡아본 경험을 가지고 있었던 것처럼 그립게 가슴속으로 젖어 들어왔다. 지금까지 나는 분명히 미스 윤을 기다리고 있었던 것 같은데, 갑자기 머리가 몽롱해져서 생각이 나질 않았다. 나는 숨을 될수록 깊이 들이마시며 그녀를 쳐다보았다. 역시 미스 윤은 밉지 않은 여자라고 생각했다.

"혈압은 왜 재는 거지요?"

나는 이제 다시는 혈압을 재게 하지 않겠다고 억지를 부리는 투로 물었다.
미스 윤은 갑작스런 나의 질문에 조금 어리둥절한 것 같았으나 곧,
"선생님은 환자니까요"
하면서 방울을 눌러 바람을 넣기 시작했다.
"바보들이로군……"
나는 혼잣말처럼 중얼거렸다.
"누가 말예요?"
"이제 내게 위궤양은 없어진 것 같소. 아니 그런 건 처음부터 없었소. 그걸 몰랐으니 당신네들은 바보지 뭐요."
말하고 나자 나는 아직 이런 소리를 하기에는 준비가 너무 덜된 채인 것 같아서 농담인 듯이 웃었다.
"위궤양이 싫으시담 더 멋진 병명을 붙여드릴 수도 있을 거예요. 가령 자아망실증 환자라든지……"
미스 윤은 더 말을 계속하지 못했다. 내가 혈압계를 팔에 낀 채 엉거주춤 일어나려 했기 때문이었다. 이야기가 생각났다. 그 살모사의 이야기 말이다.
"천만에요. 자아망실 무어라구요? 미스 윤은 또 그 이야기라는 걸 생각하신 모양인데, 나도 노력에 따라서는 훌륭히 기억해낼 수 있습니다."
나는 대뜸 이야기를 꺼낼 기세를 보였다. 미스 윤은 이야기 때문에 혈압 측정이 틀렸는지 잠시 기다렸다가 다시 방울을 눌러댔

다. 나는 잠시 이야기의 머리를 어떻게 시작해서 이 여자를 놀라게 해줄 것인가 생각했다.

"미스 윤은 뱀의 고기를 먹어본 적이 있습니까?"

나의 이 첫마디는 생각한 보람이 있어 썩 적절한 서두가 된 듯했다. 그녀는 나의 팔에서 혈압계를 풀고 나서 겁을 먹은 듯한 얼굴로 나를 지켜보았다.

"뱀 말입니다. 뱀! 물론 없으실 겁니다."

나는 의기양양해서 일어나 앉으며 이야기를 시작했다. 미스 윤도 표정을 고치고 종이에다 혈압을 기록하고 있었다. 나는 귀를 기울이고 있으리라 믿고 한참 동안 그 뱀에 대한 이야기를 늘어놓았다. 그러나 미스 윤은 여전히 선 채로 기록지에다 연필만 움직이고 있었다.

"앉아서 듣구려. 모처럼 이야기니."

나는 그렇게 말하면서 힐끗 미스 윤을 쳐다보았다. 그 순간 나는 참으로 이상한 것을 보았다. 미스 윤의 눈에 웬일인지 안개같이 뽀얀 것이 서려 있었다. 그리고 그녀는 그것이 엉켜 떨어지려는 것을 참으려는 듯이 기록지를 열심히 들여다보며 무얼 끄적이고 있었다. 내가 종이를 넘겨다보자 미스 윤은 그 이상한 눈으로 나를 잠시 내려다보다가는 잽싸게 방을 나가버렸다. 발걸음 소리가 유난히 크게, 그리고 오래 나의 가슴을 울렸다. 소리의 긴 여운이 사라지자 나는 창으로 머리를 돌렸다. 거리에는 여전히 사람들이 가득했다. 몇 가지 의문이 한꺼번에 몰려들었다. 미스 윤이 가지고 간 나의 혈압 기록지에는 내 혈압이 기재되어 있지 않았다.

미스 윤은 그 종이에다 '뱀'이라는 글자를, 그것이 무슨 원망스런 말이라도 되는 것처럼 가득 채워놓고 있었던 것이다. 그러면 미스 윤은 나를 속인 것인가? 혈압은 재는 척만 했던 것인가? 그렇다면 그녀는 나의 병에 대해 모든 걸 다 알고 있는 것이다. 자아망실증 어쩌고 한 그녀의 말에는 좀더 특별한 뜻이 있었던 것 같다. 그러면 준은? 틀림없이 공모일 게다. 놈은 매일 그녀로부터 내 병세의 진단 자료를 보고 받는 대신, 나를 속이는 그녀의 연기에 관한 보고를 받을 테지. 기가 막히게 친절한 배려다.

탑시계가 4시 반을 가리키고 있었다. 창문의 이미지가 어떤 가능성을 가지고 한층 무겁게 밀착해왔다. 그러나 아무것도 떠오르지 않았다. 단지 그것은 오래 잊고 있던 어떤 기억을 되살려내려고 할 때처럼 마음을 안타깝게 할 뿐이었다. 이제는 미스 윤을 기다릴 일도 없어졌다. 모처럼 내 이야기에 그녀는 감격을 했단 말인가? 연민을 가득 담은 눈은 그런 것이 아니었다.

"시끄러!"

갑자기 천장이 찌렁 울리는 소리에 나는 다시 병실 안으로 눈을 돌렸다. 청년이 몸을 세우고 흉하게 부은 눈꺼풀 밑으로 노인을 노려보고 있었다.

"이대로 죽을 테니 제발 그 먹으라는 소리 좀 집어치우란 말예요. 의사도 먹어라, 어머니도 먹어라, 나를 보는 놈이면 어떤 놈이나 먹어라뿐이야. 다 아프질 않으니까 그러지!"

청년은 그러다가 금방 누그러지면서,

"가장 먹고 싶은 건 접니다. 먹고 싶어 죽을 지경이에요. 하지만 먹을 수가 없는걸요. 아픈 사람은 저예요. 저 혼자뿐이란 말예요."
 거의 애원을 하고 있었다. 나는 숨이 막힐 듯이 긴장해 있다가 결국은 눈길을 다시 창문으로 돌렸다. 멀리 담벼락 밑을 채운 군중들 한쪽에 여태까지 비어 있던 거리를, 배낭 진 무장군인들의 행렬이 지금 막 지나가고 있었다. 태극기가 낙엽처럼 흔들리고 있었다.
 청년에게는 권유가 처음부터 소용없는 것이었다. 자기 요구라는 것, 그것을 청년은 알고 있었다. 그리고, 그 요구라는 것이 자기에게는 용납되고 있지 않다는 것을 누구보다 더 잘 알고 있었다. 그는 괴로워하고 있었다. 그는 그 요구대로 될 수가 없었다.
 노인이 훌쩍이고 있었다. 하지만 자기 요구를 알고 있는 자에게 권유가 무슨 소용이 있을 것인가? 권유란 일종의 자기 대화—그리고 그 대화는 죽어나간 그 사내의 여자에게서처럼 스스로를 향한 행위에 불과한 것이었다.
 모든 요구는 언어가 허용될 수 있는 한계 이전의 것이었다.
 판토마임……
 그렇게도 나의 머리에 맴돌기만 하던 창문의 이미지가 문득 머리에 떠올랐다. 그렇게 안타까워했던 것은 어떤 경험의 회상이 아니라, 강한 이미지로 받아들여진 그 단어의 개념에 불과했다. 판토마임…… '무언극'이라는 번역어로는 도시 실감이 나지 않는 말이다. 그것은 이 단어에 세 번이나 겹친 순음(脣音)의 작용도 있겠지만, 마지막 'ㅁ' 받침이 단어의 뜻과 더욱 잘 부합하고 있기 때문인 것 같았다. 받침 자체가 이미 그 내용이 지니는 무거운 침묵을 강요하고 있었다. 마지막 음절에서 자동적으로 입을 폐쇄당하고 나서, 나는 몇 번이고 이 단어의 이미지를 실감했고 한 번도 본 일이 없는 그 연극의 본질에까지도 어떤 예감을 지니게 되었던 것이다. 언어가 완전히 소멸된 거기에는 슬프도록 강한 행동의 욕망과 향수만이 꿈틀거렸다. 허나 나에게는 이미 그 욕망마저도 죽어버리고 없었다. 완전한 자기 망각. 그렇게 나는 시체처럼 여기 병실에 누워 있는 것이다.

어디서 발소리가 들려오는 것 같았다. 그러나 그것은 먼 거리의 행렬에서 오는 것인지, 복도에서 미스 윤이 울리고 있는 것인지 알 수 없었다. 처음에는 착각인지 실제의 소리인지도 구분할 수 없을 정도로 조그맣던 것이 차츰 폭을 넓혀 나중에는 나의 전체를 가득 채워버렸다.

미스 윤은 오지 않았다. 탑시계가 5시를 가리키고 있었다.

저녁을 마치고 나는 옷가지를 주워 입고 준의 방으로 갔다. 준은 벌써 나가고 없었다. 미스 윤이 신문을 보고 앉아 있다가 나의 차림새에 놀라 일어섰다. 나는 그러는 미스 윤이 아직도 손에 들고 있는 신문에다 눈을 주었다. '한국군 월남 파병 환송식'이라는 톱 제호가 유난히 크게 눈에 들어왔다. 그럼 오늘 낮 창문에 비친 것은 이 파월군의 행렬이었구나.

"한국 군대가 월남을 가는군요."

나는 이상한 흥분기를 느끼면서 말했다. 미스 윤은 대답하지 않았다.

"준은 나갔습니까?"

미스 윤이 비로소 신문을 테이블 위에 내려놓았다. 그리고 역시 그 이상한 눈으로 나를 쳐다보았다. 이제 보니 그녀의 눈동자는 상당히 까만 것이었다. 한동안 미스 윤은 그렇게 나의 표정을 읽고 나서 침착하게 입을 열었다.

"아마 놀라시진 않을 거예요. 하지만…… 그분도 선생님에 대해서만은 절 속이고 있었어요."

"공모가 아니라는 말씀이군요. 하긴 준은 언제나 나보다 어른이니까."

"결국 셋이서 따로따로 속이고 있었던 셈이죠."

나는 문을 열고 나왔다.

"신세 진 일은 잊지 않겠습니다."

"그런 일이 있었던가요?"

"거울을 빌려주신 거라든지……"

복도를 지나가는 나의 발걸음 소리가 나 자신에게도 선명했다. 병원 현관에서 나는 걸음을 멈췄다.

"괜찮을까요, 갑자기?"

미스 윤이 내 쪽을 정면으로 바라보며 물었다.

"글쎄요. 바늘을 끼워놓은 시계니까 이제 돌아가봐야죠."

"다시 돌아오시겠죠?"

미스 윤은 갑자기 지금과는 정반대의 말을 하고 있었다.

"글쎄요. 지금은 그러지 않으려고 합니다만."

나는 거푸 두 번이나 '글쎄요'를 쓰면서 그 말로 좀더 강하게 자기를 주장하고 있는 느낌이었다.
 "혹시 필요한 일이 있으시면, 이젠 제게로 연락해주세요."
 이 말도 나는 사양하려고 했다. 그러나 입을 떼려다 미스 윤의 눈에 아까 낮에와 같은 뽀얀 것이 서리기 시작하는 것을 보고 나는 머리를 끄덕여주었다. 정말로 꼭 한 번쯤은 다시 이곳을 들르게 될 일이 있을지도 모르겠다고 생각하면서, 지금 막 어둠이 깔리기 시작한 거리로 나는 천천히 병원 문을 걸어 나갔다.

(『사상계』 1965년 12월호)

아이 밴 남자

 장의차는 며칠째 발을 개고 잠에 떨어져 있었다. 차체의 누르데데한 엉덩이께에 얼룩진 햇볕이 길게 풀어지면서 흘러내렸다. 그러나 그 볕 조각은 차고 바닥을 내려서기도 전에 빛이 다 바래고 말았다. 잠시 후에는 장의차의 콧잔등에 기대어 선 나의 손목이나 옷섶에 묻어 있던 볕 방울도 요술처럼 사라졌다. 차고의 뒷구석에선 무거운 어둠이 차오르기 시작했다.
 "이젠 들어가지요."
 벌써부터 옷을 갈아입고 나앉아 있던 강주화가 손가락을 오도독 꺾었다. 일어서라는 뜻이었다. 다섯 손가락을 동시에, 그것도 아주 듣기 좋은 소리로 꺾어 보이는 것으로 주화는 다음 행동을 재촉하는 신호로 삼았다. 그는 몇 차례, 창문 유리로 이쪽을 지키고 앉아 있는 사장 영감의 눈치를 살피는 척하더니, 드디어 손가락을 꺾은 것이다.

"한번 더 돌고 오겠어."

나는 주화의 재촉과는 정반대의 말을 하면서 차에서 몸을 세웠다.

"뭐 이제 뒈질 놈이 있을라구?"

혓바닥이 유난히 부푼 말소리였다. 모처럼 매고 나온 넥타이 탓이기도 하리라.

8시에 깔치를 만난단다. '썩 쓸 만한 년'이어서 시간을 섣불리 어길 수가 없단다.

그러나 내가 그냥 문까지 걸어가니까 주화는 할 수 없이 한번 더 손가락을 꺾었다.

"그럼 빨리 다녀와야 해요. 지금이 7시니까 10분 안으로. 난 반까지는 나가야 하니까."

가슴으로 난로를 감쌌다. 썩 문을 닫으라는 시늉이었다.

주화는 이 장의사의 고용인이자 주인 영감의 맏아들이었다. 대학을 나온 터이지만 다른 취직자리를 구하기에는 능력 불급이어서, 그의 부친, 즉 이 장의사의 사장 영감이 가업(家業)에다 아들을 묶어버린 것이다. 주화는 부친의 처사에 불평하지 않았다. 그렇다고 그것이 자기의 처지를 자랑스럽게 여긴다는 뜻은 아니다. 사장 영감은 자기 능력에 순응할 줄 아는 주화에게 만족한 모양이었다. 하지만 나는 그 정도에서 머물고 만 주화의 능력을 존경하고 싶지는 않았다. 어떻든 주화가 사장의 아들이라는 점은 나와 달랐다. 하기는 그도 회사의 규정에 따라 보수가 지불되고, 그것도 꽤 엄격히 이행되고 있는 셈이었다. 그러나 나는 이 부자 사이에서 늘 어떤 은밀스런 장난기 같은 것이 느껴지곤 하였다. 사장 영감의 눈치를 살피는 주화의 거동도 절반은 엄살이었다. 일거리가 없다고 나처럼 초조해서 날뛸 주화가 아니었다.
"먼저 나가지?"
먼저 회사를 나갈 주화가 아닌 것을 알기 때문에 나는 일부러 그렇게 말해주었다. 그리고 그의 얼굴을 보지 않은 채 문을 나섰다.
해가 떨어진 변두리의 저녁 거리에는 매서운 냉기가 일렁이고 있었다. 칼날 같은 바람이 가끔 볼을 깎고 지나갔다. 아닌 게 아니라 하필 이런 추위를 골라 죽을 놈은 나서지 않을 것 같다. 춥다 보니 콘크리트 바닥에다 문질러놓은 듯이 머릿속까지 쓰리다.
"망할 년!"
그러니까 벌써 다섯 바퀴째가 되는가 보다. 사팔이 누이년 때문이었다. 그것이 나와 피를 나눈 육친이라는 것만 생각해도 염통이 근질근질해온다. 어차피 내가 오라비 구실을 해내지 못하고, 제 년이 누이 구실을 못할 바에야 나는 나대로 저는 저대로 지내주었으면 이렇게 고생을 사서 하는 일은 없었을 게 아닌가. 한데 누이년은 어떻게든지 나를 가만두려고 하지 않았다. 되지 못하게 자꾸 누이 행세를 하려 들었다. 그래 나도 모처럼 년에게 그 오라비 구실을 한번 해준답시고 이 지경 이 꼴이 아닌가ㅡ
며칠 전이던가? 그것도 현희의 앞에서 당한 일이었다. 일자리에서는 종일 허탕만 치고 저녁거리도 준비하지 못한 채 방을 들어서니까, 그날은 이상하게 성냥 공장을 나다니는 누이란 것이 먼저 와 있었다. 백랍처럼 하얗게 된 얼굴을 드러내놓고 한 뙈기밖에 없는 이부자리에 년이 쓰러져 말려 있었다. 여자랄 것도 없는 편

편한 젖가슴은 숨을 쉬는 기색도 없었다. 방에 연탄을 피운 지가 열흘도 넘었으니까, 가스 중독 같은 것은 염려 바깥이었다. 그러니 좀 수상쩍은 대로 내버려뒀으면 좋았을 것을, 그만 년의 어깨를 흔들어본 게 잘못이었다. 기다렸다는 듯이 년의 사팔눈이 나를 몽롱하게 올려 쳐다보는 것이었다. 사팔눈의 동자가 한쪽으로 비뚤어졌다. 그 비뚤어진 눈에 신호를 받은 것처럼 나는 울컥 화가 치밀었다. 그 눈깔을 콱 도려내버리고 싶었다. 내가 년을 미워하는 게 한두 가지가 아니지만, 그 눈깔은 다른 무엇보다 내 비위를 건드리는 것이었다. 그 눈이 뽀얗게 흐려지더니 금방 그것이 한 덩어리로 응결되어 눈시울을 넘어오고 있었다. 내가 그때 얼마나 무서운 눈을 하고 있었는지는 년의 다음 행동으로 쉽게 짐작할 수 있을 게다. 년이 내 손을 와락 부여잡고는 '오빠'(다시 말하지만 이 소리에는 정말 내장이 거꾸로 서온다) 하는 소리와 함께 죽는시늉을 하며 얼굴을 내 무릎으로 던져왔다. 순간 내 무릎이 그 머리의 낙하 방향과 반대쪽으로 움직였고, 년은 솜뭉치처럼 가볍게 방바닥으로 나가떨어졌다. 하루 종일 일거리 대신 커다란 동그라미를 그리고 앉아 있었던 역정까지 치솟아서, 나는 엎드러진 채로 가만히 있는 년을 남겨두고 방을 나와버렸다. 그러나 거기까지는 아직도 좋았다.

"아저씨, 오늘은 웬일이시죠? 이렇게 늦게까지."
허연 입김을 내뿜으면서 가게 소년이 머리만 동그랗게 내밀고 소리쳤다.

H동 전차 정류소에서 S동 쪽으로 꺾어드는 길모퉁이에 쓰레기통보다 조금 높게 웅크린 이 구멍가게가 말하자면 우리 회사의 직할 사무소인 것이다. 연락 사무소까지 거느린 회사라니까 규모가 대단한 줄 알면 오해다.

 얼마 전 우리 장의사가 큰 위기에 부닥친 일이 있었다. 영업 지역 안에 장의사가 또 한 곳 생긴 것이다. 일거리가 반감될 판이었다. 자칫하면 영업 주도권을 통제로 빼앗길 수도 있는 판세였다.

 상가의 주문만 기다리고 앉아 있을 계제가 아니었다. 새로운 영업 방도가 마련되지 않으면 안 되었다. 주인 영감은 하루 종일 창유리 앞에 콧구멍을 후비고 앉아서 그런 일에 묘안을 잘 깨치는 위인이었다.

 유연히 콧구멍만 후비고 앉아 있던 영감이 하루아침은 손을 털고 나서 나와 주화를 불러 세웠다. 그리고 그 며칠간에 깨쳤음 직한 영감의 묘안이 엄숙히 하달되었다. 영감은 월급제였던 나와 주화의 임금을 빈약하기 그지없는 기본액에다 성과급을 실시하겠다고 선언하고 나서, 그 성과급제 실시가 사실상의 임금 인상이 되게 할 영업 방법의 개선책을 몇 가지 설명했다.

 즉일(卽日)로 일대 요소의 구멍가게 다섯 곳이 연락소로 선발되고, 부근의 조상(弔喪) 뉴스를 최단 시간에 본사에 연락할 임무가 부여됐다. 그 공로에 대해서는 응분의 사례를 약속했다. 그것은 썩 현명한 방책이었다. 일정한 상사(喪事) 발생률에 비하여 우리 장의사의 영업 성적은 별반 변함이 없었으니 말이다.

 웬만하면 우리는 본사에서 연락소의 보고만 기다려도 되었다.

정 연락이 없으면 주화나 나 둘 중에서 하나는 본사에 남고 하나가 연락소 순시를 나선다. 좀더 빠른 시간 안에 정보를 탐색해내기 위해서이기도 하지만, 요즈음 연락소에서는 담당 구역에서 발생한 환자의 동태를 면밀히 파악하고 있는 정도가 되어, 영업 전망까지도 함께 내다볼 수 있는 순시 행차였다. 상가를 찾아내면 우리는 덮어놓고 조등(弔燈)과 조상포(弔喪布) 따위를 상가로 운반해다 걸어놓는다. 그런 때 상가에선 대개 일이 어수선해서 우리들의 거동에는 신경을 쓰지 않는다. 나중에 적당히 장의사의 위치와 연락 방도를 강구해놓고 돌아와 기다리면 되었다.

그런데 그렇게 연락소를 거느리고 보니 주인 영감은 생각이 달라진 모양이었다. 하루 아침은 영감이 주인 영감이나 아버지라고 하지 말고, 기왕이면 장의사의 '사' 자에 '장' 자를 붙여 '사장'이라 부르라고 했다. 주인이 '사장'이 되니까 장의사는 저절로 회사가 되었고, 그 회사가 전찻길 후사면(後斜面) 주택가 일대에 조상 정보(弔喪情報)를 의뢰하고 있는 다섯 곳의 구멍가게도 덩달아 지점 또는 연락 사무소가 된 것이다.

그런데 이 첫번째 구멍가게는 우리 회사 본점과 지척 간의 거리에 있다는 이유로 직할이라는 듣기 좋은 이름을 얻고 있었으나, 오히려 가깝기 때문에 이곳에서 탐색해낸 조상 정보는 대개 엇비슷한 시각에 본사에도 입수되게 마련이었다. 따라서 영업 성적이 다른 네 곳에 비해 가장 부진한 곳이었다. 평상시엔 별반 기대를 걸고 있지 않은 곳이었다.

일을 해도 좋고 안 해도 좋을 때는 난들 시구를 실어내는 일이 달가울 리 없었다. 그러나 일이 끝날 때마다 당장 주머니에 들어오는 것이 생기는 이 성과급제가 실시된 뒤부터 나의 즐거움이라는 것은 오직 곡성과 숨이 차서 뛰어오는 연락원의 영접, 그리고 공동묘지나 화장터로 달리는 장의차의 핸들을 붙잡고 있을 때의 느긋한 감정뿐이었다. 하지만 도대체 요즈음은 무슨 꼴이란 말인가? 주화를 제치고 설마 오늘이야 하고 나 혼자 쏘다니기가 벌써 사흘. 서울에 호열자라도 도는 횡재를 바랄 수는 없지만, 단 한 건도 일이 얻어걸리질 않으니 말이다.

더욱이 오늘은 벌써 네 번이나 허탕을 치고 난 참이라 새삼스럽게 기대를 걸어볼 용기가 나지 않는다. 그렇다고 지금 나는 이 직할 초소를 그냥 지나칠 만큼 태평한 심사도 못 된다. 무슨 일이 있든지 오늘은 황천객을 한 사람 맡아놓지 않으면 안 된다.

"녀석! 추운 게로구나. 아직두 없어?"

"없어요. 이렇게 추운 날씨에 죽을 사람이 어디 있어요?"

이놈아, 죽는 게 날씨 골라가며 치르는 일이냐? 나는 소년을 한 번 흘끗 노려보고 진열대에서 알담배를 한 개비 집어 물었다. 구하라 주실 것이요, 찾으라 얻을 것이라, 두드리라 그러면…… 근처에 간장염 환자가 한 사람 치료를 받지 못하고 있는 터이기는 하지만, 그게 어디 하루 이틀 사이에 끝장이 나는 병인가? 하루 한 건쯤 얻어걸리던 일이, 이 며칠 문이 부서져라 두드린 동안은 단 한 건도 일거리가 없었다.

"아저씬 나중에 천당 가긴 글렀지?"

소년이 담배에 불을 붙이고 있는 나를 물끄러미 쳐다보다가 갑자기 말했다. 이놈은 이런 식으로 가끔 나를 놀렸다.

"천만에다. 난 요단강쯤 내 장의차를 손수 운전해서 건널 참이다."

"그럼 나도 한자리 낄 수 있겠네요?"

나이에 비해 보통이 넘은 놈이었다.

"그래라. 대신 지금 당장 서울에 호열자가 돌아서 3분의 1만 죽어넘어지라고 빌어야 한다. 망우리로 홍제동으로 실컷 차를 한번 몰아봐야겠다. 그런 담에 널 실어다 요단강을 건네주지."

나는 정말로 나의 차에다 가득히 관을 싣고 달리는 상상을 하다가 싱겁게 씩 웃고 말았다.

소년도 비실비실 따라 웃었다. 나는 녀석의 볼때기를 한 대 쥐어박아주었다. 놈의 머리가 가게의 진열대 밑으로 쏙 들어가버렸다. 나는 잠시 멍하니 서 있었다. 누구를 때렸다는 생각도 별로 들지 않았는데, 안에서 훌쩍거리는 소리를 듣고 보니 나는 그때까지 흉물스럽게 주먹을 쥐고 있었다.

원컨대 호열자라도 좀 돌았으면 싶다. 하지만 그런 엉터리 같은 꿈은 잠시 날개를 접어둬야지. 시간이 바쁘다. 주화 녀석! 계집을 만나겠다고 그리 날뛰는데 늦지 않도록 돌아가줘야겠다. 7시 반까지면 되겠지.

나는 담배를 비벼 끄고 급히 직할 초소를 떠났다. 오늘은 어떻게 하든지 사팔이 년의 일에 끝장을 내야 한다. 현희를 위해서도 꼭 그게 필요하다. 아니, 단언하지만 그것은 바로 현희를 위해서다.

그날 밤, 그러니까 내가 방바닥에 엎어진 년을 버려둔 채 집을 나갔던 날 밤, 나는 자정쯤 해서 집으로 돌아갔다. 그동안 나는 안(安)이라고 하는 4번 연락소의 구멍가게 친구에게서 적당히 소주병을 비우고 난 다음이었다. 안은 내가 회사의 연락원들 가운데서 얻어낸 모처럼의 지기(知己)였다. 안과 친해진 것은 우리 장의사가 연락소를 구하게 된 바로 그 무렵부터였다. 연락소를 모집하러 나섰다가 그 청년의 구멍가게를 물색해놓고도, 오른쪽 빈 팔소매를 겨드랑 부근까지 돌돌 말아붙인 청년을 보고는 몇 차례나 망설인 끝에 겨우 용건을 꺼내었다. 죽음이라는 것을 이마빼기까지 맞대보았을 청년에게 선뜻 조상 정보 탐색원 노릇을 하라기가 좀 뭣했던 것이다. 어물거리는 내 말투에 청년은 눈치를 챈 듯 말아붙인 팔소매를 내려다보며 허허 웃었다.

"노형은 생각이 너무 까다롭습니다. 허허, 이 팔은—"

최전방에서 근무하다 면회객이 왔대서 위병 초소까지 나와봤더니, 하나뿐인 아우가 와 있더라는 것이다. 무슨 생각이었던지 아우는 몇 푼 모아두었던 돈을 몽땅 가지고 와서 형에게 내밀고는 눈물을 짜더라는 것이다. 안은 그 돈을 사양했으나 아우가 굳이 고집을 부리는 부리는 통에 할 수 없이 받아 넣고 자갈을 깨느라고 거칠어진 아우의 손을 만져주어서 돌려보냈다고 했다.

"아우가 지뢰 지대 산모퉁이를 돌아서고 나서 조금 있다가 폭음이 일어났지요. 이상한 예감이 들어 쫓아가 보았더니 아우는 지뢰를 밟았는데도 그저 자는 사람처럼 조용히 누워 있지 뭐요."

그걸 보자 안은 경고 표지가 붙은 철조망을 넘어 그곳이 지뢰밭인 것도 잊어버리고 내달았다고 했다. 폭음이 또 한번 일고 안도 역시 아우 곁으로 함께 넘어졌었노라고.

"아우는 첨부터 그런 생각이었던 게 아닐까요?"

"글쎄, 그건 잘 모르겠어요. 하여튼 전 곧 정신을 차리고 살아났어요. 물론 아우는 처음대로였구요. 생각나는 게 있더군요. 처음 정신이 들었을 때, 아우와 나는 비스듬히 반대쪽을 향해 누워 있었는데, 아우 쪽은 죽고 나는 살아 있더란 말입니다. 결국 죽는 것과 사는 거란 이쪽으로 눕는 것과 저쪽으로 눕는 정도의 차이, 그렇게 간단한 차이가 아닌가 싶었습니다. 왜냐하면 우리는 첨에는 둘 다 꼭 자고 있는 사람 같았거든요."

안은 연락원으로 채용되었고, 내력이 별로 유쾌한 것은 아니었지만, 나는 이상하게 그를 쉽게 대할 수가 있었다. 좀처럼 그런 일이 없는 내가 이 친구만은 집으로 끌고 와서 술까지 마신 적이 있었다. 그러나 그런 일은 딱 그 한 번뿐이었다. 무슨 말끝에선가 사팔이 누이년의 이야기가 이 친구의 입을 스친 후로, 나는 다시는 안을 집으로 끌어들이지 않았다.

"형님에게 누이가 있으리라고는 생각지 못했습니다."

이 말에 나는 그 앙상한 젖가슴과 가끔 여자 흉내를 내보려는 누이년을 생각하며 몹시 불쾌해졌다.

"사팔이더라고는 하지 않는군."

그 후로는 내가 그의 가게로 찾아갔다.

한데 그날 밤, 안은 좀 이상했다.

그는 벌써 취해 있었다.

"형님. 나두 행복해지는 방법이야 참 많이 알고 있지요. 들으니

간 행복이란 건 새침쟁이 여신이 나눠준다고 합디다만 난 고년두 꼬일 자신이 있단 말요. 나처럼 허술한 놈일수록 그런 건 잘 아는 법이지요. 안 그래요, 형님?"

나를 보자 안은 다짜고짜 지껄여댔다.

그러나 그런 따위 푸념은 내게 알쏭달쏭하기만 했고, 그런 데 관해선 더 이상 생각을 하고 싶지도 않았다. 무슨 일이 있는 듯했으나 나는 안의 이야기엔 관심이 없었다. 관심이 없었으니까 그런 것을 모두 인정해주었다. 그리고 한 모금 한 모금 독한 술기에 마음을 적셔 들어가고 있었다.

12시를 지나서야 코를 홍얼거리며 건들건들 대문을 들어서 보니, 현희가 뜻밖에 우리 방 아궁이에 연탄을 피우고 있었다. 한집에 같이 세를 들고 있으면서도 눈인사 한번 주고받은 적이 없던 현희였다. 아침에 나갔다 밤늦게 돌아오는 나는 말할 것도 없고, 누이년도 말 한마디 건네지 못하게 다짐해놓았던 현희다.

친절을 베풀어줄 현희가 아니었다. 이런 일이 한번 있었을 뿐이었다.

아침 세수를 하고 있는데 대문을 두드리는 소리가 들렸다. 나가보니 웬 여자가 서 있었다. 비누 거품이 희번드레하게 덮인 내 얼굴에, 그녀는 좀 미안했던지 말을 꺼내지 못하고 머뭇거리고 있었다.

"누굴 찾으십니까?"

"송현희라고……"

"그런 분 안 계십니다."

귀찮은 생각에 나는 여자의 말이 채 끝나기도 전에 딱 잘라 말했다. 그러나 여자는 미심쩍은 듯이 뭐라고 더 묻고 싶은 얼굴을 했다.

나는 눈으로 들어간 비눗물을 짜면서 대문을 닫아버렸다.

"아저씨, 이 집에는 세 세대가 살고 있어요. 제가 현휩니다. 성은 송가구요."

현희가 방문을 열고 나왔다. —참 그렇던가?

"미안합니다. 댁의 성함을 몰라서 그만……"

얼른 눈에서 비눗물을 씻어내면서 변명을 늘어놓는 동안 현희는 벌써 대문을 나가고 없었다. 조금 뒤에 그녀가 다시 대문을 들어섰을 때 나는 또 한번 같은 말을 했다.

"괜찮아요. 뭐."

현희는 잠시 나를 건너다보았다. 그때 나는 현희의 눈이 늘 맑게 보이는 것은 검은자와 흰자가 너무나 선명하고 가는 선으로 갈라지고 있기 때문인 것을 알았다. 그러나 현희의 눈은 나를 보고 있는 것 같지 않았다. 나는 절반쯤 무관심한 듯한 그 눈에서 어떤 찌릿한 모멸감을 맛보았다. 그녀는 곧 가버렸다. 나는 한참 동안 내 방문과 별로 다를 게 없는 그녀의 방문을 노려보았다.

하지만 현희가 나와 가까운 곳에 있다는 것은 다행한 일이었다. 내가 현희에 대해 알고 있는 것은 이상하게 알게 된 이름과 그 눈뿐이었다. 그러나 그것만으로 나는 현희를 좋아했다. 좋아한다는 것은— 그저 좋아한다는 것 그것뿐이다. 운동회 날 아침에 떠오르는 해를 좋아했듯이 말이다. 그것은 단언을 해도 좋다. 나는 많은 여자를 사랑해봤다. 그러나 그때마다 나는 갑자기 한꺼번에 너무 많은 사랑을 해버리기 때문에, 여자가 그런 나를 눈치채기도 전에 제물에 미리 싫증을 내버리곤 했었다. 그러나 현희만은, 현희의 눈만은 나를 싫증 나게 한 적이 없었다. 내가 그녀를 다른 여자와 다른 식으로 좋아한다는 증거일 것이다. 그 때문에 나는 현희에게만은 나의 불결한 주변을 감춰두고 싶었다. 그녀가 그냥 눈인사도 없이 지내주는 편이 오히려 마음이 편할 지경이었다.

현희는 어리둥절해 있는 나를 대뜸 자기 방 앞으로 끌고 갔다. 나는 겁부터 났다. 정면으로 마주친 현희의 눈에는 그녀의 방에서 흘러나오는 형광등 불빛 때문이었는지 약간 신경질을 담고 있었다. 누이라는 것이 3개월 된 핏덩이를 떼어냈다고 했다. 나는 엉겁결에 그 핏덩이의 임자가 누구라더냐고, 알고 싶지도 않은 것을 물었다. 그러나 그 질문은 나를 위해서 썩 적절한 것이었다. 그녀는 당황한 눈치였다. 그러나 잠시 망설인 끝에 나에게만 따로 마련한 듯, 묘하게 가슴 한구석을 후벼대는 목소리를 했다.

"저 지경이 된 사람을 혼자 버려두고 나가다니……"

현희는 말을 채 끝맺지도 않고 방으로 들어가버렸다. 방문이 내 눈앞에서 탕 하고 닫혔다. 나는 그녀의 눈이 세모로 이그러진 것을 보았다.

막바지에 이르면 누구나 마음이 편해지는가 보았다. 암벽 속을 굽이치는 듯한 깊은 경련이 지나간 다음 나의 마음은 차디찬 결정(結晶)으로 응축되고 있었다. 잠시 후에 나는 퍽 의연히 방문 앞을 돌아 나왔다. 사팔뜨기 주제에 시집갈 생각을 한 년이 우습기만 했다. 년과의 혈육 인연을 저주하는 터에, 그 핏덩이의 임자를 따질 필요는 없었다. 못난 짓을 골라 한 것은 누이년이니까. 속게 마련이었다. 항상 헛눈만 파는 눈이 그랬다. 아니, 속는다는 것보다 그 눈이 먼저 보고 싶어 하는 것에서 비뚤어져버렸다. 누이란 년은 그런 눈깔에서 오히려 자기 진실을 만난 비극의 주인공 행세를 하는 것이다.

그런데 왜 하필 그런 누이년만 보면 나는 깜박 잊고 지내는 '나'라는 것을 생각하게 되는지 모르겠다. 나의 어디가 누이년과 닮은 것도 아닌데 말이다. 견딜 수가 없었다. 년은 나에게 그런 감정을 돋워주기 위해서만 살아가는 것인지도 모를 일이었다.

년의 욕을 하자면 끝이 없다. 오늘 아침 일만 해도 그랬다. 그럭저럭 마음을 도사리고 대문을 나서려는 참이었다. "오빠!" 년이 불렀다. 못 들은 척 그냥 문을 나오려다 보니 목소리가 좀 이상한 것 같았다. 고개를 돌리고 한참 그대로 서 있었다. 안에서는 별다른 기척이 없었다. 나는 다시 돌아서 나오려고 했다. "오빠." 이번에는 조금 떨린 듯한 누이년의 목소리가 발길을 붙잡았다.

나는 울컥 화가 치밀어서 대문을 차고 나와버렸다. 마침 거기 현희가 지나가다 나의 거동을 물끄러미 바라보고 서 있었다. 그 눈에는 전번 날 밤, 흉하게 이그러지던 세모 눈의 흔적이 아직도 남아 있었다. 그것은 절반쯤 방심한 듯한, 그 눈이 평소에 지녔던 경멸감보다는 차라리 어떤 오뇌에 가까운 것이었다. 나는 견딜 수가 없었다. 현희를 위해서, 그 맑은 눈동자를 지켜주기 위해서, 그날 밤 나의 결정은 백 번이라도 옳았던 것이다. 그러니 이젠 일이

나 빨리 끝내야겠다. 그것은 꼴사납게 야위어 누운 년에 대한 나의 마지막 축복이 될 테니까. 내가 년을 축복한다면 우선 강주화 동지가 곧이듣지 않을 말이다. 하지만 내가 악신(惡神)에게일망정 기원의 손을 모은 적이 있다면, 그 3분의 2는 년을 위해서였다고 확언할 수 있다. 물론 그랬어도 별수는 없었다. 그러나 나에게는 아직 마지막 축복의 방법이 하나 남아 있는 것이다.

―그즈음 아버지는 날마다 밤늦게 리어카를 덜거덕거리며 집으로 돌아왔다.

그러던 어느 날 밤은 아버지가 유난히도 일찍 돌아왔다. 어머니는 뜻밖에 빨간 빛깔이 도는 생선국을 끓여 내왔다. 그때 복어국을 몇 그릇으로 나누어 놓았는지는 기억할 수가 없다.

사팔이 년은 물론 숟가락질도 제대로 못하는 나이였으니 자기에게 내려졌던 그 축복의 사연을 기억할 리가 없다. 아버지와 어머니는 즐겁지도 않게 그 국을 먹고 있었다. 그러다가 갑자기 아버지가 문을 차고 뛰어나가 소리를 지르고, 어머니는 모질게 이를 악물고 상 밑으로 기어 들어갔다. 내가 병원에서 정신이 들었을 때, 이 광활한 천지에 하필 나는 사팔이 누이의 오라비로서만 남아 있었다. 우리는 고아원으로 갔다. 그리고 그때부터 누이의 사팔눈은 이날까지 끈질기게 나를 쫓아다녔다.

처음 장의차를 끌게 되었을 때는, 귀찮은 곡성과 여름이면 메슥메슥 시구 썩는 냄새를 맡고 앉아서, 내 머리에 축복의 향유를 부어주지 않은 하느님을 늘 못마땅해하기도 했지만, 융성하지도 영락해버리지도 않고 항상 고만한 장의사에서 5년 근속이란 이력을 쌓으면서, 어떤 자들에게는 죽음이 오히려 평화를 가져다주는 것을 알았을 때, 나는 그것이 우리들에 대한 그 리어카꾼 내외(죄송한 말이지만 할 수 없다)의 단 한 번의 축복이었다는 것을 이해하게 되었다. 그러나 그 축복은 유예되었고 결국은 우리들의 유일한 유산으로 남게 된 셈이었다.

이제 누이에게 그 축복을 내려야 할 때가 된 것이다. 그렇게 말해도 주화 놈은, 어느 계집을 만나러 가기 위해서 손가락을 꺾고 앉아 있을 주화는 곧이듣지 않을 것이다. 무엇보다도 그는 죽음을 찾아다니기는 했어도 자신이 한 생명을 죽이겠다는 생각을 경험해 본 일이 없을 테니까 상관없는 일이다.

누이년의 일을 끝내기 위해서는 어떻게든지 돈이 좀 잡히게 되어야겠다.

중턱에 매달린 담배 가게의 제2연락소에도 신통한 소식이 없었다.

"위궤양이던 그 중년 남자가 복막염을 일으키긴 했지만, 금방 병원으로 달려가버려서 당장의 일거리로는 가망이 없어요."

재수 없게 되었다는 듯 아직 쉰이 될까 말까 한 대머리가 느릿느릿 말하고는 칵 가래침을 뱉었다. 할 수 없다. 산 정수리에 자리잡고 있는 3번 초소의 영감은 가장 넓은 지역을 맡고 있으니까 혹시 모른다.

나는 오르막길로 들어섰다. 누이년이 그 리어카꾼 내외처럼 날뛰는 일은 없어야 할 텐데.

"없어, 없어! 일거리가 그리 없으면 내일쯤 나라도 잡아가게."

3번 연락소의 영감도 좋은 얼굴이 아니다. 원래 해수가 심한 영감은 허리를 꺾고 다시 한 차례 가래를 끓이고 나더니,

"어떤가. 이 가겔 정리하면 내 장례비쯤 나오지 않겠나?"

누렇게 몰린 눈곱 속에서 빛을 잃은 눈동자를 굴렸다. 입에서 독한 소주 냄새가 물씬거렸다. 가게가 천금을 숨겼대도 내 장의차에 싣고 싶은 생각이 내키지 않는 영감이다.

재수 없는 영감 같으니라고. 오늘은 왜 이렇게 기분 잡칠 소리들만 지껄이는지 모르겠다. 내가 흐흥, 흐흥 하는 콧소리만큼이나 애매한 표정을 하고 서 있으려니 영감은 다시,

"왜, 싫으냐? 사는 것은 개똥처럼 굴러다녔어두 황천길은 공짜루 안 가!"

사뭇 시비조였다.

"영감님, 오늘 좀 취하셨군요."

"그래 이놈! 좀 마셨다. 그랬기로서니 늙은이를 그렇게 괄시하기냐? 것도 내 술 먹은 거다. 연탄 피울 만큼만 말이다."

영감은 느닷없이 호통을 치고 나서 제 서슬에 두 홉짜리 빈 소주병을 흔들어 보인다. 좀 비싼 연탄이어서 탈이지만 그것도 방한술(防寒術)의 한 방법임에는 틀림없었다. 하지만 나는 영감 연탄 피우는 구경이나 하고 돌아다닐 만큼 한가한 사람이 아니다. 이제는 건너편 내리막길 친구에게 마지막 기대를 걸어보는 수밖에 없다. 다섯번째는 워낙 4번과 근접해 있는 데다, 집 근처가 되어 나도 잘 아는 곳으로 별안간 일거리가 생겼을 리 없다.

주화가 혓바닥이 입에 가득 부풀어가지고 투덜대리라. 손가락을 열 번도 더 꺾었겠다. 4번의 안에게 빨리 내려가자. 그러나 나는 영감에게 다시 팔목을 붙잡혔다.

"어쩔 테냐 날? 설마 그 병원으로 실어다 주지는 않겠지?"

흠, 그러고 보니 생각나는 게 있다. 영감이 전에 어느 종합병원에 관비 입원을 해 있었을 때, 우연히 방을 잘못 찾아들어갔다가 커다란 유리통에 들어앉아 있는 시체를 본 적이 있노라고 했었다. 그 이야기를 하고 나서 영감은 그런 것을 어디서 구해 오느냐고 물었다. 그때 나는 농담 삼아 '영감님같이 장사치들 근속이나 돈 없는 사람이 그런 데로 가지요' 했던 것인데, 영감은 아직까지 그 말을 새겨두고 있었던 모양이다.

"안심하십시오. 영감님은 제가 땅덩이에 구멍이 나도록 깊이 파고 묻어드리리다"

하고 웃었으나 영감은 감격한 모양이었다. 나의 팔을 움켜쥔 손에 힘이 풀리고, 눈에는 흐리터분한 물기가 배어 나왔다.

"고마우이, 자넨 내 자식이야"

하더니 자기도 그 말이 좀 지나쳤다 싶었던지,

"아니 이건 참말이야. 난 늘 그렇게 생각했어."

정색을 하다가는 갑자기 한숨을 쉬었다. 이번에는 세 살 때 물귀신이 되어버려서 출생신고도 못해봤다는 아들을 생각한 모양이었다. 그리고는 자못 비장해졌다.

"내가 죽거든…… 자네가 이 가겔 정리하게. 그리고 여우 새끼처럼 송장 냄새만 찾아다니는 짓은 그만둬야 해. 그게 되기나 할 일인가? 자넨 학벌도 있다면서."

 만세를 불러야 할 판이다. 그러나 천만에다. 영감의 말은 기껏해야 '놈'이 '자네'로 바뀌는 호의 이상의 것은 될 게 없었다. 우선 이 영감을 내 장의차로 실어낸다는 것부터가 내키는 일이 아니지만, 실상 영감의 가게는 관 하나를 빼낼 정도도 될까 말까 한 형편이었다. 나는 길을 내려오기 시작했다. 시가지의 야광이 아름답다. 갑자기 공복감과 피로가 몰려든다. 주저앉기만 하면 몸이 폭싹 땅바닥에 깔려버릴 것 같다.
 그리고 보면 나는 불평을 해보아야 요령이 나서지 않는다는 것을 너무나 일찍 알아버린 것 같기도 했다.
 미술 학교 시절, 열을 올릴수록 그림과는 멀어져간다는 중평이 늘던 그림 공부와는 따로, 나는 일찌감치 자동차 기술학교를 졸업해두었었다. 그리고 '두위(頭位)'라는 미상불 듣기 좋은 첨어(添語) 덕분으로 나는 쉽게 택시의 핸들을 잡게 되었다. 그 점에서는 창조주란 작자가 딱 한번 헛눈팔이로라도 내게 모처럼 눈길을 보내주었다고 해야 할지 모르겠다. 나는 곧 군대로 가서 트럭 운전병이 되었고, 제대를 하고 나서는 지금의 장의차를 끌게 되었다. 하지만 이런 이야기는 아무와도 상관이 없는 것이다. 청승맞은 넋두리다. 그래서 나는 주화나 안에게마저 나의 이런 처지나 내력을 터놓은 적이 없었다. 현희에게는 말할 것도 없다. 이상하게도 이따금 이런 일들이 옛날서부터 벌써 누구의 존재를 예감하고, 그를 위해서만 그렇게 지내왔던 것 같은 생각이 들기는 했다. 그리고 그런 내력은 환각 속의 인물로 인해서만 비로소 귀중한 것이 되어

가는 것 같았다. 그렇게 되기를 바랐다. 현희를 향해서였다. 하지만 나는 그런 안타까운 기원이 서려들수록, 현희에게선 더욱더 멀리로만 달아나려고 했다. 모든 것을 감추려고 했다. 그녀의 맑은 눈동자 때문이었다. 행여라도 그녀의 눈에 그늘이 낄까 두려웠기 때문이었다.

 언덕배기에 늘어붙은 판자촌에다 축복을 내리기 위해 등성이에 올라앉은 교회당에서 저녁 예배의 예비종이 울렸다. 7시 반이다. 영감쟁이를 상대하고 있다가 늦은 모양이다. 8시까지는 반시간뿐이다. 5분 안에 들어가줘야지. 한데 일거리는 어떻게 될 것인가? 안의 환자 동태부에 한두 곳 희망을 걸어볼 데가 있기는 했다.
 안이란 놈, 생각할수록 기묘한 놈이었다. 가끔 안은 내가 온 줄도 모르고 남은 한 팔로 그 환자 동태부를 받쳐들고 열심히 무얼 들여다보는 때가 있었다. 돈줄을 찾는 것이다. 그러다 안은 피곤하게 웃으면서 그 환자 동태부라는 것을 나에게 건네준다. 처음 안이 그것을 내게 보여주었을 때 그는 전혀 심심풀이로 만들어본 것뿐이지, 몇 푼의 사례금을 위한 것은 아니라고 변명했다. 어느 쪽이 구실이 되든지 염라대왕의 마음에는 들 만한 착상이었다. 동태부는 어지간히 세밀을 기하고 있었다. 구역 안에 발생한 환자에 대하여 한 사람당 한 페이지씩을 할당하고, 매일 거기다 병태 경중을 그래프로 표시하여, 병상을 환히 알아볼 수 있도록 만들어놓은 것이었다. 밑에 마련된 비고란에는 어떻게 조사해냈는지 환자의 성별 연령 같은 인적 사항과, 병명, 평소의 건강 상태, 또 그 환자가 기왕증인가 신환인가 하는 구분, 재산 정도(이것은 투병 능력과 밀접한 관계가 있으니까)와 입원 여부, 입원의 경우라면 그 병원명 등이 소상히 기입되어 있었다. 그리고 결재란 비슷한 곳에는 사망과 치유 완료를 각각 다른 색연필로 기재해놓았다. 요즈음 그 명단에는 그래프의 커브가 절벽을 그리고 급상승해가는 식도암 환자 한 사람과, 신환의 노인 폐렴객이 끼어 있었다. 둘 중에 하나라도 끝장이 났으면 좋겠는데, 아까까지만 해도 그 두 그래프의 곡선은 안이 빨간 선으로 표시해놓은 사망선까지는 이르질 못하고 있었다. 안의 가게 돈을 몇 푼 옭아낼 수는 있겠으나 녀석도 요즈음은 퍽 어려운 꼴이었다. 며칠 전 갑자기 쓸 일이 생겨 그간 좀 모아뒀던 걸 다 쓸어넣었노라고 한 적이 있었다. 그보다는 내가 그쪽으로는 생각을 해보지 않았다. 돈 거래라면 오른손으로 받아서 왼손으로 돌려주는 일도 싫다. 그런데 안이 어떻게 내가 돈이 필요하리라는 어림짐작을 한 모양이었다. 아까만 해도 그는,

"형님, 오늘이야 설마 무슨 수가 나겠지요."

묻지도 않은 걱정을 해주면서 환자 동태부를 열심히 뒤적여댔던 것이다.

안은 가게에 없었다.

호롱불이 켜 있고 가게 문은 열려 있었다. 멀리 가지는 않은 모양이었다. 그사이 혹시 한 건 생긴 거 아닐까? 그럴 법한 일 같기도 했다. 안이 밤에 가게를 비우는 경우란 본사로 연락 임무를 띠고 나설 때뿐이었다. 나는 생각을 이리저리 돌리며 5분은 넘어 기다렸다. 안은 나타나지 않았다. 무작정 서 있을 수가 없었다. 5번

연락소로 가서 꼬마둥이 계집애에게 물어볼까? 5번은 여기서 조금만 내려가면 되었다. 원체 4번과는 근접해 있어서 두 연락소는 대개 양쪽 일을 알고 있었다. 따로 5번을 두지 않아도 좋을 것을 4번의 안이 불구라는 점을 감안해서 하나 더 정했던 것인데, 이제 안의 능력이 드러났다고 박정하게 폐쇄하기도 뭣해서 그냥 둔 곳이었다. 그런 지리 관계 때문에 5번이 본사 연락을 갈 때는 4번을 지나게 마련이었다.

안이 연락을 나설 때도 5번의 꼬마둥이에게 가게를 부탁한다고 했다. 나와 누이년의 거처도 실상은 조금 위로 이 구역 안에 있었다. 그러나 나는 금방 5번으로 가지 않았다. 이젠 더 걸을 수가 없었다. 아무래도 뭘 좀 먹어야 할 것 같았다. 그러나 주머니는 뒤져보나 마나였다. 안에게라면 나중에 돈을 치러줄 수도 있겠지만 가게에는 입에 넣을 만한 것이 없었다. 할 수 없다. 나는 구석에서 먼지가 두껍게 앉은 두 홉짜리 소주병을 하나 꺼내어 마개를 땄다. 영감처럼 되는 수밖에 없었다. 실상 신속하게 힘을 돋우자면 술보다 나은 것은 없다. 나는 두 번에 나누어 병을 다 비워버렸다.

금방 알코올의 싸한 감촉이 배에 전해왔다. 그리고 나서도 안은 나타나지 않았다. 나는 어슬렁어슬렁 안의 가게를 나섰다. 벌써 다리가 휘청거리기 시작하고 얼굴이 확확 달아올랐다. 나는 제법 콧소리를 내며 걸었다.

5번에도 계집아이는 없고, 아이의 할머니가 앉아 있었다.

"이 윗마을에 일거리가 생겼다고 알리러 갑데다."

더러운 천 조각으로 진열대의 사과를 번쩍번쩍 윤이 나도록 닦고 있던 노인이 덤덤히 말하고는 한참 눈을 껌벅이고 있었다. 예감이 맞은 것이다.

"그으 저쪽 외팔이 청년이 급히 올라갔으니까 자세한 건 곧 알게 될게요."

노인이 다시 사과를 하나 집어 들고 문지르기 시작했다. 안이 확인하러 간 게로구나.

자, 그럼 사팔이 누이여! 비로소 오라비 구실을 해주게 되는구나. 내 모처럼의 축복으로 무엇을 원하느냐?

너의 마지막은 역시 복어국보다는 나은 것으로 축복되어야지. 적어도 그 리어카꾼 내외처럼 날뛰는 일은 없어야 할 테니까. 그러면— 이제 너는 사팔눈의 숙명을 서러워해도 좋은 것이다. 얼굴을 파묻고 맘껏 서러워할 기폭을 갖게 되니까. 제기! 살아 있는 자들은 슬픔이 옷 주머니를 무겁게 차올라도 눈물을 흘릴 수는 없다니까. 나는 이렇게 한번이라도 자랑스런 오라비 구실을 해줄 수 있는 것으로 만족한다. 그리고 현희. 이제 네게도 그 눈을 지켜줄 수 있게 되겠구나. 귀여운 승자, 너의 발에 누이를 엎드려 입맞추게 하지. 너의 상패는 누이년의 패배로 장식해주마.

"길을 잡아드리리까."

노인은 우두커니 서 있는 내가 답답한 모양이었다. 사과를 진열대에 정돈해놓고는 선뜻 앞장을 섰다. 나는 미처 생각을 정하지도 못하고 노인을 따라나섰다. 추운 것은 잊어버렸으나 정신이 아물아물해서, 나는 노인을 놓치지 않으려고 숨을 헐떡이며 쫓아갔다. 그리고 뜻밖에 길을 내려오는 현희와 마주쳤을 때도 나는 자꾸 꼬이려고만 하는 다리를 가까스로 버티었다.

현희는 처음 나를 알아보고 놀란 얼굴이었다. 그녀는 내가 그렇게 취한 모양을 처음 보았을 테니까. 물론 오늘 밤 나는 단 한 병에 요 모양으로 취해버렸지만 그런 건 알 턱이 없었다.

현희는 아 하는 낮은 탄성을 발하고 나서 무슨 말인가를 하는 것 같았지만 나는 그 말을 듣지 못했다. 갑자기 눈알이 뱅뱅 돌아가는 바람에 나는 얼른 길을 올라와버렸다. 노인은 기다려주지도 않고 계속해서 길을 올라가고 있었다.

도대체 어디까지 갈 참인가. 이렇게 힘이 들면 그냥 아래서 기다릴걸 싶어졌다. 인제 더 못 갈 것 같다. 이렇게 높은 데라면 죽은 놈은 차라리 이쪽이 천국에 가까울 것 같다. 노인은 자꾸 오르기만 했다. 옛날 각개 전투 훈련을 하던 때의 분대장 같다.

얼마를 더 가다가 노인이 드디어 어느 대문 앞에서 발을 멈췄다. 그리고 그 대문이 나와 누이년의 셋집 앞인 것을 알았을 때에야 나는 술이 번쩍 깨었다. 나는 지금까지 아침저녁으로 오르내리는 길을 올라가고 있었다. 술기가 달아나고 나니 나는 정말 더 몸을 지탱하고 서 있을 수가 없었다. 노인이 손가락질을 하고 돌아선 뒤에도 나는 대문에다 이마를 기대고 한참 동안 그대로 서 있었다. 아직도 확실한 것은 아니다. ―아저씨 이 집엔 세 세대가 살고 있어요― 현희의 말이다. 이 하나의 문은 몇 사람의 서식처를 위한 것인지 모른다. 그날 아침 나는 그것을 이상한 인연으로 이해했었다. 어쨌든 어느 쪽이든지 이제 대문 안에는 진짜가 있는 것이다. 빌어먹을 어느 쪽이든지―이젠 대문을 밀고 들어서기만 하면 그만이다. 나는 대문을 밀고 들어섰다. 집 안은 의외로 조용했다.

　나의 방에서 촉수 낮은 전등불이 새어 나오고 있었다. 나는 방문 앞으로 다가섰다. 그리고 문을 열었다. 이번엔 의외라 생각되지도 않았다.

　주정뱅이모양 희미한 불빛 아래 비스듬히 몸을 기울이고 앉아 있던 사내의 형체가 우는지 웃는지 분간할 수 없는 표정으로 숙였던 머리를 내게로 돌렸을 때, 나는 그런 느낌이 들었다. 그 사내는 안이었다. 결국 나라는 놈이 재수가 없었던 게다. 오빠의 구실을 한번 해주렸더니, 이를테면 누구나 자기의 깃발을 스스로가 만드는 것인가?

　"약을 먹은 모양이오."

　안이 먼저 첫마디를 했다. 그 목소리는 너무 조용해서, 옛날 고등학교 때 내 그림이 어느 전람회에서 특선의 금딱지를 받았을 때 늙은 미술 선생님께 그 소식을 전하러 갔을 때의 그것처럼, 억눌린 감격 같은 것이 서려 있었다. 내가 그냥 멍하니 서 있는 것을 보고 안은 다시 아까와 같은 자세로 돌아가 머리를 떨어뜨리고 있었다. 그 모양이 어찌 보면 먼 새소리에 귀를 기울이며 침을 흘리는 미련한 산짐승의 형국이었다. 홍! 네놈이 있을 것만 있으면 꼬일 자신이 있다던 그 여신이란 게 고작 사팔이라. 하긴 그러니 네게서 그 여신의 눈길이 머물기가 힘들었을 테지. 갑자기 뱃속으로부터 웃음이 틀어올라왔다. 순간, 웃음이 정말로 입 밖에 새어 나왔던 것일까? 어느 틈에 달려들었는지 안이 내 면상을 한 대 호되게 갈겼다. 그리고 개새끼처럼 사납게 짖어댔다.

"이 새끼야! 너도 한번쯤은 사람이 죽는 걸 슬퍼해보란 말야."

외팔이 주제에 얼마나 억세게 휘저었는지 볼따구니가 아려서 나는 더 웃을 수가 없었다. 안은 또 같은 자세로 돌아갔다. 대문이 덜컥 열리더니 주화가 장의구들을 둘러메고 대문을 들어섰다. 그는 잠시 어리둥절해서 집 안을 두리번거리더니 방문 앞에 서 있는 나를 보고 우스꽝스런 걸음걸이로 다가왔다.

"어떻게 벌써 냄샐 맡고 왔지요?"

그것도 일이라고, 지내다 보니 녀석의 얼굴에는 저의 아버지가 대견해할 표정이 흐르고 있었다. 바보 새끼. 하긴 너 같은 바보에게 집을 가르쳐준 적은 없으니까.

"그보다 자네, 8시는 어떻게 하고 왔어?"

"막 나가려는 참에 5번 꼬마가 왔지 뭐요."

주화는 소리를 죽여 속삭였다.

"처녀 자살이라는데, 아까운 게 왜 그랬을까?"

—젖통이 무척 작은 처녀였다네.

나는 문득 그렇게 대꾸하려다 피식 웃어버렸다.

"그런데 초상집이란 게 어째 이리 조용해?"

내가 대답이 없으니까 녀석은 기웃기웃하면서 나를 곁눈질해 보더니, 드디어 손가락을 오도독 꺾었다.

"그럼 난 거길 가보겠으니 뒷일 잘 부탁해요."

나는 대꾸하기가 싫었다.

녀석은 머뭇머뭇하고 있더니 기어코 다시 꼬리를 달았다.

"하여튼 잘됐어요. 귀신 꼴을 못 봐서 야단이더니 이젠 후련하겠수다."

나는 안과 같이 날쌔지를 못했다. 그가 말을 마치고 조금만 내 옆에 있어주었으면, 나는 아까 안에게 맞은 분풀이를 해주었을 것이다. 그러나 주화는 벌써 대문을 나가고 없었다. 나는 대문 앞까지 쫓아 나갔으나, 녀석은 거기서도 기다려주지 않았다. 사내 하나가 오버 깃을 세우고 길을 올라오고 있을 뿐이었다.

―이 새끼야! 너도 한번쯤은……

갑자기, 안의 말을 놈에게 개처럼 짖어주려다 나는 폭 허리를 꺾으며 주저앉고 말았다. 어느 날 밤 현희의 방문 앞에 서 있을 때, 깊은 암벽 속을 굽이치듯 무겁게 지나가던 경련이 다시 살아났다.

현희는 혹시 저 새끼를 만나러 갔는지도 모른다. 터무니없이 나는 주화 놈과 현희가 함께 떠올랐다. 그건 참말이 아니다. 하지만 더러운 장의사 귀신. 송장 냄새나 찾아다니는 여우 새끼. 저놈은 이 땅덩이 위의 어떤 여자에게도 가까이해서는 안 된다.

정말로 녀석이 누굴 만나게 해서는 안 되는데. 허리가 펴지질 않는다. 이상하다. 뭐가 뱃가죽을 툭툭 치받는 것 같다. 숨이 막힐 것 같다.

"어디가 아파서 그러시오?"

길을 올라오던 사내가 나를 물끄러미 바라보고 있었다.

"복통입니다."

"댁이 이 근첩니까?"

"바로 이 대문입니다."

사내는 친절하게 대문을 두드렸다.
"그만두시오. 아무도 없습니다."
"많이 아프시면 병원엘 가셔야지."
"아니, 그럴 것까지는 없어요. 가끔 이렇게 아픕니다."
"허허 그럼 애라도 서는 모양이구료!"
사내는 안심한 듯이 성큼성큼 길을 올라가버렸다.
까닭 없이—나는 그 사내를 불러 세우고 싶었으나, 안이 혼자 집에 남아 있는 것이 생각나서 대문을 열고 집으로 들어갔다.

(『사상계』 1966년 3월호)

줄광대

1

"이봐."
"……"
"여봐, 자?"
"……"

나는 여자를 버려두고 담배에다 새로 불을 붙였다. 마음이 조금 놓였다. 나는 여자가 먼저 약속을 어겨주기를 바라고 있었던 탓이다. 밤이 한결 더 조용해진 것 같다.

— 빨리 불 끄고 자요.

아까 여자는 슈미즈 바람이 되자마자 재촉을 해댔다.

— 이봐, 난 네가 여자기 때문에 돈 주고 사온 게 아니야.

여자는 이불깃을 턱으로 끌어올리더니 한참 눈을 깜박이고 있었다.

―혼자 있기가 뭣해서 부른 것뿐이니까 여기서 밤을 지내주기만 하면 돼.

여자는 그제야 조금 웃었다.

―당신은 좀 이상한 분이군요.

―대신 나보다 먼저 자서는 안 돼.

여자는 입을 반쯤 벌린 채 머리를 끄덕였다. 그리고는 곧 눈을 감아버렸다. 3백 원이면 싸다고 생각했다.

몇 번 여자를 불러보았다. 그녀가 깨어 있기를 바라서가 아니었다. 여자는 그때마다 눈을 보시시 뜨고 나를 돌아다보았다. 목 아래 깔린 그녀의 머리숱이 보였다. 나보다 먼저 잠이 들어서는 안 된다는 약속을 이 여자는 자기 몸값쯤으로 계산한 모양이었다. 그건 좀 곤란하다. 내 쪽이 그녀를 건드리지 않는다고 마음을 꼭 정하고 있는 것은 아니니까. 구석에 놓아둔 휴대용 녹음기와 카메라가 좀 마음에 걸리기는 했다. 흔히 이런 여자들은 아침에 먼저 일어나 가버리기가 쉽고, 대개 그때의 손버릇은 좋지 않게 마련이다.

마침내 여자가 자고 있다. 나는 그 얼굴을 멍하니 바라보았다. 아무래도 금방 잠이 올 것 같지 않다. 역시 나는 고향을 찾아들었고, 그래서 조금은 흥분하고 있는 것인가? 아니면 이 여행에 대한 미지근한 책임감이 아직도 머리에 남아 있는 것일까? 그것도 아니면 아까 낮에 차에서 너무 자버린 때문인가?

―남 기자, 본적이 전남 C읍이었지요?

어느 날 퇴근 무렵 문화부장이 느닷없이 나에게 물었다.

―네, 그렇습니다만……

C읍이 나와 관계되는 것은 이력서와 호적 초본뿐이었지만 나는 그렇게 대답하는 수밖에 없었다.

―잘됐습니다, 남 기자. 이번에 고향엘 좀 다녀오시오.

뜻밖의 호의였다.

나는 조금 의아스런 얼굴을 지었다.

나는 문화부 기자 가운데서 근무 성적이 좋은 편이 아니었다. 문화부장과 각별한 친분이 있는 것도 아니었다. 부장의 호의가 수상쩍었으나 어쨌든 잘됐다 싶었다. 그러지 않아도 나는 어디나 한 차례 훌훌 떠돌아다니고 싶던 참이었다.

―한 며칠 묵으면서 이걸 좀 이야기로 만들어 오시오.

어디서 얻어들었는지, 부장은 C읍에 승천(昇天)한 '줄광대'가 있다고 하더라면서, 꽤 근거가 있는 이야기로 재미있는 기삿거리가 될 수 있을 테니 좀 자세히 취재를 해오라는 것이었다.

―좀, 어려운 일이군요.

―그럼 남 기잘 포상 여행이라도 시켜주는 줄 알았소?

―그게 아니라 거짓말 같은 걸 참말로 만들어 오라니 말입니다.

―허허…… 남 기잔 문학적 센스가 있는 사람이니까 잘 해낼 겁니다.

나는 부장의 말을 이해할 수 있었다. 하지만 그 문학적인 센스라는 말엔 입이 썼다. 그것은 내가 문학을 지망했으면서도 한 편의 작품도 쓰지 못했다든지 하는 그런 이유에서가 아니었다. 우선 나에게는 내가 보고 느끼고 생각한 것 전부를 포함하면서 동시에 그것들에 어떤 소설적 질서를 부여하는 능력이 없었다. 소설을 쓰겠다고 생각하면 멀쩡하게 조리가 정연하던 생각의 흐름이 갑자기 혼란을 일으키기 시작했다. 이 말도 적합지가 않다. 나의 머릿속은 혼란이라는 말로 딱 잘라서 규정할 수 있는 상태도 아니었다. 결국 내가 소설을 쓸 수 없다는 것은 다른 아무것도 할 수 없다는 것과 마찬가지 소리였다. 그야 부장이 나에게 문학적인 센스가 있다고 한 것은 단지 내가 문과를 나왔다는 이유에서였을 뿐 나를 비꼰 것은 아니었다. 그래서 나는 비위가 더 상했다. 그러나 나는 대답했다.

―어떻든 가보겠습니다.

그렇게 해서 미지근한, 말하자면 포상 여행이 아닌 출장 여행으로 나는 어젯밤 서울역에서 7시 야간 열차를 탔고, 아침 5시에는 광주에 도착했다. 서울은 저녁이었고 광주는 아침이었다. 그러니까 밤은 서울과 광주 사이에 있었다. 나는 그동안 줄곧 잤다. 어쩌다 눈을 떠보면 창밖에서 어둠이 서울 쪽으로만 몰려가고 있었다.

광주에 내려서 대강 아침을 먹고 다시 C읍행 버스를 탔다. 버스에서도 나는 잤다. 그저 잤다고만 할 수는 없겠다. 다른 사람들은 자지 않고 있다든지 유리창을 흐르고 있는 것이 밤 대신 낮이라는 것 따위는 알고 있었으니까. 이번에는 유리창을 흐르고 있는 것이 서울 쪽이면서 광주 쪽이라는 것도…… 산비탈 신작로를 비스듬히 기운 전봇대들이 왼쪽과 오른쪽으로 번갈아가면서 잇대었다. 차가 그 전신주 사이를 왼쪽과 오른쪽으로 비키면서 달렸다. 겨울 한철 깜박 잊힌 산골의 주름살 같은 논배미들도 지나갔다. 그러나 그 대부분의 시간을 나는 자고 있었다. 그래서 그런 것들은 내가 자고 있는 동안 자동차만큼이나 빠른 속도로 아무렇게나 지나가버렸다. 그리고 버스는 광주를 출발한 지 네 시간여 만에 터덜터덜 C읍으로 들어섰다. 20년 만에 나의 고향이라고 하는 땅을 밟는 데 불과 열네 시간 남짓밖에 걸리지 않았다는 사실이 나에게는 무척 생소하게 느껴졌다. 그러자 나는 정말로 C읍과는 아무 상관도 없는 사람이었다는 생각이 들었다. 지국이라도 찾아볼까 했으나, 나는 언뜻 눈에 띈 이 여관으로 들어와 내처 낮잠만 자버린 것이다. 잠에서 깨어난 것은 시계가 5시를 지난 뒤였다. 그러니까 지금 잠이 오지 않는 것은 그렇게 너무 한꺼번에 많이 자버린 탓일 게다. 하기는 난 서울 집에서도 일요일이면 밤과 낮을 뒤집어 살기 일쑤였다. 낮에 잠을 자고, 밤을 뜬눈으로 지내노라면 나는 다른 사람의 두 곱을 사는 것 같은 생각이 들었다. 더욱이 그 시간만은 내가 다른 사람을 이기고 있다는 쾌감까지 덧붙었다. 어쨌든 지금 여자는 자고 있다.

"여봐!"

나는 다시 여자의 뺨에 손바닥을 대고 흔들었다. 아까부터 여자에게 물어보려던 말이 지금 막 떠올랐기 때문이다. 아까 저녁 무렵 잠이 깨었을 때 얼굴이 답답해서 세수를 좀 하쟀더니 물이 없다고 했다.

―가뭄에다 시골이 되어 그렇답니다.

주인 여자는 행장거지로 내가 위쪽에서 온 사람임을 알아본 모양이었다. 물을 길어다 줄 생각은 아예 하지도 않고 적갈색으로 녹이 슨 수도를 가리켰다. 날이 어두워지니까 여자가 이번에는 촛불을 켜들고 왔다. 파리똥이 까맣게 오른 30와트 전구에는 아직 불이 닿지 않고 있었다.

─시골이 되어서 늘 그렇답니다.

별로 답답해하는 것 같지도 않은 얼굴로 전구를 쳐다보았다. 나는 저녁을 드는 둥 마는 둥 하고 거리로 나왔다. 여자를 한 사람 사고 싶었다. 그러나 나는 C읍의 형편을 전혀 몰랐다. 아무에게나 물을 수도 없었고, 찾아갈 만큼 기억에 남아 있는 이름도 없었다. 밤을 혼자 지내기는 죽어라고 싫었다. 하는 수 없이 여관으로 와서 심부름하는 아이놈에게 부탁을 했다.

─밤에 이런 거 손대면 네가 책임져야 해!

아이놈에게 녹음기와 카메라를 가리켰더니,

─이 여잔 그런 거 절대로 손 안 대요.

아이놈이 반시간쯤 뒤에 여자를 데리고 와서야 그렇게 나에게 살짝 대답했다. 한데 지금 생각이 났다고 한 것은 여자를 사러 나갔을 때, 다릿목 집에서의 일이다. 그 앞을 지나가려니까 문득 눈에 뜨이는 간판이 있었다. 흰 바탕에 노랑과 검은색의 테를 두른 모양이 한눈에 장의사라는 것을 알아볼 수 있었다. 문제는 그 간판 말이었다.

승천장의사(昇天葬儀社)─

이것이 그 장의사의 이름이었다. 그리고 그때 비로소 나는 부장의 부탁(그냥 부탁이라 해두자)을 생각했던 것이다. 그런 말을 간판으로 삼고 있는 장의사 주인이라면 뜻밖에 재미있는 데가 있을

지도 모른다는 생각이 들었고, 그 주인과 하룻밤 술자리를 같이함
으로써 이번 여행의 채무를 일찌감치 치러버릴 심산까지 생겨났
다. 나는 우선 누구에게나 그 사내—아마 틀림없이 사내리라, 그
것도 약간 기분 나쁜 잿빛 얼굴색을 하고, 어쩌면 두껍고 검은 테
안경을 썼을—에 대해서 묻고 싶었다. 여자와 같이 있게 된 뒤로
도 여러 번 그런 생각을 했지만, 그때마다 금세 다시 주의가 헷갈
려버리곤 해서 기회를 놓치고 만 일이었다. 그렇다고 지금 꼭 그
걸 알아야 한다는 것은 아니다.

"여봐?"

여자는 겨우 눈을 떠보고 귀찮은 듯이,

"아이 아직두……"

잠에 취한 소리를 하고는 반쯤 벗은 몸을 아주 돌아누워버린다.

"요것 봐라!"

나는 갑자기 얼굴이 화끈 달아오르며 그대로 온몸이 함께 더워
지기 시작했다.

—흠, 어차피 곧이듣지 않을 약속이었는걸 뭘.

2

아침에 일어났을 때—정말은 아침이 아니었다—내 팔목시계는
벌써 12시가 훨씬 지나 있었다. 여자는 물론 가고 없었다. 녹음기
와 카메라는 그대로 있었다. 아이놈의 말은 역시 믿을 만해 보였다.

붉은 잉크 걸레를 헹궈낸 듯한 녹물에다 대강 얼굴을 문지르고 여관을 나섰다. 아무거로나 아침 겸 점심을 때워야 했다. 거리에는 겨울날답지 않게 실비가 내리고 있었다. 우산을 파는 가까운 가게가 없었다. 시내버스 같은 것이 있을 리도 없었다. 나는 잠시 여관 처마 밑에 서 있었다. 실비 때문이 아니었다. 꼭 무엇을 잊고 있는 것같이 마음 한구석이 미심쩍었다. 아마 착각이겠지. 나는 실비 속으로 걸음을 옮겼다. 다릿목에 이르러서야 마음 한구석이 미심쩍었던 이유를 알았다.

승천장의사—

가 실비에 젖고 있었다.

나는 두말없이 장의사 유리문을 밀고 안으로 들어섰다. 역시 주인은 마흔이 조금 넘었을 듯한 사내였고, 약간 잿빛으로 번들거리는 피부색을 하고 있었다. 나의 예상이 적중하지 못한 것은 사내의 안경테가 검은색이 아니라 붉은색이라는 것뿐이었다.

"저, 용건이 있어 온 사람이 아닙니다만……"

나는 주뼛주뼛 말을 꺼냈다.

"간판이 기이해서 주인께서도 퍽 재미있는 분일 것 같아서요……"

그러나 이 말은 사내에게 별로 호감을 주지 못한 모양이었다.

"간판이라뇨?"

사내는 마지못해 나무 걸상에서 엉덩이를 떼고 일어나 두 손을 뒤로 모아 잡았다.

"승천이라니 아마 하늘로 보내주신다는 뜻이겠는데…… 아이디어가 좋습니다."

"뭐 그렇게 칭찬을 받을 만한 건 못 됩니다."

사내는 여전히 시들했다. 나는 약간 화가 났다. 이제 이자는 내가 쑥스럽지 않게 여길 빠져나갈 구실이라도 만들어줬으면 좋겠다.

"아마 이 고을 양반이 아니신 모양인데……"

엉거주춤하고 서 있는 내가 딱했던지 사내는 좀 민망스러워하는 투로 말했다. 나는 머리를 끄덕여주고 문을 나서려고 했다.

"그러신 것 같았어요. 저건 이 골 사람들은 다 아는 이야깁니다."

나는 다시 발을 멈췄다.

"좋으시다면 제가 아침을 살까요?"

"난 아침과 점심을 다 먹었습니다."

사내의 얼굴에 번쩍번쩍한 골이 몇 개 일었다. 그는 웃고 있었다.

"아……"

나는 다시 당황해서 터무니없는 탄성을 발하고 나서 주렁주렁 매달린 소형 녹음기와 카메라만 맥없이 만지작거리고 있었다.

"난 선생이 뭘 하시는 분인지 알 만합니다."

사내는 자기의 잿빛 얼굴에서 그 능글능글한 웃음을 지워버리기가 퍽 아까운 듯이 보였다.

조금 뒤에 나는 중국 음식점 2층에서 국물만 남은 우동 그릇을 몇 번씩 휘저으면서 망연스레 창문을 내다보고 앉아 있었다. 아무래도 이번 여행에 대한 임무는 여기서 대강 끝내버려야 나머지 기간을 편히 돌아다닐 수 있을 것 같다.

아무거나—그 아무거나인 것을 무슨 심각한 문젯거리나 된 듯이 큼지막한 활자로 찍어 내놓으면 가끔은 진짜 무엇이 되어버리는 수도 있었다. 장의사 사내의 이야기는 바로 그럴 수 있는 것이었다. 얼마간 미리 생각을 해둬야 할 점이 없지도 않았다. 그가 이야기를 끝내고 나서 하는 말이 이랬다.

—하지만 그 녀석을 만나보기가 어려울 겝니다. 위인이 누구도 만나려질 않으려니까요. 아마 10년 내에 그 작자 얼굴을 본 사람이 없을 겁니다.

사내의 애긴즉 이런 것이었다.

1949년, 그러니까 6·25사변이 있기 전해에 C읍에 어떤 서커스단이 들어왔다고 했다. 말타기라든지 통굴리기라든지 자전거타기라든지 하는 곡예와, 여자며 원숭이 등속이 등장한다는 점에서 그 서커스단은 다른 서커스와 다를 것이 없었다. 다만 가설극장 천장의 포장까지 걷어젖히고 유독 높게 줄을 걸어놓고, 걷는 것 같지도 않게 꼿꼿한 자세로 하늘을 건너다니곤 하던 젊은 줄광대 한 사람이 특별했다면 좀 특별했다고 했다. 그런데 어느 때부턴가 그 줄광대가 그때까지와는 달리 줄 위에서 발 재주를 조금씩 부리기 시작해서, 관람객의 흥을 돋우려는 것인가 했더니, 어느 날 밤 갑자기 줄에서 떨어져 죽고 말았다는 것이다. 그리고 그 서커스단은 이내 C읍에서 파산을 해서, 단원들은 여수로 목포로 뿔뿔이 흩어져버리고, 오직 트럼펫을 불던 사내 하나가 전부터 가끔 피를 쏟곤 하던 폐가 아주 못 쓰게 상해서 어디로도 가지 못하고 C읍에 그냥 주저앉아 있다고. 이상한 것은 그 줄광대가 줄에서 떨어져 죽은 얼마 뒤부터 사람들은 그가 승천을 해갔다고 말하게 됐다는 것이다. 그리고 C읍엔 다시 서커스가 들어오지 않았기 때문이었던지, 처음에는 그가 썩 줄을 잘 탔다고 생각지도 않았으면서 몇 해가 지나니 사람들은 그 줄광대가 명수로 줄을 잘 탔던 것처럼 말했고, 나중엔 위인이 정말 승천을 해갔다고 믿게끔 되어버렸다는 거였다. 그 광대의 이야기를 C읍 사람이면 누구나 알고 있어서 사내는 승천이라는 말을 그냥 자기 장의사 간판으로 삼고 있다는 것이었다.

나는 꾸고 난 지 며칠째 되는 날에사 갑자기 생각난 꿈을 해득해보려 할 때처럼 좀 허황한 느낌이 들었다. 하지만 어쨌든 그 줄광대에 대한 것은 내가 기대할 수 있는 정도의 이야깃거리는 될 수 있었다. 문화부장이 말한 내 문학적 센스 때문에 생긴 오해인진 모르겠다. 어쩌면 기대 이상의 수확을 얻을 수 있을 것 같기도 했다. 우선 사내를 한번 만나봤으면 싶었다…… 그래 지금 나는 그 트럼펫 사내를 만나려는 것이다. 그런데 위인이 통 사람을 만나려질 않는단다. 그렇다고 아예 희망이 없는 것은 아니었다. 내가 장의사 문을 나서려고 했을 때 사내가 다짐하듯 물어왔었다.

―선생은 꼭 그 녀석을 만나보시렵니까?

―꼭이랄 건 없지만……

―가보십시오. 사실은 우리 쪽에서도 그 집엘 가보려는 사람이 없는 형편입니다.

말하고 나서 좀 장난스럽게 웃었다. 무엇을 감추고 있는 듯했지만 나는 괘념하지 않은 채 그 트럼펫이 살고 있다는 곳의 약도를 얻어가지고 그곳을 나왔었다.
　위인이 정말로 만나주지 않으면 어떻게 한다? 비에 젖고 있는 C읍의 지붕들을 창유리로 내다보며 나는 생각해보았으나, 좋은 방법이 떠오르질 않았다. 기억이 희미하지만 C읍은 달라졌다면 역시 좀 달라진 듯도 싶었다. 시가의 중앙, 판자촌이 즐비하던 시장 바닥에는 이제 제법 2층 건물이 군데군데 솟아나고, 그 한가운데에는 노상 스피커가 울고불고하는 극장 건물이 이마를 쑥 내밀고 앉아 있었다. 북쪽으로는 경찰서와 갓 칠한 붉은 페인트가 선연한 소방서 건물이 나란히 서 있었다. 거기서 서쪽으로 '사쿠라 공원'(지금은 이름이 바뀌었지만)이라 불리던 읍 공원은 이제 별로 사람이 찾아가는 것 같지 않았고, 아카시아로 덮였던 공원 아래쪽 벌은 주택들이 가득 들어차 있었다.
　나는 결국 사내를 만날 아무 계략도 없이 중국집을 나와 약도를 따라갔다. 어떻게 되겠지 하는 생각 절반과, 까짓 싫다면 그만두라지 하는 생각 절반으로. 실비 속에 벌써 날이 저물기 시작했다.
　'사쿠라 공원' 중턱에 외따로 자리 잡은 트럼펫 사내의 집은 몇년째 지붕을 이지 않은 초가였다. 방이 둘이었다. 부엌 곁엣방에는 여자의 고무신이 한 켤레 놓여 있었으나 안에서는 아무 기척이 없었다. 장의사 사내의 말과는 달리 나는 사내가 거처함 직한 안방의 창호지 문을 두드리고 안으로 들어설 때까지 누구의 방해도 받지 않았다. 성급하게 문을 열고 들어선 나에게 달려든 것은 코를 찌르는 냄새였다. 벌레처럼 조그마한 사내 하나가 방 아랫목에서 겨우 이불을 들추고 일어나 앉았다. 그 사내와 방 안에 있는 모든 것—이불과 머리맡에 놓아둔 요강과 그 옆의 미음 그릇 같은—에서는 한결같이 형용할 수 없는 냄새가 풍겨나오는 듯했다. 투명하면서 살갗으로까지 파고 들어와 구역질을 일으킬 것 같은 냄새였다. 나는 될 수 있는 대로 숨을 조금만 들이쉬었다가 힘껏 내쉬면서 실례한다는 말을 했다. 사내는 알지도 못하는 사람의 내방을 뜻밖에 제법 반기는 눈치였다.

"누추한 곳을 어떻게……"

말을 할 때 사내의 목에서는 가래가 끓었다. 도대체 이 사내의 뼈만 남은 육신을 가지고는 나이조차 짐작할 수가 없었다. 호흡이 남아 있다는 것이 이상했다. 나는 이 사내가 사람을 만나기를 싫어했는지 어쨌는지는 모르겠으나, 그 반대로 C읍에서 이 사내를 만나려고 하는 사람이 아무도 없으리라는 것은 옳은 소리였던 것 같았다. 나는 사내의 목과 이불을 들추고 나온 정강이를 멍청하니 바라보다가, 문득 사내의 눈이 나를 의심스럽게 바라보고 있는 걸 의식하곤 찾아온 목적을 약간 과장해 설명했다. 말을 듣고 나서 사내는 새삼 나를 경계하는 눈치였다. 나를 지켜보던 사내의 눈길이 한 번 재빠르게 움직이는 것 같더니, 그 시선이 뒤에 또 다른 사람이 서 있기라도 한 듯이 나의 머리 위로 멍하니 허공을 응시했다. 그리고 좀처럼 다시 내게로 향해 올 것 같지 않았다. 나는 카메라와 녹음기를 가져온 게 잘못이었다고 생각했다.

"이야기하시는 괴로움만 참아주신다면 나중에 그 이야기를 제가 취급할 방법을 선생께서 한정해주실 수도 있겠고……"

나는 사내를 달래보려다 입을 다물어버렸다. 나의 말주변이 우선 서투르다는 생각도 들었지만, 사내의 눈은 도무지 나의 말을 듣고 있는 것 같은 기색이 없었다. 그러나 사내는 말을 듣고 있었던 모양이었다.

"그래, 내 이야기를 꼭 들어야 할 이유라도 가지고 있소?"

갑자기 시선을 낮추며 나에게 묻고 나서, 사내는 열심히 나의 입을 지켜보았다. 나는 잠시 당황했다. 쉬운 대로 대답을 해두자고 생각한 순간 사내가 다시 말했다.

"좋소. 이야기하리다. 나도 누군가 한 사람에게는 내가 알고 있는 것을 다 이야기해주려고 마음먹고 있었으니까. 한데 이젠 언제 숨이 아주 끊길지 모르게 되었으니 더 미룰 수도 없어졌어요. 대신 잘 들어주셔야 합니다. 어찌 생각하면 내게는 유일한 재산처럼 소중하고 엄숙한 이야기니까요."

가래가 묻어 나올 듯이 끈적끈적한 사내의 이야기가 내게도 소중하고 엄숙한 것일지는 알 수 없었다. 하지만 적어도 나는 이 사내의 이야기를 퍽 진중하게 듣는 체함으로써 여행의 소임을 끝낼 수는 있으리라고 생각했다.

나는 일단 거리로 나왔다가 사내가 입을 댈 만한 것을 몇 가지 마련해가지고 다시 사내에게로 갔다. 그 부엌방에는 여전히 한 켤레의 고무신이 가지런하게 놓여 있었다. 나는 방으로 들어가서 가지고 온 것을 사내에게 권한 다음 그 소중하다는 이야기를 들었다.

3

  이야기는 예기했던 대로 그 젊은 줄광대의 승천에 대한 것이었다. 사내는 가래를 끓이며 이야기를 조금씩 이어나갔다.
  "……그 광대는 이름이 허운이었습니다. 운이라는 이름자가 구름 운(雲) 잔지 운수 운(運) 잔지는 모르겠습니다. 광대들에게 이름을 글자로 쓴 일은 거의 없었으니까요. 하니까 그건 상관없습니다. 하여튼…… 운은 나보다 다섯 살 아래였지요. 바보같이 말이 없는 친구였습니다. 어렸을 적 이야기를 하면 그 친구가 왜 그렇게 말이 적었는지 짐작이 가실지 모르겠습니다……"
  운에게는 역시 줄타기 광대로 늙은 아버지가 있었다. 그런데 그런 종류의 사람들에게 흔히 있을 수 있는 일이지만, 그는 어머니가 없었다. 운은 그가 죽을 때까지도 어머니에 대한 확실한 이야기를 들은 적이 없었다. 그는 처음부터 어머니가 없이 세상을 태어난 사람처럼 어머니에 대한 일을 입에 올린 적이 없었다. 그와 아버지 사이에 그런 이야기가 있었는지 어떤지도 아는 사람이 없었다. 그러나 운을 빼놓은 서커스단 사람들은 운이 겨우 두 살을 나던 겨울, 운의 어머니가 단장과의 부정을 의심받고 남편에게 목을 졸려 죽은 사실을 알고 있었다. 그때 벌써 머리가 희기 시작한 허 노인은 그 일이 있고도 꼭 하룻밤 동안 줄을 타지 않았을 뿐이었다. 그리고 그는 죽을 때까지 그 서커스단에서 줄을 탔고, 아들 운까지도 그곳의 줄광대로 만들어놓은 것이었다. 그래 서커스단

사람들은 처음 그 허 노인과 단장 사이에 무슨 계략이라도 있는 것
으로 알았다. 그런 허 노인에 대한 오해가 풀리기까지에는 상당한
세월이 지나야 했었다.
　운이 열한 살이 되던 해였다. 처음으로 학교라는 곳엘 갔다가
시들해서 돌아온 운을 보고 허 노인이 이렇게 혼자 중얼거렸다.
　—세상에는 줄광대가 밟을 만한 땅이 흔찮을 게 당연하지.
　그리고는 운에게 줄타기를 가르치기 시작했다. 땅바닥에 직선을
그어놓고 그 선에서 발이 벗어나지 않게 왕래하는 것부터 시작했
다. 그다음에는 각목(角木)이었다. 발바닥 절반만 한 넓이의 각목
을 땅에 깔아놓고 손을 뒤로 모아 잡은 다음 몸을 꼿꼿이 하여 그
위를 왕래하는 훈련이었다. 처음에는 천천히, 그리고 나중에는 빨
리, 그랬다가는 다시 천천히. 그것이 아주 익숙하게 되었을 때 운
은 눈을 싸매고 그때까지의 과정을 한 번 더 되풀이했다. 다음에
는 그 각목이 줄로 바뀌고, 그 줄이 드디어 공중으로 떠오르기 시
작했다. 꼬박 5년의 세월이 걸렸다. 운은 열여섯 살이 되었다. 그
때 이미 그는 언뜻 보기에 허 노인과 다름없이 줄을 탔다. 그러나
허 노인은 운을 사람들 앞에서 줄 위로 오르게 하려는 눈치가 안
보였다. 하지만 운은 그 허 노인에게 섣불리 이야기를 꺼낼 수 없
었다. 운은 허 노인을 무서워했다. 허 노인은 운을 때리지는 않았
지만, 시간이 나면 언제나 뒷마당에서 회초리를 들고 운의 줄타기
연습만을 계속했다.
　참다못한 운이 어느 날 아버지 허 노인에게 속마음을 텄다.
　—아버지 저도 이젠 사람들 앞에서 줄을 탔으면 합니다.

그때 허 노인은 얼굴색이 조금 변했으나 온화하게 물었다.
―그래, ……그럼 줄을 탈 때 끝이 가까워 보이느냐?
―네, 바로 눈앞에 있는 것 같습니다.
―그럼, 가는 줄이 넓게 보이겠구나……
―그 위에서 뛰어놀 수 있을 것 같습니다.
그러자 허 노인은 단호하게 말했다.
―안 되겠다!
운은 까닭을 몰랐으나 더 대꾸하지 못했다. 열여덟 살이 되었다. 운은 허 노인에게 다시 같은 청을 드렸다.
―어떠냐, 줄이 넓어 보이느냐?
―줄이 보이질 않습니다.
운은 불안했으나 사실대로 말했다.
―그래, 줄을 타고 있을 때 아무것도 보이질 않는단 말이냐?
―예.
―귀도 들리지 않고.
―예.
그것도 사실대로 대답했다.
―흠, 아직도 객기가 있어……
허 노인은 턱으로 줄을 가리켰다. 운은 또 아무 대꾸도 못 하고 줄로 올라갔다. 사실 운은 자신이 허 노인과 같이 줄을 잘 탈 수 있으리라고 생각하지는 않았다. 허 노인이 줄을 타는 모습은 정말 아름다웠다. 천장 포장을 걷어젖히고, 넓은 밤 하늘을 배경으로 허 노인은 흰옷에 조명을 받으며 줄을 건너는 것이었는데, 발을 움직이는 것 같지도 않게 그냥 흘러가듯 조용히 줄을 건너가는 노인의 모습은 유령 같기도 하고 어떤 때는 그냥 땅 위에서 하품을 하고 있는 것 같기도 했다. 이상한 것은 그렇게 줄을 타는 노인이었지만 줄에서 내려오면 그의 온몸이 언제나 땀에 흠뻑 젖어 있곤 한 것이었다. 그리고 단장은 그런 허 노인의 줄타기를 몹시도 싫어했다.
 —구경꾼 놈들의 간덩이를 덜컹덜컹 내려앉게 해주란 말야. 재주를 좀 부려, 재주를.
 단장은 허 노인을 매번 나무랐다. 허 노인은 얼굴이 파랗게 질려서 대꾸도 못 하고 땀만 뻘뻘 흘리다간 단장 앞을 힘없이 물러나오곤 했다. 그러나 그다음 날도 허 노인은 여전히 전처럼 줄을 탔다. 운은 누가 뭐래도 허 노인이 그렇게 줄을 타는 것이 좋았고, 자신도 그렇게 줄을 탈 수 있기를 바랐다.
 그러던 어느 날 밤, 그러니까 운이 허 노인에게 두번째로 소망을 말하고 나서 1년쯤 지났을 때였다. 줄 위에서 그렇게 유연하던 노인의 발길이 변을 한 번 일으켰다. 딱 한 번, 발길이 가볍게 허공을 차는 듯한 동작을 하더니 줄이 잠시 상하 반동을 했다. 허 노인은 가만히 몸을 지탱하고 있다가 곧 다시 줄을 건너갔다. 누구도 그것을 실수로 생각한 사람은 없었다. 객석에 눈을 두고 있던 단장은 거기서 일어나는 무의식적인 함성에 놀라 하늘을 쳐다보았으나 줄이 상하로 조금씩 움직이는 것밖에 무슨 일이 일어났는지조차 알 수 없었을 정도였다.
 "허 노인이 줄을 잘 탔다고 하는 것은 운의 생각입니까, 혹은 노인의 생각입니까?"

 나는 트럼펫의 사내가 숨을 좀 돌리게 하기 위하여 이야기로 뛰어들었다. 사내는 한마디 말을 하기 위해서 거의 한 번씩 숨을 들이쉬었다.

 "그건 물론 운의 생각이었습니다."

 "그럼 이상하지 않습니까, 노인께서 운의 생각을 말씀하신다는 것은?"

 "그렇지요. 하지만 이렇게 누워서 많이 생각을 했지요. 그리고 운은 나와 나이가 가장 가까웠으니까 내가 그의 심중을 비교적 많이 이해하는 편이었고, 그도 내게만은 조금씩 얘기를 할 때가 있었어요. 그리고 나는 그때 벌써 나팔쟁이가 다 되었으니까 웬만큼 나팔을 불어주고 남은 시간은 대개 그 부자가 지내는 뒷마당에서 보냈었구요. 그런데 말입니다. 그러니까 허 노인이 한 번 발을 헛디뎠던 다음 날이었지요. 마침 그날도 나는 거기 있었는데, 이상하게도 그날은 허 노인이 아들의 줄타기를 보면서 땀을 뻘뻘 흘리고 있었어요. 나는 줄 위에 있는 운이 아니라 무섭도록 줄을 쏘아보고 있는 노인의 눈과 땀이 송송 솟고 있는 이마를 보고 있었지요. 그런데 노인이 갑자기 '이놈아!' 하고 벽력같은 소리를 지르면서 줄 밑으로 내닫는 것이 아니겠습니까. 그때야 나는 줄 위를 쳐다보았지요. 그런데 운은 그 소리를 듣지 못한 채 그냥 줄을 건너가고 있었습니다.

 ─이놈…… 너는 이 애비의 말도 듣지 않느냐?

 운이 줄을 내려왔을 때 노인이 호령했으나, 그는 역시 어리둥절해 있기만 했어요. 내가 놀란 것은 그때 허 노인이 빙그레 웃었다는 것입니다. 그리고 부자는 그길로 곧 함께 주막 술집을 찾아 들어갔습니다."

사내의 이야기는 다시 계속되었다.

그날 주막에서 허 노인은 운에게 술잔을 따라주고, 그날 밤으로 운을 줄로 오르라고 했다.

—줄 끝이 멀리 보여서는 더욱 안 되지만, 가깝고 넓어 보여서도 안 되는 법이다. 그 줄이라는 것이 눈에서 아주 사라져버리고, 줄에만 올라서면 거기만의 자유로운 세상이 있어야 하는 게야. 제일 위험한 것은 눈과 귀가 열리는 것이다. 줄에서는 눈이 없어야 하고 귀가 열리지 않아야 하고 생각이 땅에 머무르지 않아야 한다는 소리다.

노인은 조용조용 당부했다. 그 한마디 한마디는 마치 노인의 일생을 몇 개로 잘라서 압축해놓은 듯한 무게와 힘과, 그리고 알 수 없는 깊이를 지니고 있었다. 자기의 전 생애를 운에게 떠넘겨주려는 듯한 안간힘이 거기 있는 것 같았다. 운은 비로소 허 노인이 끝끝내 줄타기 자세를 바꾸지 못하는 내력을 알 것 같았다.

—아버지, 이젠 줄을 그만두시고 좀 쉬십시오.

운이 말했으나 노인은 조용히 머리를 가로저었다.

—줄에서 내 발바닥의 기력이 다했다고 다른 곳을 밟고 살겠느냐? 같이 타자.

그날 밤, 줄에는 두 사람이 함께 올라섰다. 운이 앞을 서고 허 노인이 뒤를 따랐다. 운이 줄을 다 건넜을 때는 객석이 뒤숭숭하니 난장판이 되어 있었다. 뒤를 따르던 허 노인이 줄에서 떨어져 이미 운명을 하고 만 뒤였다.

거기까지 듣고 나니, 나는 사내에게 더 이야기를 시켜서는 안 되겠다는 생각이 들었다. 마치 허 노인이 운에게 마지막 당부를 할 때 그랬을 법한 컴컴하고 무거운 것이 사내에게서 쉴 새 없이 흘러나왔다. 이 믿어지지 않는 집요한 이야기로써 사내가 나에게 떠맡기려는 것의 무게가 나로서는 매우 감당하기가 힘들었다. 나는 다음 날 다시 찾아오겠다고 했다.

"아닙니다. 마저 끝냅시다. 곧 끝납니다."

사내는 아직도 고집을 세우며 이야기를 이으려고 했다. 그러나 말보다 잦은 사내의 기침 소리를 더 듣고 앉아 있을 수가 없었다. 나는 이내 방을 나와버렸다. 부엌방에는 이제 불이 켜 있었으나 역시 사람의 기척은 없었다. 나는 곧장 어제의 여관으로 돌아와 자리로 들었다. 사내의 이야기는 문화부장이 기대한 것과는 성질이 다를지 몰라도 기사가 될 수는 있을 것 같았다.

도대체 노인의 운명—그 논리 이상으로 정연한 질서는 허 노인이 죽은 지금 그에게 어떤 의미를 지니는 것일까. 허 노인은 줄을 지배하지 못하고 줄이 그를 지배했다. 그게 아름다움이라는 것인가. 또 운은 노인의 무거운 운명을 떠맡아 지고 어떻게 자기 인생을 구축해갈 수 있었는지. 장의사 사내의 이야기로는 운도 마찬가지로 줄에서 떨어져 죽었다고 했다. 그렇다면—운은 노인의 인생을 어떻게 배반할 수는 없었던 것일까…… 그것은 또 운에게 무슨 의미를 줄 수 있는가…… 이런저런 생각을 한참 하고 있는데 어젯밤의 여자가 불쑥 문을 들어섰다. 나는 여자가 좀 수상쩍었지만, 이것저것 묻기가 귀찮아서 그냥 옆에 눕게 했다. 차라리 잘되었다 싶었다. 나는 곧 피곤해져서 잠이 들어버렸다.

아침에 일어났을 때 여자는 역시 가고 없었고, 윗주머니의 돈이 꼭 3백 원 줄어 있었다. 시계가 12시를 넘고 있었다. 나는 어제와 똑같이 여관을 나와 다릿목으로 해서(다릿목에서는 장의사의 사내가 의미 있는 웃음을 지으며, "아직 떠나지 않으셨군요" 하고 알은체를 했다) 중국집엘 들렀다가 어제처럼 입가심거릴 사 들고는 다시 '사쿠라 공원' 중턱의 사내에게로 갔다. 부엌방 문 앞에는 여자 고무신이 어제 그대로인 것처럼 가지런히 놓여 있고, 사내의 방에서는 역시 역한 냄새가 코도 거치지 않고 내장으로 스며들었다. 사내의 숨소리가 어제 처음 왔을 때보다 훨씬 거칠어져 있었다. 사내는 내가 쑥스러워질 만큼 새삼스럽게 반기고는 곧 이야기를 이었다.

"……그러니까 그 뒤로 운이 허 노인의 당부대로 줄을 탔는지는 알 수 없었지요. 허나 확실한 것은 그 역시 전에 허 노인이 당하던 단장의 꾸지람을 고스란히 그대로 물려받았다는 것입니다. 그런데 그는 꾸지람을 듣고 있을 때까지도 영 정신이 나간 사람모양 멍청히 서 있기만 했어요. 나중에는 단장도 그런 운을 늘 나무랄 수가 없게 되었어요. 활동사진이라는 것이 갑자기 성하지 않았습니까. 그쪽에 손님을 다 빼앗기고 나니 우리는 거렁뱅이가 될 판이었습니다. 그런데 단장이 그래도 그중 나았습니다. 생각 생각하다가 짜낸 것이 결국 구경꾼의 흥을 더 돋우어줘야 한다는 것이었어요. 당연한 이야기지요. 그래 그 방편으로 제일 적합한 것이 운이었습니다. 줄을 그전 때보다 두 배, 세 배로 높이 매달았습니다. 허 노인은 여느 광대보다 높이 줄을 탔기 때문에 가설극장의 천장 포장까지 걷어내야 했지만, 이번에는 거기 비교가 안 될 정도였어요. 우리는 그런 식으로 C읍까지 왔었습니다. 그땐 가을이었지요."

C읍에서—어느 날 밤, 운이 줄에서 내려와 보니 그에게 꽃다발이 하나 와 있었다. 꽃다발이라야 그즈음 산이나 들에 지천으로 피어난 들국화 몇 송이를 꺾어다 종이 리본으로 묶은 것이지만, 워낙 처음 있는 일이라 부처님 같은 운도 약간 호기심이 돌았다. 꽃다발을 가져온 것은 소녀 기를 갓 벗은 여자라고 했다.

—잘해봐라 이 녀석. 총각 귀신은 제사도 없단다.

트럼펫의 사내가 웃으면서 그 꽃다발을 운에게 건네주었다. 여자는 다음 날도, 그다음 날도 같은 일을 하고 갔지만, 언제나 운이 줄을 올라간 뒤에 왔다가 줄에서 내려오기 전에 가버리기 때문에 정작엔 얼굴조차 볼 수가 없었다. 매일 밤 꽃다발을 맡았다 운에게 전해주던 트럼펫이 보다 못해 하룻밤엔 일을 꾸몄다.

—공원으로 가봐라. 거기 여자가 기다리고 있을 게야.

운이 줄에서 내려오자 트럼펫이 운에게 일러주었다.

"지금 이야기 중의 트럼펫이라는 운의 친구가 바로 노인장이시겠군요?"

나는 갑자기 이 사내 자신에 대한 한 가지 의문이 떠올라 그렇게 물었다.

"그렇습니다. 그때부터 나는 나팔을 불고 나면 조금씩 피를 뱉게 되었는데, 그렇다고 입에서 나팔을 뗄 수는 없었습니다. 나팔을 불지 못하면 진짜로 죽을 것 같았으니까요."

"노인께서 여길 떠나지 못하고 주저앉은 것도 폐 때문인 것 같은데 그때 노인장께서는 독신이셨습니까?"

"그렇습니다. 독신이었는데, 갑자기 각혈이 심해져서……"

사내는 말끝을 흐렸다.

정말로 그랬을까? 나는 여전히 의문이 사라지질 않았다. 그것은 오히려 누군가를 따라 떠났어야 할 이유도 되지 않는가. 그리고 그런 폐를 가지고 지금까지 살아 있을 수가 없지도 않은가. 그렇다면—이 사내는 혹시 운을 찾아오는 여자에게 사랑을 느낀 건 아니었을까? 그리고……

그러나 사내는 내가 입을 열기 전에 이야기를 서둘러 이어갔다.

"하여튼 그렇게 해서 나는 운이 여자를 만나게 해주었는데, 여자를 만나고 와서도 운은 별로 달라진 게 없더구먼요. 그런 일이 한 주일쯤 계속되었지요. 그런데 갑자기 운이 줄 위에서 재주를 피우기 시작했어요. 단장이나 구경꾼들은 무척들 좋아했지요. 하지만 나는 옛날 허 노인의 실수를 기억하고 있었던 만큼 그게 불안했습니다. 몇 번씩 그런 재주 같은 동작을 하고 줄을 내려온 운은 유독히 땀을 많이 흘리고 있었고, 단장의 칭찬에도 넋 나간 눈만 하고 있었거든요. 그런 나의 생각이 옳다고 단정할 수는 없었지만, 그렇게 생각할 수밖에 없는 일이 있었어요. 운이 자꾸 귀와 눈을 때리면서 무언가 혼잣소릴 중얼거리곤 하는 거예요. 자신을 몹시 못 견뎌 하는 얼굴이었지요. 허 노인이 운에게 당부했다는 말이 생각났습니다. 그런데 사람들은 함성들을 지르고 좋아들 했거든요. 불행한 일이었지만, 오래잖아 내 생각이 옳았다는 게 곧 증명되었어요. 어느 날 밤, 줄을 타고 내려온 운은 또 곧 공원으로 갔고, 우리는 나머지 순서와 곡예에 곁들인 연극까지 끝내고 났을 때예요……"

구경꾼이 막 자리를 일어서려는 참에 어디서 나타났는지 운이 사례 인사를 끝내고 섰는 무대 위의 단장 앞으로 나섰다.

―오늘 밤 한 번 더 줄을 타겠습니다.

―아니, 왜?

단장이 의아해서 운을 쳐다봤다. 그러나 단장은 다시 아무 말도 못하고 운에게서 눈을 피했다. 운의 눈에서 무서운 불길이 일고 있었다. 그 눈은 단장을 보고 있지도 않은 것 같았다. 단장은 한 번 더 줄을 타겠다는 운의 말이 정말이라고 생각했다. 그리고 운은 이미 자기의 대답을 기다리고 있는 것이 아니라고 생각했다. 그는 운을 비켜섰다. 운은 그대로 천천히 걸어가서 그 높은 항목을 한 번 눈이 부신 듯이 쳐다보고는 이내 그것을 기어오르기 시작했다. 단장은 잠시 고개를 갸웃이 기울이고 운의 거동을 살피고 있다가 갑자기 입술에 침을 바르고 마이크를 힘껏 거머쥐었다.

―여러분 앉으십시오. 오늘 밤 여러분의 성원에 감사하기 위해서 우리 서커스단의 프로 중의 백미를 다시 한 번 여러분께 보여 올리겠습니다. 그것은 즉 보시다시피 인간의 승천(昇天)입니다. 인간의 승천! 얼마나 아름다운 광경입니까? 우리 단(團)이 아니

면 보실 수 없는 진귀한 구경거리입니다……

"그날 밤, 운은 떨어져 죽었습니다."

"한데, 그날 밤 운은 왜 그렇게 이상한 행동을 했을까요?"

"네, 혹시 그 말씀에 해답이 될 수 있을지 모르겠습니다만, 운이 만나던 그 여자의 이야기를 마저 해드리겠습니다. 그날 밤 나는 아무래도 공원에서 무슨 일이 있었으리라는 예감이 들었어요. 대강 일이 정리되었을 때 공원으로 올라가 보았지요. 공원이래야 선생님도 보셨겠지만, 지금과 마찬가지로 그땐 벌써 고목이 다 된 벚나무 사이에 촉수 낮은 전등을 몇 개 매달아놓고, 군데군데 녹색 페인트칠을 한 걸상들이 놓여 있을 뿐이었습니다. 그 걸상 하나에 여자가 그때까지 아직 말도 못하고 벌벌 떨고 앉아 있었어요. 운이 여자의 목을 졸라 죽이려다 말고 공원을 내려갔다는 것이었습니다. 그 며칠을 통해 운이 여자에게 한 말을, 여자는 전부 기억하고 있었습니다. 그럴 수밖에 없는 것이 운의 말은 불과 다섯 마디도 되지 못했으니까요. 물론 사랑은 배워서 말로 하는 것만은 아니니까, 배우지 않고도 아는 방법으로만 그는 여자를 사랑했겠지요. 마지막 날 이야기가 이랬다고 합니다. 갑자기 운이 여자를 끌어안고서,

—난 이제 줄을 탈 수가 없다. 넌 나하고 같이 살아야 한다.

운은 마치 줄에서 내려왔을 때처럼 땀을 흘리고 있더랍니다. 그런데 여자는 운이 그렇게 가까이만 있으면 언제나 무서워서 말도 할 수가 없었다고 해요.

—전 당신을 사랑하고 있지 않아요.

—그럼? 그럼?

운은 미친 사람처럼 여자를 안은 팔에 바싹 힘을 주었습니다.

—줄을 타고 계실 때, 그땐 그런 것 같았는데, 이렇게 옆에만 오시면…… 무서워요.

—아아, 이젠 난 줄을 탈 수가 없는데……

그리고는 두 사람은 한동안 말이 없었는데, 운의 손이 천천히 여자의 목으로 올라오더니 조금 있다가 그 손이 경련이 난 듯이 갑자기 여자의 가는 목을 조르기 시작하더랍니다. 여자는 별로 반항도 하지 않고 걸상으로 쓰러졌는데, 운은 또 무슨 생각을 했는지 제풀에 다시 손을 놓아버리고는 일어서더라는 것이었어요. 그리고는 혼자 중얼중얼하고 있더랍니다.

—아버지는 어머니를 죽이고 다시 줄을 탈 수 있었지만, 아아…… 나는……

그러다가 운은 산을 내려가버렸답니다."

사내는 그것이 자기 자신에 관한 일이었던 것처럼 열심히 그리고 상상으로는 미치지 못할 자세한 부분까지 이야기하고 있었다. 그는 기침을 하지 않으려고 몸을 오그라뜨리고 힘을 주었다. 그러나 끝까지 이야기를 못하고 기어이 발작을 시작하고 말았다. 나는 사내가 발작을 멎고 나서 다시 이야기를 이으려고 하는 것을 보자 갑자기 웃음이 터지려고 했다. 이제 사내에게 혼자는 더 말을 시킬 수가 없을 것 같았다.

"그러니까 운은 처음부터 자기가 어떻게 되리라는 것을 알고 두 번째 줄로 올라간 거군요."

"그렇습니다. 적어도 난 그렇게 생각해왔습니다."
"하지만 여자는 왜 운을 사랑할 수가 없었을까요?"
"글쎄 그게 이상합니다만…… 참 이걸 말씀드릴 걸 잊었군요. 그 여자는 한쪽 다리를 절고 있었어요. 절름발이였단 말입니다. 어떻게 생각하실는지 모르겠습니다만, 난 자꾸 그 여자가 좋아한 것은 운이 아니라 운의 다리가 아니었나 해요. 여자는 줄 위의 운을 하늘을 날고 있는 학(鶴)으로 생각했더랍니다. 어떻든 그렇게 운이 죽고 나서 얼마가 지나니까, 이곳 사람들은 광대가 승천을 했다고들 말하기 시작했어요. 처음에는 그 단장의 말을 빌려서 한 비웃음이었겠지요. 그러나 오랜 시일이 지나다 보니 운은 정말로 승천을 했다고 믿어버리게 되었어요. 아닌 게 아니라 나도 아직 운이 줄을 타는 그 곧고 유연한 모습이 잊히질 않는데…… 아마 그게 명인(名人)의 풍모가 아닌가 생각될 때가 있어요."
"그럼 그 절름발이 여자는 어떻게 되었나요?"
"그 여자도 뒤에 죽고 말았습니다."
사내의 눈동자는 처음 내가 찾아왔을 때처럼 나의 머리 위 허공으로 멀리 올라가버렸다.

4

여관으로 돌아오자 나는 이불 위에 벌렁 드러누워 잠시 생각을 정리하고 있었다. 운이 마지막 날 밤 혼자 중얼거렸다는 말이, 운

자신의 입을 통해 직접 들은 것처럼 귀에 생생하게 맴돌고 있었다.
 ─아버지는 어머니를 죽이고 다시 줄을 탈 수 있었지만, 아아…… 나는……

 그리고 운은 줄 위로 가서 죽어버렸다고 했다. 무엇인지는 아직도 잘 모르겠다. 천천히 정리를 해봐야겠다. 그렇게 하는 데는 고맙게도 그 나의 문학적 센스가 도움이 되어주는지도 모를 일이다.

 그때, 또 문에서 인기척이 있더니 노크도 없이 예의 여자가 들어섰다. 나는 그냥 웃으면서 턱으로 앉으라는 시늉을 했다.

 "넌 이 고을에 젊은 줄광대가 한 사람 승천을 해갔다는데 그 이야길 믿나?"

 나는 옷을 벗고 자리로 든 다음 여자의 목을 팔로 감으며 그렇게 물었다.

 "네, 믿어요."

 여자는 쉽게 긍정했다.

 "아니, 사람이 하늘로 올라갔다는 걸 믿어?"

 "다들 그렇게 믿고 있으니까요. 전 그런 건 뭐든지 믿고 싶거든요."

 "미안하군……"

 그러나 여자의 말에 대한 나의 해석은 빗나간 것 같았다.

 "뭐가 미안해요, 갑자기?"

 "약속을 해서 믿게 하구선 그걸 지키지 않았으니…… 그젯밤도 어젯밤도……"

 나는 여자의 아랫배로 손을 쓸어내려갔다.

"그건 저도 믿지 않았으니 미안할 거 없어요."

"그건 왜?"

"당신은 요즘 사람이거든요. 요즘 건 전 믿지 않아요. 광대 이야기는 옛날이야기니까 믿는 거지만."

나는 더 묻지 않았다. 이 여자는 트럼펫 사내의 말처럼 얼마간 엄숙한 이야기를 하고 있는지도 모른다. 그걸 아무렇게나 지껄이고 있다. 그러나 이 여잔 때도 없이 정말 엄숙해질지도 모르지.

"이상하군. 어떻게 내가 떠나버리지 않은 걸 알구 왔지?"

나는 손을 더 아래쪽으로 쓸어내리며 이야기를 돌렸다.

"아마 전 머지않아 돈이 좀 필요할 거예요."

여자는 다른 말을 했다. 나는 이 여자가 옛날이야기 외에도 더 많은 것을 믿고 싶어 하는 거라고 생각했다. 무엇보다 그녀 자신을 그러고 싶은 눈치였다. 돈이 필요할 것 같다고—그런데 여자는 내 주머니에서 처음 예약한 3백 원 이상을 탐내지 않았다. 녹음기도 사진기도 무사했었다.

"선생님은 내일 떠나시죠?"

여자가 문득 다시 말했다. 남자의 체중을 받고 있는 여자로는 너무 차분한 목소리였다. 여자가 나에 대해 뭔가 알고 있는 거라고 생각했다. 나는 여자가 무서워졌다.

다음 날도 내가 깨었을 때는 한낮이 가까워서였고, 여자는 이미 가고 없었다. 주머니의 돈도 꼭 3백 원이 줄어 있었다. 녹음기와 사진기는 내가 깨어나기를 기다리고 있는 듯이 어젯밤 그대로 머리맡에 나란히 놓여 있었다. 모처럼 여관에서 밥상을 비우고 거리로 나섰을 때는 어제 멎었던 비가 다시 내리기 시작했다. 승천에 관해서는 이제 더 들을 이야기가 없었지만, 나는 트럼펫에게 들러 출장비 가운데서 얼마를 덜어주고, 인사도 하고 그리고 사내가 기침으로 너무 괴로워하지만 않는다면 그런 이야기를 하고 싶어 했던 이유까지 마저 들어보고는 C읍을 떠나려고 생각했다. 그러고 보니 나는 C읍에 대해 너무 마음을 주지 않았던 것 같기도 했다. 방금 나온 여관의 이름조차 잘 생각나질 않았다. 세 밤을 같이 지낸 여자의 이름도 나는 모르고 있었다. 기억에 남아 있는 것은 승천장의사와 줄광대의 이름 운(雲인지 運인지는 모르지만)뿐이었다. C읍에서는 그것뿐이었다. 하지만 그것으로 이야기는 될 수 있을 것 같았다. 아닌 게 아니라 그것은 옛날이야기니까. 그것을 정말로 내가 쓰고 싶은지 어떤지는 모르겠다. 그런 생각을 하며 다릿목 장의사 앞을 지나고 있을 때였다.

"선생—트럼펫이 말입니다……"

사내가 문턱에 서서 나를 보고 소리쳤다.

"그 사내가 어젯밤에 마지막 피를 쏟았다는구료."

사내의 얼굴에 번들번들 골이 몇 개 나타났다. 내가 그 말을 얼른 알아차리지 못하고 있을 때, 장의사 안에서 사내의 등 뒤로 여자가 한 사람 나타났다. 그 여자와 눈이 마주치자 나는 사내에게 건네려던 말을 삼켜버렸다. 인부에게 관을 지우고 그 뒤를 따라나온 여자는 바로 어젯밤 나와 위아래로 살을 맞댔던 여자였다. 그렇다면 이 여자는—그러나 여자는 아무 말도 없이 무연한 표정으로 나의 앞을 지나가고 있었다. 나는 끌리듯 여자의 뒤를 따랐다. 아무 말도 하지 않았다. 조금 뒤에 나는 여자의 옆에서 걷고 있었다.
 그제서야 비로소 나를 흘끗 한번 쳐다본 여자의 눈에는 해득해낼 수 없는 어떤 말이 안으로 숨어들고 있었다. 빗물이 흘러들어 여자의 눈은 처음부터 젖어 있었으니까 나는 그게 슬픈 이야기로는 생각되지 않았다.
 ―돈이 좀 필요할 것 같아요.
 어젯밤 여자의 말이 떠올라서 내가 주머니에 손을 넣을까 말까 망설이고 있을 때 여자가 처음으로 나직한 한마디를 해왔다.
 "돌아가세요. 이젠 다 끝났지 않아요."
 절망적일 만큼 침착한 목소리였다.
 여자는 말하면서도 나를 보지 않았다. 앞을 가고 있는 인부의 등에다 시선을 달아매고 줄에 끌려가는 사람처럼 힘없이 걷고 있었다. 관을 싼 포장지가 비에 젖어 검게 늘어졌다.
 ―그러나 너는 정직한 창녀. 무엇을 믿고 싶어 하고 있다. 그것뿐이다. 그리고 또…… 너의 어머니는 다리를 저는 여자였을지도 모른다.
 하지만 나는 이미 그렇게 말을 할 수는 없었다.
 차곡차곡 생각을 정리해볼 수도 없었다.
 C읍에서 너무 많은 이야기를 한꺼번에 들어버린 때문일까? 아니면 어느 것 없이 거짓말을―적어도 나에게는 거짓말 이상의 의미를 지닐 수 있을 것 같지 않은 이야기만을―들은 때문일까. 소설을 생각할 때와 같은 그런 혼돈이 휘몰아들었다. ―나는 적합하지가 않다. 좀더 확실한 목소리로 말할 수 있는 사람이 여길 왔어

야 했다. 그 이야기를 들었어야 했다. 나는 그럴 수가 없다. 더욱이 그것을 여자에게 물을 수는 없었다. 이 혼돈 속에서 나의 소재를 확인해볼 수 있는 방법을 영영 찾을 수 없을 것 같은 두려운 생각이 들었다.

그러나 나는 말을 하려고 하지 않았다.

조금만 더, 조금만 더. 나에게서 이 이야기는 아주 죽어버릴 것인지, 또 누구에게로 가서 그 사람의 어떤 질서가 되어줄 수 있을 것인지는 조금만 더 생각을 해봐야 할 것 같다. 하지만 나는 이야기할 수 없을 것이다.

실비가 줄기로 변해가고 있었다.

나는 조금 더 걷다가 여자의 곁을 떨어졌다. 여자는 끝내 고개를 돌리지 않았고, 나는 작별의 말을 하지 않았다.

(『사상계』 1966년 8월호)

무서운 토요일

　토요일은 12시만 되면 유난히들 퇴근을 서둘러댄다. 내기라도 건 사람들 같다. 12시 5분인데, 이제 사무실에 남은 사람은 나와 당직원뿐. 하지만 그렇게 서둘러 나간 사람들 중에 절반 이상은 훨씬 뒤에라도 근처 대폿집이나 버스 정류소 같은 데서 다시 마주치곤 했다.
　토요일은 피곤한 날이다. 피곤한 대신 그렇게 서둘러 사무실을 나갈 수라도 있으면 좋겠다. 그러나 나에게 그런 착각의 여지는 없다. 지금부터 나는 어떻게 이 주말의 거추장스런 시간을 외면하고 지낼 것인가를 생각해야 한다. 아니, 그것은 절대로 불가능하다. 토요일은 바로 '그날'인 것이다. 약방에서 몇십 번을 사도 거북살스런 것이 가시지 않는 그 약을 사 가지고 아내에게로 가서 그것을 나눠 먹고, 그리고 피곤한 몸을 더 피곤하게 한다. 그러면 이상한 웃음소리가 나를 괴롭히고, 잠이 들어서는 또 예외 없이 그 사격선의 꿈을 꾸게 되는 것이다.

아내가 일주일에 한번뿐인 그날을 하필 토요일 밤으로 정한 것은 퍽 현명한 배려에서였다. 처음에는 나도 아내의 그런 제안에 즐겁게 동의를 했었다. 그러나 토요일 밤마다 그 웃음소리를 듣고 사격선의 꿈을 꾸게 되면서부터 나는 이날이 싫어진 것이다. 하지만, 애초 아내와의 약속을 외면할 수는 없는 일이었다. 그게 아무 뜻이 없는 일이라고는 해도, 아내와 나 사이에 어떤 변화를 야기시키는 데는 새삼스런 용기가 필요했다. 그것은 귀찮은 일이었다. 그러나 그보다도 더욱 중요한 것은 약을 먹을 수 있다는 것이 나를 아직도 인간의 한계 안에 머물게 하고 있다는 점이었다. 그러니 아내를 처음부터 기피하는 것은 토요일에 대한 혐오의 근본적인 증세에 아무 도움도 줄 수 없는 것이었다.

어쨌든 이 오후 이 시간만이라도 나는 아내에게서 멀리 있고 싶다. 피곤과 웃음소리와 사격선의 꿈이 뒤따르는 아내와의 토요일 밤은 바로 그 아내를 향한 공포로 변한 지 오래였다. 그러나 이젠 사무실에도 더 앉아 있을 수가 없다.

"자, 먼저 나갑니다."

나는 말부터 먼저 해놓고 자신의 말을 명령 삼아 자리에서 일어났다. 다리에 힘을 하나도 주지 않고 문 앞까지 걸어갔다. 갑자기 짜증이 났다. 어디로 갈 것인가. 근처 대폿집으로 가면 영락없이 몇몇 친구를 만날 수는 있을 것이다. 그러나 그들의 이야기는 뻔했다. 자리에 없는 상사(上司) 한 사람이 입 도마에 올라 있거나 아니면 기껏해야 여자 다루는 법이 재탕되고 있으리라. 그러나 나의 발길은 벌써 그쪽으로 옮겨지고 있었다. 나의 발길은 한번도 신통한 결단을 내리지 못하고 머뭇거리기만 하는 머리를 늘 그렇게 대신해주었다.

"어서 오게. 우선 내가 기분이 좋아야 마누라 호강시킬 맘도 생기지. 오늘은 그런 날 아닌가. 절반만 취해봐, 이 사람아."

얼굴들이 또 여자 이야기인 듯했다. 나는 드럼통을 묻고 걸상을 둘러놓은 자리에 동료들 사이를 비집고 앉았다. 하기는 여기서도 가끔 새로운 이야기가 나온 적이 있기는 했다. 하지만 그것은 들으나 마나였다. 언제나 그 새로운 '방법'이 아내에게서는 실패였다.

"이봐, 자네도 오늘 밤은 여편네에게 봉사를 해얄 테지!"

옆엣친구가 잔을 보지도 않고 주전자를 높이 쳐들어 술을 부어준다. 나는 힐끗 그를 쳐다보았다.

"왜, 아픈 데를 찔렀나? 그런 얼굴을 하지 말게. 뻔한 걸 가지구. 바로 말이지만 이쪽 이득은 싸악 감추고 나서 봉삽네 하는 게 애초부터 알량한 소리지."

이번엔 나를 보지 않고 말했다. 나는 묵묵히 잔을 입으로 가져갔다.

토요일의 습관이 아내에게만 있는 것이 아니었다. 하지만 이야기의 차례가 오면, 나는 하고 싶은 말이 있으면서도 언제나 입을 열지 못했다. 언제나 그랬다. 이 친구들이 아내를 호강시키기 위해 술을 마시고 토요일을 아내에게 봉사한다는 데까지는 나도 이야기할 수 있다. 정말이다. 그것은 내가 토요일 저녁마다 집으로 갈 때 아내와 나를 위한 약을 산다는 것과 비슷한 것이니까. 그러나 내가 그 웃음소리와 사격선에 관한 이야기를 한다면 이 친구들은 알아들을 것인가? 그리고 나를 위해 무슨 말을 해줄 것인가. 어림없는 소리다. 무엇보다 이들은 지금 아이를 낳아 기르고 있는 것이다. 그것이 나의 말을 이해할 수 없다는 가장 좋은 증거다. 이렇게 말하면 나를 무슨 불구로 알지도 모르겠다. 그런 것은 아니다. 아내는 세심한 주의에도 불구하고 분명 두 번이나 임신을 한 적이 있다. 문제는 차라리 그 임신에 있었다.

결혼한 지 3개월쯤 되던 어느 토요일이었다. 그 즈음에 벌써 우리는 매 토요일로 '그날'을 정하고 약을 사다 먹는 일에 상당히 익숙해 있었다. 나의 회사 일도 고되거니와 아내 쪽도 결혼 후부터 곧 석사 학위 논문을 쓰기 시작했기 때문이었다. 나는 대학밖에 나오지 않았어도 생활에는 불편이 없더라면서 굳이 동물학과에서 석사 과정을 밟으려는 아내의 뜻을 바꿔보려 했으나, 그것은 나의 논리 빈곤을 내보인 결과밖에 되지 못했던 것이다.

그 토요일도 나는 5일간의 출장에서 돌아오는 참이라 벌써 굉장히 피로해 있었지만 습관대로 약방에서 약을 사들고 집으로 들어갔고, 아내는 또 아내대로 서재에서 아직 논문에 골몰한 얼굴로 나타났었다. 그리고 곧 두 잔의 커피를 내왔다. 커피에 대해서 말이지만, 아내는 참으로 한결같은 데가 있었다. 내가 밖에서 들어오거나 손님이 왔을 때 아내는 반드시 커피를 내왔다. 사람을 싫어하는 성미 때문인지 아내는 가정부를 두려고 하지 않았다. 그리고 그때마다 자기도 한자리에서 커피를 마셨다. 손님이 여러 번

드나드는 날도(그런 날은 한 달에 한 번 있을까 말까 했지만) 아내는 그게 몇 잔째가 되든 그때마다 똑같이 커피를 마셨다. 그 대신 아내가 손님이나 나에게 베푸는 모든 응대는 그뿐이었다. 커피가 끝나면 상대가 나이거나 손님이거나 상관하지 않고, 아내는 다시 서재로 사라졌다. 그리고 논문에 몰두해버렸다.

그날도 아내는 커피를 마시고 나자 곧 자리를 일어섰다. 나는 갑자기 역정이 치올라서,

"그냥 거기 좀 앉아 있구려"

하고는 아내를 쏘아보았다. 그러나 아내는 무엇을 오해했는지 그냥 선 채로,

"예외를 두게 되면 우리는 피차 피해를 입게 돼요."

마치 거기 나 말고 또 다른 사람이 앉아 있기나 한 것처럼 경멸스런 웃음을 흘리며 결연히 돌아서 나가버리는 것이었다. 나는 멍하니 앉아 있을 수밖에 없었다. 방 안이 갑자기 진공 상태로 변해버린 것처럼 답답했다. 2미터 안팎의 맞은편 벽이 아득히 멀었다. 방 안의 집기들도 낯이 설었다. 나는 손가락 하나 달싹하지 않고 앉아 있었다. 엄청난 나태감이 나를 짓누르고 들었다. 그때 아내의 서재 쪽에서 그 웃음소리가 들려왔다. 나는 그대로 자세를 굳힌 채 귀에다 바짝 신경을 모았다. 이번에는 아무 소리도 들려오지 않았다. 착각이거니 했다. 그러나 조금 후에 웃음소리는 다시 들려왔다. 키득키득 스며드는 것 같은 소리였다. 나는 귀를 세워 그 소리를 쫓다 말고 오싹 소름을 느꼈다. 비슷한 웃음소리가 번쩍 머리에 떠올랐다. 그 웃음소리는 조금도 지워지지 않고 나의

안 어느 구석엔가 숨어서 오래 기회를 벼르고 있었던 것처럼 불쑥 기억을 들추고 나왔다.

　신혼여행을 갔을 때도 우리는 전혀 이야깃거리를 갖고 있지 못했다. 제주도까지 비행기 안에서 우리는 물끄러미 창밖만 내려다보고 앉아 있었고, 호텔에 들어서도 우리는 용무상 필요한 이야기 외에는 전혀 입을 떼지 않았다. 일부러 그랬던 것은 아니었다. 우리는 별반 할 이야기가 없었을 뿐이고, 또 그러는 것이 마음을 불편하게 하지도 않았기 때문이었다. 그런데 신부는 저녁을 마치고 해변으로 나가자, 아무래도 무슨 이야기를 해야겠다고 생각한 모양이었다. 몇 번 무슨 말을 꺼내려던 눈치더니 끝내는 말을 꺼내놓기도 전에 키득키득 웃기부터 했다.

　"개구리가 춤을 추게 하는 방법을 가르쳐드릴까요?"

　영문을 몰라 내가 물끄러미 쳐다보기만 하니까, 신부는 얼른 그렇게 말하고는 또 키득키득 웃어댔다. 나는 신부가 몹시 재미있는 이야기를 가지고 있는 게라고 생각했다.

　"개구릴 말이죠!"

　신부는 단숨에 나를 웃게 하고 말겠다는 듯이 자신 있는 어조로 설명하기 시작했다.

　"개구리의 뒷발을 솜뭉치로 두툼하게 싸매서 깡통에다 담고, 그 깡통 밑에서 불을 지피는 거죠. 그래서 깡통 바닥이 더워지면 개구리는 앞발이 뜨거워올 게 아니겠어요? 그러면 개구리는 앞발을 아직 더워지지 않은 깡통 벽에다 올려붙이겠지요. 그렇지만 깡통 벽도 차츰 위로 더워져 올라가고, 그러면 개구리가 점점 발을 위로 올려붙이겠지요. 나중에 깡통이 모조리 뜨거워지면 개구리는 어떻게 되겠어요?"

 신부는 나의 반응을 살피려는 듯 그쯤에서 일단 이야기를 멈추고 나를 쳐다보았다. 어이가 없었다. 동물학을 공부하고 있는 이 여자는 정말로 그런 실험을 했을지도 모른다는 생각이 들었다. 하지만 나는 웃을 수밖에 없었다. 신부는 안심한 듯이 말을 이어 나갔다.

 "개구린 할 수 없이 앞발을 깡통 벽에다 몇 번 붙였다 뗐다 하다가 나중엔 아주 깡통에 닿지 않으려고 뒷발로 서서 앞발을 쳐들고 기우뚱거린단 말이에요. 훌륭한 춤이 되지 않겠어요?"

 신부는 그때 정말로 눈앞에 그런 광경을 보고 있는 듯이 땅바닥을 내려다보며 키득키득 웃어댔다.

 나는 웃지 않았다. 개구리가 정말로 춤을 출 것인지는 확실하지 않았다. 그러나 나는 그런 것을 생각하고 있지 않았다. 단지 신부의 키득거리는 웃음소리를 듣고 있었을 뿐이었다.

 불쾌한 기억이었다. 잊어버리고 싶었다. 그리고 그 뒤로 아내와 나는 전혀 육신을 요구할 수 없는 피차의 결함(이것을 무슨 불감증이나 임포텐츠라고들 하는 모양이다)에 대한 고민 때문에 그런 건 정말로 금방 잊어버렸다. 고심 끝에 약의 도움을 얻어 그럭저럭 고민을 덜게 되었을 때도 구태여 그런 불쾌한 기억을 들추어낼 필요는 없었다.

 그런데 그날 갑자기 그 웃음소리가 떠오른 것이다. 사실 그때 아내의 방 쪽에서 들려왔다는 웃음소리는 아내의 그 키득키득한 웃음소리가 기억에서 되살아난 데 불과했다. 하지만 그날 밤도 우리가 약을 먹고 자리에 들었음은 물론이었다. 나는 곧 굉장히 피곤해졌고 등을 대고 누운 아내 쪽에선 자꾸만 전번과 같은 그 웃음소리가 들려왔다. 나는 불그스레한 조명 아래 몇 번이고 몸을 세워서 잠들어 있는 아내의 얼굴을 넘겨다보았다. 아내는 웃고 있지 않았다.

그러나 눈을 감고 누우면 금세 어디선가 그 웃음소리가 다시 들려왔다.

나는 왠지 무서운 꿈이라도 꿀 것 같은 불안감에 좀처럼 그대로 잠을 이룰 수가 없었다.

"이 친구, 마누라 걱정은 퍽도 하는 모양일세. 아, 이쪽이 적당히 취해야 마누라 호강시킬 생각두 난다니까그래. 자 마셔."

옆 친구가 잔을 밀어놓고 다시 주전자를 쳐들며 술을 따를 기세다. 두 잔째 술이 그냥 있었다.

"아냐. 이 정도가 난 마누라 호강시키기에 딱 알맞아."

나는 잔을 한꺼번에 모두 비우고 나서 미적미적 자리를 일어섰다. 더 앉아 있을 일이 없었다.

"왜, 갈 텐가? 술은 인제 마시라고 하지 않을 테니 그럼 거기 앉아 노래나 불러."

건너편 친구가 먼저 눈치를 채고 만류한다.

"엉덩인 징그럽지만 내가 만져줄게."

옆엣녀석이 손을 뒤로 내밀었다. 주정을 시작할 판이었다. 이 작자들이 아내를 호강시키겠다는 것은 거짓말이었다. 나는 얼른 거리로 나와버렸다. 주량이 적은 탓인지 두 잔으로 벌써 볼이 후끈거렸다.

―그럼 어디로 간다?

나는 흘러 내려오는 눈꺼풀을 치켜올리며 버릇처럼 망설였다. 시간은 아직 1시를 조금 넘고 있었다. 거기다 늦봄의 오후는 짜증스럽게 길게 마련이다. 나는 무작정 사람들이 밀려가고 있는 광화문께로 방향을 정하고 걷기 시작했다. 그래도 사람이 자꾸 발길을 막았다. 나는 그 사람 사람 사이를 열심히 뚫으면서 걸었다. 양쪽에서 파도가 밀어치는 방파제를 끝까지 갔다 오겠다고 터무니없는 결심을 한 사람은 아마 지금의 나와 비슷한 심사일 것이다. 할 일이 없고 까닭 없이 바쁘고, 그리고 약간은 불안하기까지 하고, 그러면서도 그 길을 돌아서버리는 것이 무슨 못난 짓이라도 되는 것 같아서 그냥 끝까지 걸어가는 그런 사람의 심사.

광화문은 지하도 공사 때문에 길이 막혀 있었다. 국회의사당 쪽과 중앙청 쪽을 두고 나는 썩 중요한 결정이나 내리려는 것처럼 망설망설하다가 결국은 중앙청 쪽으로 발길을 돌렸다. 그쪽이 사람이 조금 적었다. 그러나 중간에서 나는 다시 오른쪽 골목으로 길을 꺾어들고 말았다. 언젠가 중앙청 뜰에 탱크가 줄줄이 늘어선 것을 본 후로 나는 그 근처가 싫었다. 그리고 중앙청 앞까지 가면 어차피 오른쪽 아니면 왼쪽으로 굽어서야 했다. 나는 토요일 오후가 정말 분주한 사람처럼 바쁜 걸음걸이로 걸었다. 그러나 한참 가다 보니 또 낭패였다. S예식장 앞으로 나서고 있었다. 1년 전 그곳에서 나는 기세 좋게 아내와 일생의 행복을 맹세했었다. 그리고 그 후로 아내와 나 사이에는 얼마나 많은 약정들이 이루어지고 있었던가. 맹세를 하고 약정을 한 것은 나 자신이었지만, 그것들은 이미 나로부터 떠나가서 오히려 나를 지배하고 있었다. 나는 등에 땀이 흐르는 것을 느끼며, 졸고 있는 이웃집 개새끼 곁을 지나가듯 조심조심 왼쪽으로 발길을 꺾었다. 개처럼 도사린 예식장 건물에서 별안간 우렁우렁 하는 소리가 나를 따라오는 것 같았다. 무슨 반역이라도 저지른 사람처럼 왜 내게 그런 소리가 들려오는지 모르겠다. 나에게 그런 허물은 없었다. 다만 나는 아이를 낳으려 하지 않을 뿐이다. 그것도 충분한 이유를 가지고 말이다.

그러니까 그날 이후 한번 살아난 그 키득키득한 웃음소리는 토요일 밤마다 나를 괴롭혔다. 그러나 아내는 언제나 웃고 있지 않았다. 나는 무서운 꿈을 꿀 것 같은 불안감에 싸여 겨우겨우 잠이 들곤 하였다.

그러던 어느 토요일 밤, 나는 정말로 무서운 꿈을 꾸고 말았다.

그날 밤 아내는 약을 먹고 자리에 들자 아이가 생긴 것 같다고 했다. 그 말을 하는 아내의 목소리는 남의 이야기를 하는 것처럼 덤덤했다. 나는 이상했다. 그리고 두려웠다. 약을 먹어야 비로소 몸을 합할 수 있는 아내와 나 사이에 아이가 생길 수 있다는 일이 아무래도 납득이 가지 않았다.

어딘가 잘못이 있는 것 같았다. 꿈에도 생각해보지 않은 아이였다. 생각해서도 안 되었다. 그런데도 정말 아이가 생겼단다. 약을 먹고 말이다.

　나는 무슨 불길한 징조를 본 것처럼 두려웠다. 복수를 당하는 기분이었다. 그런 생각 때문이었는지 그날 밤 나는 여느 때보다 훨씬 더 피곤해졌고, 그 키득키득한 웃음소리는 더 가까이서 나를 괴롭혔다. 그러다 잠이 들어서 나는 그 꿈을 꾼 것이다.

　훈련소 시절의 그 잊을 수 없는 사격장의 꿈이었다.

　그러니까 4년 전 논산 훈련소의 교도 사격장에서였다. 이른 봄 날씨가 며칠 계속되더니 그날 사격장에는 때아닌 함박눈이 내리고 있었다. 나는 아침부터 몸에 열이 있었으나, 사격에 결장(缺場)을 하면 유급(留級)을 당한다는 풍설 때문에 의무대로 가지 않고 이를 악물고 교육장으로 나갔다. 10여 리의 행군 끝에 사격장에 이르렀을 때는 구토가 일어날 것같이 온몸이 열로 불덩이가 되어 있었다. 그래도 나는 사격을 포기하지 않았다. 동료들의 부축을 받으며 그럭저럭 시간을 보내다가, 오정이 다 되어서야 높다란 사선(射線) 위로 올라갔을 때는 정말 정신이 아물아물했다. 사선에 엎드리자 부드러운 향수 같은 것이 나를 애무해주고 있는 기분이었다. 앓아누우면 나는 늘 달콤한 슬픔에 젖는 일이 많았다. 사선 위에서 눈보라 속으로 건너다보는 맞은편 산기슭의 타겟 선이 꽃밭처럼 아름다웠다. 장방형의 흰색 바탕 가운데에 까만 표적을 그리고 그 둘레에다 두 겹 원을 그린 타겟들이 산기슭을 따라 보기 좋게 정돈되어 있었다. 그리고 그것들이 같은 방향, 같은 속도, 같은 각도로 일제히 기울어지고, 돌아가고, 문득 사라지고 하는 모양은 참으로 아름다웠다. 사격이 개시되고 탄환이 뚫고 지나가면 그것들은 각자 오른쪽으로 돌아내려가 탄착점에 까만 표지를 달고 다시 돌아 올라와 꼬직히 서게 되어 있었다.

　사격 조교의 설명과 시범 사격이 끝나고 타겟 선이 일제히 수직으로 정돈했다. 나는 이윽고 감상에서 깨어났다. 타겟을 향해 자세를 취했다. 사격을 잘 해치우고 싶었다. 사격 실격자에게 가해지는 기합도 두려웠고, 사격이 서툰 병정이 되기도 싫었다. 그러나 내가 그런 생각을 하게 된 것은 사격에 대한 훨씬 더 강한 선입감이 작용하고 있었기 때문이었다. 입대 전 어떤 소설에서 총을 잘못 쏘는 훈련병 이야기를 읽으면서, 나는 그가 사격 실격이 아니라 인간 실격을 한 것 같은 생각이 들었었다. 몸이 아팠기 때문에 사격을 잘 해치우고 싶은 생각은 더했다. 드디어 통제관의 발사 명령이 내려지고 사선에서는 일제히 총성이 울렸다. 우뚝우뚝 정연하던 타겟들이 명중탄을 받고 하나씩 돌아내려가기 시작했다. 나는 신중하게 조준을 하여 방아쇠를 당겼다. 그리고 기다렸다. 그러나 어찌 된 일인지 나의 타겟은 움직이지를 않았다. 나는 좀더 신중하게 조준하여 제2탄을 발사했다. 이번에도 부산하게 돌아가는 타겟들 가운데에 나의 것은 우두커니 돌아갈 줄을 모르고 있었다. 등에서 땀이 솟기 시작했다. 이마에서도 땀이 흘러 눈꺼풀에 매달리고 있었다. 몸이 오그라드는 것 같았다. 초조해지니까 손이 더 떨렸다.

　제3탄. 또 실패였다.

　제4탄도 실패였다.

　나는 총신을 내리고 가만히 엎드려 눈보라에 휩싸인 채 돌아갈 줄 모르는 나의 타겟을 원망스럽게 건너다보았다. 분주히 돌아가는 타겟들 사이에 그것은 언제까지나 돌아가지 않을 것처럼 우뚝 서 있기만 했다. 나는 갑자기 사선에 나 혼자 올라와 있는 것 같은 외로움을 느꼈다. 바람에 휩쓸려 타겟이 조금씩 앞뒤로 흔들리고 있었다. 나는 숨을 죽이고 엎드려 있었다. 좁은 골짜기를 가득 메우던 총소리가 조금씩 뜸해지기 시작했다. 소리를 지르고 싶었다. 나는 불현듯 총대를 쳐들어 조준도 하지 않고 방아쇠를 마구 당겨댔다. 타겟 선보다 훨씬 위쪽 산허리에서 풀썩풀썩 먼지가 일었다.
"누구야!"
송곳 같은 조교의 호통 소리가 꿈속처럼 멀었다. 나는 정신을 잃고 말았다.
그런데 그 토요일 밤, 나는 그 사격장의 움직이지 않는 타겟의 꿈을 꾼 것이다. 그럴 이유가 있었던 것도 같았다. 신혼 초 약을 생각해내기 전 아내와 밤을 보내면서 나는 늘 그 사격장에서와 같은 기분이 되고 번번이 그때와 같은 좌절감을 맛보곤 했었다. 더 정확하게 말하면, 사격장에서와 같은 기분은 내가 아내와 잠자리를 같이 하려 하면 벌써 나를 휩싸와서 묘한 초조감과 불안감에서 헤어나질 못하게 했고, 끝내는 절망적인 좌절감 속으로 나를 빠뜨려 넣어버리곤 하였다.
그러니까 내가 그 꿈을 무섭다고 한 것은 그것이 하필 사격장의 꿈이기 때문이 아니다. 꿈속에선 끝내 더 소름이 끼치는 일이 일어났다.
꿈속에서도 사격장에 하얀 눈이 내리고 있었다. 아무리 쏘아대도 나의 타겟은 역시 돌아가질 않았다. 나를 압도하듯 우뚝 서 있기만 한 타겟. 그런데 별안간 그 타겟이 움직이기 시작했다. 그러나 그 움직임은 회전이 아니었다. 그것은 마치 살아 있는 괴물처럼 천천히, 그리고 커다랗게 나에게로 다가왔다. 가까이 다가오는 것을 보니 그것은 하나의 거대한 로봇으로 변해가고 있었다. 얼굴의 윤곽은 장방형이고, 가운데 들어앉은 동그라미는 입이 되어 있었다. 그리고 그 타겟을 지탱하고 있던 나무 얼개는 뻣뻣한 다리로 변해 있었다. 그런 모양으로 타겟은 꺽둑꺽둑 나를 향해 걸어왔다. 그리고 이윽고 나의 시야를 채워버리고 말았다. 나는 소리를 지르려 했으나, 소리가 안타깝게 입 밖으로 나오지를 않았다. 나는 눈을 감아버렸다. 그리고는 아무 데나 겨냥을 하고 마구 총을 쏘아댔다. 총 소리가 무섭게 사격장을 메아리쳤다. 그런데, 그 총소리 속에서 느닷없이 어떤 비명 같은 소리가 섞여 들려왔다. 나는 놀라 눈을 떴다. 그리고는 정말로 악! 소리를 지르고 말았다. 지금까지 하얗게 내리던 함박눈이 벌건 핏빛이 되어 있었다. 자신의 소리에 놀라 꿈에서 깨어난 나는 침실의 붉은 조명에 아직도 정신을 차리지 못하고 한동안 지긋지긋한 몸서리를 치고 있었다. 아내는 아무것도 모르고 잠에 떨어져 있었다.

다음 날 나는 침실 조명을 파란색으로 바꾸었다. 그러나 그로부터 나는 토요일 밤마다 계속 그 끔찍스런 꿈을 꾸었다.

매주마다 토요일이 되면 회사의 일만으로도 정말 몸이 피곤해진다. 그리고 집에서는 아내와 '그날'을 맞게 되어 더욱 피곤해진다. 피곤해지면 나는 그 키득키득한 웃음소리를 듣게 되고, 또 무서운 꿈을 꿀 것 같은 공포에 괴로워하다 겨우 잠이 든다. 그리고 잠이 들어서는 영락없이 그런 꿈을 꾸곤 했다.

어느 날, 나는 아내에게 아이를 꺼내버리자고 했다. 나의 편에서 아내에게 먼저 제의를 한 것은 아마 1년 동안에 그 한 가지뿐일 것이다. 하지만 그것은 아내 혼자 벌써 그 아이를 꺼내버린 다음이었다. 잘되었다 싶어 나는 더 말을 하지 않았다. 아내가 나의 의견도 묻지 않고 그렇게 한 이유 같은 것은 아무래도 좋았다. 지금까지도 나는 아내가 그러는 이유를 확실히 아는 것이 없지만 별로 알고 싶지도 않은 것이다. 다만 그 후로 아내가 사전 방지에 세심한 주의를 하고 있는 것을 보면 아내도 아이는 낳고 싶지가 않은 게 확실했다. 아내의 생각이, 그녀는 어머니가 되어서는 안 된다는 나의 생각과 같지 않다면, 아내는 단지 아이를 낳는 일이나 어머니가 되기 싫어 그런다고밖에 생각할 수가 없다. 어쨌든 결과는 나와 어김없이 일치하고 있었다. 세심한 주의에도 불구하고 한두 번 실수를 저질렀을 때 아내는 군말 없이 그것을 꺼내버려 나의 공포를 덜어주곤 했으니까. 그렇다고 아이를 꺼내버린 후로 내가 그 웃음소리와 악몽에서 자유로워진 것은 물론 아니다. 피곤해지면 웃음소리는 언제나 들려왔고 정말로 꿈을 꾸게 되든지 안 꾸든지 간에 사격장의 악몽에 대한 나의 공포는 여전했다.

나는 안국동 로터리까지 와 있었다. 어디로 갈까? 시간은 겨우 2시였다. 어디로 갈까. 오른쪽 길은 싫다. 그쪽으로는 옛날 학교가 있다. 공연히 싫은 곳이다. 나는 할 수 없이 다시 종로 쪽으로 굽어들었다. 종로에 조금 못 미친 데까지 와보니 거기도 곡괭이를 든 인부들이 거리를 온통 파헤쳐놓고 있다. '위험'이라고 쓴 빨간 천 조각이 새끼줄에 매달려 통행을 막고 있다. 할 수 없이 왼쪽 골목으로 휘었다. 단성사와 피카디리 쪽이었다. 잘되었다 싶었다. 극장에나 들어가 몇 시간 보내고 나오자. 진작 그 생각을 해내지 못한 것이 후회스러웠다. 그러나 그런 나의 즐거움은 극장 앞에 이를 때까지뿐이었다.

'금일 입장권 완전 매진—'

매표구에서는 내일 표를 팔고 있었다. 건너편 극장도 마찬가지였다. 그쪽에는 '금일 입장권 매진'을 더 큰 글씨로 써 갈겨다 걸어놓고 있었다. 나는 괜히 무안을 당한 것처럼 주뼛주뼛 그곳을 빠져나오려고 했다. 암표상 여인들이 다가와 길을 막아섰다. 하지만 그따위는 싫었다. 그런 표로 구경을 하고 나면 사기를 당해 큰 손해를 본 기분이 든다. 술기가 빠져나간 탓인지 다리의 관절이 뻐근하고 머릿속이 미적지근했다. 햇볕과 땀과 먼지가 얼굴을 형편없이 더럽히고 있으리라. 나는 골목길로 되돌아 나오다가 대폿집의 퍼런 천 조각을 들추고 안으로 들어섰다. 골목집이 되어 그런지 안에는 사람이 별로 없다. 나는 구석에 자리를 잡고 앉았다. 돼지코를 한 여자가 터무니없이 디룩디룩 살찐 종아리를 드러내 보이며 주문을 받으러 왔다. 나는 술 한 되와 물수건을 부탁했다. 여자는 술을 먼저 갖다 놓고 나서 다시 물수건을 가져왔다. 나는 물수건으로 얼굴을 훔치려다 그대로 그냥 팽개치고 말았다. 간장 냄새가 났다. 모든 것에 낭패를 보고 만 것 같은 기분이었다. 술을 따라서 단숨에 들이켰다. 자식들은 술만 마시면 언제나 마누라 이야기를 했었지. 그러나 처음부터 아내는 그런 짓을 절대로 내게 허용하지 않았다. 불결한 짐승을 보듯 함부로 나를 경멸했다. 아내는 약뿐이었다. 하지만 아내만 비난하지는 말자. 무엇보다 나 스스로가 약의 도움을 받지 않으면 토요일 하루의 '그날'마저도 불가능한 처지니까. 사격장의 그 답답하고 초조한 기분이나 느끼게 해주는 나의 시험 따위는 걷어치운 지가 옛날이었다. 어쨌든 자식들은 아내를 호강시킬 방법을 배우기 위해 가끔씩 3가의 뒷골목까지 찾는다고 했다.

집어치워라.

나는 다시 잔을 채워 단숨에 들이켰다. 다음 잔은 절반을 채우고 주전자가 비어버렸다. 다시 암담한 기분이 되었다.

"술 반 되 더 가져오쇼."

놈들은 자식을 낳아 기르니까 나의 기분을 모른다. 그리고 약을 먹지 않으니까 천연스럽게 아이를 낳을 수 있는 것이다. 놈들을 생각하니 나는 더욱 암담해졌다. 정말 아무 데도 이젠 가망이 없을까? 나는 그렇게 속말을 해놓고 가만히 나의 말에 귀를 기울이고 있었다.

5시가 조금 지나서 나는 피카디리와 돈화문 중간쯤 되는 곳의 골목을 걸어 나오고 있었다. 또 낭패였다.

"대낮부터 이 양반이 정신이 없어. 어서 나가요!"

별놈의 자세를 다 취하게 하고 별놈의 방법으로 나의 육신을 달래게 했다. 그리고 나는 약을 먹지 않고 끈기 있게 기다렸다. 여자는 처음 5백 원 남짓한 돈의 위세에 눌려 참을성 있게 나의 주문에 순종했다. 그러나 너무 오래 시간을 끌자 여자는 차츰 신경질을 내기 시작했다. 나는 계속 기다렸다. 여자는 거의 모든 신체의 기관을 동원해서 나의 신경을 괴롭혔다.

아이를 낳고 싶었다. 약을 먹지 않고 아내에게 임신을 시키고 싶었다.

약을 먹지 않고, 우선 나부터 약을 먹지 않을 수 있는가를 시험해보고 싶었다. 그러나 약을 먹지 않으려는 나의 생각은 맹랑한 공상이었다. 여자의 모든 노력에도 불구하고 끝내 나는 불가능이었다. 약의 힘을 빌리지 않고는 영원히 깨어날 수 없는 잠에 빠진 것처럼 나의 육신은 긴장할 줄을 몰랐다.

드디어 여자가 발칵 화를 내었다. 나는 그길로 쫓겨나고 말았다.

다시 피카디리 앞까지 걸어 나와서 걸음을 멈춰 섰다. 어디로 갈까. 이젠 할 수 없이 집으로 걷는 수밖에 없었다. 아파트까지는 나의 걸음으로 한 시간 이상이 걸릴 것이다. 곳곳의 거리가 막혀 있었다. 도로가 아문 데가 없이 파헤쳐져 있었다. 광화문 네거리가 가장 심했다. 광화문을 건너기 위해 나는 시청 쪽으로 한참 내려갔다가 길을 횡단했다. 길을 건너고 나니 다시 국제극장 앞이 막혀 있다. 극장 앞에서는 구경꾼과 길 가는 사람들이 한데 섞여 들었다.

어떻게 걸었는지 내가 아현동 로터리를 지나고 있을 때는 6시가 되어 있었다. 햇볕이 많이 엷어져 있었다. 나는 로터리 옆의 조그만 약방으로 들어갔다. 서른이 된 듯 만 듯한 여자가 힐끗 달력을 쳐다보고는 묻지도 않고 약갑을 꺼내왔다. 두 번 이곳을 들른 후로 이 여자는 절대로 묻는 법이 없었다. 그리고 언제나 그녀가 약을 건네줄 때 그녀의 시선은 나의 어깨 너머로 길 밖을 내다봤다. 비난도 호기심도 아무것도 찾아볼 수 없는 무심한 눈길. 그래서 보는 사람이 오히려 지루해지고 짜증이 날 것 같은 그런 눈길이었다. 나 역시 이 여자에겐 약값을 묻는 일이 없이 돈을 치르고 문을 나서는 것이 예사였다. 단 한 번 이 여자는 돈을 치르고 문을 나서려는 나를 불러 세운 적이 있었는데, 그때 이 여자는 약값이 10원 더 올랐다고 했다. 나는 10원을 더 치르고 나왔다. 여자는 다시 나에게 말을 건네지 않았다. 그러나 나는 약방을 들어설 때는 언제나 또 약값이 올랐을지 모른다는 생각을 했다. 그리고 여자가 뒤늦게 나를 불러 세울 것만 같아 조마조마한 심경으로 문을 나서곤 했다. 문을 나와서야 나는 언제나 여자가 고마웠다. 약값이 오르지 않아서가 아니었다. 약을 내주고 모른 체해주는 그 여자의 아량 때문이었다. 그러나 나는 오늘 문을 나서면서 그런 고마움 대신 뭔가를 빠뜨리고 나선 것 같은 석연찮은 기분이 되어 있었다. 전차가 끽끽 소리를 내며 마포 쪽으로 굴러내려가는 것을 한참 동안 보고 서 있었으나 석연찮은 기분이 영 가시질 않았다. 전차를 탄 사람도 약방의 여자와 비슷한 눈길을 하고 차창을 내다보고 있었다. 나는 그들이 아무것도 보고 있지 않다고 생각했다. 움직이는 전차에서 무엇을 보자면 시선이 뒤로 움직여야 했다. 아무도 시선을 뒤로 흘리는 사람이 없었다. 나는 주머니 속에서 꼭 움켜

쥐고 있던 최음제를 꺼내 들고 이윽히 그것을 보았다. 분홍빛의 정제들이 귀엽게 등을 맞대고 들어 있었다. 여덟 알이었다. 처음에는 4회 사용분이었던 것이 요즘은 2회분도 모자란 양이었다.

오늘 저녁은—

드디어 아까 약방에서 빠뜨려 먹은 일이 생각났다. 광화문에서 아현동 약국까지 나는 결국 그것을 생각했던 것이 아닌가. 나는 다시 약방으로 발길을 돌렸다.

"이걸 가루로 부숴주시오."

약을 먹지 않고 아이를 낳고 싶다는 생각은 이제 충분히 시험된 셈이었다. 약을 먹지 않을 수는 없다. 그러나 약방 여자는 아무 말 없이 정제약을 가루로 부순 다음 조그만 봉지를 여덟 개 만들어 그것을 다시 큰 봉지에 넣어서 되돌려주었다.

아내는 벨 소리를 듣고 아직 오른손에 펜을 쥔 채로 현관에 나타났다. 그리고는 곧 주전자에 찻물을 데우려고 했다. 나는 차 마실 생각이 없다고 했다. 아내는 왼팔을 올리고 시간을 보더니, 아직 저녁 먹을 시간이 멀었다면서 다시 서재로 사라져버렸다. 나는 몸을 씻고 거실 소파에 몸을 파묻었다. 눈꺼풀에 슬그머니 졸음이 와 앉았다.

한 시간도 되지 않아서 나는 다시 잠에서 깨어나 저녁을 먹지 않으면 안 되었다. 저녁이 끝나고 아내는 또 서재로 갔다. 나는 다시 거실 소파에 어깨를 좁게 하여 몸을 파묻고 시간을 기다렸다. 이번에는 잠이 오지 않았다. 아직 8시. 아내는 토요일이라도 10시가 되기 전에는 절대로 자기 일과에 방해를 받지 않으려 했다. 처음 나는 잠깐 눈을 붙여볼까 하고 전깃불을 껐으나 도시 눈이 감기질 않았다. 그렇다고 다시 불을 켜기도 싫었다. 방 안은 구석에서부터 시커먼 어둠이 서려 들었다. 그 구석에서는 별안간 와 하고 무서운 웃음소리가 터져 나올 것 같은 착각이 들기도 했다. 나는 가끔 머리를 쳐들고 안계에서 어둠이 벗겨질 때까지 그 구석들을 쏘아보았다. 키득키득 웃음소리가 어느새 다시 나의 귀청을 간질이려 들곤 했다. 나는 문득 철판 위에서 춤을 추게 된다는 개구리가 된 것 같은 생각이 들었다. 하지만 그 개구리는 절대로 춤을 출 것 같지 않았다. 아마 철판에다 배를 깔고 엎드려서 타 죽고 말지도 모른다. 그래도 아내는 웃을 것인가? 나는 몸서리를 치면서 다시 몸을 움츠렸다. 눈을 감았다. 이번에는 슬그머니 그 사격장의 타겟 판이 망막 위로 떠올랐다.

그것은 시계(視界)에서 안으로 비쳐 들어오는 것이 아니라, 마치 안으로부터 거꾸로 신경을 타고 망막으로 번져 나오는 것처럼 눈을 감고 있어도 조금씩 뚜렷해졌다. 타겟들이 열을 지어 서서 빙글빙글 돌아가는데, 역시 나의 것은 우뚝 선 채로다. 그러다가 그 움직이지 않던 나의 타겟이 드디어 나를 향해 꺽둑꺽둑 걸어오기 시작한다. 나는 초조하고 불안해졌다. 눈꺼풀로 덮인 검은 시계에 붉은 반점 같은 것이 수없이 그 타겟의 주변에 얼룩졌다.

나는 다시 눈을 번쩍 떴다. 방구석의 어두움은 다시 웃음소리의 은신처였다. 나를 반역하지 않은 시간은 한순간도 용납되지 않았고, 나를 반역하지 않은 사념은 한 가지도 허용되지 않았다.

그것들은 복수의 악귀처럼 집요하게 나의 눈과 귀와 마음을 파고 들었다.

나는 다시 그 뜨거운 깡통 속에 담긴 개구리가 된 느낌이었다. 그렇다면 그 잔인한 복수 같은 웃음을 웃는 것은 아내일까? 아내가 그 사격장의 꿈을 꾸게 하는 것일까? 그런 것 같기도 했다. 그러나 아내도 나와 같이 약을 먹는다. 그것은 앞으로도 불가피한 일이다. 혹시 아내도 그런 웃음소리를 듣는지 모를 일이었다. 웃음소리는 아내가 아닌, 짓궂기 이를 데 없는 어떤 괴물의 장난일는지도 모른다. 그 괴물이 보이지 않는 데서 나를 웃고, 나에게 타겟의 꿈을 꾸게 하여 아이를 낳지 못하게 하는지 모른다. 그것이 아내가 아니라면 아내는 나와 같은 피해자다. 우리가 그런 피해를 입을 반역을 저지른 게 있다면, 그것은 약을 먹는 행위일 수밖에 없었다. 그것은 분명한 반역이다. 하지만 아내와 나는 그것이 불가피한 것이었고, 가능한 타협으로 그 짓을 택한 것이다. 그런데 그 괴물은 늘 나에게 무서운 꿈을 꾸게 하여 아이를 낳지 못하게 했다. 이번에도 아내와 나는 가능한 타협을 할 수 있지 않을까. 그렇게 해서라도 아이를 낳는다면?

나는 벌떡 일어나서 불을 켰다. 생각이 아까 낮에 약을 만들어야겠다고 한 데까지 이른 때문이다. 나는 주전자에 물을 채워놓고는 나의 방으로 가서 옷 주머니에서 약 봉지를 꺼내 왔다. 아내가 옆에 있기라도 한 것처럼 나는 조심스럽게 주전자의 뚜껑을 열고 봉지를 하나씩 털어 넣었다. 네 봉지를 털어 넣고 나서 조금 있다가 두 봉지를 더 털어 넣었다. 뚜껑을 덮었다.

시간은 아직 10시를 한 시간쯤 남겨놓고 있었다. 나는 아내를 부르려다 말고 트랜지스터라디오를 찾아 들고 다시 소파로 갔다. 마음이 좀 가라앉았다.

모든 토요일에 그랬던 것처럼 10시가 되자 아내는 손을 씻고 응접실로 나왔다. 그리고 침실과 거실을 몇 번 왕래하면서 문단속을 하고 커튼을 내리고 했다. 이윽고 주전자의 뚜껑을 열고 안을 한 번 들여다보고는 그대로 전기로 위에 올려놓고 스위치를 넣었다. 그런 뒤에 다시 침실로 갔다가 잠옷을 걸치고 나타났다. 한 가지도 어긋나지 않은 토요일 밤 순서였다.

주전자의 물이 끓었다. 아내는 스위치를 끈 다음 찻잔을 내려다 주전자의 물을 따르고 커피를 탔다. 설탕 그릇을 내 앞으로 밀어놓았다. 그리고 이번에는 자신의 커피를 탔다. 이런 때 둘 사이에 대화라는 것은 없었다. 마지막으로 아내는 설탕을 딱 한 숟갈 넣은 다음 티스푼으로 두어 번 저었다. 잠시 무엇을 기다리듯 하다가는 잔을 집어 들었다. 입술을 조금 내밀어 홀짝 한 모금을 마셨다. 그리고는 다시 잔을 내려놓았다. 나는 스푼으로 나의 잔을 젓고 있었다. 아내는 또 잠시 나를 기다리는 듯하다가 이번에는 한 모금 남짓을 남기고는 단숨에 커피 잔을 거의 비워버렸다. 그리고는 정말로 무엇을 기다리는 얼굴을 하고 앉아 있었다. 마지막 한 모금으로 우리는 약을 먹고 곧장 침실로 가야 했다.

기다릴 테지.

나는 찻잔을 들어 입까지 가져갔다가 다시 내려놓았다. 그리고는 스푼을 들어 짤그락하고 가만히 찻잔을 스쳤다. 가는 경련기 같은 것이 아내의 눈을 스쳐갔다. 그것은 아내 자신도 의식하지 못했을 만큼 약한 것이었다. 그러나 아내는 얼굴이 갑자기 굳어졌다.

"당신, 무슨 장난을 하려는 거죠?"

나는 황급히 찻잔을 집어들었다.

"아무 말도 말아요. 그냥 모른 체……"

찻잔을 비우고 나서 나는 한꺼번에 두 마디를 말했다. 말을 하지 마라. 모른 체해라, 한 번만. 그리고, 너는 아이를 낳는 것이다. 그쯤은 할 수 있지 않으냐. 나는 계속해서 속으로 말하고 있었다.

"쓸데없는 짓 말아요."

"우리도 아이를 가집시다. 모른 척하고 그냥……"

나는 다시 애원하기 시작했다. 신경의 끄트머리가 짜릿짜릿 울려오기 시작했다.

"흥! 아이요?"

아내는 싸늘하게 웃었다.

"언제 실순진 몰라도 어제 또 병원에 가서 고생한 거 당신은 모르죠?"

아내가 아이를 낳지 않으려는 이유를 나는 확실히 모른다. 모르면서 용인해온 것은 그 동기에 대한 보다 강한 긍정이 있었기 때문일 수 있었다.

그러나……

"우리도 이젠 좀 어엿한 어른이 되어야 하지 않소."

나는 배에다 힘을 주면서 단호한 어조로 말했다.

"어른이 된다구요? 누가 말이지요?"

아내의 어조도 단호했다. 나는 무엇에 칵 앞을 가로막혀버린 것 같은 기분이었다. 아내는 내가 생각한 것이 어떤 것인지를 다 알고 있고, 그것이 얼마나 쓸데없는 생각이며, 그따위 허황한 희망은 다시 입에 담지 못하게 하겠다는 듯이 나를 쏘아보았다. 낭패였다. 나는 반사적으로 자리에서 일어섰다. 몸이 불덩이같이 더워지고 몸 안의 가장 작은 세포까지 깨어나 기지개를 켜면서 팽창해 가는 것 같았다. 뻐근하고 거북했다.

모른 체했어야 했다. 그리고 모른 체하고 아이를 낳는다면 다른 것들도 다 모른 체할 수가 있었을지 모를 일이었다. 하지만 이젠 틀려버린 일이었다.

나는 여자에게로 걸어갔다. 꼼짝도 하지 않고 앉아 있는 여자의 어깨에다 가만히 손을 얹었다. 여자는 얻어맞은 듯이 놀랐다.

"좋아요. 당신은 참 훌륭한 기계니까. 약품 반응이 정확하거든."

그러자 아내의 자세는 갑자기 허물어져버렸다. 와락 덤벼들어 나의 두 다리를 부여안았다. 나는 이를 악물었다.

그러나 그다지 이상적인 기계라고는 할 수 없다. 이 기계는 치사한 인간의 속성을 지니고 있다. 자칫하면 사람의 흉내를 내려고 한다. 그래서 나를 그 무서운 악몽에서 빠져나오지 못하게 하고 있다.

"하지만 우습게 건방진 기계지. 가끔은 실수로 아이까지 배는 수가 있으니."

나는 아내의 팔로부터 다리를 빼내려고 했다.

"당신은, 당신은……"

아내는 나의 말이 이젠 귀에도 들어오지 않는 듯 두 다리를 더욱 좁게 조여 안으며 무섭게 눈을 빛냈다. 나를 쳐다보는 그 눈빛이 차츰 애원으로 변해갔다. 나는 이를 악물고 주저앉으려는 다리를 가누었다.

이제 나는 이 기계를 달랠 또 하나의 기계가 되고 싶지는 않았다.

"당신을 진정시킬 약이 있었으면 좋겠지만 그런 게 없어 유감이구려. 아까 쓰고 남은 것은 두 봉지가 있지만, 그건 지금 당신에겐 소용되는 것이 아닐 테니까."

나는 아내를 밀어젖히고 두 다리에다 전신의 힘을 모으면서 방을 나왔다. 짐승의 울음소리 같은 것이 잠시 등을 뒤쫓다 문에 막혀버렸다.

바깥은 아무것도 들리지 않고 아무것도 보이지 않았다. 찬바람이 볼을 스쳐갈 뿐이었다. 나는 기둥에 기대어 하늘을 쳐다보았다. 하늘도 그저 깜깜한 어둠뿐이었다.

— 잘못이었을까?

어딘가 잘못은 있었을 것이다. 그러나 그 잘못은 내가 그 웃음소리의 정체를 알 수 없는 것처럼 확실치가 않았다. 지금 분명한 것은 아내와 내가 결코 영혼의 교접을 가질 수 없는 황량한 처지였다. 그런데도 이따금 아이가 생겼다. 영혼이 없는 육신의 잉태. 그리고 핏빛 눈발 속을 꺽둑꺽둑 걸어오는 사격 표시판들의 그 절망스런 육박! 아내에게도 그것은 견딜 수 없는 두려움이었으리라. 그래서 그 비정한 유희의 대가로 늘 학살을 되풀이해왔으리라. 그런데 아내는 오늘 밤도 그 생명을 배는 흉내만의 공허한 행위를 되풀이하고 싶어 했다. 그것으로 혹시 그 영혼이 없는 육신의 생명을 배게 된다면 그것은 또 한 번의 살인을 예비하는 잔인한 유희일 뿐이었다.

 모처럼의 시도를 좌절당하고 만 것은 섭섭하지만, 오늘 밤 나는 다시 그런 유희를 참을 수가 없었다. 그리고 그럴 수 있는 한 나는 언젠가 아이를 가질 수 있는 희망을 버리지 않아도 좋다는 생각이 들었다.

 그새 어둠에 눈이 익어진 탓일까. 검은 하늘에서 별들이 하나 둘 환각처럼 희미하게 살아나고 있었다.

(『문학』 1966년 8월호)

바닷가 사람들

복술이 놈은 개펄 쪽에만 정신이 팔려 있었다. 내가 머리를 쓰다듬어주는 동안엔 마지못해 검은 양말을 신은 것처럼 뻘투성이가 된 발목을 핥는 체하던 놈이, 손을 떼자마자 갑자기 목을 높이 세우며 게들이 바글거리는 개펄을 노려본다. 꿀꺽 침을 한번 삼키고는 야무지게 입을 다물었다. 1년밖에 되지 않은 놈이 수염은 꽤 굵고 길다. 그 수염 난 윗입술이 덮개처럼 넓게 아래턱을 싸고 있다. 두 눈은 약간 매섭게 빛난다. 개펄로 들어가지 못하게 소나무 그늘에다 붙잡아놓은 내게 깐엔 제법 위엄이라도 부려 보이고 싶은 모양이다.
　—흥, 요놈이?
　나는 놈의 귀를 꼭 쥐어 잡았다. 놈은 할 수가 없는지 슬그머니 나를 한번 곁눈질해 보더니 그대로 입을 딱 벌리고는 아래턱에 솟은 뽀족한 두 송곳니 사이로 불그스름한 혀를 길게 내려뜨리며 헤헤거리기 시작한다. 그 주걱같이 길고 부드러운 혓바닥 끝으로 침이 수르르 흘러내린다. 소나무 그늘이 꽤 넓고 짙었지만 바람 한 점 없는 여름 한낮의 볕발 속에 한참이나 게를 쫓아다녔으니 더위가 금방 가실 리 없을 것이다. 게들은 사냥꾼이 뻘에서 나가버린 것을 알았는지 하나씩 둘씩 구멍에서 다시 기어 나와 뻘판이 어느새 까만 점들로 가득 찼다. 그 점들에는 저마다 반짝거리는 것이 있었다. 나는 일어서서 돌을 던졌다. 검은 점들은 뻘 전체가 떨리는 것처럼 재빠르게 움직여 사라졌다. 복술이 놈이 몸을 꿈틀했으나 내가 아직 한 손으로 귀를 붙잡고 있었기 때문에 안타까운 듯 낑 소리를 한 번 내고는 다시 주저앉아버린다.

저만치 갈대밭에선 아까부터 황새 한 마리가 목을 길게 뽑고서 수상쩍은 듯 나를 넘겨다보고 있었다. 놈은 발밑에서 무엇을 찾는 것인지 아니면 갈대 그늘에 잠시 쉬려는 것인지 가끔 머리를 아래로 숨겼다가도, 이내 마음이 놓이지 않는 듯 다시 머리를 위로 뽑아 내가 앉아 있는 쪽을 한참씩 바라보곤 했다. 놈은 언제까지 그러고 있다가 밀물이 들어오거나 공사판에서 바위를 깨는 폭약 소리가 울리면 훌쩍 날아올라 어디론가 사라져가게 마련이었다. 놈은 폭약 소리를 지독히 싫어했다. 밀물이 들 때에는 그 가늘고 높은 정강이에까지 물이 차오르기를 기다렸다 마지막 순간에야 날아오르는 식이지만, 그 소리에만은 늘 잠시를 지체하지 않는다. 떼를 지어 오던 놈들이 이젠 거의 오지 않게 된 것도 아마 그 소리 탓일 게다. 하지만 놈이 자꾸 나를 넘겨다보는 데에는 기분이 좀 나빴다. 저를 어쩔 생각도 아닌데, 놈은 나를 자꾸 수상쩍어하는 눈치다. 나는 다시 일어서서 놈에게로 돌을 한 방 갈겼다. 돌은 어림없이 멀리까지 날아갔다. 그러나 놈은 으레 그럴 줄 알았다는 듯 머리를 한 번 기웃하고는 천천히 여유 있게 날아올랐다.

몸을 일으키고 보니 바닷물이 바로 눈앞에 있는 것 같았다. 가까운 데는 햇빛이 파도에 깨져 수없이 반짝이고 있었으나, 그보다 먼 곳은 푸른 바다가 띠처럼 길게 누워 있었다. 그보다 더 먼 곳은 하늘이 비슷한 색깔로 거무스름한 선을 그으며 길게 바다와 맞닿고 있었다. 그 근처에 비누 거품 같은 구름이 솟아 있었다. 아까 개펄에서 게를 쫓고 있던 복술이를 불러 데리고 이 소나무 그늘로 왔을 때는 바로 왼쪽으로 눈앞 가까이 보이던 흰 돛배가 이제는 어느새 오른쪽 멀리 검고 조그만 점이 되어 멀어져가고 있었다. 가끔씩뿐이지만 통통선은 바다를 훨씬 빠르게 지나간다.

—아마 저 배도 바다를 넘어갈 모양이지.

생각을 계속하며 나는 그늘을 벗어져 나왔다. 어디로부터 와서 어디로 가는 것인지 눈앞에선 언제나 한두 척의 돛배가 멀리 수평선을 넘어가고 있었지만, 거기서 돌아오는 배는 별로 보이지 않았다. 바다는 하늘과 맞닿고 있는 그 검은 선 너머에다 얼마나 많은 이야기를 감추고 있는가. 그곳을 가본 사람은 많았다. 아버지도 가보았고 형 달이도 가보았을 것이다. 그러나 아무도 그곳의 이야기를 가져 오는 사람은 없었다.

"바보! 수평선은 넘어갈 수 없어. 저건 언제나 저만큼씩 달아나 버린단 말야."

형 달이의 말이었다. 절대로 절대로 그곳의 이야기를 해주려고 하지 않던 달이었다. 그리고 끝내는 그들마저 거기서 돌아오지 않았다. 형 달이도 그랬고, 이제는 아버지마저 돌아오지 않는다.

어느 날—아버지와 달이가 그 수평선을 넘어간 지 열흘쯤 되던 날 바다는 무섭게 뒤집히며 파도를 쌓아 올렸다. 하늘은 내려앉을 듯이 검은 구름이 낮게 날리고, 바다는 금세 육지로 기어 올라오려는 것처럼 우람한 파도를 밀고 오다가는 물보라를 만들어 뭍으로 들쐬웠다. 수평선이 가깝게 다가오고 나중에는 하늘과 땅이 온통 한덩어리가 되어 뒹구는 것처럼 무섭게 설쳐댔다.

그날 밤 공사판 사람들이 간신히 이어놓은 둑이 무시무시한 소리를 내며 갈라져버렸다. 그것은 둑이 갈라진 다섯번째였다. 그런 일이 있고 나서 다시 열흘쯤 뒤에 아버지는 언제나 달이와 함께 타고 오던 배를 버리고 육지 쪽에서 걸어왔다. 달이는 오지 않았다. 그날 아버지는 이웃 마을 나들이를 갔다 온 사람처럼 어머니를 반기지도 않고 손으로 마른 조기 껍데기 같은 볼만 쓸고 있었다. 움푹한 볼은 부채살 같은 수염이 자라 있어서 더 깊어 보였고, 그 수염 사이에는 갯버짐이 허옇게 피어 있었다. 아버지도 어머니도 그날 이후론 나에게 달이의 이야기를 하지 않았다. 나도 그것을 물어서는 안 될 것 같은 생각, 물으면 아버지가 무섭게 화를 낼 것 같은 두려움 때문에 묻지를 못했다.

그때부터 아버지는 내게 절대로 물가엘 나가지 못하게 했다. 공사판 사람들이 쌓아놓은 둑이 자꾸 갈라지는 것은 제사를 잘못 지내기 때문이라고 했다. 둑을 마지막 쌓을 때는 돈으로 사람을 사서 산 채로 물에 넣고 쌓아 올려야 큰 제사가 된다고 했다. 그러지 않기 때문에 바다 귀신이 화가 나서 파도를 몰고 다니면서 둑 일에 늘 훼방을 놓는다는 것이었다. 이제는 공사판 사람들도 생사람을 제물로 잡아 넣고 싶은 생각이 들 것이라고. 나를 바닷물에 놀지 못하게 하면서 아버지와 어머니는 그런 이야기를 해주었다. ─혼자 바닷물에 들어가면 화난 바다 귀신이 너를 어떻게 해버릴지 모른다. 또 아무도 모르게 공사판 사람들이 너를 잡아다 제사를 지내버릴지도 모른다. 그러니까 너는 공사판에도 갈 수 없고 물가에도 갈 수 없다.

하지만 나는 공사판 사람들이 정말로 나를 잡아다 제사를 지내리라고는 생각되지 않았다. 언제나 우락부락 술에 취해서 싸움판을 벌여대곤 하지만 그렇게 나쁜 사람들은 아닌 것 같았다. 내가 공사판에 가기 싫은 것은 그 사람들이 무서워서가 아니라 오히려 귀찮아서였다. 바다 귀신도 언제나 화를 내고 있다고는 믿어지지 않았다. 그래 날씨가 좋고 바다가 잔잔한 날이면 나는 곧잘 복술이를 데리고 이곳으로 나오곤 했다. 밀물이 차오르면 물끝을 따라 동당동당 뛰노는 것들을 복술이가 신이 나 쫓고, 나는 그러는 복술이를 쫓는 체하며 물끝을 같이 뛴다. 물이 나가면 복술이는 다시 뻘로 들어가 게를 쫓고 나는 또 그 복술이를 쫓으며 뻘판을 내닫는다.

그러나 아버지가 있을 때는 그러지 못했다. 아버지는 그렇게 돌아온 며칠 뒤에 다시 육지로 걸어 나가더니 그 하루쯤 뒤 이번에는 옛날 배를 타고 바닷길로 돌아왔다. 돛이 부러지고 이물이 다

깨져 있었다. 달이는 그 배로도 돌아오지 않았다. 그날 아버지는 곧 여길 떠나 어디 뭍으로 이사를 가자고 했다.

그러나 바로 그다음 날부터 아버지는 며칠 동안 배를 손보고 나서 다시 수평선을 넘어갔다. 나도 이제는 달이가 처음 배를 탈 때만큼이나 발바닥이 굳었으나 어쩐 일인지 아버지는 나를 거들떠보지도 않고 계속 혼자서 그 수평선을 넘어갔다. 그러다 이번에는 그 아버지마저 한 달이 넘도록 돌아오질 않았다.

아무리 오래 걸려도 보름을 넘은 적은 없었다. 더욱이 그사이에는 달이가 돌아오지 않게 되던 날같이 바다가 또 크게 한번 성을 낸 일이 있었다. 어머니는 거의 아무것도 하지 않고 울음소리 같은 노래만 웅얼거렸다. 전부터―달이가 오지 않게 되기 전부터도 어머니가 늘 웅얼거리던 소리. 가만히 들어보면 어머니는 뜻도 없이 그저 우우 하는 중얼거림으로 그런 소리를 냈다. 조금만 떨어져서 들으면 그것은 우는 소린지 노랫소린지 알 수가 없었다. 어머니는 혼자 있으면 노상 그런 소리를 웅얼거렸다. 아궁이에 불을 지필 때나 아버지의 헌 옷을 꿰맬 때나 그물을 손질할 때나 혼자만 있게 되면 어머니는 언제나 그 소리를 냈다. 아버지가 바다를 넘어가고 나면 나는 어김없이 그 소리를 듣게 되었다. 아버지가 오지 않는 지금 어머니의 그 소리는 끊일 적이 없었다.

복술이 놈이 바싹 뻘 바닥으로 나가 서서 나를 따라오고 있다. 놈은 그렇게도 게를 쫓고 싶어 하지만, 막상 게를 잡은 일은 한 번도 없었다. 미처 달아나지 못한 게가 덤벼들듯이 집게발을 번쩍 쳐들면 놈은 콧등이라도 물릴까 봐 안타깝게 들여다보며 나의 눈

치를 살핀다. 그러다가 게가 달아나면 부리나케 발을 굴러 붙잡을
시늉을 하지만 결국은 놓치게 마련이었다.

꽝, 꽝! 공사판에서 연달아 두 번 폭약이 터졌다. 사람들은 갈
라지고 또 갈라지는 둑을 한사코 다시 쌓느라고 끊임없이 소동을
피웠다. 나는 바닷가를 버리고 산길로 올라갔다.

후텁지근한 땅김이 훅훅 끼쳐 올랐다. 매미가 게으른 소리로 울
고 있었다. 콧잔등에 금방 땀방울이 앉는다. 복술이 놈은 나보다
더 숨이 차 하면서도 여치 같은 것을 보면 멀리까지 쫓곤 했다. 그
러다가 종내는 어디론가 사라져버렸다. 내가 일부러 이 산길을 택
해 온 것은 공사판 앞길을 지나고 싶지 않았기 때문이다. 나는 한
사코 공사판이 싫었다. 그 우락부락하고, 저고리도 입지 않고 벌
겋게 익은 등판을 구부리고 흙차를 미는 사람들이 겁이 나서가 아
니었다. 위인들은 요즘 나만 보면 공연히 공사판 감독 송 주사를
들먹여 나를 귀찮게 했다.

"어젯밤 송 주사 니네 집 왔었지?"

그렇게 묻는 말에 처음 나는 그렇다고 대답했었다. 그런데 그때
마다 위인들은 더욱 눈을 부라리며,

"니네 엄마하고 뭐 했지?"

그렇다고 대답하지 않으면 금방 나를 때릴 것처럼 을러메곤 하
였다. 그러나 나는 그런 소리에는 대답을 하지 않았다. 송 주사와
어머니가 무엇을 같이했다고 생각하기는 싫었다. 송 주사란 언제
든지 당꼬바지를 입고, 키가 작고 이마가 조금 벗겨지고, 나를 보
면 까닭 없이 잘 웃어주는 사람이었다. 그 사람이 어머니와 무엇

을 같이한 것을 나는 본 적이 없었다. 어머니에게 무엇인가 차근차근 조르는 일은 많았다. 그것은 아버지가 있을 때부터도 그랬다. 공사판 사람들에게 밥을 지어 팔라는 것이었다. 아버지가 어머니 대신 안 된다고 했다. 그리고 아버지는 만약 어머니가 그런 짓을 하면 죽여버리겠다고, 마치 나를 바닷물에서 놀지 못하게 할 때처럼 무서운 얼굴을 했다. 아버지가 돌아오지 않고 있는 이 한 달 동안 송 주사는 거의 날마다 어머니를 찾아와 같은 말을 졸라댔다. 가끔은 밤에까지 그런 일이 있었다. 그러나 어머니가 밥을 지어 팔 눈치는 없었다. 어머니는 아버지의 말을 잘 들었다. 송 주사의 말은 절대로 듣지 않을 것이다. 어쨌든 그러는 송 주사가 나는 차츰 미워졌고, 공사판 사람들이 짓궂게 물어쌓는 것이 귀찮았다. 그래 대답을 않고 와버리면 위인들은 하 저것이 벌써 뭘 안다고 어쩌고 하면서 마구 웃어대기가 일쑤였다. 나는 귀신의 웃음소리가 그렇게 귀에 거슬릴 거라고 생각했다. 그래서 나는 처음부터 그 앞을 지나다니고 싶지가 않았다.

해가 기울자, 바다 끝에 머물러 있던 구름덩이가 갑자기 솟아오르더니 순식간에 온통 하늘을 덮어버렸다. 이제 그 수평선은 보이지 않고 바다는 침침한 잿빛이 되었다. 남쪽에서 부는 바람이 몇 차례 시원하게 불어오더니 밀물이 차오르는 어둠녘부터는 비를 뿌리기 시작했다. 파도가 점점 높아지고 어디선가 웅웅 하는 소리가 끊임없이 들려왔다. 달이가 전에 그 소리는 바다가 우는 것이라고 했다. 그러면 집이 날아가버릴 만큼 센 바람이 불게 된다고 벌벌 떨었다.

 밤이 되자 바다가 정말 험상궂게 뒤집혔다. 어머니는 우우 하는 그 울음소리 같은 노래를 뚝 그치고 돌을 날라다 지붕에 얹고 새끼 줄로 매고 했다. 그러고 있는데 송 주사가 왔다. 송 주사는 옆구리에다 무슨 보자기를 들고 비를 줄줄 맞으며 걸어왔다.

 송 주사는 그 보자기를 방 안에 디밀어놓고 어머니와 같이 지붕을 단속했다. 그리고 나를 방으로 들여보냈다. 나는 어머니와 송 주사가 이젠 정말로 함께 무엇을 하고 있구나 생각했다. 방으로 들어와 나는 옷을 벗고 따뜻한 아랫목에 엎드렸다. 그러다 슬그머니 보자기로 기어가 겉을 만져보았다. 조그맣고 네모진 곽들이 가득했다. 풀어볼까 하다가 문 쪽에서 번개가 번쩍하는 바람에 나는 화다닥 다시 아랫목으로 쫓겨갔다. 금세 하늘이 깨지는 것 같은 뇌성이 지나갔다. 바다는 계속해서 웅웅 울고 물보라가 날아와 빗줄기와 뒤섞여 창호지 문을 마구 후려쳤다. 그럴 때마다 복술이 놈이 어느 구석에선가 낑낑거리는 소리가 들렸다.

 호롱불이 자지러들었다가 간신히 살아나곤 했다. 달이가 오지 않게 되던 날 밤도 그랬다. 간신히 양쪽을 잇대어놓은 둑이 또 갈라질지도 모른다. 그러면 바닷물이 댓돌까지 올라올 것이다. 아버지가 또 뭍으로 해서 돌아오는지 모른다. 그렇게라도 아버지가 돌아오면 아버지는 또 이 무서운 바다를 떠나 뭍으로 이사를 가자고 할 것이다. 이 비린내 나고 언제나 짠 바람이 불어오고 가끔은 이렇게 심술까지 피워대는 바다를 떠나자고 할 것이다. 하지만 이제 아버지는 어쩌면 돌아오지 못할 것 같다. 바보같이, 바보같이 아버지는 이럴 줄 알면서 왜 한사코 바다로만 나갔을까. 하기야 아버지는 지금 바다 저 너머에서 바람이 부는 줄도 모르고 있을지 모른다.

어머니와 송 주사는 한참 뒤에야 빗물을 줄줄 흘리면서 방으로 들어왔다. 나는 송 주사의 보자기를 만져본 것이 무슨 몹쓸 죄를 지은 것 같아 그냥 아랫목에 자는 척하고 엎드려 있었다.

"쉬 갤 것 같지 않은데……"

송 주사가 걱정했다.

"옷이 그렇게 젖어서……"

어머니는 아버지에게처럼 송 주사의 옷 걱정을 해주었다.

"옷이 있는 사람이나 갈아입으시구례."

"이 저고리라도 우선 좀 걸치시고……"

어머니가 옷을 내주는 모양이었다. 그리고 두 사람은 잠시 말이 없더니 앉는 소리가 났다.

"어뜨케…… 밥장사 일은 그 뒤로 좀 생각해봤소?"

조금 있다가 송 주사가 말을 시작했다.

"그건…… 애 아버지가 그렇게 말리던 일이라서……"

어머니가 시무룩해서 대답했다.

"애 아버지 애 아버지 하지만, 한 달이 넘도록 소식이 없겠다, 그사이 태풍이 두 번— 이건 좀 안된 말이지만 이젠 생각을 달리 할 때도 됐지 않소?"

"……"

"그래, 아직도 그럴 줄 알고 왔쉐다."

송 주사의 말소리만 거푸 들려오더니 나중에는 그 보자기를 푸는 소리가 났다. 사기그릇 부딪는 것 같은 소리. 그런 소리가 한참 계속되더니 다음부터는 말소리가 더욱 작아졌기 때문에, 나는 그것이 무슨 말인질 잘 알아들을 수가 없었다. 나는 궁금해서 가만히 눈을 떠볼까 했지만, 그때 꼭 누군가가 내 얼굴을 들여다보고 있을 것만 같아서 그러지도 못했다. 자꾸만 목에 침이 고였다. 소리가 나지 않게 삼켜도 다시 침이 괴곤 했다. 가끔씩 가다 송 주사의 말속에 일본배니 뭐니 하는 소리들이 섞였으나 나는 그런 말도 역시 무엇을 설명하고 있는 것인지 알아들을 수가 없었다.

"이건 쓰고 싶을 거라 생각해서 가져온 게니 우선 써보고 천천히 길을 좀 열어보라오. 윗동네 처녀애들은 얘기가 될 게니."

송 주사가 비로소 목소리를 조금 높여 말했다. 바깥엔 여전히 파도 소리, 바람 소리, 빗소리가 요란했다.

"이사는 또 무슨 이사요. 일손도 하나 없이 저 애 하날 데리고 어데로 가겠다구!"

어머니가 뭐라고 했는지, 송 주사가 이번에는 아주 똑똑히 말했다. 마치 전에 아버지처럼 어머니와 이야기를 하고 있었다. 아버지는 언제나 내가 잠이 든 다음에 그렇게 어머니와 앉아서 이야기를 했다. 그때 아버지는 송 주사처럼 크고 작음이 없이 똑같은 목소리로 말했었다. 그리고 그런 때는 이사에 대한 이야기도 나왔다.

"이사를 가야 해. 저것만은 바다에 주지 않도록 해야지."

달이가 오지 않게 된 뒤, 어느 날 밤 아버지는 그런 말을 했다.

"이놈은 물에 못 가게 해. 일도 시키지 말고. 평생 일이나 하다

죽을 팔자를 안고 태어난 놈이니 어렸을 때나 좀 놀게 해줘."
그리고는,
"제기, 이만큼 배를 탔으면 지금쯤은 좀 마른 땅에 앉아서 먹고 살 게 있어야지. 새끼 하날 바다에다 제사 지내고 나서도 그 웬수놈의 바달 또 나가얀다니……"
비죽비죽 우는 것 같은 소리를 하곤 했다. 그런 때 어머니는 아무 말도 하지 않고 듣고만 있었다. 기껏해야 아버지의 말이 끝날 때쯤 한숨 같은 것을 내쉴 뿐이었다. 그러나 날이 새면 아버지는 늘 묵연한 얼굴이고, 이사 같은 것은 생각한 적도 없는 사람처럼 다시 바다로 나가곤 했다.
어슴푸레 잠이 들려고 하는데 어머니가 나를 흔들어 깨웠다.
"자는 앨 왜 깨우?"
송 주사의 핀잔 같은 목소리가 먼저 들려왔다. 나는 괜히 민망하여 그냥 눈을 감고 있었다.
"시끄러운 줄도 모르고……"
어머니는 딴소리를 했다.
"아, 가얄 텐데……"
송 주사가 문을 한번 열었다 닫았다.
"이놈의 날은 어쩌자구……"
말소리가 아직 방 안에 있었다.
"조금이라도 뜸해져야 가시지."
나는 자꾸만 아버지와 어머니가 마주 앉아 있던 생각이 나서 목에 침만 괴었다. 할 수 없이 한쪽 귀를 깔고 새삼 벽 쪽으로 돌아누웠다. 아무 소리도 들리지 않는 것 같았다. 조금 있다가 어머니가 또 나를 흔들었다.

"왜 자꾸 애를."

송 주사의 목소리가 이번에도 눈을 뜨지 못하게 했다. 바람 소리, 파도 소리, 빗소리가 여전했다. 참다못해 가늘게 눈을 떠보니 등잔 불빛이 가득 새어 들어올 뿐 아무것도 보이지 않았다. 나는 다시 눈을 감았다. 어머니와 송 주사는 아무 말도 없었다. 방 안에는 갑자기 아무도 없는 것 같은 느낌이 들었다. 그때 옷 구기는 소리가 조금 나고 어머니가 또 나를 흔들었다. 이번에는 송 주사가 이빨 사이로 바람을 빼는 소리가 났다. 그런 소리를 낼 때 어른들은 으레 잇사이를 조금 트고 거기에 혀끝을 대면서 이마엔 주름을 잡곤 했다. 아버지가 어머니나 나에게 화를 낼 때도 물론 그랬다. 나는 어째서 송 주사가 어머니에게 아버지처럼 그런 식으로 화를 내는 것인지, 또 어머니는 어째서 송 주사가 그래도 말없이 참고 있는 것인지 아무래도 곡절이 개운치 않았다. 어머니가 또 한 번 나를 몹시 흔들었다.

아침에 일어나 보니 밤새 둑이 또 갈라져 있었다. 그러고 보니 어젯밤 나는 잠결에 굉장한 소리를 들었던 것 같았다. 복술이가 어디론가 가버리고 없었다. 날씨는 어젯밤 일을 까맣게 잊어버린 듯 맑게 개어 있었다. 간밤엔 계속 자는 척만 해 그런지 괜스레 어머니를 쳐다보기가 부끄러웠다. 보자기가 없어진 것을 보니 어머니는 정말로 송 주사와 나 몰래 무슨 일을 하고 있었던 게 분명했다. 그러자 나는 갑자기 쓸쓸해졌다. 나는 한 번도 어머니를 쳐다보지 않고 아침을 먹고는 곧장 집을 나왔다.

둑을 갈라놓은 바닷물이 미안한 듯이 멀찌감치 물러나가 둑 뒤에서 머뭇머뭇 넘실거리고 있었다. 나는 산으로 올라가서 공사장 뒤로 돌아가 잠시 나무를 기대 잡고 서서 일판을 내려다보았다. 사람들이 전보다 더 바쁘게 움직이고 있었다. 바다에는 돛배도 통통선도 지나가지 않았다. 개펄 저쪽에 바다가 아침 햇빛을 받고 번쩍이며 누워 있었다. 수평선 근처에 점점이 늘어선 섬들이 한결 또렷했다. 아마 간밤 같은 바람도 수평선 저쪽에는 없었을지 모른다. 어쩌면 아버지는 아직도 거기에서 돛을 올리고 어디론지 배를 달리고 있을까. 이 뭍으로 돌아오기는 아직도 그리 힘이 드는 것일까. 그렇게 힘이 드는 곳을 아버지는 왜 한사코 가고 또 가고 해야 했을까?

도마뱀 한 마리가 발등으로 바르르 기어오르는 바람에 나는 깜짝 놀라 아래를 내려다보았다. 새끼 도마뱀은 발등에서 까만 눈으로 말똥말똥 나를 쳐다보더니 발을 조금 움직이자 질겁을 하고 나뭇잎 사이로 달아난다. 땅은 아직 젖어 있고, 나무와 나무 사이에 낮게 걸린 거미집이 다 망가지고, 한두 줄 남은 실얼기에는 물방울이 무겁게 매달려 있다.

"이놈, 너 왜 거기 그러구 있어!"

우렁우렁한 소리에 돌아보니 공사판 사람이 또 윗도리도 입지 않은 채 나뭇가지를 여러 개 베어서 어깨에 메고 서 있다. 한 손엔 낫을 들고 위인은 아직 더 자를 만한 나뭇가지를 찾느라 주위를 두리번거리고 있었다. 그는 썩 벨 만한 나무가 눈에 뜨이지 않는지 다시 내게로 눈을 돌렸다.

"이 녀석아. 왜 아침부터 여길 올라와 있느냔 말야."

그리고는 나의 곁으로 걸어왔다.

"……"

나는 대답하지 않았다. 달아나려고도 하지 않았다. 나는 이 사람들이 말만 무섭게 으르렁거릴 뿐 실상은 조금도 무서운 사람이 아니라는 걸 알고 있기 때문이다.

"왜, 송 주사하고 엄마가 널 나가라고 하데?"

영락없이 또 송 주사 말을 꺼낸다. 나는 이번에도 대답하지 않았다. 어쩌면 정말 집을 쫓겨난 것 같은 생각이 들어 금세 눈물이 나올 것 같았다. 나는 후다닥 산을 뛰어 내려갔다. 그가 뒤에서 허허허 큰 소리로 웃었다.

나는 어제 낮 복술이와 함께 앉아 있었던 소나무까지 내려가 그 밑둥치께에 몸을 기대고 앉았다. 머뭇머뭇하고 있던 바닷물이 어느새 개펄을 꽤 기어 올라와 있었다. 갈대밭에는 황새가 없었다. 어젯밤 바람에 바다에 떨어져 죽었는지도 모른다. 복술이 생각이 났다. 참말 이런 때 복술이라도 곁에 있어주었으면 마음이 좀 좋겠다. 아침 내내 찾아도 집 근처에는 복술이가 없었다. 복술이가 없으니까 게들이 마음 놓고 뻘로 나와 놀고 있었다. 생각해보니 바다는 너무나 많은 것을 가져갔고 또 가져갈 것 같았다. 달이와 아버지와 복술이와, 그리고 언젠가는 그 무성한 입속 노랫가락의 뜻이 아리송하기만 한 어머니마저도…… 한데도 지금 그 바다는 너무나 순연하게만 보인다. 나는 눈을 가늘게 뜨고 그 바다의 먼 수평선을 바라보았다. 수평선이 차츰 가깝게 다가온다. 거기에서 검은 점이 조금씩 솟아오르고 있는 것 같다. 아버지가 돌아오는 배는 언제나 처음에는 그런 점이었다. 나는 번쩍 눈을 더 크게 떴다. 수평선은 금세 다시 멀리 달아나버린다. 밀물이 거의 갈대밭까지 올라왔다. 파도를 적게 타라고 갈대밭에 매어둔 누구네 배가 물에 떠올라 저 혼자 흔들거리고 있었다.

―꽈광!

공사판에서 폭약 터지는 소리가 거푸 두 번 근방을 찌렁찌렁 울렸다. 조금 뒤에 와르르와르르 둑을 타고 흙차들이 굴러 내려갔다.

―저 사람들은 또 시작이구나.

막아도 막아도 무너져버리는 일을 또 시작하는 모양이었다. 나는 갑자기 그것이 아버지가 바다로 가고 또 가고 해야 했던 것과 같이 할 수 없는 모양이라고 생각되었다. 하지만 왜 사람들은 그래야 할까. 갈라질 줄 알면서도 또 둑을 쌓고, 아버지는 분명히 싫어하면서도 바다를 넘어갔다. 나는 아직 알지 못하고 있지만, 사람들은 할 수 없이 그렇게 해야 하는 일이 있나 보았다. 송 주사는 언제나 다음 해에는 둑 안에다 모를 심을 거라고 했고, 아버지는 밤마다 어머니와 마주 앉아서 이제 곧 뭍으로 이사를 가자고 했었다. 그러나 둑 안에다 모를 심은 적은 없었고, 아버지는 늘 바다로만 나갔다. 뭍으로 이사를 가자는 것은 처음부터 거짓말 같았다. 어젯밤도 어머니는 송 주사에게 이사를 간다 한 모양이었지만, 그것은 거짓말이었을 것이다. 모두 다 거짓말이 되었다. 참말은 또 바닷물이 쓸어가버릴 둑을 쌓는 일과 아버지는 영영 돌아오지 못하게 될 때까지 바다로 나갔다는 것뿐이었다.

 바닷물이 이제는 모래톱을 덮고 들어왔다. 나는 슬그머니 바지를 걷어 올리고 물로 걸어 들어갔다. 아버지가 배를 잡으러 나갈 땐 언제나 그런 식이었다. 형 달이도 그랬다. 물로 들어서자 물결 때문에 몸이 조금씩 기우뚱거렸다. 나는 전에 달이처럼 두 팔을 저으며 몸을 조금 앞으로 굽히고 천천히 배까지 걸어갔다.

 배에 올라서니 일렁이는 것이 차라리 기분이 좋았다. 정말이지 나는 처음 배를 타보는 것이다. 나는 수평선 쪽을 향해 눈을 가늘게 떠보았다. 수평선이 붙잡힐 듯이 가깝게 다가왔다. 문득 나는, 언제고 저 수평선 너머로 가서 그곳의 이야기를 모조리 알아가지고 돌아오리라 다짐한다. 아버지도 달이도 어쩌면 그것을 알아내고 싶어 그곳으로 갔을, 그러나 아무도 그것을 알아올 수 없었던 그 수평선 너머의 이야기들을 말이다.

 나는 배를 따라 몸을 일렁이면서 그 수평선을 오래오래 바라보고 있었다.

(『청맥』 1966년 9월호)

굴레

P중학 교문을 들어서자, 나는 금방 부질없는 짓을 하러 왔다는 생각이 들었다.

창간 3개월이 지난 M일보사 견습 기자 채용 시험장. 모집 인원 약간 명 아니면 ○○명 따위 인색한 신문광고에 이끌려 몰려든 인파가 교문을 가득 메우고 있었다. 더욱이 그냥 장난으로 원서를 낸다던 S가 나를 알아보고 비실비실 웃으며 다가왔을 때, 나는 후회가 되기까지 했다. 그러고 보니 교문을 메우고 선 수험생들은 한결같이 얼굴에 비실비실 웃음기들을 지어 바르고 있었다.

―시시한 친구들 같으니라구. 날 너희들과 같다고 생각지 마라. 너희들처럼 갈 데가 없어 온 것과는 처지가 다르지.

그렇게 말하고 싶어 하는 얼굴들이었다. S도 그랬다. 사실 S는 그게 거짓말이 아니었다. 확실히는 모르지만 그는 이미 어느 치약 회사 경리 사원으로 자리가 내정되어 있다고 했다. 신문사는 하도

입사 경쟁이 심한 판국이니 당일에 가서 마음 내키면 경험 삼아 구경을 나오겠다며 나와 함께 원서를 접수시켜둔 처지였다. 그러니까 S는 그렇게 웃어도 좋은 것이다. 하지만 이 들끓는 수험생의 전부가 S와 같이 배포 유한 친구들일 리는 만무다. 한데도 위인들은 한결같이 S와 같은 웃음기들을 띠고 있는 것이다. 나중에는 나도 그렇게 하지 않을 수 없었다. ―뭐 꼭 합격하겠다는 건 아니지. 그저― 절반쯤 웃음을 띠고, 살다 보니 별 곳을 다 와보겠다는 듯한 얼굴을 하고, 나는 S와 시답잖은 이야기를 주고받았다. 그러나 그렇게 긴 시간을 한자리에 서 있을 수는 없었다. 아직 시간이 20분이나 남아 있었다.

"좀 조용한 데로 가자."

S와 나는 천천히 사람들의 사이를 뚫고 교정 안으로 들어섰다. 어디에도 조용한 곳은 없었다. 시험을 치른다는 기색이 전혀 없었던 학교 친구들과도 여러 번 맞부딪쳤다. 그럴 때 우리는 자식 아니면 뭐 하러 왔어, 이런 델? 식으로 한마디씩을 건네거나 그냥 쑥스럽게 웃고 지나쳐버렸다. 긴 이야기는 하기가 싫었다. 까닭 없이 쑥스럽고, 싱겁고, 그리고 후회스러웠다.

운동장 쪽에는 사람이 더 많았다. 엑스트라가 많은 사극 영화의 한 장면을 보는 것 같았다.

"굉장하군."

"1천 명이 넘는다니까."

S와 나는 여전히 다른 사람들과 같은 얼굴을 하고 있었다.

"이 가운데서 선택을 받을 자는 불과 약간 명."

"그래도 그 선택의 희망은 누구나 다 가지고 있을 테지."

어느 것이 S의 말이고, 어느 것이 나의 말이었는지 모르겠다. S와 나는 늘 같은 생각, 같은 말을 하고 있었기 때문이다.

"이 신문산 X지방 출신은 뽑지 않는다는데, 어찌 돈 자랑이 그 따위로 졸렬할 수 있으리."

옆에 둘러서 있던 무리 중에 X지방 쪽에 고향을 둔 듯한 친구가 하품을 하는 듯한 목소리로 근방을 웃겼다.

"그게 화나거든 집에 가서 니네 아버지한테나 일러바쳐."

그 말을 받는 친구의 목소리도 마찬가지였다. 결국 S와 내가 찾아낸 조용한 곳은 변소간 뒤였다. 그러나 변소간 뒤에서도 우리는 역시 조용한 곳을 찾아온 듯한 친구를 하나 만나게 되었다. 어느 날 제법 의젓한 차림새로 학교 근방 다방에 나타나서, 어떤 국회의원 심부름꾼 노릇을 하고 지낸다며, 한탄 같지 않은 한탄을 하다가 차 값도 치르지 않고 슬그머니 먼저 나가버리던 학교 선배였다. 내가 학보(學保) 1년 반으로 병역을 필하고 금년 졸업이니까, 이 선배는 오늘의 수험생 주류와는 4년의 연차가 지는 셈이었다.

"형께서 여긴 웬일이시오?"

인사 겸 묻는 말에 그는,

"그저 어떤 덴가 구경삼아 와봤더니…… 자네들을 만나니 괜히 왔다 싶군"

하고는 황황히 변소간 안으로 사라져버렸다. S와 나는 마주 보고 이번에는 정말로 히죽 웃었다. 시간이 될 때까지 우리가 만난 것은 그 선배 말고도 아직 몇 명이 더 있었다.

"나 같은 유능한 인젤 떨어뜨렸단 봐라. 괜히 제 녀석들만 손핼 볼 테니"

하고는 히히 웃는 옆엣친구를 보니 대학엘 들어온 뒤로 까맣게 잊고 있었던 고등학교 동창 녀석이었다. 어떤 친구는 숫제 눈을 마주치고도 시침 뚝 떼고 지나가기도 했다. 무엇보다 내가 난처해진 것은 운동장 담벼락에 기대서서 아직 무슨 책을 꺼내 들고 흘끔흘끔 들여다보고 있던 한 여학생에게 들켰을 때였다. 그녀는 나와 같은 학과 학생이었다.

"시집은 안 갈 셈유?"

나는 입으론 농조를 건네면서 아까와 같이 헤설프게 웃었으나, 속으론 오늘 일을 또 한번 후회했다. 내 군대 경력 탓에 따지고 보면 2년 후배가 되는 여학생에게 실없는 농담을 지껄인 일이 더 화가 났다.

그러나 이윽고 시간이 되자 나는 결국 시험장으로 들어갔다. 467이라는 내 수험번호가 아무렇게나 백묵으로 갈겨져 있는 책상에 앉아서, 나는 기왕 여기까지 온 일이니 시험장 분위기라도 경험해두자고 스스로를 달랬다. 나보다 번호가 하나 빠져 S는 바로 내 앞자리였다. 우리와 같은 시험장에는 S와 나 이외에 학교 도서관에서 가끔 얼굴을 익힌 친구 한 사람뿐, 다른 지면(知面)은 없었다. 책상에 앉아 있는 면면에는 아직도 절반쯤 비실비실 방심스런 표정과, 그래도 감출 수 없는 긴장기 비슷한 것이 조금씩 뒤섞여 있었다. 로마 약자가 잔뜩 풀이되어 있는 메모지를 흘끔흘끔 들여다보는 친구, 취직 시험용 상식 문제집을 아주 책상 위에 올려 펴놓고 열심히 코를 후벼대는 친구가 있는가 하면, 지금 자신이 어디에 와 있는지조차 생각나지 않는 듯 멍한 얼굴을 하고 앉아 있는 친구도 있었다.

"모음조화라는 게 뭡니까?"

강한 악센트의 한 경상도 친구가 남 들으라는 듯 갑자기 커다란 소리로 제 옆엣친구에게 물었다.

"형씨는 그럼 두음법칙, 구개음화, 받침법칙 같은 건 모조리 다 깜깜이시겠군요."

옆엣친구가 역시 커다란 소리로 단숨에 주워대는 바람에 시험장 안은 잠시 웃음판이 되었다.

"조금씩은 알고 있지요. 하지만 답안을 쓰자면 뭐라고 정의를 내려야 하느냐 이거죠. 가령 말입니다······"

"조금만 알고 있으면 돼요. 선다형(選多型)일 테니까요."

"여보, 그렇게 진지하게 대답하시면 이쪽이 정말 우습게 되지 않소, 젠장!"

처음 친구가 더 큰 소리로 말했다.

S는 여전히 비실비실 웃는 표정이었다. 나는 지금이라도 시험장을 나가버릴까 생각했다. 그런데 공교롭게 그때 벨이 길게 한 번 울리고 시험지를 돌돌 말아 든 시험 감독이 문을 들어섰다. 그 순간 나는 눈이 후끈 달아오르는 것을 느꼈다. 시험 감독은 뜻밖에 내가 군대엘 갔다 오는 동안 졸업을 해나간 내 입학 동기 H였다. 왜 나는 여태 그걸 생각하지 못했을까. 생각했다고 해도 설마 그가 나의 시험 감독이 되리라고는 상상도 못했을 것이다. S가 나를

돌아보고 웃었다. 그도 조금은 H를 알고 있었으니까. 그런 때는 으레 누구나 그럴 수 있듯이 나도 처음에는 금방 자리를 일어서버리고 싶었다. 그러나 막상 몸이 일어서려고 하질 않았다. H는 아직 나를 알아보지 못한 것 같았다. 조그만 몸짓만 해도 H는 단박 나를 알아보고 성큼성큼 내게로 다가와 자리를 일어서려는 내 등을 두들겨 주저앉혀버릴 것 같았다. 일어서려지 않는 것은 실상 육신이 아니라 내 생각이었다.

"수험표를 꺼내서 책상 우측에 놓아주십시오."

H는 점잖게 말하고는 수험생들을 한차례 휘둘러보았다. 그의 눈은 다행히 나를 지나친 것 같았다. 무색 안경테가 좀 가늘었으나 면도질을 하지 않은 턱수염 때문에 평소 그의 날카로운 인상이 많이 누그러진 얼굴이었다. 나는 조금씩 우스워지기 시작했다. 이러고 앉아서 끝까지 H의 눈을 피하겠다는 것인지 자신도 알 수 없었다. 그보다도 나는 괜스레 H에게 쫓겨나고 싶지가 않았다. 어차피 일은 이미 시작된 마당이었다. 나는 느릿느릿 수험표를 꺼내어 책상 오른편에다 얌전하게 펴놓았다. 이 시간만이라도 자리를 지키리라 생각했다. 시험지가 배부되었다. 나의 시험지를 세어줄 때 인원을 확인하기 위해 H가 또 한 번 내 머리 위로 시선을 훑었다. 안경알이 창유리를 한 번 반사했을 뿐, 그는 아무 표정도 없이 입술에 손가락을 찍어가며 시험지를 세어주고는 다음 줄로 지나가버렸다. 눈이 좋지 않은 H는 뒤에 앉은 나를 아직도 알아보지 못한 것 같았다. 첫 시간은 국어였다. 나는 국어에는 좀 자신이 있는 편이었다. 답안을 신중하게 써보리라고 생각했다. 이름과 수험번호

를 적고 나니 H가 드디어 수험생 대조 확인부를 들고 내 옆으로 다가왔다.

"자식— 이런 덴 뭐 하러 왔어?"

중얼거리듯 말하고는 나의 어깨를 짚고 눈으로만 웃었다. 나도 웃을 수밖에 없었다. 잠시 그러고만 있다가 H는 곧 가버렸다. 나는 그가 문을 들어설 때 벌써 나를 알아보았을지도 모른다 생각하며, 눈길로 시험지를 훑어내려가기 시작했다. 그러나 나는 당황하고 말았다. 뜻밖이었다. 뜻밖이라고 한 것은 국어라는 것이 내 생각과는 전혀 딴판이었다는 말이다. 국어가 아니라 차라리 한자(漢字) 시험이었다. 두 장의 시험지는 고대문에서 현대문까지 한자에 관한 문제투성이였다. 불평은 말기로 하자. 어차피 기대를 걸었던 일은 아니니까. 사실 凜凜(늠름)이라는 한자말에 독음을 달아보라는 문제 같은 건 아깟번 경상도 악센트가 점친 두음법칙을 곁들여 묻는 재치가 있기도 했다. 하지만 어쨌든 나는 이 첫 시간을 완전히 망치고 말았다. 가렴주구를 한자로 쓰는 문제에 가장 허물이 컸다. 무슨 착각을 했던지 나는 주구라는 뒤 두 자를 느닷없이 '走狗'로 생각해버린 것이다. 그리고 이 두 자에 대해선 다시 의심을 않은 채 앞의 두 자를 생각해내는 데만 진땀을 뺐다. 가렴주구란 말이 기억에 확실치 않은 데다 뒤 두 자를 '走狗'로 적어놓으니 얼핏 적당한 글자가 떠올라주질 않았다. 다음 문제로 넘어가기에는 그냥 몇 점을 버리고 지나가는 것처럼 아쉬워 다시 그 '가렴走狗'에 펜 끝이 머물곤 했다. 생각다 못해 가 자를 우선 '加'로 지어 써넣었다. '加렴走狗'가 되었다. 자순(字順)은 다르지만 렴 자에 회초리라는 뜻을 가진 것이 있다면 그냥저냥 써놓고 지나갈 판인데, 아무리 기억을 뒤져봐도 그런 렴 자는 없었던 듯했다. 회초리는 鞭(편)이었다. 그러니까 렴은 천상 다른 무엇이 되어야겠는데, 走狗에 加할 적당한 렴이 없었다. 시간을 보니 종료 20분 전이었다. 문득 나는 이 하찮은 문제 하나가 내 운명을 뒤엎을 것 같은 두려운 생각이 들면서 초조해지기 시작했다. 그렇더라도 나는 렴 자를 포기하는 수밖에 없었다. 나는 다른 문제로 내려가서 대강대강 칸을 메웠다.

H는 다시 내 곁으로 오지 않았다. 유리창가에 걸상을 끌어다 놓고 앉아서 무슨 책을 들여다보고 있었다. 나는 그걸 보면서도 머릿속으론 '加렴走狗'를 생각하고 있었기 때문에 H에게 신경을 쓰지는 않았다. 시간 종료 종이 울렸을 때도 그 렴 자가 못내 아쉬웠다.

"거짓말 잘 썼어?"

H가 시험지를 거두어 다시 말아 들고 문을 나가면서 나를 보고 웃었다. 나도 따라 웃으면서 이젠 집으로 가리라고 마음을 정했다.

"잘 봤니?"

H에 대해서는 관심이 없었던 듯 S는 담배에 불을 붙이면서 나를 돌아보고 물었다. 얼굴이 조금 상기되어 있었다.

"글쎄…… 넌?"

나는 렴 자를 물어보려다 그만두었다.

"두어 칸 메워서 내버렸어."

자신이 밴 소리였다. 나는 S의 눈치를 살피며 서서히 자리를 일어서려고 했지만, S가 이번만은 나의 눈치를 못 챈 듯 여전히 뻐끔뻐끔 담배를 빨며 책상을 지키고 앉아 있었다. 큰 목소리로 짐짓 자신의 오답을 광고하는 친구가 몇 있었다. 그러나 시험을 그만두고 가겠다는 친구는 하나도 나서지 않았다. S가 눌러앉아 있는 것이 더 신기했다. 이 녀석은 정말 시험을 끝까지 볼 참인가. 아무도 시험을 걷어치우지 않으려는 것을 보면, 이자들은 필경 필기시험 같은 건 별 신용을 하고 있지 않은지도 모를 일이었다. 끝내는 나마저도 S의 눈치를 보아가며 그럭저럭 마음을 주저앉혀버렸다. H를 보기는 좀 안됐지만 다음 시간에 있을 상식 과목까지는 일단 보아두는 게 좋을 것 같았다. 그러나 둘째 시간에 H는 오지 않았다. 다른 시험장과 감독을 바꾼 모양이었다. 나는 오히려 조금 마음이 상했지만 나중에는 자꾸 그렇듯 그런 데 신경을 돋우는 자신이 싱거워지기도 했다.

시작 신호 벨이 울리고 시험지 배부가 끝나자 두 사람이 시험지를 구겨 들고 일어서더니 발을 쾅쾅 울리며 시험장을 나가버렸다. 발소리가 문을 나가고 나자 나는 지레 내 가슴이 텅 비어버린 것처럼 망연한 기분이 되어 한동안 멍청하게 앉아 있었다.

그런 식으로 결국 셋째 시간의 논문과 넷째 시간의 외국어 시험까지 전부 치르고 나서야 나는 시험장을 나왔다. H는 첫 시간 이후로 한 번도 나타나지 않았다. 덕분에 나는 그 H에 대해서는 더 마음 쓰지 않고 그럭저럭 시험을 모두 끝낸 셈이었다.

S는 만족한 얼굴이었다. 마지막 외국어 시험 때는 3분의 1쯤이 빈 책상이었는데도 S는 모른 체하고 그냥 답안 작성에 열심이었

다. 나는 전체적으로 가망이 거의 없었다. 상식은 요즘 한창 신문을 오르내리는 재일교포 도공(陶工)의 이름을 오해하여, 서해안으로 경비정을 타고 귀순한 북한군 해군 대좌라 설명하고 그가 소지한 미화(美貨) 금액까지 자세히 적어 엉뚱하게 답한 외에는 그럭저럭 칸을 모두 메웠고, 논문도 내 좋다는 생각을 썼으니 누가 크게 나무랄 일만은 아니리라는 희망을 지녀볼 수가 있었지만, 마지막 시간의 외국어 시험은 정말 엉망이었다. 일반적으로 영어보단 그쪽이 쉬우리라 예상하고 독일어를 선택했던 것인데, 하필이면 그 골칫거리 작문 문제가 절반이나 되었다. 나는 애초 그 독일어 작문에는 젬병이어서 그쪽엔 아예 손도 대려고 하지 않았으니 그걸로 이미 점수를 절반은 깎아먹고 시작한 셈이었다. 거기다 해석 문제에서도 해답에 한두 곳 시원찮은 대목이 있었다. 그러나 나는 S를 위해서라도 끝까지 자리를 지키자며 들먹이려는 다리를 좋이 달래놓곤 한 것이었다.

"어때 솔직히 말해서 뭘 좀 썼니?"

교문을 나설 때 S는 진지했다. 나는 대답 대신 수험표를 꺼내어 박박 찢어버렸다. 면접은 필기시험 합격자에게만 한정되어 있으니 그깟 수험표 따위 내겐 다시 필요할 일이 없으려니 확신한 때문이었다.

일주일 뒤였다. 깜박, 정말 깜박 잊어버리고 있는데 S에게서 전화가 왔다. 필기시험 합격자가 발표되었는데, 내 번호가 거기 끼여 있다는 거였다. 나는 곧이듣지 않았다. 수험표를 찢어버렸을 만큼 자신이 없던 시험이었다. 그렇게 애를 먹었던 가렴주구조차도 찾아보지 않았을 만큼 잊어버리고 싶던 시험이었다. 그럴 리가 없다고 생각했다. 하지만 S는 전화 속에서 묘하게 킥킥거리면서 아마 틀림없을 거라고 했다. 나는 끝까지 S의 말을 웃어넘기며 전화를 끊었다. 그러나 S의 말이 생판 거짓말 같지가 않았다. 킥킥거리는 게 이상하기는 했지만, 뭔가 자기 일이 잘못되었을 때 곧잘 그런 웃음을 웃는 S였으니까 그건 내 일과는 상관이 없는 듯했다. 나는 우정 더 S의 말을 부인하느라고 미처 그의 일은 물어보질 못했지만, S도 자신의 번호에 대해선 한마디도 말이 없었으니까.

S의 말을 송두리째 부정해버릴 수가 없는 심경이었다. 웅장한 사극 영화 장면의 엑스트라 같은 수험생들 속에서, 이건 신의 가호가 따르지 않는 연필 놀음만으로는 도저히 선택을 받을 수 없으리라 지레 단념한 것을 생각하면, 혹시 그 신의 가호가 이번만은 나를 향해 내려졌을지도 모른다는 생각이 들기도 했다.

어쨌든 이날 그런 발표가 있었다면 한번 알아보는 것도 나쁘지는 않을 것 같았다. 하지만 M일보를 어디서 구해볼까. S에게 다시 전화를 걸 수는 없는 일이었다.

"또 어딜 갈래? 집에서 책이나 좀 보잖구."

오랜만에 넥타이를 매어보고 있는 나에게 어머니는 짜증을 내셨다. 시험이라곤 애당초 치러볼 생각이 없는 것으로 알고 있는 어머니는 내가 외출할 기색만 보이면 짜증이셨다. 그러나 나는 군말을 늘어놓지 않고 대문을 나섰다. 뭐가 어떻게 될지도 모른다는 막연한 생각에서였다. 하지만 나는 이제 조금씩 가슴이 두근거리기 시작했다. S의 장난일는지 모른다. 하지만 내가 한번 어리석게 속아주는 거다. 나는 미리 마음을 도사렸다. 슬쩍 지나가는 사람처럼 M일보사 게시판 앞을 지나가보자. 그러면 곧 알게 될 테지.

그러나 M일보사 게시판 앞까지 가서도 나는 S의 말을 확인할 수가 없었다. 필기시험 합격자로 발표되어 있는 것은 이름이 없는 수험번호뿐이었다. 그런데 나는 내 수험번호가 쉽게 떠오르질 않았다. 이미 찢어버린 수험표를 어디서 다시 찾을 길은 없는 처지. 머릿수가 4인 것은 분명한데 십 단위 아래가 67인지 76인지 도대체 확실치가 않았다. 답안지에 번호를 쓸 때의 기억을 되살려보려고 했지만 그것도 허사였다. 467과 476을 슬그머니 손가락으로 그려봤지만 역시 마찬가지였다. 467은 있었으나 476은 없었다. 467이나 476의 앞 번호는 둘 다 없었다. S는 되지 않은 게 분명했다. 그의 번호를 물으면 미루어 알겠는데 그럴 수도 없었다. S가 되지 않은 건 처음부터 경험을 위해서라고 했으니 별로 섭섭해할 것 같진 않았지만, 내가 S에게 그의 번호를 물으면 그는 당장 눈치를 챌 터였다. S에게 그런 내 기분을 엿보이고 싶지가 않았다. 어차피 수험표가 없으니 면접을 치르기는 힘들 것 같았다. 방법이야 있겠지만 나의 그런 부주의가 최종 합격자에게까지는 용납될 것 같지 않았다.

하지만 나는 집으로 돌아오던 길에 결국 그 S의 집을 들렀다. S는 풀이 죽어 있었다. 얼굴에는 여전히 웃음기가 배어 있었지만, 그것은 차츰 입가로만 몰렸다가 사라졌다. 그 입 모습이 조금 쓸쓸해 보였다.

"너 수험표를 찢어 없앴는데…… 내건 어떻게 아직 남아 있더구만."

말을 꺼내기도 전에 S는 제 수험표를 서랍에서 꺼내면서 쑥스럽게 웃었다. 그리고는 그 수험표에서 자기 사진을 떼어내며 혼잣소리처럼 말했다.

"사진만 네 걸 붙이면 쓸 수 있을 거야."

그의 번호는 466번이었다. 그러면 나는 467. 나는 어쨌든 다행이라 싶었다. 적어도 면접까지는 볼 수 있게 된 셈이었다. S가 수험표를 아직 간직하고 있었던 데 대한 변명 같은 건 아무래도 좋았다. 사실 나는 아직도 S가 그저 장난 삼아 시험을 쳐본 거라고 믿고 싶었으니까.

나는 집으로 돌아와 이력서에 붙인 것과 같은 사진을 S의 수험표에 붙였다. 이름과 수험번호는 그냥 두었다가 아무래도 마음이 짚여와 펜으로 S의 이름과 수험번호의 끝 자를 긁어냈다. 이름은 그냥 펜으로 쓴 것이어서 쉬웠으나 넘버링으로 찍은 수험번호는 끝의 6자 하나를 7로 바꾸는 것이었는데도 애를 먹었다. 면접 날짜는 아직 사흘이 남아 있었다. 수험표 손질을 끝내고 나서 나는 마음을 편하게 먹고 시험 날이 될 때까지는 잊어버리기로 작정했다.

그러나 바로 그런 생각이 신호가 된 것처럼 걱정이 한꺼번에 머릿속으로 쏟아져 들어왔다. X지방 출신은 철저히 배격한다는 소문이 있는 M일보사였다. 인사 관리에 비공식이 심하다는 M일보였다. 잊어두자. 잊어버리자. 처음부터 내가 뽑히리라는 기대는 갖지 않았던 일인데. 더욱이 필기시험 합격자가 1백 명에 가까운 숫

자이고 보면 이것도 보통을 넘는 경쟁이다. 하지만 그 신의 가호가 이번처럼 또 엉뚱하게 내게 내려질지도 모른다는 기대가 끈질기게 뇌수로 엉겨들었다.

결국 다음 날, 나는 M일보사 인사 기획실에 있다고 들은 한 선배를 찾아 나섰다. 자존심 같은 건 기왕에 구겨놓은 터였다. 그냥 앉아서 바보가 된다는 생각, 어쩌면 정말 내 차례가 되어 있을지도 모르는 그 은총을 내 쪽에서 지레 외면하고 있지나 않은지, 그냥 집에만 들어박혀 있기가 좀이 쑤셔댄 때문이었다.

"왜 하필 여길 치렀어?"

선배는 대뜸 힐책부터 하고 들었다.

"섭섭한 얘기지만 안 될 걸로 생각해두는 게 좋을 거야. 불문율 같은 게 있지. X지방 출신과 아버지가 생존해 있지 않은 사람은 첫 번째로 제외되고 있어. 뭐 그런 사칙(社則)이 있는 것은 아니지만."

소문대로였다. 하지만 편모 사유에 대해서는 처음 듣는 소리였다.

"아버지가 없으면 취직을 안 해도 좋은 무슨 보장이 있답디까?"

"잘 모르겠지만 그런 사람은 순종의 미덕이 없고, 역심(逆心)이 많다더군. 사고를 큼직하게 저지르는 측은 대개 그쪽이고…… 한마디로 부리기가 힘들다는 거지. 그리고……"

선배는 더 말하고 싶지 않은 듯했다. 그러나 그는 진리를 말하고 있는 것처럼 침착하고 평온한 태도였다.

"뽑히기 좋은 조건이란 건 말 안 해도 알겠지?"

선배는 조용히 웃었다. 자기로서는 내게 힘이 되어줄 방법이 없다고 했다. 그러곤 내 경우라면 면접시험을 보지 않는 게 그중 현명한 선택이 될 듯싶다고 조심스럽게 귀띔해주었다. 「한국의 기업 양심과 매판 자본」이란 졸업논문을 쓰고 입사한 어떤 친구는 그 논문 가운데서 M일보사를 지목하는 문구가 뒤늦게 발견되어 결국엔 자진 퇴사 형식으로 제풀에 회사를 나오지 않게 되더라고. 일이 그렇게 되기까지 회사에선 그에게 꼬박꼬박 월급을 주면서 일은 주지 않고, 다만 그 몇 달간 회사 업무 시간에 자기 일을 할 수 없다는 사칙을 엄격하게 지키게 했을 뿐이었다고.

"경우는 다르지만, 가령 합격을 한다 해도 보직도 좋지 않구…… 정 서운하거든 면접을 가서 괜히 굽실거리지 말고 시원한 소리나 뱉어주는 게 차라리 뒷맛이 나을 거야."

행여나 하고 끌려다닌 일이 후회스러울 뿐이었다. 선배와 헤어지고 나오면서 나는 차라리 속이 편하게 되었다 싶었다.

그러나 면접 당일 나는 기어이 M일보사 쪽으로 가는 버스를 찾아 탔다. 선배를 만나고 나서 처음 나는 완전히 단념을 하고 말았다. 하지만 하루가 지나고 나니 차츰 분한 생각이 들었다. 선배의 충고를 사서 면접 때 욕설이라도 한바탕 내뱉어주어야 속이 풀릴 것 같았다. 그러나 막상 면접을 가겠다고 정하고 나니 그것도 생각처럼 간단치가 않았다. 기왕 면접장까지 갈 바엔 일이 되도록 힘을 쓰는 편이 좋으리라는 쪽으로 마음이 기울었다. 하고 나서 일이 되지 않으면 다시 미련은 없으리라는 심사가 앞을 섰다. 그러자면 우선 외양부터 꾀죄죄해 보이고 싶지 않았다. 그래 이날 아침엔 모처럼 일찍 잠자리에서 일어나 이발소엘 다녀왔다. 하고 나니 기분이 한결 나았다. 아침을 먹는 둥 마는 둥 서둘러 넥타이를 챙겨 매고 나선 혼자 은근히 들뜬 기분에 어머니에게까지 사실을 말할까 말까 망설이다 그나마 간신히 말을 참고 대문을 나서 온 것이었다.

면접시험장은 M일보 사옥 4층이었다. 나는 입구에 비치된 신상카드를 기입해 들고 면접 대기실로 들어갔다. 전번 필기시험 때 만났던 친구는 아무도 보이지 않았다. H도 그곳에는 나타날 리가 없었다. 다만 나와 같은 X지방 선배 두 사람이 앞서 와 있었다. 나보다는 수험번호가 훨씬 일렀지만, 가운데 응시자들이 거의 다 빠져나갔기 때문에 오늘은 나에게서 한 사람씩 건너에 그들이 서 있었다.

분위기가 필기시험 때와는 전혀 딴판이었다. 면접은 제1, 제2 두 곳을 거치게 되어 있었다. 머리에 아직 빗살 자국이 남아 있는 빨간 넥타이의 사내가 정중한 말씨로 면접 요령을 설명했다. 사내는 여간 자신에 차 있는 사람이 아니고는 낼 수 없는 정중하고 침착한 목소리로 말했다. 그렇게 정중한 말씨를 쓰는 사람들이란 대개 다른 사람이 자기에게 접근해올 틈을 주지 않았다. 사내가 넥타이에 관해 주의를 할 때 수험생들은 넥타이로 손을 가져갔다. 머리를 주의할 때에는 일제히 제 머리들을 매만졌다. 아무도 전번처럼 비실비실한 표정이 없었다. 가만히 심호흡을 해보는 친구가 있는가 하면, 왼쪽 가슴에 붙인 수험표가 비뚤어졌을세라 거북스레 머리를 숙여 가슴팍을 내려다보고 또 보고 하는 친구도 있었다.

사내의 주의가 끝나고 나서는 가끔 조심스런 잔기침 소리가 들릴 뿐, 대기실 안은 귓속말을 주고받는 소리조차 없었다. 그 기침 소리조차도 학교에서 애국가 봉창이 있기 전에 늘상 들을 수 있는 그런 헛기침 소리여서, 긴장한 대기실 안을 더욱 긴장시켰다. 벨 소리에 따라 한 사람 한 사람씩 각기 신상 카드를 들고 제1면접실로 사라져 들어갔다. 남은 사람들은 한결같이 그 출입문을 쳐다보고 앉아 있었다. 나는 오줌이 조금 마려웠지만 그냥 견디기로 하고 역시 숙연한 태도로 내 차례를 기다렸다. 벨 소리가 울려 나올 때마다 까닭 없이 가슴이 철렁 내려앉고 오줌이 조금씩 더 마려웠다. 한 사람 건너 앞에 서 있던 선배가 기다리기가 힘들었던지 슬그머니 내게로 걸어왔다. 그리고는 시험관 앞에 가 선 것처럼 조심스럽게 소리를 죽여 속삭였다.

"이상한데…… 우리 X지방 패들은 뽑지 않는다는 소문이던데 1차에 붙여준 게?"

불안한 얼굴이었다. 아니, 이미 들어앉아 있는 불안을 쫓아보려고 애를 쓰고 있는 얼굴이었다.

"뭐 그냥 연습으로 생각해야지요. 들어갈 놈은 벌써 다 정해져 있다는데요."

나는 모든 것을 알고 있다는 듯이 잘라 말했다.

"이 사람……"

내 목소리가 조금 컸던지 선배는 더 말을 잇지 못하고 자리로 돌아가버렸다. 나는 새삼 다시 이곳까지 와 있는 자신을 후회했다. M일보사의 거대한 빌딩이 갑자기 큰 괴물처럼 느껴졌다. 나는 그 앞에 너무나 작았다. 욕설을 퍼부어도 이 괴물의 귀에는 도무지

들리질 않고, 더구나 성깔 따위를 드러낼 것 같지는 않았다. 욕설을 쏟을수록 자신만 더 화가 날 게 뻔했다.
　줄이 차츰차츰 줄어갔다. 드디어 두 사람의 선배가 사라지고 미구엔 나의 앞엣녀석도 사라졌다. 거기서부터 나는 아무 생각도 할 수가 없었다. 이제 오줌을 누러 갈 수는 아주 없게 되었다. 한번 더 벨이 울리자 나는 빨려 들어가듯 문을 열고 안으로 들어섰다. 제1면접시험장은 엄청나게 넓었다. 몇이나 되는지 알 수 없는 사람들이 일제히 내게다 시선을 부어왔다. 나는 문 앞에서부터 바닥 위에 그려놓은 백묵 화살표를 따라 신부처럼 조용조용 지정된 걸상으로 걸어갔다. 거기서 나는 내 수험번호와 이름을 댔다.
　"앉으시오."
　왼쪽 가까이에 앉아 있던 사내가 말하고는 내 왼손에서 신상 카드를 받아 갔다. 공손한 말씨였으나 나는 그 말씨가 되레 불안했다. 나는 걸상 끝에다 엉덩이를 조금만 대고 앉았다. 그러곤 힘을 모아 머리를 들고 나의 시험관들을 쳐다보았다. 나는 또 후회했다. 나는 피고석에 앉아 있는 죄인 꼴이었다. 내 둘레에 안경을 번쩍이며 나를 살피고 있는 사람들은 법정의 그 사람들보다 더 위엄이 흘렀다. 영락없이 나는 피고가 되어 있었다. 머릿속 예상과는 완전히 달랐다. 왜 나는 여기 이렇게 초라하게 앉아 있는가?
　"다른 덴 몇 곳이나 봤소?"
　맞은편 중앙에 몸을 의자 등판에 비스듬히 기대고 있던 사내가 심드렁한 목소리로 윽박지르고 들었다.
　"본 적 없습니다."

굴레 159

나는 대답했다. 하고 나서 금세 또 후회를 했다. 정직한 대답을 해준 자신이 못마땅했다. 그리고 목소리가 너무 공손했다. 입이 생각대로 움직여주지를 않았다.

"왜 하필 우리 M일보를 지원했소?"

사이를 주지 않고 아까 앉기를 권했던 사내가 물어왔다.

"M일보는 새로 창설한 신문삽니다. 새로운 아이디어와 새로운 시대를 호흡할 진취적인 편집과 운영 자세를 취하리라 믿었습니다. 따라서 여기서만이 제 젊은 역량을 힘껏 발휘할 수 있으리라 생각되었기 때문입니다."

이번에도 입이 혼자 떠들었다. 떠들고 나니 소름 같은 것이 등골을 서늘하게 타고 지나갔다.

"약간 자신을 과신하고 계신 것 같은데…… 좋습니다. 우리 신문을 보십니까?"

귀밑이 확 뜨거워졌다. 사내는 나를 모욕하고 있었다.

"보고 있습니다."

아직도 입은 기능을 잃지 않고 있었다. 그것은 거짓말이었다. 나는 정말로 자신에게 화가 났다.

"그럼 어느 부문에서 당신의 역량을 발휘할 수 있으리라 생각했습니까?"

이번에는 오른쪽이었다.

"……"

나는 대답하지 않았다.

"아까 이 신문이 진취적이리라 믿었다고 하였는데, 어떤 점에서 그렇습니까? Z나 Y지에 비교해서……"
 앞의 질문은 대답을 기대하지 않은 듯 가장 나이가 들어 보이고 몸집이 좋은 사내가 다른 질문을 했다.
 "신문의 성격은 취재안(取材眼)과 편집 의도가 결정짓는 것으로 압니다. 결국 거기에 차이가 있겠지요."
 대답을 하지 않아도 좋았을 것을 나는 M일보를 본 적이 없었기 때문에 애를 써서 말을 지어냈다.
 "좀더, 구체적으로……"
 역시 그 나이 들고 몸집이 좋은 사내였다.
 "신문은 결국 사람이 만드는 것이니까 신문이 낡았다면 사람이 낡았기 때문일 테지요."
 나는 사내의 처음 질문을 잊어버렸기 때문에 내 편한 대답을 하면서 사내를 건너다보고 조금 웃어주기까지 했다.
 "당신 아버지가 뭘 하오?"
 어디선가 퉁명스러운 목소리가 날아왔다. 나는 대답할 생각을 하지 않고 소리가 오는 쪽을 눈으로 찾고 있었다.
 "좋습니다."
 들어올 때의 사내가 조금 화가 난 얼굴로 신상 카드를 되돌려주며 손가락을 하나만 펴서 출구 쪽으로 난 화살표를 가리켰다. 나는 들어올 때보다는 훨씬 가볍게 문을 나왔다.
 제1에서 제2 면접시험장으로 가는 복도에는 자주색 주단이 깔려 있었다. 사람이라고는 그림자도 얼씬하지 않았다. 나는 마음이 편했다. 시험장 표지가 붙어 있는 문 외에 이 복도는 어디로 뻗어 있는지도 알 수가 없었다. 오줌이 마려워 생긴 아랫배의 긴장기는 그새 거짓말처럼 가시고 없었다.
　제2 면접시험장에도 대기실이 있었다. 그곳은 아깟번보다도 더 넓고 조용하고 엄숙했다. 먼저 간 친구들이 아직 몇 사람 출입구 쪽 벽 아래 늘어놓은 걸상에 풀이 죽어 앉아 있었다. 제1 대기실의 사내보다 더 점잖고 깍듯하게 생긴 사내가 방 중앙에 테이블을 놓고 앉아 신문을 들여다보고 있었다. 방 안이 너무 긴장해 있어서 나는 얼핏 그 사내가 시험관인가 했다. 아깟번 선배가 머뭇머뭇하고 있는 나를 손짓했다. 걸상이 두어 개 비어 있었다. 나는 그곳으로 가서 앉았다.
　"한 시간은 기다려야 할 것 같아. 한 사람에 10분은 걸리는데."
　선배가 나를 넘겨보고 또 가만가만 말했다. 그 앞에 한 사람 더 건너 선배도 물론 대기 중이었다.
　"뭐 그럭저럭 해치우지! 다 정해놓은 걸 가지고."
　내 말이 마땅치 않은 듯 선배는 또 입을 다물며 앞을 향해 꼬직히 돌아앉아버렸다. 테이블의 사내가 신문을 놓고 나를 건너다보았다.
　"에, 사장님 면접이니 몸차림들을 다시 한 번 주의해 살펴두십시오. 새로 오신 분들은 저기 면접 요령을 읽어보시도록."
　다시 신문을 들었다. 몇 번씩 거듭 확인했을 것을 수험생들은 신경질적으로 다시 살피고 있었다. 머리, 옷, 넥타이, 수험표……
사내가 가리킨 곳에는 백지에 면접 요령이 자세히 설명되어 있었다. 어느 문으로 들어가서 어디서 절을 하고, 수험번호를 대고,

이름을 대고, 어디 앉은 사람에게 신상 카드를 제출한 다음, 별도 지시가 없더라도 어느 의자로 가 앉아서 정중하게 질문을 기다려라. 질문에는 공손히 요점만 대답하며, 방을 나갈 때는 신상 카드를 어디에 내고 어느 문으로 나가라—

 나는 또 조금씩 오줌이 마렵기 시작했다. 화장실은 물어봐야 찾을 수 있을 것 같았다. 테이블의 사내는 신문에서 눈을 떼지 않았다. 오줌이 마려운 것은 아마 나뿐이 아닐 텐데, 아무도 화장실을 묻는 자가 없었다. 어쩌면 이 친구들은 그 요의를 참느라 그렇듯 긴장을 하고 있는지도 몰랐다. —이런 덴 뭐 하러 왔어?— 필기시험 날 H의 말이 전혀 자기 겸양에서 한 것만은 아니었을 것 같았다.

 벨이 울렸다. 맨 앞에 앉아 있던 수험생이 일어섰다. 우리는 조급히 걸상을 하나씩 다가앉았다. 그는 문 앞에서 다시 한 번 왼쪽 가슴의 수험표를 매만지고 헛기침을 하고, 그리고 문을 열고 안으로 사라졌다. 문이 닫히는 소리가 없었다. 지루하고 답답했다.

 "여긴 신문을 만드는 데니까 신문이라도 한 장씩 나눠주고 기다리게 하면 어디가 덧나나."

 나는 한 사람 건너 앞에 앉은 선배를 보며 말했다. 테이블의 사내가 다시 나를 건너다봤다. 터무니없이 가슴이 철렁했다. 그때 입구 쪽 문이 열리고 내 뒷번 친구가 대기실로 들어섰다. 그런데 이 친구 문에서부터 조심조심 그 안내역의 사내 앞으로 걸어가더니 별안간 그에게 절을 하곤 수험번호와 이름을 댔다. 착각을 한 모양이었다. 대기실에 비로소 웃음소리가 일었다. 그러나 그 소리는 안으로 숨어드는 소리였다. 테이블의 사내는 아무렇지도 않은 듯 묵묵히 턱짓으로 내 옆의 빈 걸상을 가리켰다. 그러자 위인은 큰 죄나 지은 것처럼 한 번 더 사내에게 절을 하곤 조심조심 내 곁으로 걸어와 앉았다.

"여긴 대기실입니다."

설명해주는 나를 그는 아직도 좀 어리둥절한 눈길로 바라보다 겸연쩍게 씩 웃었다.

그렇게 면접은 천천히 진행되어 드디어는 선배 한 사람이 면접실로 들어갔다. 그러나 이번에는 채 3분도 되지 않아 다음 사람을 부르는 벨이 울렸다. 한 사람 건너 선배가 나를 쳐다보았다.

"이상한데……?"

그는 신상 카드를 펴 들고 거기 적힌 본적을 원망스러운 듯 한참 동안이나 들여다보고 있었다.

"뭐 X지방은 그렇고 그렇다니까 볼 것도 없다는 식이겠죠."

나는 필기시험장에서와 같은 웃음을 한번 더 흉내 내었다. 선배는 다시 자세가 꼿꼿해져버렸다. 그러다가 차례가 되어 면접실로 사라진 뒤 2분도 못 되어 다음 차례를 부르는 벨이 울렸다. 이번에는 내 앞엣녀석이 사라졌다. 그런 지 다시 10분쯤 만에 마침내 나를 부르는 벨 소리가 울렸다. 다시 참을 수 없이 오줌이 마려오기 시작했다. 그러나 이젠 어쩔 수가 없었다.

나는 출입문을 들어서자 잠시 머리를 들고 방 안을 살폈다. 이 방은 지금까지의 어느 곳보다 넓고 화려하고 엄숙했다. 유리창 쪽에 안락의자를 놓고 둘러앉은 시험관들도 가장 나이가 많고 위엄이 넘쳤다. 그 옆에 앉은 비서인 듯한 사내가 좀 젊은 얼굴일 뿐이었다. 나는 그 앞으로 걸어가 수험번호와 이름을 댄 다음 가운데의 조금 마른 얼굴을 한 사내 앞에 신상 카드를 놓고, 두어 걸음 뒤에 놓인 걸상으로 물러나 앉았다. 그 사내는 나를 한번 흘끗 쳐다보고는 자기 앞에 펼쳐진 시험지 철을 들여다봤다. 미리 내놓은 내 이력서와 방금 제출한 신상 카드가 기가 죽어 그 옆에 함께 엎드려 있었다. 시험관은 모두 네 사람—, 그러니까 가운데 사내 오른쪽으로 두 사람이 더 앉아 있었다. 그중 가운데 사내는 내 시험지에서 계속 눈을 떼지 않고 있었다. 그렇듯 긴장된 분위기는 아직 자기 믿음을 버리지 못한 수험생들의 피를 말리게 마련. 그러나 나는 사내가 지금 '加獫走狗'의 '렴' 자를 생각하고 있을지 모른다 생각하며 슬그머니 웃었다. 그때 우연히 그 진짜 '苛斂誅求'의 낙자가 떠올랐다. 그것은 홀연히랄 만큼 진짜 우연이었다. 그러나 그게 지금 새삼스럽게 반가운 것은 아니었다. 다른 세 자를 모조리 틀려놓고 부질없이 '렴' 자에만 매달려 머리를 썩힌 일이 우스워질 뿐이었다. 물론 처음부터 그 세 자가 맞으리라 생각지는 않았지만, 그러나 나는 그 '가렴'의 '가' 자를 미련스럽게 믿고 싶어 했는지도 모를 일이었다. 그건 지금 내가 시험을 치고 있는 일과도 비슷했다. 시험을 치러 나선 데서 이미 틀려 있는 일에 며칠씩 질질 끌려 다니고 있는 것은 '렴' 자를 생각하느라 헛되이 머리를 썩힌 것과 다를 바가 없었다.

"우리 신문을 보고 있소?"

젊은 친구가 무슨 생각이 들었던지, 또는 늘 그러는 버릇인지 얼굴에 가벼운 웃음기를 띠며 묻기 시작했다. 아까 대기실의 사내보다는 상냥하다고 생각했다.
"보고 있습니다."
나는 또 거짓말을 했다.
"Z나 Y지와는 어떻게 다르다고 생각하시오?"
웃음기 머금은 얼굴로 계속해 묻고는 여전히 머리를 떨구고 있는 가운데 사내를 힐끗 곁눈질해 본 다음 다시 나를 보았다.
"발행 실적 3개월 정도로는 M일보에 아직 어떤 성격 형성이 어렵지 않겠습니까. 가령 Z와 Y지라면 그런대로 비교가 되겠습니다마는……"
젊은 친구가 또 가운데의 사내를 쳐다보았다. 아무 반응도 없었다.
"우리 사로 와서 무슨 일을 하고 싶지요?"
이번에는 얼굴에 웃음기가 없었다. 오른쪽에 앉은 다른 두 시험관은 계속 듣고만 있었다.
나는 이자들 역시 나를 속이고 있다고 생각했다. 그렇게 해서 나에게 비굴한 웃음을 웃게 하고, 고분고분 대답을 시켜보자는 것이겠지. 이미 결정이 내려져 있는, 적어도 어떤 식으로 결정이 내려지리라는 것을 빤히 짐작하고 있을 이들이 그 결정의 내용과는 정반대가 되는 결과를 내게 생각하게 하는 것은 가장 모욕적인 횡포요 사기였다. 그러나 나는 왠지 화가 나진 않았다. 오줌이 너무 마려운 탓인지 아랫배만 잔뜩 뜨거웠다.
"여기서 낙방을 하고 나면 무슨 일을 하고 싶은지는 묻지 않으십니까?"

나는 되물으면서 젊은 친구 대신 이번엔 가운데 사내를 건너다보았다.

"그럼 그쪽으로 대답을 해보시오."

처음으로 그 가운데 나이 든 사내가 머리를 들어올리며 낮게 말했다. 이마에 주름살이 몇 가닥 지어 있었다. 그러나 목소리는 차분히 가라앉아 있었다.

"감사합니다. 가능한 일일지는 모르겠습니다만—"

나는 시선을 고정시키지 않고 그 가운데 사내와 다른 세 사람에게 고루 눈길을 나누어주며 나지막한 소리로, 그러나 똑똑히 말해 나갔다.

"대학을 갓 나와 철없이 패기에 차서 거리를 활보하는 젊은 녀석들을 무더기로 끌어다가 콧대를 실컷 꺾어놓을 일을 해보고 싶습니다. 가령 면접시험관 같은 것 말입니다. 이놈들에겐 우선 합격이 될지도 모른다는 착각이 들게 한 다음 풀이 죽어 애원하는 눈초리를 하고 제 앞에 서 있게 하고 싶다는 말씀입니다. 그렇게 하여 세상맛을 보여주면 젊은 녀석들 거리에서 철없이 굴지도 않고 세상은 훨씬 더 주무르기가 편하게 될 테지요—"

젊은 친구가 뭐라고 하려는 눈치였으나, 가운데의 사내가 눈짓으로 그를 막았다.

"이것은 아마 생각하고 계신 점과 부합하리라 믿어져 드리는 말씀입니다만, 말하자면 사회 정의를 실현해가는 한 방편이지요. 하지만 그러기 위해선 물론 먼저 커다란 황금의 궁성을 지어 세울 필요가 있겠는데, 그것이 가능할지가 의문입니다."

가운데 사내의 얼굴엔 아무 표정이 없었다. 이 작자들을 정말 화가 나게 할 수는 없을까— 그러나 그런 생각을 할 시간은 나에게 주어지지 않았다.

"나가시오."

젊은 친구의 쇳소리 같은 음성이었다. 나는 일어섰다. 신상 카드를 집어 들고 잠시 머뭇거렸다.

"실례지만, 여기 변소가 어디에 있습니까? 전 지금 굉장히 오줌이 마렵거든요."

젊은 친구가 벌떡 일어섰다. 그러나 가운데 사내의 목소리가 그를 제지했다.

"문을 나가시면 왼쪽으로 복도 끝에 있습니다."

친절하게 일러왔다. 나는 하릴없이 문 쪽으로 걸어갔다. 문에서 신상 카드를 모으고 있는 친구를 내버려두고 그냥 문을 밀고 나왔다.

문밖엔 뜻밖에 S가 나를 기다리고 서 있었다.

"궁금해서 와봤다. 잘했니?"

S는 걱정스런 눈으로 내 안색을 살폈다. 나는 갑자기 온몸에서 힘이 쭉 빠져나가는 것을 느꼈다. 주저앉을 것 같았다. 나는 아무 말도 못한 채 S의 어깨에 손을 얹고 몸을 기대었다.

"왜 그래? 응? 왜 그래?"

S가 놀라서 나를 부축했다. 바위에 머리를 짓찧인 듯 멍멍하고 어질어질해 나는 두 다리를 가누기조차 힘이 들었다. S는 더 묻지 않았다.

나는 아직 손에 들린 내 신상 카드가 무척 귀중한 것이나 된 듯이 그걸 꾹 움켜쥐며 현기증이 가라앉기를 기다렸다.
"한 사람이라도 우선 끝이 났으면 했는데……"
S의 쓸쓸히 젖은 목소리가 내 어둡고 깊은 곳으로 힘없이 흘러 들어왔다.

(『현대문학』 1966년 10월호)

병신과 머저리

화폭은 이 며칠 동안 조금도 메워지지 못한 채 넓게 나를 압도하고 있었다. 학생들이 돌아가버린 화실은 조용해져 있었다. 나는 새 담배에 불을 붙였다.

형이 소설을 쓴다는 기이한 일은, 달포 전 그의 칼끝이 열 살배기 소녀의 육신으로부터 그 영혼을 후벼내버린 사건과 깊이 관계가 되고 있는 듯했다. 그러나 그 수술의 실패가 꼭 형의 실수라고만 할 수 없었다. 피해자 쪽이 그렇게 이해했고, 근 10년 동안 구경만 해오면서도 그쪽 일에 전혀 무지하지만은 않은 나의 생각이 그랬다. 형 자신도 그것은 시인했다. 소녀는 수술을 받지 않았어도 잠시 후에는 비슷한 길을 갔을 것이고, 수술은 처음부터 성공의 가능성이 절반도 못 됐던 경우였다. 무엇보다 그런 사건은 형에게서뿐 아니라 수술 중엔 어느 병원에서나 일어날 수 있는 종류의 것이었다. 그러나 어쨌든 그 일이 형에게는 하나의 사건이었다. 그 일이 있은 후로 형은 차츰 병원 일에 등한해지기 시작했다. 처음에는 가끔씩 밤에 시내로 가서 취해 돌아오는 일이 생기더니 나중에는 아주 병원 문을 닫고 들어앉아버렸다. 그리고는 아주머니까지 곁에 오지 못하게 하고 진종일 방에만 들어박혀 있다가, 밤이 되면 시내로 가서 호흡이 다 답답해지도록 취해 돌아오곤 하였다.

방에 들어박혀 있는 낮 동안 형은 소설을 쓴다는 것이었다. 처음에 나는 형의 그 소설이란 것에 대해서 별난 관심을 갖지 않았었다. 다만 열 살배기 소녀의 사망이 형에게 그만한 사건일 수 있을까, 그렇다면 형은 그 사건을 어떤 식으로 받아들였기에 소설까지 쓴다는 법석을 부리는 것인가 하는 정도였다. 그러다가 어느 날 밤 우연히 그 몇 장을 들추어보다 나는 깜짝 놀랐다. 놀랐다고 하는 것은 그것이 소설이기 때문이거나 의사라는 형의 직업 때문이 아니었다. 언어 예술로서의 소설이라는 것은 나 따위 화실이나 내고 있는 졸때기 미술 학도가 알 턱이 없다. 그것은 나를 크게 실망시키지도 않는다. 그러니까 내가 지금 형의 소설에 대해 말하고 있는 것은 문학적 관심과는 거리가 먼 것일 수밖에 없다. 형의 소설이 문학 작품으로는 이야깃거리가 못 된다는 것이 아니라 나는 그것에 대해서 잘 알고 있질 못하다는 말이다. 내가 놀란 것은 형이 그 소설에서 그토록 오래 입을 다물고 있던 10년 전의 패잔(敗殘)과 탈출에 관한 이야기를 쓰고 있었기 때문이다.

형은 자신의 말대로 외과 의사로서 째고 자르고 따내고 꿰매며

이 10년 동안을 조용하게 살아온 사람이었다. 생(生)에 대한 회의도, 직업에 대한 염증도, 그리고 지나가버린 시간에 대한 기억도 없는 사람처럼 끊임없이, 그리고 부지런히 환자들을 돌보아왔다. 어찌 보면 아무리 많은 환자들이 자기의 칼끝에서 재생의 기쁨을 얻어 돌아가도 형으로서는 만족할 수 없는, 그래서 아직도 훨씬 더 많은 생명을 구해내도록 무슨 계시라도 받은 사람처럼 자기의 칼끝으로 몰려드는 생명들을 기다렸다. 그런 형의 솜씨는 또한 신중하고 정확해서 적어도 그 소녀의 사건이 있기 전까지는 단 한번의 실수도 없었다. 그 밖에 형에 대해서 내가 확실하게 알고 있는 것은 거의 아무것도 없는 셈이었다. 다만 지금 아주머니에 관해서는 좀더 이야기를 할 수 있을 것 같다. 아주머니에게는 미안한 말이지만, 결혼 전 형은 귓속와 눈길이 다 깊지 못하고 입술이 얇은 그 여자를 사이에 두고 그 여자의 다른 남자와 길고 힘든 싸움을 벌였었다. 그런데 어떻게 된 셈인지 내가 별반 승점(勝點)을 주지도 않았고, 질긴 신념도 없으리라 여겼던 형이 마침내는 그 여자와 결혼을 하게 되었다. 결혼을 하고 나서도 녹록지 않은 아주머니와 깊이 가라앉은 형의 성격 사이에는 별반 말썽을 일으킨 일이 없었다. 풍파가 조금 있었다면 그것은 성격 탓이 아니라 어느 편의 결함인지 모르나 그들 사이에는 아직 아이를 갖지 못하고 있는 것이 언제나 원인이었다. 그것은 그러나 누구에게나 당연한 일로 여겨지는 그런 것이었다. 어떻든 형이 그렇게 지낼 수 있는 것은 형의 인내와 모든 인간성에 대한 긍정적인 사고의 덕이 아닌가 생각되기도 했으나, 그것 역시 자신 있게 말할 수 있는 것은 아니었다. 형에 대해 알고 있는 것은 그것뿐이었다. 그리고는 확실하지 못한 대신 형에게는 내가 언제나 궁금하게 여겨온 일이 한 가지 더 있었다. 그것은 형이 6·25사변 때 강계(江界) 근방에서 패잔병으로 낙오된 적이 있었다는 사실과, 나중에는 거기서 같이 낙오되었던 동료를(몇이었는지는 정확지 않지만) 죽이고 그때는 이미 삼팔선 부근에서 격전을 벌이고 있는 우군 진지까지 무려 천 리 가까운 길을 탈출해 나온 일에 대해서였다. 그러나 형은 그때 낙오의 경위가 어떠했으며, 어떤 동료를, 그리고 왜 어떻게 죽이고 탈출해왔는지, 또는 그 천리 길의 탈출 경위가 어떠했었는지에 대해서는 한번도 이야기를 털어놓은 일이 없었다. 어느 땐가 딱 한 번, 형은 술걸레가 되어 돌아와서 자기가 그 천리 길을 살아 도망쳐 나올 수 있었던 것은 그 동료를 죽였기 때문이라고 한 적이 있었을 뿐이다. 이상한 이야기였다. 나는 그 말을 이해할 수도 없었거니와, 다음부터는 형이 그런 자기의 말까지도 전혀 모른 체해버렸기 때문에 나는 그런 일이 있었던 것이 사실이었는지조차도 확언할 수 없는 형편이 되고 말았다.

그런데 그런 형이 요즘 쓰고 있는 소설에서 바로 그 이야기를 시작하고 있는 것이다. 그리고 나의 화폭이 갑자기 고통스러운 넓이로 변하면서 손을 긴장시켜버린 것도 분명 그 형의 이야기를 읽기 시작하면서부터였다. 더욱 요즘 형은 내가 가장 궁금하게 여기는 대목에서 이야기를 딱 멈춘 채 앞으로 나아가질 않고 있었다. 문제는 형이 이야기를 멈추고 있는 동안 나는 나의 일을 할 수가 없는 사정이었다. 이야기의 결말을 생각하는 동안 화폭은 며칠이고 선(線) 하나 더해지지 못하고 고통스러운 넓이로 나를 괴롭히고 있는 것이다. 이야기의 끝이 맺어질 때까지 나는 정말로 아무것도 할 수가 없는 것이다.

창으로 흘러든 어둠이 화실을 채우고 네모반듯한 나의 화폭만을 희게 남겨두었을 때 나는 그만 자리에서 일어섰다.
그때 그림자처럼 혜인이 문에 들어서 있는 것을 알았다. 나는 불을 켰다. 그녀는 꽤 오래 그리고 서서 기다렸던 듯 움직이지 않은 어깨가 피곤해 보였다. 불을 켜자 그녀는 불빛을 피해 머리를 좀 숙여서 그늘을 만들었다.
"나가실래요?"
나는 다시 불을 껐다.
왜 왔을까. 이 여자에게는 아직도 정리되지 않은 감정이 남아 있었던가. 그녀가 별반 이유도 없이 나의 화실을 나오지 않게 되었을 때 나는 얼마나 황급히 나의 감정을 정리해버렸던가.
혜인은 형 친구의 소개로 나의 화실에 나오게 된 학사 아마추어였다.
학생들이 유난히 일찍 화실을 비워주던 날, 내가 석고상 앞에 혼자 서 있는 그녀의 뒤로 가서 귀밑에다 콧김을 뿜었을 때 그녀는 내게 입술을 주고 나서, 그것은 내가 그림을 그리는 사람이기 때문이라고 했다. 그리고 어느 날 그녀는 이제 화실을 나오지 않겠으며 나로부터도 아주 떠나가는 것이라고 했다. 이유는 단지 내가 그림을 그리는 사람이기 때문이라면서, 그 꽃잎같이 고운 입술을 작게 다물어버렸었다. 나는 혜인에게 아무것도 주장하지 못했다. 아무것도 주장할 수 없으며, 떠나보내는 슬픔을 견디는 것이 더 쉽고 홀가분하리라는 것을 알고 있는 자신에 화가 났지만, 결국 나는 그녀의 말대로 그림을 그리는 사람 이상이 될 수는 없었다.

"청첩장 드리러 왔어요."

다방에서 마주 앉아 혜인은 흰 사각 봉투를 꺼내놓으며 말했다. 나는 실없이 웃었다.

혜인은 그 후로도 한 번 화실을 찾아온 일이 있었다. 그때 혜인을 다방으로 안내하고 마주 앉아서 아무렇지도 않은 자신을 발견하고 나는 그녀가 정말로 나로부터 떠나가버린 것을 알았다. 혜인 역시 그런 나에게 아무렇지도 않게 자기는 어떤 개업 의사와 쉬 결혼을 하리라고 했었다. 그것은 화실을 그만두기 전부터 작정한 일이었노라고.

"모렌데 오시겠어요?"

아예 혼자인 것처럼 멀거니 앉아 있는 나에게 혜인이 사각 봉투를 만지작거리며 물었다. 목소리가 까마득하게 멀었다.

그날 밤, 아주머니에게 그런 말을 했을 때 아주머니는 갑자기 반색을 하는 목소리로 말했었다.

"도련님, 그럼 그 아가씨 결혼식엘 가보실래요?"

아주머니도 물론 혜인을 알고 있었다. 아주머니는 아마 실수한 배우에게 박수를 치며 좋아할 여자임에 틀림없을 것이다. 나는 그런 박수를 받은 배우처럼 난처했다. 그때 나는 뭐라고 했던가. 인부(人夫)를 한 사람 사서 보내리라고, 아마 그 사람으로도 혜인의 결혼에 대한 내 축원의 뜻을 충분히 전할 수 있을 것이라고. 질투가 아니었다. 사실 지금도 나는 혜인과의 화실 시절과 청첩장을 만지작거리고 있는 지금 그녀의 이야기와 또 그녀의 결혼, 모든 것에 관심이 가지 않았다.

"화가 나지 않는 게 이상하군요."

나는 하품처럼 대답했다.

"그러고 보니 도련님은 성질이 퍽 칙칙한 데가 있으시더군요."

그날 밤, 아주머니는 그렇게 말했었다. 아주머니는 다른 사람의 일을 이야기하기 좋아했다. 그렇다고 그녀의 관심이 다른 사람에게 머무르고 있는 것은 아니었다.

"아주머닌 처녀 시절 형님과는 약간 밑진다는 생각으로 결혼을 하셨을 줄 아는데, 형에게 무슨 그럴 만한 꼬임수라도 있었습니까?"

나는 혜인의 일과 형의 일에 관심을 반반 해서 물었다.

"어딘지 좀 악착같은 데가 있었지요. 단순하다는 이야기가 될지도 모르겠네요. 머리가 복잡한 사람은 한 가지 일에 악착같을 수가 없거든요. 여자는 복잡한 것은 싫어해요. 말하자면 좀 마음을 놓고 의지할 수 있으리라는 생각이 들었더란 말이지요. 나이 든 여자는 화려한 꿈은 꾸지 않는 법이니까 당연한 생각 아녜요?"

형에 대해서 아주머니는 완전히 정확하지는 못했다. 그러나 그런 생각이 여자의 일반 통념이라는 그녀의 비약을 탓하고 싶지는 않았다.

"전 또 일이 있습니다."

나는 갑자기 형의 소설이 생각나서 훌쩍 커피를 마시고 일어섰다. 나의 화폭이 고통스러운 넓이로 눈앞을 지나갔다.

혜인은 말없이 따라 일어섰다.

"아무 말씀도 해주시지 않는군요."

문 앞에서 혜인은 나의 말을 한마디라도 듣지 않고는 돌아가지 않겠다는 듯이 발길을 딱 멈추어 섰다.

"그 아가씬 잊으세요. 여자가 그런 덴 오히려 표독한 편이니까요."

그날 밤 꼭 한 번 근심스러운 얼굴로 말하던 아주머니의 단정은 결코 혜인에게 적용될 수 있는 것은 아닌 것 같았다. 그렇지 않다면 혜인은 여자가 좋아한다는 연극을 하고 있을 것이었다.

나는 돌아서버렸다.

예상대로 집에는 형이 돌아와 있지 않았다.

—진창에 앉은 듯 취해 있겠지.

나는 저녁을 끝마친 대로 곧장 형의 방으로 가서 서랍을 뒤졌다. 소설은 언제나 같은 곳에 있었다. 형은 아주머니나 나를 경계하는 것 같지 않았다.

"형님을 갑자기 문호로 아시는군요."

아주머니는 관심이 없었다. 소리를 귀로 흘리며 나는 성급하게 원고 뭉치의 뒤쪽을 펼쳤다. 그러나 이야기는 전날 그대로 한 장도 더 나아가지 못하고 있었다. 휴지통에 파지를 내놓은 것이나 하루 종일 책상에 매달려 있었다는 아주머니의 말을 들으면 형은 무척 애를 쓰기는 했던가 보았다. 망설이는 것이었다. 이야기의 결말에 대해서, 아니 하나의 살인에 대해서 형은 무던히도 망설이고 있었다. 답답하도록 넓은 화폭 앞에 초조히 앉아 있기만 하다가 집으로 돌아와버리곤 하는 나를 형이 일부러 골리고 있는 것 같기도 했다.

나는 다시 서랍을 정리해두고 나의 방으로 돌아왔다. 일찌감치 자리를 깔고 누웠으나 눈이 감기지 않았다. 눈을 감으면 곧 잠이 들던 편리한 습관은 고등학교 때까지뿐이었다. 나대로 소설의 결말을 얻어보려고 몇 밤을 세웠던 상념이 뇌수로 번져 나왔다.

소설의 서두는 이미지가 선명한 하나의 서장(序章)으로 시작되고 있었다. 그것은 형의 소년 시절의 회상이었다. 〈나〉(얼마나 형이 객관화되고 있는진 모르지만 이것은 그 소설 속의 주인공이다. 이하〈 〉표는 소설문의 직접 인용)는 어렸을 때 노루 사냥을 따라간 일이 있었다. 그즈음 〈나〉의 고향 마을에는 가을부터 이듬해 초봄까지 꼭꼭 사냥꾼이 찾아들었다. 그리고 가을에는 멧돼지를, 겨울과 봄으로는 노루 사냥을 했다. 겨울이면 특히 마을 사람 가운데 날품 몰이꾼을 몇 사람씩 데리고 산으로 들어갔다. 솥단지를 산으로 메고 가서 사냥한 것을 끓여 먹었다. 겨울철 할 일이 없는 마을 사람들은 몰이꾼을 자원했고, 사냥꾼이 뜸해지면 그들은 사냥꾼이 마을로 들어오기를 기다리는 식이었다.

눈이 산들을 하얗게 덮은 어느 겨울날, 방학을 맞아 고향 마을로 돌아와 있던 〈내〉가 그 몰이꾼들에 끼어 함께 사냥을 따라나선 일이 있었다. 그날은 이상하게도 한낮이 기울 때까지 아무것도 걸리는 것이 없었다. 〈나〉는 다른 어른 한 사람과 함께 어느 능선 부근 바위틈에서 언 밥으로 시장기를 쫓고 있었다. 그때 능선 너머에서 갑자기 한 발의 총소리가 울려왔다. 그 총소리에 대해서 형은 이렇게 쓰고 있었다.

〈나는 총소리를 듣자 목구멍으로 넘어가던 것이 갑자기 멈춰버린 것 같았다. 싸늘한 음향—분명한 살의와 비정이 담긴 그 음향이 넓은 설원을 메아리쳐 올 때, 나는 부질없는 호기심에 끌려 사냥을 따라나선 일을 후회하기 시작했다.〉

그러나 총알은 노루를 맞히지 못했다. 상처를 입은 노루는 설원에 피를 뿌리며 도망쳤다. 사냥꾼과 몰이꾼은 눈 위에 방울방울 번진 핏자국을 따라 노루를 쫓았다. 핏자국을 따라가면 어디엔가 노루가 피를 쏟고 쓰러져 있으리라는 것이었다. 〈나〉는 흰 눈을 선연하게 물들이고 있는 핏빛에 가슴을 섬뜩거리며 마지못해 일행을 쫓고 있었다. 총소리를 처음 들었을 때와 같은 후회가 가슴에서 끝없이 피어올랐다. 〈나〉는 차라리 노루가 쓰러져 있는 것을 보기 전에 산을 내려가버리고 싶었다. 그러나 〈나〉는 망설이기만 할 뿐 가슴을 두근거리며 해가 저물 때까지도 일행에서 벗어나지 못하고 있었다. 핏자국은 끝나지 않았고, 〈나〉는 어스름이 내릴 때에야 비로소 일행에서 떨어져 집으로 되돌아갔다. 그리고 〈나〉는 곧 열이 심하게 앓아누웠기 때문에, 다음 날 그들이 산을 세 개나 더 넘어가서 결국 그 노루를 찾아냈다는 이야기는 자리에서 소문으로 듣게 되었다. 그러나 〈나〉는 그것만으로도 몇 번이고 끔찍스러운 몸서리를 치곤 했다.

서장은 대략 그런 이야기였다. 물론 내가 처음에 이 서장을 읽은 것은 아니었다. 어느 중간을 읽다가 문득 긴장하여 처음부터 이야기를 다시 읽게 된 것이었지만, 여기에서도 나는 그 총소리 하며 노루의 핏자국이나 눈빛 같은 것들이 묘한 조화 속에 긴장기 어린 분위기를 이루고 있음을 느꼈다. 사실 여기서도 암시하고 있듯이 형의 소설은 전반에 걸쳐서 무거운 긴장과 비정기가 흐르고 있었다.

 형의 내력에 대한 관심도 문제였지만, 형의 소설이 나를 더욱 초조하게 하는 것은 그것이 이상하게 나의 그림과 관계가 되고 있는 것 같은 생각 때문이었다. 그것은 어쩌면 사실일 수도 있었다. 혜인과 헤어지고 나서 나는 갑자기 사람의 얼굴이 그리고 싶어졌다. 사실 내가 모든 사물에 앞서 사람의 얼굴을 한번 그리고 싶다는 생각은 막연하게나마 퍽 오래 지녀온 갈망이었다. 그러니까 혜인과 헤어지게 된 것이 그 모든 동기라고 할 수는 없지만, 어쨌든 그 무렵 그런 충동이 새로워진 것은 사실이었다.

 나의 그림에 대해서는 더 이야기하고 싶지 않다. 그것은 견딜 수 없이 괴로운 일이다. 그리고 나는 내가 그것에 대해 생각하고 화필과 물감을 통해 의미를 부여하고자 하는 것의 10분의 1도 설명할 수 없을 것이다. 다만 나는 인간의 근원에 대해 생각을 좀더 깊게 하지 않으면 안 된다는 느낌이 절실했던 점만은 지금도 고백할 수 있을 것이다. 하여 에덴으로부터 그 이후로는 아벨이라든지 카인, 또 그 인간들이 지니고 의미하는 속성들을 즉흥적으로 생각해보곤 하였다. 그러나 어느 것도 전부를 긍정할 수는 없었다. 단세포 동물처럼 아무 사고도 찾아볼 수 없는 에덴의 두 인간과 창세기적 아벨의 선 개념, 또 신으로부터 영원한 악으로 단죄받은 카인의 질투—그것은 참으로 인간의 향상 의지로서 신을 두렵게 했을지도 모른다—그 이후로 나타난 수많은 분화, 선과 악의 무한정한 배합 비율…… 그러나 감격으로 나의 화필이 떨리게 하는 얼굴은 없었다. 나는 실상 그 많은 얼굴들 사이를 방황하고 있었는지 모른다. 하지만 안타까운 것은 혜인 이후 나는 벌써 어떤 얼굴을 강하게 예감하고 있다는 사실이었다. 아직은 내가 그것과 만날 수 없었을 뿐이었다. 둥그스름한, 그러나 튀어 나갈 듯이 긴장한 선으로 얼굴의 외곽선을 떠놓고(그것은 나에게 있어 참 이상한 방법이었다) 나는 며칠 동안 고심만 하고 있었다.

그러던 어느 날, 그 소설이라는 것이 시작되기 바로 전날이었을 것이다. 형이 불쑥 나의 화실에 나타났다. 그는 낮부터 취해 있었다. 숫제 나의 일은 제쳐놓고 학생들에게 매달려 있는 나에게 형이 시비조로 말했다.

"흠! 선생님이 그리는 사람은 외롭구나. 교합 작용이 이루어지는 기관은 하나도 용납하지 않았으니……"

얼굴의 윤곽만 떠놓은 나의 화폭을 완성된 것에서처럼 형은 무엇을 찾아내려는 듯 요리조리 뜯어보고 있었다. 나는 물끄러미 그 형을 바라보았다.

"그건 아직 시작인걸요."

"뭐, 보기에 따라서는 다 된 그림일 수도 있는걸…… 하느님의 가장 진실한 아들일지도 몰라. 보지 않고 듣지 않고 오직 하느님의 마음만으로 살아가는. 하지만, 눈과 입과 코…… 귀를 주면…… 달라질 테지—한데, 선생님은 어느 편이지?"

형은 그림과 나를 번갈아 쳐다보았다. 그 눈이 무엇을 열심히 찾고 있었다. 그러나 그것은 이미 밖에서 찾을 것이 아무것도 없는 줄을 알고 있는 눈이었다. 나는 어리둥절해 있기만 했다.

"흥, 나를 무시하는군. 사람의 안팎은 합리적 논리로만 설명될 수 있는 것이 아니라는 걸 예술가도 이 의사에게 동의해줄 테지. 그렇다면 내 얘기도 조금은 맞는 데가 있을지 몰라. 어때, 말해볼까?"

형은 도시 종잡을 수 없는 말을 했다. 무엇인가 열심이라는, 열심히 말하고 싶어 한다는 것만은 알 수 있었다.

"그 새로 탄생할 인간의 눈은, 그리고 입은 좀더 독이 흐르는 쪽이어야 할 것 같은데…… 희망은—이건 순전히 나의 생각이지만, 선(線)이 긴장을 하고 있다는 것이야."

이상하게도 형은 나의 그림에 대해 이야기하고 있었다.

그날 저녁, 모처럼 술을 사겠다는 형을 따라 화실을 나와 화신 근처를 지날 때였다. 우산을 써도 좋고 안 써도 좋을 만큼씩 비가 내리고 있었다. 부지런한 사람은 우산을 썼지만 우리는 물론 쓰지 않고 걸었다.

'ㅈ'은행 신축 공사장 앞에는 늘 거지 아이 하나가 꿇어 엎드려 있었다. 열 살쯤 나 보이는 그 소녀 거지는 머리를 어깨 아래로 박고 두 팔을 앞으로 내밀어 손을 벌리고 있었다. 그 손에는 언제나 흑갈색 동전이 두세 닢 놓여 있었다. 그런데 우리가 그 앞을 지날 때였다. 앞서 걷던 형의 구둣발이 소녀의 그 내민 손을 무심한 듯 밟고 지나가는 것이 아닌가. 놀란 것은 거지 아이보다 내 쪽이었다. 형의 발걸음은 유연했다. 발바닥이 손을 깔아뭉개는 감촉을 느끼지 못한 것 같았다. 더욱 이상한 것은 그때 깜짝 놀라 머리를 들었던 소녀가 벌써 저만큼 멀어져가고 있는 형의 뒤를 노려볼 뿐 소리도 지르지 않은 것이었다. 나는 소녀의 손을 내려다보았다. 아무렇지도 않았다. 소녀는 다시 자세를 잡았다. 나는 울컥 화가 치밀어 올랐으나, 그것을 꾹 참아 넘기며 앞서 가는 형을 조용히 뒤따랐다. 분명 형은 스스로에게 무엇인가를 확인하고 싶은 것 같은, 그리고 화실에서 지껄이던 말들이 결코 우연한 이야기들이 아니었던 것 같은 생각이 들었다. 그것은 그 며칠 전에 형이 저지른 실수 그것 때문일 거라고 나는 혼자 추리를 해보았다. 하지만 그것은 형의 실수만은 아니었다. 그러나 중요한 것은 형의 칼끝이 그 소녀의 몸에 닿은 후에 소녀의 숨이 끊어진 것이었다.

건널목에 이르러 신호등에 막히자 형은 비로소 나를 돌아다보았다. 형의 눈빛이 무엇인가 나에게 묻고 있는 것 같았다. 절대로 대답을 할 수 없으리라고 믿는 그런 것을 자랑스럽게 묻고 있는 눈빛이었다.

"아까 형님은 부러 그러신 것 같았어요."

형이 자주 드나들었던 듯한 어떤 홀로 들어가서 자리를 정해 앉자 나는 극도로 관심을 아끼는 목소리로 말했다.

"뭘?"

형은 시치미를 뗐다.

"아까 그 아이의 손을 밟은 거 말입니다."

나는 오히려 귀찮아하는 목소리로 말했다. 형은 잠시 당황하는 얼굴을 했다. 아무 생각도 없이 그저 그렇게 해야 한다는 생각 때문에 당황해 보이는.

"하지만 별수 없더군요, 형님도. 발이 말을 잘 듣지 않았던 모양이죠. 아이가 별로 아파해하지 않은 것 같았어요. 형님은 나 때문에 뒤를 돌아보지 못해서 모르실 테지만."

형은 그다음 날부터 소설을 쓰기 시작했고, 그러자 나는 그림에 손을 댈 수 없게 되어버린 것이다.

형의 이야기의 본 줄거리는 대강 다음과 같은 것이었다. 그것은 6·25사변 전의 국군 부대 진중에서부터 시작되었다.

진중 생활에서 형은 두 사람에 대해 이야기의 초점을 맞추고 있었다. 한 사람은 오관모라고 하는 이등중사(당시 계급)였는데, 그는 언제나 대검(帶劍)을 한 손에 들고 영내를 돌아다니는 습관이 있었다. 키가 작고 입술이 푸르며 화가 나면 눈이 세모로 이그러지는 독 오른 배암 같은 인상의 사내였다. 그는 부대에 신병이 들어오기만 하면 다짜고짜 세모눈을 해가지고 대검을 코밑에다 꼬나대며 〈내게 배를 내미는 놈은 한칼에 갈라놓는다〉고 부술 듯이 위협을 하여 기를 꺾어놓는 것이었다. 그리고 그날 밤으로 가엾은 신병들은 관모가 낮에 배를 내밀지 말라던 말의 뜻을 괴상한 방법으로 이해하게 되곤 하였다. 관모에게 배를 내미는 사람이 몇이나 되었는진 알 수가 없지만, 관모가 그 신병들의 〈배를 갈라놓는〉 일은 한번도 없었다. 그러던 어느 날, 관모네 중대에 또 한 사람의 신병이 왔다. 그가 바로 형의 이야기에서 초점이 맞추어지고 있는 다른 한 사람인데, 그는 김 일병이라고만 불리고 있었다. 얼굴의 선이 여자처럼 곱고 살이 두꺼운 편이었는데, 〈콧대가 좀 고집스럽게 높았다〉는 점을 제외하면 김 일병은 관모가 세모눈을 지을 필요도 없을 만큼 유순한 얼굴을 하고 있었다. 그런데 어떻게 된 셈인지 바로 다음 날부터 관모는 꼬리 밟힌 독사처럼 약이 바짝 올라서 김 일병을 두들겨 패기 시작했다. 〈나〉는 김 일병의 코가 제 값을 하나 보다고 생각했으나 그런 장난스런 생각은 잠깐뿐이었다.

〈내가 뒷산에서 의무대의 들것 조립에 쓸 통나무를 베어 들고 관모네 중대의 변소 뒤를 돌아오고 있을 때였다. 관모가 김 일병을 엎드려놓고 빗자루를 거꾸로 쥐고 서투른 백정 개 잡듯 정신없이 매질을 하고 있었다. 관모는 나를 보자 빗자루를 버리고 대뜸 나에게서 통나무를 낚아 갔다. 미처 어찌할 사이도 없이 관모의 세찬 숨소리와 함께 김 일병의 엉덩이 살을 파고드는 통나무의 둔중한 타격음이 산골을 울려 퍼졌다. 그러나 김 일병은 무서울 정도로 가지런한 자세로 관모의 매를 맞고 있었다. 김 일병이 관모의 매질에 한번도 굴복한 일이 없다는 소문이 있었고, 그것이 더욱 관모를 약 오르게 한다고도 했지만, 나는 당장 눈앞에 엎드려 있는 김 일병의 조용한 자세를 믿을 수가 없었다. 김 일병의 자세는 절대로 흐트러지지 않았다. 관모는 괴상한 울음소리 같은 것을 입에 물며 땀을 뻘뻘 흘리고 있었다. 끔찍스러운 광경이었다. 그것은 마치 김 일병이 그만 굴복해주기를 관모가 애원하고 있는 형국이었다. 그러다 나는 마침내 이상한 것을 보았다. 내가 관모와 김 일병 사이로 끼어들어 내내 그 기이한 싸움의 구경꾼이 되어버린 동기는 아마 내가 그것을 보게 된 데서부터였으리라. 언제까지나

자세를 허물어뜨리지 않을 것 같던 김 일병이 마침내는 천천히 머리를 들어 나를 올려다보았는데, 그때 나는 갑자기 호흡이 멈추어 버린 것처럼 긴장이 되고 말았다.〉

그때 〈내〉가 김 일병에게서 보았던 것은 김 일병의 눈빛이었다. 허리 아래에서 타격이 있을 때마다 김 일병의 눈에서는 〈파란 불꽃 같은 것이 지나갔다〉는 것이다.

여기서 형은 그 눈빛에 관해 상당히 길게 설명하고 있었다. 그러고도 미심했던지 형은 원고지를 두 장이나 여분으로 남기고 지나갔다. 그 눈빛에 관해 좀더 설득력 있게 이야기를 바꾸어보려는 것이었는지도 모른다. 어떻든지 형은 그 순간에 적어도 그 파란 눈빛의 환각에 빠졌을 만큼 강렬한 경험을 견디고 있었던 게 사실인 것 같았다. 형의 소설적 상상력은 절대로 그런 것을 상정해낼 수 있을 정도는 아니기 때문이다.

〈그러나 김 일병은 그 눈을 무섭게 까뒤집으며 으으으 하는 신음과 함께 아랫몸을 옆으로 비틀었다. 관모가 울상이 되어 김 일병에게 달려들어 그 꿈틀거리는 육신을 타고 앉아 미친 듯이 하체를 굴려댔다.〉

〈나〉는 다음에도 여러 번 그 기이한 싸움을 구경했다. 그때마다 〈나〉는 김 일병의 〈파란 빛〉이 지나가는 눈을 지키면서 속으로 관모의 매질에 힘을 주고 있었다. 그런 때 〈나〉는 그 눈빛을 보면서 이상한 흥분과 초조감에 몸을 떨면서 더 세게 더 세게 하고 관모의 매질을 재촉했다.

〈이상한 일이었다. 나는 왜 그렇게 초조하고 흥분했었는지, 또 나는 누구를 편들고 있었는지, 그런 것을 하나도 모른 채. 그리고 그 기이한 싸움은 끝이 나지 않은 채 6·25사변이 터지고 말았다.〉

이야기는 거기서 한 단이 끝났다. 그러나 아직 이야기의 초점은 드러나지 않고 있었다. 이야기의 초점이란 형이 패잔 때 죽였노라고 했던, 그를 죽였기 때문에 그 먼 탈출에 성공할 수 있었노라던 일에 대한 것 말이다. 하지만 나중까지 가보면 형은 이야기를 위해서 사건을 상당히 생략하고 전체의 초점을 향해 이야기를 치밀하게 집중시켜가고 있음을 알 수 있었다.

다음에서 형은 곧 그 패잔에 관해서 이야기하기 시작했다. 이야기의 무대를 강계의 어느 산골 동굴로 옮겨갔다.

동굴 바같은 〈지금〉 눈이 내리고 있고 〈나〉는 굴 어귀에 드러누워 머리를 반쯤 밖으로 내놓고 눈을 맞고 있다. 그 안쪽에 오관모 이등중사가 아직 차림이 멀쩡한 군복으로 앉아 있고, 굴의 가장 안쪽 벽 아래에는 김 일병이 가랑잎에 싸여 누워 있다. 그들은 패잔병이다. 동굴 안에는 무거운 긴장이 흐르고 있다. 〈나〉는 그러고 엎드려서 한창 눈에 덮이고 있는 골짜기를 내려다보면서도 신경은 줄곧 관모에게 가 있고, 관모 역시 입가에 허연 침이 몰리도록 억새대를 씹어 뱉곤 했으나, 낮게 뜬 눈은 〈나〉의 등에 고정되어 있다. 그런 긴장을 형은 〈지금 눈이, 첫눈이 내리고 있기 때문〉이라고만 간단히 말하고 지나갔다. 그런 간단한 비약이 나를 훨씬 긴장시켰다. 김 일병은 오른팔이 하나 잘려(이것은 꽤 나중에 밝혀지고 있지만, 이야기를 쉽게 하기 위해 먼저 밝혀두는 것이 좋을 것 같다) 다른 두 사람을 잊어버린 듯 의식이 깊이 숨어버린 눈을 하고 있다.

〈어느 곳인지도 모른다. 강계 북쪽, 하루나 이틀 뒤면 우리는 압록강 물을 볼 수 있으리라 하였다. 그러나 그날 새벽 우리는 갑자기 전쟁 개입설이 돌던 중공군의 기습을 받았다. 별로 전투다운 전투를 겪어보지도 못하고 여기까지 밀려온 우리는 처음으로 같은 장소에서 꼬박 하루 동안을 총소리와 포성 속에 지냈다. 어느 쪽이나 촌보의 양보도 없이 버티었다. 다음 날 새벽 부상병을 나르던 내가 오른쪽 팔이 겨드랑 부근에서 동강난 김 일병을 발견하고 바위 밑으로 끌고 가 응급 지혈을 하고 있을 때였다. 별안간 총소리가 남으로 이동하기 시작했다. 아직 정신을 돌리지 못한 김 일병 때문이기도 했지만, 총소리는 미처 내가 어떻게 할 사이도 없이 갑자기 남쪽으로 내려가버렸고, 중공군이 이내 수런수런 산을 누비고 지나갔다. 금방 날이 밝았다. 그러나 그때는 이미 골짜기가 중공군의 훨씬 후방이 되어 있었다. 나는 바위 밑에서 옴지락도 못하고 한나절을 보냈다. 포성이 남쪽으로 남쪽으로 사라져가고 중공군도 뜸해졌다. 그날 해가 질 무렵에야 김 일병은 정신을 조금 돌렸다. 다음 날은 뜸뜸하던 포성마저 사라지고 중공군도 발길이 딱 끊어졌다. 전쟁이 늘 그렇듯이, 대충만 훑고 지나가면 뒤에 남은 것은 제풀에 소멸해버리거나 이미 전쟁과는 상관없을 만큼 힘을 잃어버리게 마련. 중공군은 골짜기를 버리고 갔다. 혹시 부상당한 적의 패잔병 따위가 남아 있는 것을 눈치챘다 해도 그들은 그냥 그렇게 지나가버렸을 것이다. 골짜기는 이제 정적과 가을 햇볕으로 가득할 뿐이었다. 하지만 나는 불안했다. 싸움터에서 흘어진 건빵 봉지와 깡통 몇 개를 모아 가지고 김 일병을 부축하며 좀더 깊고 안전한 곳으로 은신처를 찾아 나섰다. 김 일병의 상처는 경과가 좋은 편이었지만, 포성마저 사라져버린 지금 국군을 찾아 떠나기는 불가능한 일이었다— 포성이 곧 되돌아오겠지— 안전한 곳에서 기다려보자.

골짜기를 타고 올라와서 잣나무 숲을 빠져나오니 산정까지 이어진 초원이 나섰다. 거기서 관목을 타고 올라오다 나는 동굴을 하나 발견했다. 내가 그 동굴 앞에서 김 일병을 부축한 채 안을 기웃거리고 있을 때였다.

"어떤 놈들이 주인 허락도 없이 남의 집을 기웃거리고 있어!"

소스라쳐 돌아보니 건너편 숲 속에서 우리 쪽에다 총을 겨눈 채 웃고 있는 사람이 있었다. 관모였다.

"고기가 먹고 싶던 참이라 마침 방아쇠 당길 뻔했다."

관모는 총을 거둬 쥐고 훌쩍 뛰어 건너왔다. 그리고는 내가 부축하고 있는 김 일병의 팔을 들춰보더니,

"이런! 넌 별로 쓸모가 없겠군."

심드렁하게 혀를 찼다. 그러곤 나의 어깨를 툭 쳤다.

"하지만 고맙지 뭐냐. 적정을 살피러 가래 놓고 다급해지니까 저희들만 싹 꽁무니를 빼버린 줄 알았더니 너희들이 날 기다려줬으니."〉

거기까지 이야기한 다음 소설은 다시 눈이 오고 있는 동굴로 돌아왔다.

오관모는 질겅질겅 씹고 있던 억새를 뱉어버리고 구석에 세워둔

카빈총을 짊어지고 동굴을 나갔다. 그는 〈장소〉와 인적을 탐색하러 간 것이었다. 관모는 〈이〉 골짜기에서 총소리를 내도 좋은가를 미리 탐색할 만큼은 지략이 있었다. 이제 동굴에는 나와 김 일병뿐이었다.

〈우리는 우선 전투 지역에 흩어진 식량거리를 한데 모아놓고 동굴로 날랐다. 많은 것은 아니었으나 우리는 그것을 하루분이나 이틀분씩만 가볍게 날라 올렸기 때문에 며칠을 두고 산을 내려 다니지 않으면 안 되었다. 그것은 우리가 아직도 군인이라는 유일한 행동이기도 했다. 김 일병을 남겨놓고 둘이는 매일 한차례씩 산을 내려갔다. 그러나 사실을 말하자면 그런 모든 행동의 결정은 관모가 내렸고, 그런 중에 관모는 김 일병을 제외한 둘이만의 시간을 가지려는 눈치를 여러 번 보였다. 동굴에서의 관모는 언제나 이야기의 주변만 돌고 있는 것 같았다. 그래서 그에게는 틀림없이 따로 하고 싶어 하는 이야기가 있는 듯한 눈치가 느껴지곤 했었다. 그러나 막상 둘이 되었을 때도 관모는 어떤 이야기의 주변만 맴돌 뿐 좀체 말을 꺼내지 않았다.

그러던 어느 날. 그날도 둘이서 산 아랫것들을 마지막으로 메어 오던 날이었다.

산을 앞장서 오르던 관모가 발을 멈추고 돌아보며 불쑥 물었다.

"포성은 인제 안 오려나 보지?"

"겨울을 나면서 천천히 기다려야지."

나는 숨을 몰아쉬며 무심결에 대답했다. 그때 관모가 조금 웃었다.

"요걸로 얼마나 지낼까?"

관모는 자기 어깨에 멘 쌀자루를 툭툭 쳐 보였다. 그러는 관모의 표정이 변했다.

"입을 줄이는 수밖에 없지."

말하고 나서 관모는 휙 몸을 돌려 다시 산을 오르기 시작했다. 나는 얼핏 그의 말뜻을 알아들을 수가 없었다. 대꾸를 못하고 아직 그 말을 씹으며 뒤를 따르고 있으니까 관모가 다시 발을 멈추고 돌아섰다.

"다 내게 맡기고 너 같은 참새가슴은 구경만 하면 돼. 위생병은 그런 일에는 적당치 않으니까. 한데…… 언제가 좋을까?"

그는 찬찬히 나의 얼굴을 들여다보았다. 그리고 이미 모든 것을 결정해놓았던 듯 별로 생각해보지도 않고 잘라 말했다.

"첫눈이 오는 날이 좋겠어. 그사이에 포성이 오면 또 생각을 달리 해도 될 테니까."

그리고는 금방 눈이 떨어지기라도 할 것처럼 하늘을 쳐다보는 것이었다.

그날 밤 관모는 또 나에게로 왔다. 그러나 나는 다른 어느 때보다 역겨워 그를 호되게 쫓았다. 사실로 그것은 역겹고 불쾌한 일이었다.

우리가 이 동굴로 온 첫날 밤, 막 잠이 든 뒤였다. 동굴의 어둠 속에서 나는 몸이 거북해서 다시 눈을 떴다. 정신이 들고 보니 엉덩이 아래를 뭉툭한 것이 뿌듯이 치받고 있었다. 귀밑에서 후끈거리는 숨결을 의식하자 나는 울컥 기분이 역해져서 몸을 비틀었다.

그러나 놈은 가슴으로 나의 등을 굳게 싸고 있었다.

"가만있어……"

관모가 귀밑에서 황급히, 그러나 낮게 속삭였다. 나는 견딜 수가 없었다. 구렁이처럼 감겨드는 놈을 매섭게 밀쳐버리고 바닥에 등을 꽉 붙이고 누웠다. 그는 한동안 숨을 죽이고 있더니 할 수 없었는지 가랑잎을 부스럭거리며 안쪽으로 굴러갔다. 나는 눈을 감았다. 그리고 희한하게도 관모가 김 일병에게서 낮에 말했던 '쓸모'를 찾아낸 소리를 듣고 있었다.

아마 그것은 김 일병이 관모에게 뒤를 맡긴 최초의 일이었을 것이다.

다음 날, 김 일병의 표정은 별로 달라지지 않고 있었다. 오히려 얼마쯤 차분해진 쪽이었다. 그사이 김 일병에게서 의식하지 못했던 그 눈빛까지 되살아난 것 같았다. 포성의 이야기, 곧 포성이 되돌아오게 될 거라는 이야기를 해주었을 때 김 일병은 잠깐 그런 눈을 했었다. 관모는 김 일병을 별로 괴롭히지 않았다. 김 일병의 상처는 더 나빠지지는 않았으나 결코 위생병 옆에서는 좋아질 수도 없을 만큼 큰 것이었다. 그렇게 며칠을 지나던 어느 날 밤 관모가 다시 나에게로 와서 더운 입김을 뿜어댔다. 김 일병에게서는 냄새가 난다고 했다. 나는 관모를 다시 김 일병에게로 쫓아버렸다. 그러나 그 며칠 뒤부터 관모는 절대로 다시 김 일병에게로는 가지 않았다. 그러다가 그 첫눈에 관한 이야기를 시작했다. 사실 김 일병의 상처에서는 견딜 수 없을 만큼 냄새가 났다. 그날 밤도 관모는 김 일병에게 가지 않았다. 관모는 밤마다 나의 귀밑에서 더운 입김만 뿜다가 떨어져가곤 했다. 내가 할 수 있는 것은 등을 바닥에서 떼지 않는 것뿐이었다. 초겨울로 접어들었는데도 눈은 무척 더디었다. 이제 김 일병에게서는 아무리 포성의 이야기를 해도 그 기이한 눈빛이 나타나지 않았고, 나중에는 하루 한 번씩 내가 소독약을 발라주는 것조차 거절하고 있었다. 건빵 가루로 쑤어준 미음을 받아먹던 것도 이미 사흘 전의 일, 포성에 대한 희망은 까마득한 채 드디어 첫눈이 내리게 된 것이다.〉

여기서 그 첫눈에 관한 비약은 완전히 해명이 된 셈이었다.

〈어둠이 차오르기 시작한 골짜기 아래서 가물가물 관모가 올라오고 있었다. 관모는 조금 오르고는 한참씩 멈춰 서서 동굴을 쳐다보곤 했다. 긴장 때문에 사지가 마비되어오는 것 같았다. 나는 후닥닥 김 일병 쪽으로 가서 그의 눈을 들여다보았다. 그 눈동자는 천장의 어느 한 점에 고정되어 있었으나 시신경은 이미 작용을 멈춰버린 것 같았다. 그 눈은 시신경의 활동보다 먼저 그의 안이 텅 비어버린 것을 말해주고 있을 뿐이었다. 가끔씩 눈꺼풀이 내려와서 그 눈알을 씻고 올라가는 것이 그가 아직 살아 있다는 유일한 증거였다.

"눈이 오고 있다, 김 일병."

나는 부드러운 목소리로 아무렇지 않게 말하고 나서 다시 그 김 일병의 눈을 들여다보았다. 그 눈에는 아무런 표정도 스치지 않았다.

"김 일병, 눈이 오고 있어."

나는 좀더 큰소리로 말했으나 김 일병의 표정이 여전히 변하지 않는 것을 보고는 문득 손을 놀려 김 일병의 상처에 처맨 천을 풀었다. 말라붙은 피고름에 헝겊이 빳빳하게 엉겨 있었다. 그것을 풀어내자 나는 흠칫 놀라 숨을 들이쉬었다. 상처 벽이 흙 벼랑처럼 무너져가고 있었다. 나는 다시 김 일병의 눈을 보았다. 아 그런데 김 일병은 나의 말을 알아들은 것일까. 아니면 아까 분위기가 말해준 모든 것을 이미 알아차리고 자신의 가장 깊은 곳으로 잠겨 들어가 마지막 생명의 소리에 귀를 기울이고 있었던 것일까. 뜻밖에도 그의 눈에 맑은 액체가 가득 차 올라 있었다. 그리고 그것을 밀어내지 않으려는 듯이 눈꺼풀이 오래 동작을 그치고 있었다. 그 눈물을 되삼켜버린 듯 그의 눈이 다시 건조해졌다. 눈동자가 뜻 없이 천장의 한 점을 응시하고 있었다.

그때 나는 김 일병이 죽어도 좋다고 생각했다.〉

이야기는 거기까지였다. 그러니까 형이 죽였다고 한 것은 아마도 김 일병이었을 터이지만, 그것이 누구의 행위일지는 아직도 그리 확실하지가 않았다. 확실치 않은 것은 관모에 대해서도 마찬가지였지만, 어쨌든 거기에서 형이 천리 길을 탈출할 힘을 얻을 수 있었다면 그것은 가해자가 누구냐인가는 문제가 아니었다. 형은 이미 살인을 저지른 것이었다. 그리고 형은 지금 그 이야기를 함으로써 관념 속에서 살인을 되풀이하려는 참이었다. 그러나 그는 망설이고 있었다. 그것은 마치 소설의 서장으로 씌어진 눈과 사냥의 이야기에서, 그리고 관모와 김 일병의 눈빛 사이에서 아무것도 하지 못하고 초조하게 망설이고 있는 〈나〉를 연상케 했다. 수술에 실패한 소녀에 관해서만 생각하지 않는다면, 형은 지금 무슨 이유로 그때의 살인의 이야기를 하고 있는지, 그리고 그 살인의 기억을 되새기고 있는지도 알 수가 없었다. 더욱 그 살인의 기억 속에 이야기의 결말을 망설이고 있는지 형의 심사를 알 수가 없었다.

 매일 저녁 나는 그 형의 소설을 뒤져보고 어서 끝이 나기를 기다렸지만, 관모는 항상 아직 골짜기 아래서 가물거리고 있었고, 김 일병은 김 일병대로 형의 결정을 기다리고만 있었다.

 무엇보다 나는 형이 그러고 있는 동안 화실에서 나의 일을 할 수가 없었다.

 다음 날 내가 아침을 먹고 집을 나설 때까지 형은 얼굴을 내밀지 않았다. 나는 낮 동안은 될수록 형의 소설을 생각하지 않고 나의 작업에만 전념해보리라 마음을 다지고 일찍 화실로 나갔다. 그러나 나는 화가(畵架) 앞에 앉을 마음의 준비가 없이는 아무것도 되지 않는다는 것을 알고 있었다. 나는 유리창 앞으로 가서 담배를 피워 물었다. 화실로 학생들이 나오는 시간은 오후부터였다. 현기증이 나도록 넓은 화폭 앞에서 나는 결국 형의 소설만을 생각했다. 그 이야기 가운데의 누가 나의 화폭에서 재생되기라도 할 듯 그것의 결말을 보지 않고는, 형이 김 일병을 죽이기 전에는, 나의 일을 할 수가 없었다. 결말은 명백히 유추될 수 있었다. 형은 언젠가 자기가 동료를 죽였다고 말했지만, 형의 약한 신경은 관모의 행위에 대한 방관을 자기의 살인 행위로 받아들인 것인지도 모를 일이었다. 그렇다면 형은 가엾은 사람이었다. 그리고 미웠다. 언제나 망설이기만 할 뿐 한번도 스스로 행동하지 못하고 남의 행동의 결과

나 주워 모아다 자기 고민거리로 삼는 기막힌 인텔리였다. 자기 실수만이 아닌 소녀의 사건을 자기 것으로 고민함으로써 역설적으로 양심을 확인하려 하였다. 그리고 자신을 확인하고 새로운 삶의 힘을 얻으려는 것이었다.

그러나 요즘 형은 그 관념 속의 행위마저도 마지막을 몹시 주저하고 있었다. 악질인 체했을 뿐 지극히 비루하고 겁 많은 사람이었다. 영악하고 노회한 그의 양심이 그것을 용납지 않는 모양이었다.

나는 화실 학생들의 등 뒤에서 그들의 화폭만을 기웃거리다 어스름 전에 집으로 돌아오고 말았다. 역시 형은 나가고 없었다. 나는 우선 형의 방으로 가서 원고부터 살폈다. 어제나 마찬가지였다. 원고를 다시 집어넣어두고 방을 나왔다. 몸을 씻고 저녁을 먹고 아주머니와 몇 마디 싱거운 소리를 주고받는 동안 나는 줄곧 화가 나서 견딜 수가 없었다. "도대체 형이란 자는……"으로부터 시작해서 생각해낼 수 있는 욕설은 모조리 쏟아놓고 싶었다. 그러나 그것은 꼭 형을 두고 하는 생각만은 아니었다. 그저 욕을 하고 싶다는 것, 욕할 생각이라도 하고 있지 않으면 한순간도 견뎌 배길 수 없을 듯한 노여움 같은 것이 속에서 부글거렸다. 아주머니가 오랜만에 바람 좀 쐬고 오겠다고 집을 나간 다음, 나는 다시 형의 방으로 가서 쓰다 둔 소설과 원고지를 들고 나의 방으로 갔다. 기다릴 수가 없었다. 나는 화풀이라도 하는 마음으로 표범 토끼 잡듯 김 일병을 잡았다. 김 일병의 살해범이 누구인지 확실치도 않은 것을 〈나〉로 만들어버렸다. 그러니까 〈내〉(여기서는 형이라고 해야 좋겠다)가 관모가 오기 전에 김 일병을 끌고 동굴을 나와서 쏘아버리는 것으로 소설을 끝내버렸다. 형은 다음에 탈출 이야기를 이을 것인지 모르지만 그것은 아무래도 좋았다. 관모의 말처럼 망설이고 두려워하기만 하는 형(〈나〉)의 참새가슴이 벌떡거리는 것을 그리다 나는 새벽녘에야 조금 눈을 붙였다.

  다음 날, 나는 화폭에 약간 손을 댔다. 그리고 나서 한동안 묘한 흥분기 속에서 헤어나지를 못했다. 혜인의 결혼식을 무의식중에나마 의식하고 있었던 때문이었는지 모른다. 실상 나는 혜인의 결혼식을 가보는 게 옳을는지 모른다는 생각이 들기도 했지만, 오랜만에 제법 손이 풀리는 것 같아서 그것을 금방 잊어버리고 있었다. 그런데 점심을 먹고 들어와서 막 아이들을 기다리고 있는 참에 뜻밖에 그때쯤 식장에 서 있을 혜인에게서 속달이 왔다. 하루가 지난 뒤에 뜯어보든지 아주 잊어버려지기를 바라면서 봉투를 서랍 속에 던져 넣어버렸다. 그리고는 아직 좀 이른 시간이었지만 아이들을 기다렸다. 그것들이 옆에 있어주는 것이 좋을 것 같았다. 그러나 그때 문을 벌컥 열고 들어선 것은 눈이 벌겋게 충혈된 형이었다. 사실 나는 어젯밤 형의 이야기에 손을 대놓고 형이 아주 모른 체하리라고는 생각지 않았다. 그러나 나는 모처럼 화폭에 손을 댈 수 있었고, 막연하게나마 혜인의 결혼이 머리에 젖어 있어서 미처 형이 그렇게 나타나리라고는 생각을 못하고 있던 참이었다.
  형은 문에 기대어 서서 문을 잘못 들어선 사람처럼 방 안을 한번 휘둘러보고 나서야 천천히 나의 곁으로 다가왔다.
  "혜인인가…… 그 아가씨 결혼식엔 안 가니?"

형은 물끄러미 나의 화폭을 바라보면서 말했다. 예사스런 목소리와는 다르게 화폭에 가닿은 식지가 파르르 떨리고 있었다. 혜인은 원래 형 친구의 소개로 나의 화실을 나왔던 터이니 형도 그건 알고 있을 것이었다. 그렇다면 형은 혜인에 대해서, 그리고 그 여자의 남자에 대해서도 알 만한 것은 알고 있을 터였다. 하지만 그게 내게 무슨 상관이란 말인가.

"형님의 관심은 그런 데 있는 게 아닐 텐데요."

나는 도사리는 소리를 했다.

"아가씨를 뺏긴 것 외에는 넌 썩 현명한 편이다."

형이 웃었다. 그러자 나는 갑자기 초조해졌다.

"제게 감사하러 오신 것 같지는 않군요."

"그럼. 더구나 그런 오해를 하고 있을까 봐서"

하면서 형은 손가락으로 화폭을 꾹 눌러서 구멍을 내버렸다. 나는 반사적으로 자리에서 일어섰다. 형이 한 손으로 구멍을 넓히면서 다른 한 손으론 내게 그냥 앉으라는 시늉을 했다.

"좀 똑똑한 아우를 두고 싶을 뿐이야. 화를 내지 말았으면 해. 난 너의 기분 나쁜 쌍통을 상대하기에는 지금 너무 기분이 좋아 있어. 다만 이 그림은 틀렸어. 난 잘 모르지만. 틀림없이 넌 뭔가 잘못 알고 있으니까. 곧 알게 될 거야. 늦었을지 모르지만 난 이제 결혼식엘 가봐야겠어. 신랑도 아는 처지라 말이다."

그리고 형은 나가버렸다. 어깨가 퍽 자신 있게 흔들리고 있었다. 나는 한동안 형이 사라진 문을 멍하니 바라보고 있었다. 눈을 돌렸을 때 폭풍에 시달린 돛폭처럼 나의 화폭은 흉하게 너덜거리고 있었다. 나는 갑자기 생각이 난 듯 서랍에서 혜인의 편지를 꺼내어 잠시 손가락 사이에서 부피감을 느껴보다가 봉투를 뜯었다.

 인제 갑니다. 새삼스럽다구요? 하지만 그제 밤 선생님은 제가 이제 정말로 떠나간다는 인사말을 하게 해주지도 않으셨지요. 그건 선생님께서 너무 연극기를 싫어하기 때문이라시겠죠. 저를 위해 축복해주시라고는 하지 않겠어요. 다만 안녕히 계시라고 분명한 목소리로 말을 했어야 했고, 그걸 못했기 때문에 다시 이런 연극을 하는 거예요.
 결혼식을 하루 앞둔 신부의 편지라고 겁내실 필요는 없어요. 어떤 일도 선생님은 책임을 지려고 하지 않으셨고, 저는 선생님에게 책임을 지워보려는 모든 노력에서 한번도 이긴 적이 없으니까요. 결국 선생님은 책임을 질 수 있는 일이 아무것도 없음을 알았어요. 혹은 처음부터 책임을 지지 않도록 하는 일이 이미 책임 있는 행위라고 생각하고 계실지 모르겠어요. 감정의 문제까지도 수식을 풀고 해답을 얻어내는 그런 방법이 사용될 수 있으리라고 생각하시는지 모르지만, 그것도 결국 선생님은 아무것도 책임질 능력이 없다는 증거지요. 왜냐하면 선생님의 해답은 언제나 모든 것이 자신의 안으로 돌아가는 것뿐이었으니까요.
 선생님을 언제나 그렇게 만든 것은 선생님이 지니고 계신 이상한 환부(患部)였을 것입니다. 내일 저와 식을 올릴 분은 선생님의 형님 되시는 분을 6·25전쟁의 전상자라고 하더군요. 처음에 저는 그 말을 알아들을 수가 없었지만 요즘의 병원 일과 소설을 쓰신다는 일, 술(놀라시겠지만 그분은 선생님의 형님과 친구랍니다)에 관한 모든 이야기를 듣고는 어느 정도 납득이 갔어요. 그렇지만 정말로 저는 선생님에 대해서는 알 수가 없었어요. 6·25의 전상이 자취를 감췄다고 생각하면 오해라고, 선생님의 형님은 아직도 그 상처를 앓고 있다고 하시는 그분의 말을 듣고 저는 선생님을 생각했어요. 그렇다면 이유를 알 수 없는 환부를 지닌, 어쩌면 처음부터 환부다운 환부가 없는 선생님은 도대체 무슨 환자일까요. 게다가 그 증상은 더 심한 것 같았어요. 그 환부가 어디에 위치해 있는지, 그것이 무슨 병인지조차 알 수 없다는 점에서 선생님의 증상은 더욱더 무겁고 위험해 보였지요. 선생님의 형님은 그 에너지가 어디에 근원했건 자기를 주장해왔고, 자기의 여자를 위해 뭔가 싸워왔어요.

몇 번의 입맞춤과 손길을 허락한 대가로 말씀드리는 것은 아닙니다. 제가 치료를 해드릴 수 있었으면 하고 생각했었지만, 그것은 결국 선생님 자신의 힘으로밖에 치유될 수 없는 것이라는 것을 알게 되었습니다. 그렇게 되시기를 빌 뿐입니다.

그리고 이제 저는 어떻든 행복해지고 싶으며, 그러기 위해선 누구보다 먼저 자신이 자신을 용서해야 하리라는 조그만 소망 속에 이 글을 끝맺겠어요.

영영 열리지 않을 문의 성주(城主)에게
혜인 올림

"도련님, 오늘은 이 집에 무슨 못 불 바람이 불었나 보죠?"

가까스로 아이들을 돌보고 집으로 돌아오자, 아주머니는 전에 없이 웃는 얼굴이었다.

"바람이라뇨?"

나는 말하면서 힐끗 형의 방을 들여다보았다. 형은 역시 부재중이었다.

"도련님 얼굴이 다른 날과 달라요."

그것은 정말일는지 모른다. 아주머니 자신의 표정이 다른 날과는 다르기 때문이다.

"무슨 일이 있었나요?"

"형님이 내일부터 병원 일을 시작하시겠대요."

아주머니는 어서 누구에게라도 그 말을 하려고 기다리고 있었던 듯 더 이상 참지 못하고 웃음의 비밀을 털어놓았다.

나는 형의 방으로 뛰어들어가서 서랍을 열고 원고 뭉치를 꺼냈다. 잠시 나의 뇌수는 어떤 감정의 유발도 유보하고 있었다. 소설의 끝 부분을 펼쳤다. 그리고는 거기 선 채로 나의 시선은 원고지를 쫓기 시작했다. 나의 감정은 다시 한 번 진공 속으로 빠져들어갔다. 등을 보이고 쫓기던 사람이 갑자기 돌아섰을 때처럼 나는 긴장했다. 형의 소설은 끝이 달라져 있었다. 형은 내가 쓴 부분을 잘라내고 자신이 다시 끝을 맺어놓고 있었다. 형의 경험이 이 소설 속에서 얼마만큼 사실성을 유지하고 있는진 알 수 없다. 혹은 적어도 이 끝 부분만은 형의 완전한 픽션인지도 모른다. 형은 나의 추리를 완전히 거부해버리고 있었다.

〈나〉는 관모가 나타날 때까지 동굴을 들락날락하고만 있다. 드디어 관모가 동굴까지 올라왔다. 그 얼굴이 어둠 속에서 땀에 번들거렸다. 그는 대뜸 〈동강난 팔 핑계를 하고 드러누워 처먹고만 있을 테냐〉며, 〈오늘은 네놈도 같이 겨울 준비를 해야겠다〉고 김 일병을 일으켜 끌고 동굴을 나간다. 〈내〉가 불현듯 관모의 팔을 붙잡는다. 관모가 독살스러운 눈으로 〈나〉를 쏘아본다. 〈나〉는 아무 말도 못하고 고개를 떨어뜨린다. 〈넌 구경이나 하고 있어……〉 타이르듯 낮게 말하고 관모가 김 일병을 앞세우고 산을 내려간다. 말끝에서 나는 '이 참새가슴아'라고 말하고 싶어 하는 관모의 소리를 들은 듯싶었다. 뜻밖의 기동으로 침착하게 발길을 내려 걷고 있는 김 일병은 단 한 번 길을 내려가면서 〈나〉를 돌아본다. 그러나 그 눈에는 아무것도 찾아볼 수가 없다. 둘은 눈길에 검은 발자국을 내며 골짜기로 내려갔다. 그리고 그들이 골짜기의 잣나무 숲으로 아물아물 숨어 들어가버릴 때까지 〈나〉는 거기에 못 박힌 듯 붙어 서 있기만 했다. 어느덧 눈은 그치고 눈 위를 스쳐온 바람이 관목 사이로 기분 나쁜 소리를 내며 빠져나갔다. 드문드문 뚫린 구름장 사이로는 바쁜 별들이 서쪽으로 서쪽으로 흐르고 있었다. 조금 뒤에 골짜기에서는 한 발의 총소리가 적막을 깼다. 그 소리는 골짜기를 한 바퀴 돌고 난 다음 남쪽 산등성이로 긴 꼬리를 끌며 사라져갔다. 〈나〉는 비로소 잠에서 깨어난 듯 깜짝 놀란다.

〈그 총소리는 나의 가슴속 깊이 어느 구석엔가 숨어서 그 전쟁터의 수많은 총소리에도 지워지지 않고 남아 있었던 선명한 기억 속의 것이었다. 어린 시절, 노루 사냥을 갔을 때에 설원에 메아리치던 그 비정과 살의를 담은 싸늘한 음향이었다.〉

그러자 〈나〉의 눈앞에는 그 설원에 끝없이 번져가는 핏자국이 떠올랐다. 그때 또 한 발의 총소리가 메아리쳐 올랐다. 〈나〉는 몸을 부르르 떨고 나서 동굴 구석에 남은 한 자루의 총을 걸어 메고 그 〈핏자국〉을 따라 산을 내려갔다. 〈오늘은 그 노루를 보고 말겠다. 피를 토하고 쓰러진 노루를〉, 〈날더러는 구경만 하라고? 그렇지. 잔치는 언제나 너희들뿐이었지〉 이런 말들이 〈내〉가 그 〈핏자국〉을 따라가는 동안에 수없이 되풀이되고 있었다.

〈그 핏자국은 끝날 것 같지 않았다. 끝없이 눈 위로 계속되었다. 나는 뛰었다. 그 핏자국은 관모들이 눈을 헤치고 간 발자국이었다는 것을 안 것은 내가 가시나무에 이마를 할퀴고 정신을 다시 차렸을 때였다. 이마에 섬뜩한 촉감을 느끼고 발을 멈추어 섰을 때 나의 뒤에서는 가시나무가 배를 움켜쥐며 웃고 있는 것처럼 커다란 키를 흔들고 있었다. 나는 잣나무 숲 속으로 들어서 있었다. 이마에 손을 대어보니 미끄럽고 검은 것이 묻어났다. 손가락을 뿌리고 다시 발자국을 따라 몸을 움직이려 했을 때였다.

"어딜 가는 거야!"

송곳 같은 소리가 귀에 와 들어박혔다. 나는 흠칫 놀라 발을 멈추고 주위를 둘러보았다. 발자국이 사라진 쪽과는 반대편 언덕 아래서 관모가 총을 내 쪽으로 받쳐들고 서 있었다. 어둠 속에 허연 이를 드러내놓고 있었다. 웃고 있는 것 같았다. 내가 발을 멈추자 그는 총을 내리고 나에게로 다가왔다.

"너 같은 참새가슴은 보지 않는 게 좋아. 모른 체하고 있으래지 않았나."

관모는 쓰다듬어줄 듯이 갑자기 목소리가 낮아졌다.

─하지만 나는 오늘 밤, 노루를 보고 말겠다. 피를 토하고 쓰러진 노루를.

나는 관모를 무시하고 천천히 몸을 돌렸다.

"가지 마라!"

이상하게 가라앉은 목소리가 나를 쫓아왔다. 노리쇠가 한 번 후퇴했다 전진하는 금속성이 뒤로부터 나의 뇌수를 쪼았다. 뇌수가 아팠다. 나는 등 뒤로 독사 눈깔처럼 까맣게 나를 노리고 있을 총구를 의식했다.

─또 뒤를 주고 섰구나, 뒤를.

"포성이 다시 올 희망은 없다. 먹을 게 없어지면 우리가 찾아가야 한다. 난 아직 네가 필요하다. 그것은 너도 마찬가지다."

"……"

"돌아서라."

─그렇지, 돌아서야지. 이렇게 뒤를 주고서야 어디.

나는 돌아섰다.

관모는 그제야 안심한 듯 내게 향했던 총을 내리고 나에게로 걸어왔다. 어깨라도 짚어줄 것 같은 태도였다. 그 순간. 나의 총이 다급한 금속성을 퉁기고 몸은 납작 땅바닥 위로 엎드렸다. 관모의 몸도 따라 땅 위로 낮아지고 거의 동시에 두 발의 총소리가 또 한 번 골짜기의 정적을 깼다. 모든 것이 거의 한순간에 일어난 일이었다.

총소리가 사라지자 골짜기에는 다시 무거운 고요가 차올랐다.

나는 머리를 조금 들고 관모 쪽을 응시했다. 흰 눈 위에 관모는 검게 늘어진 채 미동도 없었다. 나는 엎드린 채 몸을 움직여보았다. 이상한 데가 없었다. 당황한 관모의 총알은 조준이 되지 않았을 것이었다.

다시 관모 쪽을 살폈다. 가슴께서부터 눈 위로 검은 반점이 스멀스멀 번져나오고 있었다. 나는 거기에서 눈을 떼지 않은 채 상체부터 조금씩 몸을 일으켰다. 그리고는 총을 비껴 쥐고 조심조심 관모 쪽으로 다가갔다. 가슴께에서 쏟아진 피가 빠른 속도로 눈을 물들이고 있었다. 금세 나의 발을 핥고 들 기세였다. 나무들은 높고 산골엔 소름 끼치는 고요가 짓누르고 있었다. 이상스런 외로움이 뼛속으로 배어들었다. 그때 갑자기 관모가 몸을 꿈틀했다. 그리고는 계속해서 조금씩 꿈틀거렸다. 그것은 모래성에서 모래가 조금씩 흘러내리는 것처럼 작고 신경에 닿아오는 것이었다. 나는 겁이 나기 시작했다. 어느새 핏자국이 눈을 타고 나의 발등을 덮었다. 나는 한참 동안 두려운 눈으로 관모의 움직임을 지켜보고 있었다. 입으로 짠 것이 흘러들었다. 손으로 이마를 짚었다. 생채기에서 볼로 미끈한 것이 흐르고 있었다.

관모의 움직임은 더 커가는 것 같았다. 금방 팔을 짚고 일어나 앉을 것 같은 생각이 들었다. 짠 것이 계속해서 입으로 흘러 들어왔다. 나는 천천히 총대를 받쳐들고 관모를 겨누었다.

탕!

총소리는 산골의 고요를 멀리까지 쫓아버리듯 골짜기를 샅샅이 훑고 나서 등성이 너머로 사라졌다. 그 소리의 여운을 타고 웬 그리움 같은 것이 가슴으로 젖어들었다. 문득 수면에 어리는 그림자처럼 희미한 얼굴이 떠올랐다. 그것은 웃고 있는 것 같았다. 그리고 좀더 확실해지기만 하면 나는 그 얼굴을 알아볼 수도 있을 것 같았다. 오래전부터 나와 익숙했던, 어쩌면 어머니의 배 속에도 있기 이전부터 이미 알고 있었던 것 같은 그리운 얼굴이었다. 그러나 생각이 나지 않았다. 안타까웠다. 생각이 나기 전에 그 수면 위의 그림자처럼 희미하던 얼굴은 점점 사라져갔다. 나는 눈을 감았다. 그리고 계속해서 방아쇠를 당겼다. 총소리가 다시 산골을 메웠다. 짠 것이 자꾸만 입으로 흘러 들어왔다.

탄환이 다하고 총소리가 멎었다.

피투성이의 얼굴이 웃고 있었다. 그것은 나의 얼굴이었다.〉

선 채로 소설을 다 읽고 나서 나는 비로소 싸늘하게 식은 저녁상과 싸늘하게 기다리고 있는 아주머니를 의식했다.

몸을 씻은 다음 상 앞에 앉아서도 나는 아직 아주머니에게 눈을 주지 않고 있었다. 나의 추리는 완전히 빗나갔다. 그러나 그런 건 괘념할 필요가 없었다. 소설의 마지막에서 형은 퍽 서두른 흔적이 보였지만 결코 지워지지 않는 연필로 그린 듯한 강한 선(線)으로 〈얼굴〉을 이야기하고 있었다. 형이 낮에 나의 그림을 찢은 이유가 거기 있었다. 내일부터 병원 일을 시작하겠다던 말을 알 수 있을 것 같았다. 그리고 동료를 죽였기 때문에 천리 길의 탈출에 성공할 수 있었다던 수수께끼의 해답도 거기 있었다.

나는 상을 물리고 나서 담배를 피워 물고 마루로 걸터앉았다.

"형님은 소설 다 끝맺어놨지요?"

아주머니가 곁에 와 앉았다.

"네, 읽어보셨어요?"

"아니요, 그저 그런 것 같아서요."

여자들의 직감은 타고난 것이었다. 지극히 촉각에 예민한 곤충처럼 모든 것을 피부로 느끼고 알아냈다.

"이상한 일이군요. 알 수가 없어요…… 형님은."

나는 아주머니의 말을 알 수 있었다.

"모르시는 대로 괜찮을 거예요."

"도련님도 마찬가지예요."

"제게도 모르실 데가 있나요?"

"요즘, 통 술을 잡수시지 않는 것, 그 아가씨에 대한 복수예요?"

아주머니는 복잡한 이야기를 싫어했다. 이야기를 따라가기가 힘들어지면 언제나 나의 꼬리를 끌어 잡아당겨 뒷걸음질을 시켜서 맥을 못 추게 해오곤 했다.

"그 아가씨 오늘 결혼해버렸어요."

11시가 조금 지났을 때에 대문이 열리고 형이 들어오는 소리가 났다. 나는 천장을 쳐다보고 누워서 형의 거동 하나하나를 귀로 좇고 있었다. 형은 몹시 취한 모양이었다. 화난 짐승처럼 숨을 식식거리며 아주머니의 말에는 대꾸도 하지 않고 방으로 들어갔다. 조금 뒤에 형은 다시 문을 열고 나왔다. 그리고는 무슨 종이를 북북 찢어댔다. 성냥을 그어 거기 붙이는 소리가 나고는 잠시 조용해졌다. 다시 노래 같은 소리를 내다가는 뭐라고 중얼중얼 혼잣말을 하기도 했다. 아주머니가 곁에 서서 형을 내려다보고 있을 것이었다. 형 쪽에서 미리 바라지도 않았지만 아주머니는 술 취한 형을 도와준 일이 없었다.

붉은 화광이 창문에 비쳤다.

— 무엇을 태우고 있을까.

종이 찢는 소리가 이따금씩 들렸다. 나는 벌떡 일어나 문을 열고 밖으로 나갔다. 아주머니가 먼저 나를 보았다. 아무 표정도 없었다. 형은 댓돌을 타고 앉아서 그 원고 뭉치를 한 장 한 장 뜯어내어 불에다 던져 넣고 있었다. 한참 만에야 형은 천천히 고개를 돌려 나를 쳐다보았다. 그 얼굴이 비죽비죽 웃고 있었다. 형은 다시 불붙고 있는 원고지 쪽으로 얼굴을 돌려버렸다.

"병신 새끼!"

형은 나에게인지, 형 아닌 다른 사람에게라기에는 너무나 탈진한 목소리로 중얼거렸다. 그러나 그것은 나에게 한 말이었다. 다음 순간 형은 다시 나를 똑바로 쳐다보았다.

"너의 그 귀여운 아가씨는 정말 널 싫어했니?"

— 형님은 6·25 전상자랍니다.

하려다 나는 아직도 형이 하고 싶은 말이 있으리라 생각하고 순순히 머리를 끄덕였다.

"병신 새끼……"

이번에는 형이 손으로는 연신 원고지를 찢어 불에 넣으면서도 눈길만은 내 쪽을 향해 분명하게 말했다.

"그래 도망간 아가씨의 얼굴을 그리고 싶어졌군!"

나는 아직도 더 참을 수 있다고 생각했다. 아주머니는 여전히 형과 나의 얼굴을 무표정하게 번갈아 보고만 있었다.

"다 소용없는 짓이야…… 오해였어."

형은 다시 중얼거리는 투였다. 나는, 지금 형에게 원고를 불태우는 이유를 이야기시키려는 것은 소용없는 일일 것 같았다. 방으로 들어가려고 했다.

"거기 있어!"

형이 벌떡 몸을 일으키는 체하며 호령을 했다.

"기껏해야 김 일병이나 죽인 주제에…… 인마, 넌 이걸 모두 읽고 있었지…… 불쌍한 김 일병을…… 그 아가씨가 널 싫어한 건 너무 당연했어."

순서는 뒤범벅이었지만 무엇을 이야기하려는 것인지는 분명했다. 나는 형을 쏘아보았으나, 그때 형도 나를 마주 쏘아보았기 때문에 시선을 흘리고 말았다. 형은 눈으로 나를 쏘아본 채 손으로는 계속 원고를 뜯어 불에 넣고 있었다.

"인마, 넌 머저리 병신이다. 알았어?"

형이 또 소리를 꽥 질렀다. 그리고 그것은 지극히 당연한 말이었다는 듯이 머리를 두어 번 끄덕이고 나서는,

"그런데 말이야……"

갑자기 장난스럽게 손짓을 했다. 형은 손에서 원고 뭉치를 떨어뜨리고 나의 귀를 잡아끌었다. 술 냄새가 호흡을 타고 내장까지 스며드는 것 같았다. 형은 아주머니까지도 들어서는 안 될 이야기

나 된 것처럼 귀에다 입을 대고 가만히 속삭여왔다.

"넌 내가 소설을 불태우는 이유를 묻지 않는군……"

너무나 정색을 한 목소리여서 형의 얼굴을 보려고 했으나 형의 손이 귀를 놓아주지 않았다.

"그런데 너도 읽었겠지만, 거 내가 죽인 관모 놈 있지 않아. 오늘 밤 나 그놈을 만났단 말야."

그리고는 잠시 말을 끊고 나를 찬찬히 살펴보고 있었다. 그 눈은 술에 젖어 있었지만, 생각이 멀리 있는 것처럼 보이는 것은 결코 술 때문만이 아닌 것 같았다. 그러자 형은 이제 안심이라는 듯 큰 소리로,

"그래 이건 쓸데없는 게 되어버렸지…… 이 머저리 새끼야!"

하고는 나의 귀를 쭉 밀어버렸다.

다시 원고지를 집어 사그라지는 불집에 집어넣었다.

"한데 이상하거든…… 새끼가 날 잘 알아보질 못한단 말이야…… 일부러 그런 것 같지도 않았는데……?"

불을 보면서 형은 계속 중얼거렸다.

"내가 이제 놈을 아주 죽여 없앴으니 내일부턴…… 일을 하리라고 생각하고 자리를 일어서서 홀을 나오려는데…… 그렇지, 바로 문에서 두 걸음쯤 남았을 때였어. 여어, 너 살아 있었구나 하고 누가 등을 탁 치지 않나 말야."

형은 나를 의식하고 이야기하는 것 같기도 하고 혼자 중얼거리는 것 같기도 했다.

"놀라 돌아보니 아 그게 관모 놈이 아니냔 말야. 한데 놈이 그래

놓고는 또 영 시치밀 떼지 않아. 이거 미안하게 됐다구…… 두려워서 비실비실 물러나면서…… 내가 그사이 무서워진 걸까…… 하긴 놈은 내가 무섭기도 하겠지. 어쨌든 나는 유유히 문까지 걸어 나왔어. 그러나…… 문을 나서서는 도망을 쳤지…… 놈이 살아 있는데 이런 게 이제 무슨 소용이냔 말야."

형은 나머지 원고 뭉치를 마저 불집에 집어넣고 나서 힐끗 나를 보았다.

"이 참새가슴 같은 것, 뭘 듣고 있어. 썩 네 굴로 꺼져!"

소리를 꽥 지르는 통에 나는 방으로 쫓겨 들어오고 말았다.

비로소 몸 전체가 까지는 듯한 아픔이 전해왔다. 그것은 아마 형의 아픔이었을 것이다. 형은 그 아픔 속에서 이를 물고 살아왔다. 그는 그 아픔이 오는 곳을 알고 있는 것이다. 그리하여 그것은 견딜 수 있었고, 그것을 견디는 힘은 오히려 형을 살아 있게 했고 자기를 주장할 수 있게 했다. 그러던 형의 내부는 검고 무거운 것에 부딪혀 지금 산산조각이 나고 있었다.

그렇다고 해도 이제 형은 곧 일을 시작하게 될 것이다. 형은 자기를 솔직하게 시인할 용기를 가지고, 마지막에는 관모의 출현이 착각이든 아니든, 사실로서 오는 것에 보다 순종하여, 관념을 파괴해버릴 수 있는 힘이 있었다. 무엇보다도 형은 그 아픈 곳을 알고 있었으니까. 어쨌든 형을 지금까지 지켜온 그 아픈 관념의 성은 무너지고 말았지만, 그만한 용기는 계속해서 형에게 메스를 휘두르게 할 것이다. 그것은 무서운 창조력일 수도 있었다.

그러나—

나는 멍하니 드러누워 생각을 모으려고 애를 썼다.

나의 아픔은 어디서 온 것일까. 혜인의 말처럼 형은 6·25의 전상자이지만, 아픔만이 있고 그 아픔이 오는 곳이 없는 나의 환부는 어디인가. 혜인은 아픔이 오는 곳이 없으면 아픔도 없어야 할 것처럼 말했지만, 그렇다면 지금 나는 엄살을 부리고 있다는 것인가.

나의 일은, 그 나의 화폭은 깨어진 거울처럼 산산조각이 나 있었다. 그것을 다시 시작하기 위하여 나는 지금까지보다 더 많은 시간을 망설이며 허비해야 할는지 모른다.

어쩌면 그것은 나의 힘으로는 영영 찾아내지 못하고 말 얼굴일지도 몰랐다. 나의 아픔 가운데에는 형에게서처럼 명료한 얼굴이 없었다.

(『창작과비평』 1966년 가을호)

전근 발령

　나의 살던 고향은 꽃피는 산골
　복숭아꽃 살구꽃 아기 진달래……

하학 시간이 되어가는 모양이었다. 어느 교실에선지 노래가 시작되고 있었다. 노랫말이 똑똑하지 않은 것으로 보아 1학년이나 2학년. 아이들을 돌려보내기 전에 노래를 시키도록 한 것은 김 교장 자신이었다.

　울긋불긋 꽃대궐 차리인 동네……

연두색 아지랑이가 산등성이들을 말리고 있었다. 아지랑이는 김 교장이 서 있는 꽃밭의 반대쪽에서도 피어오르고 있었다. 그것은 학교 건물을 타고 올라가서 그 지붕에서 피어오르는 것과 함께 하늘로 사라졌다. 세 개의 교실을 가진 이 학교 건물이 그쪽에서부터 하늘로 끌려 올라갈 듯 아지랑이 속에 조금씩 움직이고 있는 것 같았다.

꽃밭을 거닐다 말고 김 교장은 흘끗 노랫소리가 들려 나오는 교실 쪽을 쳐다보았다. 그리고는 금방 그 문에서 쏟아져 나올 아이들에게 들키지 않으려는 듯 교무실 쪽으로 걸음을 재촉했다. 산에서 캐다 심은 꽃밭의 진달래가 꽃망울을 터뜨리기 시작하고 있었다.

파아란 들 남쪽에서 바람이 불면……

노래는 2절을 계속하고 있었다. 어느 저학년 담임선생이 마땅한 노래가 생각나지 않아서 상급반 아이들에게나 맞을 노래를 가르쳐 놓은 모양이었다. 허나 교장은 그 선생을 나무랄 생각은 없었다. 고향을 가지고 있으면서 그 고향을 지금 자기들이 가지고 있지 않은 아름다운 꿈으로 노래 부르고 있는 아이들의 귀여운 목소리가 흡족할 뿐이었다. 그는 한사코 꽃나무를 캐다 꽃밭을 꾸미고 노래를 많이 가르치게 한 자기의 방침에 새삼 만족했다. 그러나 그러한 모든 생각들로 하여 교장의 표정은 오히려 조금씩 어두워지고 있었다. 그는 말끔히 정리된 자기의 책상 앞으로 가서 자리에 털썩 주저앉았다. 복도 중앙을 막아놓은 좁은 교무실에는 급사 아이 하나만이 볕 밝은 창유리 쪽으로 얼굴을 돌린 채 졸고 있었다. 교장은 가늘게 한숨을 내쉬고 나서 하릴없이 서랍을 한두 번 여닫았다. 서랍들은 말끔히 정리되어 있었다. 그는 이윽고 손을 모으고 졸린 듯 스르르 눈을 감았다. 가는 주름살이 진 그의 눈꺼풀이 이따금씩 파르르 떨리고 있었다. 교장은 졸고 있는 것이 아니었다. 그의 생애 가운데의 가장 뜨거운 부분이 주름 진 그의 눈꺼풀 밑을 굽이치며 지나가고 있었다.

─나더러 이곳을 떠나라고?

그는 눈을 번쩍 뜨고는 금방 자신이 거기서 떠날 마음의 준비를 하고 있었거나 반체념을 하고 있었던 걸 후회하듯, 또는 그가 사랑하는 모든 것들이 아직도 그의 곁에 남아 있어준 것에 안심한 듯 천천히 주위를 살폈다. 학교 건물과 꽃밭과 노랫소리와 자신의 책상과…… 이런 것들에 새삼스런 애착을 느끼기 시작한 것은 자신이 이미 그것들로부터 떠나려는 마음을 어느 만큼 받아들이고 있었던 때문인 듯싶었다.

그는 다시 눈을 감았다.

─이 나를 떠나라고……

자수성가한 아버지가 장성한 아들에 집을 물려주고 그 자신은 셋방으로 물러나 앉게 되는 경우가 생긴다면 아마 그는 지금 자기와 같은 기분일 것 같았다.

오늘 아침, 정확히 말해서 1953년 4월 3일 아침, 김순주 교장은 예기치 않은 전근 발령을 받고 있었다. 새 부임지는 멀지 않은 읍내 학교였고, 보기에 따라서는 영전으로 생각될 수도 있었으나 김 교장에게 그런 것은 아무 의미도 없었다.

1948년 이래, 한 번의 전쟁과 두 번의 교사 낙성식을 지내고 나서 그는 이제 겨우 아이들에게 마음 놓고 노래라도 부르게 해줄 수 있게 된 참이었다. 그리고 그러기 위해 그는 그동안 자신의 모든 삶의 격정을 쏟아버리고 이젠 주름지고 거칠어진 폐허의 잔해가 되었느니라 생각했지만, 그것은 누구를 원망할 수도 없는 자신의 정열의 허물이라 여기고 오히려 흡족해한 김 교장이었다.
— 나를 떠나라고……
이젠 다른 교실들에서도 몇 곳 노래가 시작되고 있었다.
교장은 오래 눈을 감고 있었다. 그는 문득 불길을 뿜는 커다란 건물 곁에 홀로 그 불길을 지켜보고 서 있는 자신의 그림자를 보았다. 가슴이 터질 듯한 외로움이 가슴에 소용돌이쳤다. 그러나 그 외로움은 무서운 불길을 바라보던 투지만만한 김순주의 그것은 아니었다. 그것은 다만 인생의 너무나 많은 것을 한곳에 쏟아버리고 어떤 이유로 거기서 떠나가려고 하는 사람의 미련과 추억에서 오는 여린 감정에 불과한 것처럼 느껴졌다.

김순주 교장이 이곳 시골의 초등학교로 부임해 온 것은 처음 총선거가 있던 해의 가을이었다. 교장 자격 취득과 동시에 받은 발령이었기 때문에 사뭇 기대에 찼던 김 교장은 임지에 오자마자 곧 실망을 하고 말았다. M초등학교란 간판뿐, 자체 소유의 교실도 한 칸 가지고 있지 않은 이름뿐의 학교였다. 걸상도 없는 마을회관을 얻어 교실로 쓰고 그 곁에 달린 온돌방에 책상을 두 개 들여놓은 것이 교무실이었다. 교직원은 단 두 사람, 해방과 더불어 시작한 임시 간이 학교를 이끌어온 청년 교사들이었다. 150여 명 학생을 4학년까지 나누어 가르치고 있었고 한 교실에 두 학년씩 2부제를 실시하고 있었다. 그런데 그 두 젊은 교사는 얼핏 교장의 자리를 마련하려고 하지 않았다. 김 교장의 눈치만 살피고 있었다. 나중에 이야기를 들으니 전에 한번 교장이 왔다가 자리를 만들어주었더니 그 책상 서랍에 사표를 써놓고 가버리더라는 것이었다. 김 교장은 그러나 그렇게 하지 않았다. 마흔다섯이라는 정력적인 나이가 그것을 용서하지 않았고, 설령 그런 결심을 했다 해도 학교 관내의 유지들이 그를 놓쳐 보내려고 하지 않았을 것이다. 그들은 줄을 대어 찾아와서는 학교를 위한 협력을 약속했고, 김 교장을 격려하며 진심으로부터 그의 부임을 환영해주었다. 하여 김순주 교장은 그 자신 한 학년을 떼어 맡아 담임까지 해가면서 이중삼중의 겸역을 짊어졌다. 아이들의 수업은 물론 사정이 허락하는 한도에서 학교를 가장 정상적으로 이끌어나가려고 했다. 소풍도 데려가 주고 때마침 가을이어서 운동회 대신 학예회를 갖기도 했다. 그러는 한편으로 김 교장은 젊은 기성회장과 함께 관내 마을을 두루 돌아다니며 적령 아동 취학도 권유하고 학교 교사 설립을 위해 부단히 설득을 벌이기도 했다. 아직 상부 기관으로부터 교사 건립 보조 조치가 취해지지 않고 있던 때였다. 다행히 주민들은 교장의 뜻을 즐거이 사주었다. 그러나 그러한 교장의 뜻을 실현해나가기에는 주민들의 부담이 너무 컸다. 그래서 교장과 기성회장은 교사 건축을 연차 계획으로 추진해나가기로 하고 우선 2년에 걸쳐 세 교실의 낙성을 보기로 합의했다.

그로부터 2년 뒤, 1950년 봄 어느 날 김 교장은 가슴에 커다란 꽃을 달고 낙성식의 가장 중앙 좌석에 기성회장과 나란히 앉게 되었다. 낙성식에는 학교 최초의 6학년이 도열을 하고 있었다. 그것은 뜻 깊은 잔치였다. 아이들의 통학 거리를 살펴서 이웃 마을들과의 거리를 중심 잡을 만한 산기슭에 외따로 세운 신축 교사 낙성식을 위해 관내의 모든 사람들은 하루의 일손을 쉬고 몰려와서 이 뜻 깊은 날을 즐겼다. 실상 그 신축 교사는 단 세 칸뿐인 목재 건물에 운동장도 아직 다듬어지지 않았지만, 그래도 그것은 누구의 도움도 받지 않은 관내 주민 자신들의 주머니와 질긴 육체에서 모아진 보람이었다. 교장은 그것을 알았다. 그래서 교장은 그들에게 감사했고 그들은 또 교장의 열의에 감사했다. 그러나 그날의 감사와 축복이 가장 높은 데까진 이르질 못한 모양이었다. 그해 6월 하순 전쟁이 터지고 나라의 모든 것이 그랬듯이 M초등학교도 세찬 전란의 소용돌이 속에 말려들어가 자신의 운명을 어쩌지 못할 형편에 빠지게 되었다.

새 교사로 옮기면서 증원된 선생들도 남김없이 남쪽으로 내려가 버렸다.

그러나 김 교장은 남행(南行)을 단념했다. 공산 치하의 생활에 대해서 너무 어두운 탓으로 어딘들 교육자는 사상에 구애 없이 후진 교육에나 힘쓰면 그만이 아니랴 싶기도 했지만, 그는 차마 학교를 버리고 떠날 수가 없었다. 그는 학교 곁에 외따로 지은 오막집 같은 관사에 그냥 눌러앉아 있었다. 아닌 게 아니라 그는 처음에는 충직한 교육자로 학교만 돌보고 지내려고 했다. 그러나 애당초 그런 생각부터가 잘못이었다. 정규 시간표 같은 건 아예 내팽개쳐버리고 소년단 조직이니 군가 교육이니 하는 것으로 즉흥적인 학교 운영이 불가피해졌다. 무엇보다 못 견딜 것은 아직 철들지 않은 아이들에게 투쟁이니 비판이니 하는 소리들만 가르쳐 성미들을 거칠고 비뚤어지게 만드는 일이었다. 무슨 교육 지침이라는 것들이 쉴 새 없이 하달되었으나 그것은 숫제 전쟁 수행에나 필요한 훈련 수칙 같은 것들뿐이었다.

드디어 김 교장은 자리를 물러나고 말았다. 잘되었다 싶었다. 그 시기에 사표 같은 것을 냈다가는 자기 이마에 스스로 반동의 낙인을 찍고 나서는 격이었는데, 김 교장이 며칠 자리에 눕자, 마침 그들 쪽에서 김 교장의 부실한 사상성과 무성의를 들어 그를 파직시켜준 것이었다. 그러나 김 교장은 당장 어디로 갈 곳도 없고 신임 교장이 구태여 오막살이 관사를 비우라고 재촉하는 것도 아니어서 그냥 거기에 누워 있었다. 실상 김 교장이 자리에 누운 것은 반엄살이었고, 따라서 금방 일어나 나다닐 수도 없는 터, 내처 병자 행세를 했다. 병자인 탓도 있었겠지만, 불안한 전황 때문에도 그들은 앓아누운 것으로 되어 있는 김 교장에게까지는 미처 비판을 요구해올 경황이 없었던 모양이었다. 게다가 김 교장의 그런 위장 병태는 그리 오래 계속될 필요도 없을 듯싶었다. 곧 유엔군이 인천에 상륙했다는 소식이 들려왔다. 그러나 김 교장은 아직 누워서 지냈다. 그를 지켜준 아내가 옛 기성회장네와 가끔 거래를 갖고 임시변통으로 생활을 꾸려가고 있었다.

그런데 전황이 급변하자 김 교장에게는 한 가지 큰 근심거리가 생겼다. 퇴로가 막힌 공산군이 정신없이 날뛰며 지나는 곳마다 지방 빨치산과 합세하여 피의 장난과 방화를 자행한다는 것이었다.

그들이 떠나간 곳치고 변변한 건물이 하나라도 남는 것은 기적에 속할 일이라 하였다.

근방이 날로 더 소란해져갔다. 종국에는 학교마저 휴교가 되고 말았다. 섣불리 나다니다가는 어느 손에 마지막을 볼지 모를 막판국이었다. 김 교장은 방 안에 답답하게 드러누워 이젠가 저젠가 마음만 졸이고 있었다. 아무래도 학교가 무사할 것 같지가 않았다. 그리고 그런 일은 괴뢰군붙이들이 그림자를 감추게 되는 때일수록 일어나기 쉬운 일이었다.

그런데 어느 날 초저녁 끝내는 일이 벌어지고 말았다. 저녁을 마치고 또 하루를 무사히 지난 안도감에 아내와 작은 소리로 이야기를 주고받고 있을 때였다. 느닷없는 화광이 창호지 문을 붉게 물들여왔다. 김 교장은 용수철에 튕긴 듯 문을 박차고 밖으로 뛰어나갔다. 교사의 지붕 한쪽이 벌써 화염에 휩싸여 있었다. 그는 정신없이 학교로 뛰었다. 화광에 드러난 학교 근방에는 사람의 그림자 하나 얼씬하지 않았다. 놈들은 불을 놓고 벌써 현장을 떠나 버린 것 같았다. 방화질은 그자들의 완전 철수를 뜻했다. 그새 유리창을 통해 불길을 내뿜는 교실도 있었다.

"불이야아!"

그는 우선 목청이 찢어져라 소리부터 질렀다. 대꾸가 있을 리 없었다. 부근에는 인가도 없다. 벌판 건넛마을에서는 불길을 보았다고 해도 감히 불을 끄러 나설 형편이 못 되었다. 뒤쪽은 묵묵히 불길을 내려다보고 있는 검은 산들뿐. 불길은 아무 방해도 없이 건물을 끊임없이 삼켜 들어가고 있었다.

"불이야아!"

그는 다시 외쳤다. 불길만이 대답을 하듯 기세를 올리며 홀로 서 있는 그의 자태를 밝게 드러내주고 있었다.

"불이야아!"

그의 목소리는 울부짖음에 가까웠다. 가슴에선 부글부글 억누를 길 없는 분노가 소용돌이쳐 올랐다. 아니 그것은 김순주 교장의 그 뜨거운 피로도 감당할 수 없는 거대한 외로움이었다. 그는 상처 입은 멧돼지처럼 사납게 불타고 있는 교사로 돌진해 들어갔다. 교무실에는 천장에서 턱턱 불덩이가 바닥으로 떨어지고, 가득 찬 연기로 숨을 쉴 수도 없었다. 그는 닥치는 대로 서류함이며 기물들, 나중에는 책상까지도 죽을힘을 다해 창밖으로 내던졌다. 호흡이 아주 끊길 듯 막히고 실내 온도가 제물에 폭발할 듯 더워 올랐을 때 그는 그곳을 빠져나와 아직 연기가 덜한 교실로 뛰어갔다. 거기서도 칠판이며 유리창을 닥치는 대로 내던졌다. 그러다 그는 마지막으로 이마에 뜨거운 불덩어리의 타격을 받고 유리창을 넘으려다 그 자리에서 그냥 정신을 놓고 말았다.

교장은 눈을 번쩍 떴다. 그리고 무엇을 확인하려는 듯 둘레둘레 주위를 두리번거렸다. 모든 게 아직 그대로 그의 곁에 남아 있어 주었다. 그가 앉아 있는 책상, 결재함, 그리고 지금 보이지는 않지만 한 교실의 창문을 몽땅 메우게 한 옛 창틀…… 그것들은 이 신축 교사를 올리고 비품을 새로 구입하고 나서도 김 교장이 버리지 않고 스스로 지켜오고 있는 것들이었다.

선생들이 아이들을 돌려보내고 교무실로 들어오고 있었다. 김 교장은 또 가는 한숨을 내쉬었다.

―이젠 벌써 늙었지.

중얼거리면서 그는 어떤 힘의 흔적을 확인해보듯 그의 이마로 손을 가져갔다. 거기 미끄러운 흉터에서 그의 손가락이 부적을 다루듯 오래 머물러 있었다.

그때 뒤쫓아온 아내가 연기 속을 헤매다 문득 기물이 내던져지고 있는 창문으로 달려가서 거기에 늘어져 걸려 있는 그를 발견해주지 못했더라면, 그리고 그것이 조금만 늦은 시각이었더라면 김 교장은 그의 교사와 함께 아주 불 속에 파묻히고 말았을 터였다.

교장은 천천히 자리에서 일어섰다.

―어쨌든……

그는 마음을 잡아보려고 했으나 자신도 어찌할 수가 없었다. 어쨌든 발령은 받은 것이었다. 그러나 그의 마음이 쉽사리 단념해주질 않고 있었다.

―감상일시 분명하다.

그러자 그의 노쇠가 더욱 확실히 다가오는 것 같았다. 두 사람의 흔적으로 아이 하나도 남기지 못하고 그 아내마저 뜻밖에 저세상 사람이 되어간 이후 김 교장은 이 몇 해 동안 갑작스레 심신이 늙어버린 것을 느끼고 있었다.

그는 마치 쫓겨나는 듯한 힘없는 걸음걸이로 교무실을 나갔다. 목덜미를 봄볕이 따스하게 어루만져주었다. 그는 휘이 교사를 다시 한 번 둘러보았다. 꽃밭을 돌아 낙수물받이 자갈을 밟고 교실을 기웃거리며 지나갔다. 그러다 그는 불현듯 어떤 시선을 의식했다. 그는 번쩍 머리를 들었다. 4학년 교실 철망 유리창 너머로 고 선생이 그를 유심히 내다보고 있었다. 그는 교장의 시선을 피하려 하지 않았다. 교장은 천천히 그 앞으로 걸어갔다. 그는 옛날 김 교장이 처음 이 학교로 부임해 왔을 때 학교를 지키고 있던 두 청년 교사 중의 한 사람이었다. 다른 한 선생은 사변과 더불어 영영 자취를 감추어버린 데 반해 고 선생은 잠시 학교를 떠났다가 다시 돌아와 있는 사람이었다. 그사이 그는 꾸준히 공부를 하는 눈치 같더니 아직 보직을 받지 못했을 뿐 최근에는 교감 자격까지 취득해 놓고 있었다. 정식 교감이 없는 학교라서 그는 실상 여기서 반교감 노릇을 하고 있는 형편이었다. 따져보면 복구 후 김 교장의 유력한 신원 보증인이 되어준 것도 그 고 선생이었다. 한마디로 고 선생은 지금 김 교장의 머릿속까지도 샅샅이 읽어낼 만큼 필요할 때는 김 교장의 심중으로 돌아가 생각하고 느껴서 김 교장 자신의 그것과 큰 차이를 내지 않을 정도였다.

"고 선생, 꽃밭 둘레로 잔디를 좀 떠다 심어야겠군요."

김 교장은 그렇게 말하고 창문 안에 있는 고 선생과 시선을 같은 방향으로 잡아 섰다. 아이들이 멀리 파릇파릇 생기를 띠기 시작한 보리밭 사잇길을 가물가물 멀어져가고 있었다.

"잔디를……"

고 선생은 분명 다른 생각에 젖어 있었던 듯 무심결에 말을 받을 뿐이었다. 김 교장도 대꾸를 기다리지 않고 계속 그 먼 길목으로 익숙한 시선을 보내고 있었다. 정말로 그것은 김 교장에게 익숙한 길이었다. 그 길을 김 교장 자신도 학생들 못지않게 수없이 오가며 학교를 겨우 지켜냈었다.

　질서가 회복되자 학교는 곧 다시 문을 열었고, 김 교장은 약간의 말썽 끝에 다시 M초등학교를 맡게 되었다.

　개학을 했으나 막상 아이들을 모아 가르칠 교실이 없었다. 교실은커녕 주변에 인가마저 없고 보니 구태여 아이들을 그 산기슭의 잿더미에까지 모아들일 필요가 없었다. 처음 몇 날 학교랍시고 나온 아이들은 그 잿더미에서 못이며 문손잡이 또는 창문 바퀴 따위의 쓸 만한 쇠붙이를 찾아내느라 재 속만 헤집고 다녔다. 김 교장은 마을마다 회관이 있는 것을 알고 양해를 얻어 그것을 우선 임시 교사로 사용하기로 했다. 각 학년이 이 마을 저 마을로 흩어졌고, 학년 담임선생은 아예 그 마을에서 기거를 하게 했다. 그러니까 아이들은 대개 제 마을에도 다른 학년의 분교를 두고 자기 학년의 소재지를 찾아 다른 마을로 엇갈려 통학을 해야 하는 형편이었다. 할 수 없었다. 어쨌든 그래서 수업이라는 것을 시작했다. 그리고 그때부터 김 교장 자신은 매일 이 마을 저 마을을 돌아다니는 순회 교장이 되어야 하였다. 그중 변변한 회관 하나를 잡아 본교라고 정해두기는 했으나, 어차피 학생들은 제각기 마을로 흩어져 있어서 교장은 연락원 겸 거의 매일 분교들을 돌았다. 그러면서 그는 처음 부임을 해와서 해야 했던 설득을 몇 번이고 다시 되풀이했다. 아무래도 교사(校舍)는 다시 세워져야 할 것이었다. 이번에도 여전히 옛날의 기성회장은 이해와 지원을 아끼지 않았다. 그러나 이번에는 전번보다 일이 더 어려움을 김 교장 자신이 잘 알고 있었다. 그래 그는 사무 출장 때나 다른 기회가 닿는 대로 상급 기관에 고충을 설명하고 그의 계획에 대한 지원을 호소했다.

그러기를 무려 3년—옛날의 불타버린 교사 자리에 또다시 세 교실이 세워졌다. 당국의 지원과 주민의 부담과 그 두 개를 결합시켜 준 김 교장의 노력의 열매였다. 초라한 교사이기는 했다. 구 교사에서 그가 던져내 구해낸 것을 간직했다가 군데군데 끼워 넣고, 한 교실은 특히 흑판과 거의 대부분의 창틀을 그것으로 충당했다. 창문은 값이 싼 철망 유리창을 썼고, 교실은 아직 책상도 없는 맨 마룻바닥이었다. 그러나 그것은 문제가 아니었다. 우선 뿔뿔이 흩어졌던 아이들을 한곳에 모을 수 있게 된 것이 무엇보다 다행이었다. 그는 교실 셋을 각각 둘로 갈라서 여섯 학년에게 하나씩 배당하고 복도의 중앙을 막아서 교무실로 사용했다. 그리고는 무엇보다 먼저 운동장을 닦아 아이들이 마음대로 뛰어놀 수 있게 하고, 소풍이라든가 학예회 같은 것을 자주 갖게 했다. 평소에도 아이들에게 노래를 많이 가르쳐주고 꽃을 가꾸게 한 것은 전보다 더 필요한 일이었다. 그 아이들만이라도 상처를 하루빨리 씻어주고, 세상 모른 듯 노래를 부르게 해주고 싶었기 때문이었다.

"고 선생, 아이들에게 애써 꽃과 노래를 알게 해준 것은 역시 잘한 일 같군요."

생각이 거기에 미치자 교장은 또 고 선생을 빌려 말했다. 그러나 고 선생은 여전히 대꾸가 없었다. 그가 교장을 이해하고 있는 한 그는 그런 무례를 저질러도 좋다고 믿고 있는 듯했다. 그렇다고 그는 돌아서려 하지도 않았다.

"고 선생……."

교장은 불러놓고 말을 잇지 않았다. 고 선생이 이상한 방법으로 계속 자기에게 말을 시키고 있는 것처럼 느껴졌다. 교장은 갑자기 그가 두려웠다. 고 선생은 계속 자기에게 무슨 이야긴가를 기다리고 있는 것 같았다. 끝까지 자기 혼자 지껄이게 하여 종내는 그 말을 실토해내게 하고 말 것 같았다. 그러자 김 교장은 심한 피로를 느꼈다. 그리고 예기하지 않았던 어떤 실망감, 고 선생으로부터의 어떤 배반감을 맛보았다. 왜 그러는 것일까. 알 수 없는 일이었다. 아니 알고 있다고 해도 김 교장 자신은 그것을 스스로에게조차 설명해주기가 싫었다. 사실 김 교장은 학교의 모든 것이 이제 자기의 전직 발령에도 불구하고 너무나 정상적이고 의연스러운 것이 어딘지 서운했다. 아니 학교뿐 아니었다. 아이들이 사라진 길목, 보리밭, 산…… 지난 5, 6년 동안 자기는 단 한 번이라도 그것들로부터 떠나겠다는 생각을 가져본 적이 있었던가. 그는 가만가만 머리를 흔들었다. 그것들로부터 떠난다는 생각이 아무래도 실감으로 다가오질 않았다.

고 선생은 끝내 한마디 말도 없이 어느새 자리를 떠나버리고 없었다. 학교는 어느 교실에서 청소를 하고 있는 아이들의 재잘거림뿐, 늦은 오후의 한가로운 정적 속으로 젖어들어가고 있었다. 배반감—그것은 그가 떠나고 나서도 이제는 너무나 정확하고 거의 무심할 만큼 순순히 시간을 맞고 또 보내리라는 것이었다. 그러자 배반감은 기묘하게도 그가 이 학교를 떠나야 한다는 뜻으로 다가오고 있었다. 이제 이 학교는 특히 김순주 교장을 따로 필요로 하고 있지 않았다. 부모를 늙히며 자라는 아이가 웬만큼 철이 들고, 그때 그 부모는 아이들을 위해 거의 더 아무 일도 할 수 없게 되었을 때, 자식들이 품으로부터 떠나가려는 것을 보았을 때, 사람들은 아마도 그런 기분을 맛보게 될 것이었다. 그러나 그것은 할 수 없는 일이었다.

　―그러나 이제 내가 또 이렇게 시작을 할 수 있을 것인가……
그것이 문제였다.

그는 다시 천천히 걷기 시작했다. 잔등에 따스한 햇볕이 그에게 더욱 노쇠를 느끼게 했다. 그는 한 교실 앞에 머물러 서서 한참 창문을 쳐다보고 있었다. 그곳에는 그가 오래 간수했던 창틀이 박혀 있었다. 널름거리는 불길과 그 화광에 밝게 드러난 교정에 우두커니 서 있는 자신의 환영이 잠시 망막을 지나갔다. 그는 불현듯 이마의 흉터로 손을 가져갔다가 이내 힘없이 내려뜨리며 중얼거렸다.

"그러나 이제는 다 잘되어갈 것이다."

다만 자기는 다른 곳에서 새로 시작할 수 있을지가 의문이었다. 그는 교사의 한쪽 끝에 이르러 간단히 지나쳐버린 교실들을 서운한 듯 바라보았다. 그리고는 우물터로 갔다. 그 우물은 김 교장 자신이 아이들을 데리고 파내고 회를 이기고 하여 만들어놓은 것이었다. 물줄기가 좋지 않아선지 물이 많지 않았다. 그래서 그 물은 아이들의 음료수로만 쓰게 해둔 것이었다. 그는 거기서 다시 발걸음을 옮겨 운동장 쪽으로 걸어 나가려다 말고 무엇엔가 견딜 수가 없어진 듯 교무실 쪽으로 방향을 바꾸어 걸었다. 눈에 거슬리는 것은 한 가지도 없었다. 모든 게 너무도 정연했다. 말끔한 운동장, 그 한 귀퉁이에 나란히 세운 철봉대와 평행봉들, 그리고 지난번 졸업생들이 남기고 간 후 그가 수없이 오르내렸던 덩그럼한 조회대…… 그는 그런 것들을 보지 않으려는 듯 눈을 조금 높이 쳐들고 곧바로 교무실로 걸어갔다.

그러나 교무실 문밖에 이르자 그는 다시 걸음을 멈춰 서고 말았다. 그리고는 안에서 들려 나오는 소리에 가만히 귀를 모으고 있었다. 선생들만 남아 있을 교무실 안에서는 지금 한창 무슨 논담이 일고 있는 것 같았다. 그 소리는 때로 왁자하게 때로는 낮게 변했다. 김 교장이 선뜻 문을 밀고 들어서지 못한 것은 그 말소리들 가운데에 얼핏 자신의 직명(職名)이 섞여 있는 것을 들었기 때문이었다.

"하긴 교장 선생님이 언제고 이 학교를 떠나신다는 것은 생각해 본 적이 없는 일이지요……"

"어떻든 실제로 발령은 나 있는 것입니다."

"교장 선생님은 어떻게 생각하고 계신 겁니까?"

"그야 알 수 없지요…… 하지만 우리들의 짐작이 대개는 맞아 들어갈 것입니다."

마지막 말은 고 선생의 음성이었다. 김 교장은 문을 밀고 들어서 버릴까 혹은 자리를 비켜설까 잠시 망설였으나, 실제로 그는 어떻게 할 수도 없을 만큼 긴장을 하고 있었다. 그의 머릿속엔 아까 고 선생의 그 묵연스러우면서도 무언가를 깊이 추궁해오는 듯 하던 표정이 떠올랐다.

—그렇다면 고 선생 당신들의 판단은 역시? 그리고 나 스스로도 종잡을 수 없는 곳까지 당신들이 알 수 있다면, 그렇다면 당신들은 어떻게 하겠다는 말인가.

"……사정이 조금은 다르다고 봐요."

잠시 죽어 들어갔던 목소리들이 다시 살아났다.

"교장 선생님을 마치 여기서 아주 늙어버리게 할 것처럼 이상하게 오래 머물러 있게 했어요. 교장 선생님 자신도 그쯤 생각하고 계셨을지 모르죠. 사실 그분은 이 학교에 생애의 정력을 거의 다 쏟아 바치셨으니까요."

이야기는 별로 요령을 얻지 못한 객담에 불과했다. 그러나 김 교장은 그 이야기가 가려고 하는 방향을 짐작하고 남았다. 누구나 완전히 혼자가 되었다고 생각할 때 안심하고 마음을 놓는 그런 치기 어린 미소가 교장의 얼굴을 지나갔다.

"교장 선생님은 막말로 쫓겨나는 기분일 겁니다. 그분으로선 이곳이 그냥 임지가 아닌 자기의 학교로 생각되실 테니까요."

이번에는 또 다른 선생.

김 교장의 얼굴에서 스며 나오던 그 방심한 듯한 미소는 어느새 자취가 사라지고 없었다.

"하지만 우리들이 행정 당국에 실제로 무슨 작용을 할 수 있을지는 의문이지요."

"그보다도 문제는 행정 당국과만 상관되지는 않을 겁니다. 이런 경우도 생각할 수 있지 않겠어요?"

교장은 갈수록 긴장하는 얼굴이었다. 그 선생은 잠시 말을 끊고 간격을 두었다.

"안됐지만 지금 교장 선생님의 건강으로는 새 임지 부임이 확실히 무립니다. 그런 경우 가령 사표를 제출하고 아주 물러서버린다든가……"

"이것 참, 김 교장이 아니면 이 학콘 당장 문이라도 닫아야 할 것 같구만…… 솔직히 말해 우린 지금 이런 애기를 하고 있는 게 아닙니까."

누군가 교장의 진퇴에 대한 자신들의 논의를 자탄하는 소리가 뒤이었다.

교장의 긴장했던 얼굴이 일시에 일그러졌다.

내가 사표를 쓸지도 모른다구? 내가 아니면 학교 문이라도 닫아야 할 판이냐구? 중얼거리면서 그는 뜨거운 것을 억지로 삼킨 듯 고통스럽게 얼굴을 찡그렸다. 사실 교장은 지금껏 거기까지는 생각을 해본 일이 없었다. 그래서 그 선생들의 말은 더욱 김 교장의 인생을 끝맺음해주려는 무서운 선언처럼 들려왔다.

"어쨌든……"

고 선생의 침착하고 낮은 목소리가 새어 나왔다. 교장은 발뒤꿈치를 두어 번 구르고 나서 몸을 도사렸다.

"다시 조용한 데에 모여 우리끼리 이야기할 필요가 있는 것 같습니다. 오늘 밤이라도……"

그런데 그때였다.

"그럴 필요 없소!"

고 선생의 말이 끝나기도 전에 찌렁 교무실을 울리는 목소리가 있었다. 김 교장이 어느새 문을 들어서 있었다. 교장은 놀라 꼿꼿이 굳어져 서 있는 선생들의 면면을 찬찬히 들여다보았다. 그리고는 자기의 자리로 돌아가서 무겁게 의자에다 몸을 싣고 앉았다.

"저도 학교 문을 닫는 건 원칠 않아요…… 안됐지만 전 선생님들의 이야기를 듣고 있었소. 그리고 고마워하기도 했소. 하지만 선생님들의 뜻을 받아들이기엔 내가 너무 가엾어질 것이오. 그리고 나는 아직 새로 일을 시작할 수도 있을 것 같아요."

교실 안은 방금 무슨 선서식이라도 진행되고 있는 것처럼 무겁고 엄숙한 분위기가 감돌았다. 교장은 잠시 말을 끊었다가 조용히 그러나 누구도 감히 흔들어볼 수 없는 강한 의지가 담긴 목소리로 선언하듯 말했다.

"저는 새 학교로 부임해 갈 겁니다."

(1966년 겨울)

별을 보여드립니다

 내가 당한 것만도 이번이 두번째였다. 우방국 원수를 위해 교통을 차단하는 바람에 무려 세 시간 이상을 인파에 밀려 시달리다 에라 모르겠다 약속을 둘이나 깨고, 물먹은 솜이 되어 돌아와 보니 이런 반갑잖은 일이 나를 기다리고 있었다. 틈 없는 흉일이었다.
 "뭐가 없어졌어요? 좀 들어가서 기다리겠다고 하길래 아는 분이어서 아무 생각도 없이 그러라고 했는데."
 주인아주머니는 자기의 허물인 것처럼 미안해하고 있었다.
 "없어지긴…… 뭐가 있어야지요. 아무튼 저 없을 땐 누구든지 방엔 들여보내지 마세요."
 나는 방문을 닫아버렸다.
 망할 자식. 첫번째는 잠을 재워줬더니 새벽같이 달아나면서 손목시계를 집어 가버렸다. 말을 할까 말까 했으나, 그것이 놈의 소행이라는 것을 알기 때문에 언제고 제 편에서 먼저 이야기가 있기만을 기다리던 참이었는데, 오늘은 또 내 유일한 재산 목록으로 되어 있는 트랜지스터라디오와 구하기만 힘들었지 고서점으로 가 봐야 몇 푼 받아내지도 못할 책을 몇 권 집어 가버린 것이다. 이런 경우 도대체 나는 녀석을 어떻게 불러야 할지 모르겠다. 남의 물건을 허락 없이 집어 간다는 것은 분명 절도에 속하겠으나, 피해자가 범행 전말을 뻔히 알도록 한다는 점에서, 더욱이 그가 가까운 지면일 경우에는 간단히 그렇게 말하기가 어렵다. 어떻게 보면 그는 마땅히 가져가야 할 것을 가져가는 사람처럼, 그런 짓을 저지른 뒤에도 사과 비슷한 말 한마디 없이 천연스런 얼굴이었다. 놈의 주변에서는 누구나 한두 번씩 당해본 일이었다. 말하자면 낯간지럽게 구걸질을 하느니보다 웬만큼 양해가 될 처지면 보지 않는 데서 그냥 가져가는 것이 한결 수월한 수속이 아니겠느냐는 식이었다. 거인다운 대범성이라고 해야 할지 모르겠다.

하긴, 김포에 내리던 날 그의 첫인상은 기이하게도 그런 거인 같은 데가 엿보였던 게 사실이었다.

영국에서 천체 물리학을 공부한다던 그가 갑자기 귀국한다는 편지를 받고 김포공항으로 나간 것은 작년 가을, 그러니까 오늘로 꼭 일주일이 모자란 1년 전 일이었다. 따가운 가을볕을 이마에 받으며 눈이 부신 듯 머리를 흔들며 허청허청 공항을 걸어 나오던 그의 얼굴에는 3년 만에 고국 땅을 다시 밟는 감격이나 흥분의 빛이 조금도 없었다. 그는 나와 영접 나온 몇 친구조차 얼른 알아보지를 못했다. 벌써부터 빛이 바래가는 동복을 아무렇게나 걸치고 넥타이도 매지 않은 그는, 나와 손을 잡고 흔드는 동안도 계속 눈길은 어깨 너머로 다른 무엇을 찾고 있는 식이었다. 그래 나는 그가 아직도 나를 알아보지 못한 것이라고 착각을 했을 정도였다. 몇 사람 다른 친구들과 악수를 하면서도 그는 계속 그런 눈이었다. 그러다 그는 휘 공항을 한번 둘러보고는 혼자서 성큼성큼 대합실 쪽으로 걸어가고 있었다.

분명히 무엇을 찾고 있었던 것 같은 그의 눈은 그가 마지막으로 공항을 휘 둘러보고 나서 대합실로 걸어가기 시작했을 때 깊이 닫히고 있는 것 같았었다. 그때 그의 뒷모습이 그것을 끝내 찾아내지 못하고 낭패를 짊어진 것처럼 흐느적거리고 있었다.

하지만 그가 그렇게 자기 영혼의 문을 완강히 닫아버린 데 대해선 우리(나와 몇 친구)에게도 책임이 없었던 게 아니었다.

민영―

그가 공항에서 끝내 찾을 수 없었던 것은, 섣부른 확신은 피해야 했지만, 아마 민영이 분명하리라 생각했다. 한데 그런 우리의 추단이 사실이었건 어쨌건 그녀는 이미 그를 출영 나올 사람이 아니었다. 생각해보면 모든 일이 이미 그렇게 되도록 정해져 있었다.

5년 전 그가 S대학 천문 기상학과를 졸업하던 때였다. 중학교와 고등학교의 졸업식을 두 번 다 참가하지 않은 편이 좋았을 만큼 답답한 자신의 처지를 가끔 한탄하면서도, 오히려 그러한 혹독한 사정이 자기를 대학까지 졸업하게 한 강인한 성격의 연원이었던 것처럼 은근한 자부를 갖고 있던 그가 이번에는 별나게 졸업식에 신경을 쓰고 있었다. 대학만은 남들처럼 '정식으로' 끝내고 싶으니 '아무쪼록' 많이 와서 '축하'를 해달라는 것이었다.

그런데 나중에 알고 보니, 우리들은 충분히 변명거리들을 가지고 있기는 했지만 공교롭게도 한 사람도 그의 졸업식에 '축하'를 하러 가지 못한 결과가 되어 있었다. 여럿 중에 누군가 가봐줄 사람이 있겠거니 생각하며, 우리는 제각기 자기 나름의 딱한 사정들만 내세우고 만 것이었다. 저녁에 내가 그의 굴속 같은 셋방을 찾아갔을 때 그는 혼자 네 홉짜리 소주병을 둘이나 비우고 나서 뻗어 있었다. 사정인즉 시골집에서 그의 졸업을 위해 일부러 와줄 사람이 없는 그는, 제일착으로 학사 가운을 반납하고 도망치듯 식장을 빠져나와버린 것이었다.

그 후 그는 그 졸업식에 관해서는 다시 입을 열지 않았다. 우리도 그 씁쓸한 기억을 오래 지니려고 하질 않았다. 졸업을 하고 나서 그는 한 1년 남짓 전공과는 달리 어떤 얼치기 토건 회사를 나다녔다. 하면서도 그사이 그는 안팎으로 자신의 힘에 겨운 생활을 하고 있었다. 몇 푼 안 되는 월급을 거의 털어넣다시피 하면서 독방 하숙을 했고, 자기를 좋아하는 여자는 결국 불행할 수밖에 없으리라며 아예 여자 같은 건 제 편에서 먼저 도망을 치곤 하던 그가 점잖은 연애도 하고 있었다.

그러던 그가 어느 날인가는 학교 연구실로 나를 찾아와 비실비실 웃어대며 기다리던 일이 겨우 이루어졌다고 했다. 시골에 계신 늙은 어머니가 돌아가셨으니 이제는 주위가 아주 홀가분하게 되었다며, 집엘 좀 다녀와야겠노라 차비를 꿔달랬다. 마침 주머니가 비어 있어서 며칠 뒤에 한 번 더 들러보면 어떻겠느냐 하여 돌려보냈더니, 그는 다시 나타나질 않았다.

나중에 집으로 찾아가봤더니, 그는 주인집 가정부 아주머니에게서 곗돈 얼마를 얻어가지고 그길로 시골로 내려가고 없었다.
 나는 그의 여자(그 여자가 민영이었다)와 몇몇 친구에게 연락을 해놓고 그의 상경을 기다렸다. 실은 민영을 제외한 다른 친구들은 그에게서 모두 같은 주문들을 받고 있어서 사정을 이미들 알고 있었다. 그러나 우연스럽게도 그의 주문에 응한 친구는 하나도 없었다. 어쨌든 우리는 녀석의 얼굴이 하도 천연스러웠기 때문에 오래지 않아 그가 다시 아무 일 없었던 듯 웃으며 나타나주겠지, 맘 편한 생각들을 하고 있었다. 그러나 그것은 오산이었다. 한 달이 되어도 그에게서는 소식이 없었다. 어찌 된 일인가 싶어 편지를 띄워보았지만 그에게선 역시 종무소식이었다. 그가 나가던 토건 회사라는 곳에도 연락이 통 없다는 것이었다. 두 달이 가까워올 무렵 혹시나 하고 그의 하숙집엘 들러봤더니 이번에는 뜻밖에도 그가 몸이 버쩍 말라서 올라와 있었다. 그러자 나는 그에게 무언가 말하기 힘든 짐 같은 것을 짊어지게 된 것 같았다. 그러나 그것을 쉽게 말할 수는 없었다. 그는 나를 조금도 접근시키고 싶어 하지 않는 눈치였다. 말하기 힘든 것은 나의 속에서 점점 무게를 더해가고 있었다. 나는 이미 그에게 아무것도 이야기할 수가 없게 되어버린 듯싶은 서글픈 심경이었다.
 그러던 어느 날, 그가 불쑥 학교로 나타나서 이틀 뒤에 영국으로 떠나겠다는 것이었다. 그리고 이틀 뒤 그는 정말로 영국으로 떠나가버렸다.
 "너희들은 언제나, 나라는 놈은 불운과 싸우면서만 살아가야 하는 놈이라고 생각하고 있지. 무슨 일을 당해도 그것을 내가 혼자서 잘 이겨나가리라고 생각하지."

 환송회라고 몇 친구가 마련한 술자리에서 그는 거푸 잔을 비워내면서 눌렀던 감정을 차분차분 쏟아냈다.

 "어머니의 죽음까지도 나는 정말로 속 시원하게 여긴 거라고 믿고 있어, 너희들은—, 그렇지는 않다고 말들 하고 싶겠지. 하지만 너희들은 언젠가 내가 더 큰 불행과 맞붙어 싸우기를 기다려왔던 거야. 마치 내게는 앞으로도 얼마든지 많은 불운이 예비되고 있다고 말하고 싶은 눈들이지. 그리고 결국 나는 그것과 싸워 다시 남아날 것이라고. 왜 그렇게 생각하나, 나를……"

 "바라건대 너희들에게 불행이 있기를 빌겠다. 너희들에게도 사람이 그리워질 때가 있었으면 하기 때문에……"

 그는 우리들을 저주하고 있었다.

 그런 저주를 씹으면서 그는 우리들에게서 떠날 준비를 하고 있었던 모양이었다. 영국의 어떤 대학 교수로 있는 그의 외숙부 한 분이 벌써부터 장학금을 얻어놓고 출국을 재촉했으나, 늙은 어머니 때문에 여태 망설이고 있었는데, 어머니를 여의고 나자 그는 곧 출국 수속을 서둘렀던 거라고 조금은 의기양양해져서 우리들에게 말했다. 그러나 우리는 그의 유학을 축하해줄 만한 심경이 아니었다. 말을 하지 않았지만 어찌 된 셈인지 우리는 한결같이 그의 출국이 퍽 안되었다는 생각을 하고 있었다. 그에게는 분명 학문에 대한 열정이 남아 있지 않았다. 웬만히 능력만 있으면 한국이란 썩 살 만한 땅이라고 욕설처럼 늘 지껄이던 그였다.

그러나 그런 막연한 느낌보다 그는 우리가 그의 심중에서 예상할 수 있었던 가장 황량스런 말을 민영에게 남기고 떠나간 것이었다.
쫓겨가노라—
그리고 민영에게, 자기를 좋아하는 것은 결국 불행을 자초하는 것이며, 왜 자기는 불행해져야 하는지 무척도 이유를 알고 싶지만, 그러나 결국 자신은 그렇게밖에 될 수가 없노라고, 가장 즐겁고 기쁜 대화만을 나누고 싶었던 민영에게, 그렇게 슬픈 이야기만 할 수밖에 없는 자기를 떠나 잊으라고, 그것이 그의 마지막 당부더라 하였다.

그가 떠나버린 후 무척도 울어만 쌓던 민영은— 모든 것을 세상 살아가는 경험으로 여기라고 위로 말을 하니까, 가장 귀중한 것을 잃어버리고 나서 무엇을 위한 경험으로 삼느냐며, 이제는 절대로 그가 더 이상 불행해지지 않도록 하겠노라던 민영은, 그러나 결국 멀리 있는 남자를 생각하고 있을 수만은 없는 평범하고 당연한 여자였다. '민영 씨'라고 하는 나에게 옛날 그는 자기를 '영이'라 불렀다며 나더러도 그렇게 부르라고 했을 때, 참으로 어처구니없는 방법으로 진이로부터 방금 배반감만을 맛보고 있었던 나는, 그가 영 돌아오지 않을 사람처럼, 그것이 그리 쑥스럽게 생각되지가 않았다.

그가 영국의 어떤 지방 대학에서 다시 천문학 공부를 시작했노라는 몇 장의 엽서에 이어, 새삼 영이의 안부를 묻고 영이와 관련해서 사랑의 논리 같은 것을 펴왔을 때에도 나는 아직 그가 다시 돌아올 사람으로 생각하질 않았다. 거북스럽게 여겨지기에는 그는 너무 멀리 있었고, 나와 영은 너무 가까이 있었다.

"만약 그가 다시 영이 앞에 나타난다면? 애원해온다면?"

하고 물으면 그녀는,

"할 수 없죠. 잊고 있노라고 해줄 수밖에요."

조금도 꺼림칙해하는 기색이 없었다.

"하지만 그는 영이만이 자기에겐 유일하다고 했더군."

"그건 지나치게 영리한 자기 위주의 위장 논리예요. 그분은 결별에 있어서 당하는 고통보다 결별을 결정하고 그것을 선언하는 것이 더 힘들다는 것을 알고 있었어요. 선언하는 쪽은 당하는 쪽을 증오할 수조차 없으며, 당하는 쪽의 고통까지도 얼마쯤 나누어 짊어져야 한다는 것까지두요. 그래서 그분은 어떻게든지 제가 당하는 쪽이라고 생각되지 않도록, 제가 배신하는 쪽이 되도록 만들려고 애를 썼던 거예요. 그래서 자신의 불운을 사실보다 훨씬 과장해 받아들였고, 그러한 자기를 제가 배신할 수밖에 없을 것이라고 우리 일을 일방적으로 결정지어버린 것이죠. 가증스런 그분은 그런 선언을 해버린 거예요."

—언제나 너희들은 나를 버려두고 나서 변명거리를 훌륭하게 만들어놓고 있었지. 나는 사실을 외면하고도 언제나 정당화할 수 있는 논리의 요술을 미워했어. 논리에 근거한 어떤 가치가 영원할 수 있을까. 거기 반대하는 대답을 하는 나는 얼마든지 보아왔던 거야. 논리 자체가 완전할 수 없었던 때문이겠지. 어떤 훌륭한 논리도 나는 그것을 완전히 신용한 적은 없어. 그렇다면 논리에 앞서서 우리의 감정으로, 몸으로 인정해버리는 것, 그것이 좀더 훌

류한 가치일 수 있는 것이 아닐까. 가장 비논리적인 것, 전연 그것을 무시하고 그 이전에 벌써 나를 감격시켜버리는 것…… 여자, 아니 민영이 외에 나는 아직 그것을 몰라—

"그는 사랑에 논리를 인정하지 않습니다."

"저도 그건 마찬가지예요. 위장은 누구나 스스로 알아차리는 법이니까요. 그래서 지금 저는 그쪽을 좋아할 수 있는 것 아니에요?"

그러나 갑자기 그의 귀국 연락이 오고 그가 김포에 내리게 되었을 때는 내게서도 이미 그 민영이 떠나버린 뒤였다. 그 역시 사랑에 논리를 인정하지 않는다던 민영은 떠나가는 데에도 이유를 남기지 않았다. 녀석이 김포에서 아무리 눈을 휘 둘러대도 그녀는 이미 우리들 곁에서 발견될 수가 없는 여자였다. 아니 녀석의 눈이 그때 꼭 민영을 찾고 있었다고만은 할 수가 없으리라. 무엇인가 그는 다른 것을 찾고 있었는지도 모른다. 어쨌든 그 민영을 포함해서 그가 찾고 있었던 것은 거기 없었고, 그때부터 바로 녀석의 눈이 문을 굳게 닫아버린 것은 틀림없는 사실이었다.

이른 저녁을 먹고 나는 그의 하숙을 찾아갈 작정으로 집을 나섰다. 트랜지스터는 내가 무료해 있을 때 늘 나의 곁에서 노래와 익살로 친구 노릇을 대신해주던 것이었지만, 그보다도 없어진 사전들은 트랜지스터보다 더 자주 나의 손이 가는 것이었으며, 쉽사리 구할 수도 없는 것이었다. 곳곳에 걸린 대소형 초상화가 거리를 압도한 가운데 시내는 우방국 원수를 환영하는 휘황한 네온들이 눈을 어질어질하게 했다. 어두워지는데도 아직 발길을 돌리지 않고 있는 사람들의 얼굴에는 축제의 기미마저 감돌고 있었다.

남산 밑 싸구려 하숙에는 녀석이 없었다. 나는 잠시 망설였으나 결국 주인 없는 그의 방으로 들어갔다. 어둡고 썰렁한 그의 방에는 다리가 길쭉한 망원경만이, 뒤 창문으로 해서 밤하늘의 한 지점을 비스듬히 조준하고 서 있을 뿐이었다.

별을 보여드립니다. 5원—

등불을 밝히자 망원경 동체에 붙은 표딱지가 그렇게 말하고 있었다. 나는 피식 웃었다. 지금이라면 나는 그 5원을 내지 않고도 별을 볼 수 있을 것이다. 이 광고 말은 망원경의 옛날 주인이 붙여놓은 것을 그가 아직 떼어내지 않고 있는 것이었다. 나는 그가 아직 이 표때기를 떼어내버리지 않고 있는 심중을 대강은 짐작하고 있었다. 이 망원경은 그에 관해서 꽤나 많은 것을 생각하게 하는 것이었다.

굳게 닫혔던 그의 영혼의 문이 서서히 다시 열리기 시작한 것은 엉뚱하게도 옛날 나의 진이를 향해서였다. 나는 당황스러워지지 않을 수 없었다.

진이는 개울을 흐르는 한 방울의 거품과 같은 사랑을 지닌 여자였다. 앞서도 잠깐 말했지만, 그녀는 내가 깊이 좋아해본 일도 없이 배반만을 맛보게 되고 만 여자였다. 내가 아직 그녀를 여자로 생각하지도 않고 있는 동안 그녀는 실컷 나를 좋아해버린 모양이었다. 어느 날 다방에서 우리는 천연스런 목소리로 농담을 주고받고 있었다.

"사랑을 받는다는 걸 너무 겁내지 마세요. 그게 꼭 자기를 아끼는 방법은 아닐 거예요."

나는 어둠이 배면을 이루고 있는 유리창에서 그녀를 보고 있었다.

"주는 데 너무 겁을 내지 말라고 하고 싶군요."

나는 별반 감정을 담지 않으려고 노력하면서 그녀에게 거꾸로 역습해갔다.

"그렇게 두드려도 열리지 않는 문은 거기에게서 처음이에요."

"벌써 열려 있는 문을 보지 못하신 게지요."

"아마 다른 쪽으로 열려 있었기 때문일 거예요."

나는 문득 얼굴을 돌렸다. 유리창에서는 알아볼 수 없었는데 꼿꼿이 자세를 세우고 있는 그녀의 눈에는 뜻밖에 눈물이 어려 있었다. 내가 진이를 사랑한다고 생각한 것은 그 순간이 처음이었다. 그러나 진이는 이상하게도 내가 그녀를 마음속에 지니게 된 바로 그 순간에 나를 떠나가버렸다.

진이는 개울을 흐르는 거품과 같은 사랑을 지닌 여자였다. 하나의 거품은 다른 하나의 거품과는 개울을 붙어 흐를 수 있어도, 흐르지 않는 부표가 있는 곳에서는 주변을 두어 바퀴 맴돌다가 다시 혼자 개울을 흘러 내려가버린다. 붙어 흐르던 거품이 부표에 머물러버릴 때도 진이는 혼자 계속해서 개울을 흘러 내려가는 거품이었다. 진이는 그렇게 흐르다가 또 하나의 거품을 만난 것이었다. 그것이 녀석이었다. 그는 진이에게 또 하나의 거품이었다. 그는 아직 진이를 의식하지도 말하지도 않았다. 혹은 알고 있으면서 모르는 척하는지도 모를 일이었다. 어쨌든 녀석은 진이가 그의 의식을 보지 못한 동안 같이 흐를 수 있는 거품이었고, 그의 생활이 진이에게 그 이상으로 보이지 못한 것도 사실이었다.

그는 돌아와서 아무것도 하지 않았다. 사실은 아무것도 할 수가 없었다. 그에게는 학위를 가져오지 못한 한국적인 약점을 보충해 줄 지면(知面)도 없었고, 지면을 만들 만한 주변머리도 없었다. 유학 지망생 몇 명을 모아다가 회화를 가르치는 것으로 하숙비를 충당해갔다. 그가 밤으로 그런 일을 한다는 것도 우리는 훨씬 뒤에야 알아낸 일이었다. 시골에는 처음부터 내려갈 생각을 하지 않았다. 그사이 '외롭다'는 말의 치사한 뉘앙스를 잊어버린 듯 주머니에 손을 구겨 넣고, 걸핏하면 외로운데 외로운데 하는 소리를 함부로 내뱉으며, 거리를 지쳐 쏘다니고 있었다. 한데 그런 생활이 반년쯤 지나고 나자 그에게는 두 가지 망측한 습벽이 붙고 있었다. 그 한 가지가 앞서 말한 도벽이었다. 그의 주위에서 그의 도벽 피해자가 아닌 사람이 드물었다. 그러나 아무도 그런 이야기를 맞대놓고 말할 처지는 못 되었다. 그에게 도벽을 정면으로 인정하고 나서기란 그를 위해서보다 자신이 두려워지는 일이었다.

—스스로 말해올 때가 있겠지.

그러나 그의 태도는 나 몰라라였다. 한번도 자기 행위에 대해 변명 같은 것을 말한 적이 없었다.

그의 또 한 가지 나쁜 버릇은 다름 아닌 거짓말이었다. 그는 아무렇게나 거짓말을 했다. 언젠가는 친구 한 사람이 교통사고로 병원에 입원해 있다고 급한 전화를 두루 걸어준 일이 있었다. 우리는 병원으로 몰려갔으나 그것은 그의 거짓말이었다. 그는 물론 근방에도 나타나지 않았고, 그 일에 대해서는 나중에까지도 전혀 미안한 얼굴을 하지 않았다. 그런 일은 여러 번 있었다. 무슨 목적 같은 것을 가지고 한 거짓말이 아니었다. 말하자면 그는 아무렇게나 거짓말을 했다. 문제는 그가 그렇게 아무렇게나 거짓말을 하면서 그것이 거짓말이라는 의식을 갖지 않고 있다는 점이었다. 거짓이 스스로 거짓임을 망각해버릴 때, 그것은 이미 그 내부 질서뿐 아니라 외부에 대해서도 무서운 파괴력을 지니게 될 것이 분명했다. 나는 그가 문득 거인처럼 커다랗게 우리에게로 다가들고 있는 느낌이었다. 그는 '거짓말'이라는 어휘도, 그 어의도 잊어버리고 있는 것 같았다. 거품이 개울을 흘러내리듯 아무렇게나 생활을 흘러 내려가고 있었다.

그러던 녀석이 언제부턴가는 다시 진이를 향해 서서히 눈을 열기 시작함으로써 나를 더욱 당황스럽게 한 것이다. 그러나 나는 결국 그런 진이와의 일을 모른 체해두기로 마음을 고쳐먹고 말았다. 진이가 나타난 후로 우리는 막연하나마 녀석에게 한 가닥 희망을 가져볼 수 있었기 때문이었다. 그런 일에서나마 녀석의 생활에 어떤 변혁의 가능성을 얻을 수 있을까 해서였다. 언젠가는 그가 진을 사랑한다고 말하게 될 때가 올지도 모른다고 생각했다. 물론 그때는 진이가 또 그로부터 떠나가고 말 것이지만, 그가 그렇게 말을 하는 순간 그의 의식은 흐름을 정지할 것이고, 그러면 그는 '거짓말'이라는 어휘를 기억해낼 수도 있으리라는 희망이었다. 녀석과 진이의 일을 모른 체 곁에서 그냥 지켜보고만 있었다. 그러나 그는 기대와는 상관없이 언제까지나 흐르는 거품일 뿐이었다. 하여 우리는 그럴 리가 없으리라는 애초의 확신에도 불구하고,

그를 도대체 어떻게 여겨야 할지 모르고 있던 참이었다(그것을 일부러 확신이라고 말한 것은, 만약 그것이 없었더라면 그쯤 된 녀석을 우리는 벌써 정상적인 사람으로 생각할 수가 없었노라는 잔인한 말을 해야 하기 때문이다). 녀석에게는 우리의 희망이나 추측과는 전혀 다른 곳에서 또 이상한 일이 생겨났다. 진이로서는 그것 역시 녀석이 아직 흐르는 거품이라는 훌륭한 증거로 이해되었겠지만, 나로서는 이상하게 가슴이 아파오는 일이었다.

그것이 바로 이 망원경 사건이었다.

어느 날 밤, 술이 절반쯤 취해 종로를 뚫고 지나가던 그와 나는 어떤 흔치 않은 구경거리 앞에서 발을 멈추고 있었다. 앞서 가던 녀석이 후딱 긴장한 표정으로 발을 멈춰 서는 바람에 나까지도 함께 그리 된 참이었다. 어두컴컴한 보도 구석에서 한 스무 살쯤 나 보이는 청년이 기다란 망원경을 하늘로 향해 걸어놓고, 사람들에게 별을 구경시키고 있었다.

별을 보여드립니다. 5원—

망원경 동체에 붙은 표딱지의 글자가 조그만 꼬마전구의 불빛 속에서 자지러지게 손님을 부르고 있었다. 백화점 포장지로 싼 꾸러미를 든 사내 하나가 술 냄새를 뿜어대며 대안렌즈에 눈을 고정시키느라 애를 쓰고 있었다. 녀석은 꼼짝도 않고 서서 망원경보다는 차라리 손님을 돌보고 있는 그 청년을 유심히 바라보고 있었다. 미안한 말이지만 나는 그때서야 그가 영국에서 항성 천문학을 공부했다는 사실을 겨우 생각해냈다.

"형은—"

그가 비로소 청년에게로 한 걸음 다가서며 입을 열었다.

"좋은 일을 하시는군요— 5원으로 별을 보게 해주다니."

망원경 주인은 영문을 몰라 경계하는 눈으로 망원경과 그를 번갈아 쳐다보았다.

"백 원쯤 받으시오. 백 원쯤 낼 수 있는 사람만 별을 보게 하란 말이오."

그의 표정과 목소리가 너무 진지해서 옆에서 보고 있던 나는 웃음이 솟아오르려는 것을 간신히 참고 있었다. 대안렌즈에 눈을 고정시키려고 애쓰고 있던 사내가 흘끗 녀석을 한번 돌아보았다. 망원경의 청년은 이제 알조라는 듯 그에게서 얼굴을 돌려버리고 있었다.

녀석은 낭패한 표정이었으나 그래도 계속 망원경과 청년을 쳐다보고 서 있는 품이 좀처럼 그곳을 떠날 생각이 나지 않는 모양이었다.

"오헬 하고 있었군. 별을 볼 줄 모르는 놈들에게 함부로 별을 보이다니…… 우선 망원경의 주인 녀석부터 안 되겠어."

망원경 앞에서 애를 먹던 손님이 한번 더 녀석을 스쳐보고는 비틀비틀 골목길로 걸어가버렸다. 그러자 녀석이 다시 망원경 앞으로 나섰다. 그리고는 망원경을 한번 샅샅이 조사해보고 난 다음, 나의 주머니까지 톨톨 털어가며 부득부득 청년에게서 그것을 빼앗아 갖고 말았다.

그날 밤, 그는 그것을 옆구리에 끼고 걸으면서 모처럼 감개가 무량한 듯 꽤 많은 말을 지껄였다.

"『의사 기온』이라는 카로사의 소설에 그런 게 나오지. 밤거리에서 사람들에게 별을 보여주는 소년의 이야기가 말야. 참 그 소년은…… 목성을 퍽 사랑했던 것 같아. 특히 목성의 두 개의 위성을 말이지. 목성의 열두 위성 가운데 두 개는 금방 볼 수가 있지. 한데 그 녀석은 언제나 날씨 걱정을 했거든— 사람들에게 별을 보여주지 못하게 될까 봐서 말야."

그러면서 그는 자기도 날씨가 걱정이 된다는 듯 하늘을 쳐다보았다. 그리고는 안심한 듯 다시 말을 이었다.

"그런데 아까 그 녀석은 순 엉터리야. 우선 녀석은 그 소년보다 터무니없이 나이를 처먹고 있어. 이런 건 그런 녀석이 가질 물건이 못 되지."

자랑스럽게 말하면서 나를 쳐다보곤 했다.

그로부터 녀석은 그 망원경을 자기 하숙방 창문에다 내걸어놓고 밤만 되면 그걸 들여다보고 있었다. 그것은 우리에게 그가 한때 천문학도였다는 사실을 새롭게 상기시켜준 것만이 아니었다. 그는 절대로 우리에겐 자기의 망원경을 들여다보게 하지 않았다. 언젠가는 부득부득 그 망원경 구멍을 한번만 들여다보자는 우리들의 장난기 어린 성화에 때려 부숴버릴 듯 화를 버럭 낸 일까지 있었다.

"사람을 사랑해본 일이 없는 녀석들이 어떻게 하늘의 별을 볼 수 있느냐 말야."

그러곤 다시 목소리를 축여 사뭇 애원을 해오기 시작했다.

"나는 지금 아무것도 가진 게 없잖아. 제발 별만이라도…… 별만이라도 그냥 내 것으로 놔둬줘……"

그는 진이를 생각하고 있지 않았다. 그러나 바로 그 점이 진이를 떠나지 못하게 하고 있었다. 또 우리에게도 어느 땐가는 그가 진이를 확실히 의식하게 되리라는 희망을 남겨두고 있었다.

10시가 되도록 그는 돌아오지 않았다. 가끔 망원경을 한번 들여다보고 싶어지기도 했으나, 놈이 없는 것이 개운찮아 나는 충동을 눌러버리곤 했다. 트랜지스터와 책에 대해서는 벌써 단념을 하고 있었다. 방 안에 있는 것이라고는 몇 권의 먼지 앉은 책과 잡지, 그리고 예의 망원경과 요때기 한 장이 전부여서 그것을 확인하기는 쉬운 일이었다.

할 수 없이 녀석의 방을 나와 내가 다시 하숙으로 돌아온 것은 11시가 거의 다 되어서였다. 집엘 돌아와 보니 녀석이 뜻밖에도 거기서 나를 기다리고 있었다. 대문을 들어서자 불도 켜지 않은 나의 방문 앞 마루에서 검은 그림자가 불쑥 일어서는 것을 살펴보니 녀석이었다.

"왜 들어가지 않고?"

나는 얼핏 지금까지 내가 그의 방에 들어가 있었던 것을 생각하며, 그가 으레 그렇게 내게로 와 있을 줄 알았다는 듯이 말했다.

"아주머니가 들여보내주지 않더군."

그는 혼잣말처럼 중얼거리며 구름이 조금씩 끼어드는 하늘을 쳐다보았다. 나는 무슨 말이고 대꾸를 해야 할 것 같았으나, 그냥 방으로 들어가서 불부터 켰다. 저고리를 벗어 벽에 걸고 녀석을 들어오라 하려고 돌아섰더니, 그는 벌써 나를 따라 들어와 등 뒤에서 있었다.

"앉아."

나는 탁자로 걸터앉으며 담배를 꺼냈다.

"나, 모레 다시 영국으로 간다."

그는 앉을 생각도 않고 주머니에 손을 구겨넣은 채 덤덤히 말했다.

"뭐?"

"영국으로 다시 간다고 했어, 모레."

담배에다 불을 붙이고 나서야 그는 조금 누그러진 목소리가 되었다.

"사람들 사이로 오니까 더 외로워지더군. 그렇지, 하긴 거기도 사람은 많았지. 하지만 난 거기선 언제나 혼자라고 생각했으니까. 그런데 여기서는 혼자가 아니라고 생각되는데도 엄청나게 더 외로워지기만 하거든. 뭔가 배반이라도 당한 것처럼…… 배반을 당하면 나도 배반을 하고 싶어지거든. 그것뿐이야."

그리고 그는 밤이 늦었다면서 다시 훌쩍 일어나 방을 나가버렸다. 나는 잠시 어리둥절했으나 전번에도 그는 모든 일을 다 꾸며놓고 나서야 말을 꺼냈던 일이 생각났다. 그때는 잘 믿질 않았었다. 그러나 그는 정말 떠나고 말았었다. 너무도 태연스런 그의 태도에서 다시 그 전번 일이 떠오르자 나는 그를 돌려보내면서도 더이상 묻지를 못했다.

결국 다시 그렇게 될 일이었는지 모를 노릇이었다. 김포공항을 들어오던 날, 그가 무엇인가를 찾으려다 끝내 그것을 찾지 못하고 말았을 때, 그의 재출국은 어쩌면 그때부터 이미 예지되고 있었던 것 같기도 했다.

 어쨌든 그가 재출국을 결정한 데 대해 나는 새삼 많은 일을 생각했다. 영국에서의 그의 생활은 이미 속계산이 다 되어 있을 게 분명했다. 그는 무슨 일에 부딪히면 그것을 다 치르고 나서야 저주든 사랑이든 속을 드러내는 성미였다. 이번에도 그는 모든 것을 벌써 끝내놓고 있을 것이었다. 그러나 나는 그의 재출국 결정에 가슴을 눌러오는 다른 무엇을 느꼈다. 나의 주위에서도 바다를 건너간 친구는 여럿이 있었다. 그들 중에는 다시 돌아오지 않은 친구도 있었고, 더러는 초행부터 지레 귀국을 단념하고 나가는 축들도 있었다. 한데, 능력만 있으면 대한민국이란 그래도 제법 살아볼 만한 땅이라던 그가 그렇게 갑자기 출국을 했었고, 그는 또 무엇이 그리웠던지 학교도 다 마치지 않은 채 불쑥 다시 돌아와버린 처지였다. 그리고 외로운데, 외로운데, 하면서도 그 나름대로는 또 살아가노라고 하던 그였다. 그러던 녀석이 갑자기 또 떠난다는 것이었다. 이번에는 놈이 다시 돌아오지 않으리라는 느낌이 앞섰다. 그리고 녀석의 그런 결정에 나는 아무 말도 할 수가 없었다.

 다음 날, 나는 시간 출강을 하는 H대학을 다녀오는 길에 녀석의 기억에 있을 만한 몇 친구에게 들러 그의 재출국에 관한 이야기를 나누었다. 그의 기억에 있을 만한 친구란 구분이 명확했다. 녀석으로부터 앞서 말한 도벽의 피해를 입은 친구들이었다. 그중에는 이미 그로부터 소식을 받고 있는 친구도 있었다. 우리는 새삼 얼떨떨해지는 기분이었으나, 하여튼 그 밤으로 그의 재출국 환송회 비슷한 모임을 갖기로 했다. 집으로 오다가 다시 민영과 진이를 찾았다. 거리는 아직도 우방국 원수의 환영 무드로 술렁거렸다. 곳곳에 환영 아치가 발돋움을 하고 있었다.

그의 재출국 결정을 미리 알고 진이는 멍해져 있었고, 물론 모임에도 나오겠다고 했지만, 민영은 자기가 참석할 이유가 없을 것 같다고 했다. 나는 그녀의 방법대로 그가 이제는 다시 돌아오지 않을 것 같다는 생각과, 어떻든 우리는 그의 기억에서 지워질 수 없는 사람들이 아니냐는 감상적인 설득으로 그녀의 참석을 권유했지만, 결국엔 약속을 얻어내지 못한 채 장소와 시간만을 일러주고 그녀와 헤어져 나오고 말았다.

마지막으로 녀석의 하숙을 찾았다. 원래는 나의 하숙으로 먼저 가서 가방을 두고 녀석에게로 해서 바로 모임으로 가려고 했으나, 시간이 너무 늦어져 먼저 녀석에게 알리는 것이 좋을 듯해서였다.

하지만 그는 이번에도 집에 있지 않았다. 아침 일찍 집을 나가서 아직 돌아오지 않았다는 것이었다. 어젯밤 그가 나의 방 앞마루에서 기다리고 있던 생각이 잠시 떠올랐으나, 나는 일단 그의 방으로 들어갔다.

별을 보여드립니다. 5원—

싸늘한 방에는 아직도 그 광고 표때기를 떼지 않은 망원경이 혼자 댕그러니 서 있을 뿐이었다.

—밤 7시 B홀 2층에서 기다리겠다. 다른 친구도 몇 같이. 사정이 있으면 6시까지 나에게 사전 연락 바란다.

쪽지를 적어 망원경의 대안렌즈 쪽에다 걸어두고 방을 나왔다.

혹시나 했으나, 그는 집에도 들르지 않았다고 했다. 나는 가방에서 시간표를 꺼내 내일의 출강 시간을 조사했다. M대학의 시간이 오전에 두 시간, 오후 4시에는 S대에 한 시간이 있었나. M대는 그럭저럭 빼도 될 양이지만, 사립인 S대는 총장의 강의 관리가 까다로워 구멍을 내기 힘든 곳이었다. 우선 오전은 빼고 그와 시간을 같이 보내기로 했다. 비행기 출발이 정확히 몇 시인지는 모르지만, 가능하면 S대만은 김포에서 차를 잡아타더라도 빼지 않는 쪽으로 서둘러보리라 마음먹었다. 수지 채산은 맞지 않는 일이지만, 길게 보면 그게 뒤가 안심되는 일이었다. 문제가 되는 비행기 시간은 저녁에 모임에서 알아보기로 하고, 나는 대강 S대 쪽의 강의 자료를 정리하여 가방에 구겨넣었다.

그러고 나니 벌써 날이 어두워오기 시작했다. 6시가 조금 남아 있었으나 나는 옷을 걸치고 방을 나섰다. 아주머니가 저녁상을 들고 오다가 못마땅한 얼굴을 했다. 왜 애초 상을 보도록 내버려뒀느냐는 것이리라.

"오늘 밖에서 먹겠어요."

아주머니는 상을 든 채 내가 대문을 나올 때까지 그냥 그대로 우두커니 서 있었다.

거리에는 우방국 원수의 전광 환영판들이 환성을 지르듯 일제히 빛나기 시작했다. 그의 환각이 거인처럼 크게 때로는 왜소하게 나의 망막 위로 부침해왔다.

B홀 골목길로 접어들었을 때는 6시 반이었다. 시간이 너무 이른 듯했으나, 나는 먼저 들어가 기다리면서 만약의 경우 녀석의 소재

를 알아보기로 했다. 그런 생각을 하며 담장을 타고 걷고 있을 때 그 담장 어둠 속에 옹크리고 섰던 그림자 하나가 불쑥 앞을 가로막고 나섰다.

"반시간이나 빠르군."

다짜고짜 나의 팔을 끼고 길을 돌려세우는 것은 짐작대로 바로 녀석이었다. 그는 보자기에 기다란 것을 싸서 겨드랑 밑에 끼고 있었다.

"시간이 아직 남았으니 나하고 어디 좀 가자."

큰길로 나서자 그는 별안간 택시를 붙잡았다.

"타!"

나는 영문을 모른 채 엉금엉금 차 속으로 끌려 들어갔다.

"장례식을 치르러 가는 거야."

녀석은 그 보자기에 싼 길쭉한 것으로 옆구리를 툭 건드리며 나를 한번 흘끗 곁눈질해 보았다.

"뭐, 어딜 가?"

"아니, 왜 눈을 그렇게 고집스럽게 하나?"

오히려 제 편에서 나를 고집스럽게 쳐다보더니,

"참 신촌으로 가요."

뒤늦게 운전사에게 일렀다.

"신촌은 왜?"

내가 묻는 말에는,

"넌 따라오기만 하면 돼."

간단히 궁금증을 뭉개버렸다. 장례식과 신촌과 보자기에 싼 길쭉한 물건이 나의 머리를 지나갔으나, 나는 참을성 있게 기다렸다.

"환송 모임인가? 모일 친구는 누구냐?"

그가 물으면서 차창을 내다보았다.

"네가 짐작하는 사람과 다르지 않을 테지."

그러나 그는 나의 대답을 듣지 않고 있었다.

"저 귀한 분들은 이제 좀 내려드리지. 피곤할 텐데."

길가의 가로등주(街路燈柱)들에는 빠짐없이, 등을 맞댄 두 귀하신 분이 잔치가 끝나가는 거리를 피곤하게 내려다보고 있었다. 신촌 고갯길에는 환영 아치가 커다랗게 가랑이를 벌리고 서서 허전한 듯 김포 쪽을 건너다보고 있었다.

"어디서 세워드릴까요?"

운전사가 이화대학 앞 네거리를 지나면서 물었다.

"오, 제2한강교로 갑시다."

그는 계속 차창을 내다보면서 대답했다. 그가 그런 자세를 계속하고 있는 것이 나에게 귀찮은 것을 묻지 말라는 것 같았다. 혹은 마지막 밤의 거리를 될수록 눈길 속에 많이 담아가지고 가고 싶었는지도 모를 일이었다. 그에겐 언제나 자신감이 없었던 거리, 먼지만 삼키며 걸었을 거리, 뭐라고 해도 그가 지금 거기서 다시 쫓겨나려 하고 있는 거리, 그렇기 때문에 더욱 그것을 보아두고 싶었을지 모르는 거리에는 지금 투명한 냉기가 흐르고 있었다.

합정동에 이르러 운전사가 다시 어디까지 가느냐고 물었다. 그는 내처 다리를 건너라고 했다. 그러나 그는 다리의 한복판에서 갑자기 차를 세웠다. 차에서 내리자 녀석은 그 길쭉한 보퉁이를 끼고 성큼성큼 혼자 차에서 떠나갔다. 나는 운전사에게 차삯을 치러주고 녀석의 뒤를 따랐다. 그곳에는 다리를 둘로 가르고 있는 조그마한 놀이터가 있었다. 그는 내가 따라오든 말든 상관이 없다는 듯 등을 흔들며 내처 강가로 걸어 내려가고 있었다. 시계가 정각 7시를 가리키고 있었다. 강물은 어둠 속에 커다란 거울처럼 번쩍이며 길게 누워 있었다. 거기에 크고 작은 불빛들이 차갑게 가라앉아 있었다. 어두컴컴한 강변은 공원길 같았다. 사람의 모습들이 군데군데 짝을 지어 모여 앉아 있었으나, 강의 침묵에 압도당한 듯 한결같이 모두 말들이 없었다. 나는 그들이 어둠 속에서 까닭 없이 우리를 감시하고 있는 것 같았다. 조그만 속삭임이나 움직임조차 없었다. 이들이 정말로 말을 잃어버린 벙어리들이 아닐까 하는 생각까지 들었다. 나는 살금살금 걸었다. 그리고 까닭 없이 혼자 몸을 오싹거리고 있었다. 그때 별안간 앞서 가던 녀석이 경쾌한 휘파람을 날리기 시작했다. 나는 그만 가슴이 철렁 내려앉았다. 하면서도 그를 따라잡기 위해 걸음을 빨리해 갈 수가 없었다. 녀석은 그렇게 휘파람을 불고 가다 사람의 바위가 끝난 공지의 한가운데쯤 이르러 비로소 발길을 멈춰 섰다. 그리고는 내가 그의 곁으로 다가서기를 기다려 천천히 보자기를 풀었다. 짐작한 대로 그것은 망원경이었다.

"미안해, 사람이 없는 곳에서 별을 보려고······"

나는 그의 말에 조금 과장이 숨어 있다고 생각했다.

"시간이 넘었는데······ 기다리겠어, 그치들."

초조해진 나의 말은 아랑곳도 하지 않은 채 그는 주섬주섬 망원경을 걸어 세우고 나서 대안렌즈로 눈을 가져갔다. 그리곤 조심스럽게 망원경을 조작하면서 별을 찾기 시작했다. 보트가 몇 척 자르륵자르륵 물소리를 내며 지나갔다. 고요가 흘러넘치는 소리 같았다. 건너편 쪽 등불 몇 개가 강물에다 길게 불기둥을 그리고 있었다. 거뭇거뭇한 보트들이 이따금 그 불기둥을 꺾었다.

"자 봐두렴, 미친놈들이나 좋아하는 별을. 하지만 이것은 내 위대한 우정의 표시란 걸 알아둬. 마지막으로 네게 저 하늘의 별을 한번 보여주고 싶거든."

이윽고 망원경에서 눈을 떼며 그가 나의 팔을 붙잡아다 망원경 앞으로 세웠다. 나중에 안 일이지만 나는 그때 마지막이라는 그의 말을 오해하고 있었다.

"얼마를 내야 하나?"

나는 농담조로 지껄이면서도 호기심에 이끌려 망원경의 렌즈 앞에 허리를 굽혔다.

"들으면서 봐라. 지금 보이는 것이 토성이라는 별이다. 태양계 중의 한 별이지. 배율이 별로 좋지 않은 돌팔이 망원경이라 확실하지는 않지만, 그래도 별의 신비를 제일 쉽게 말해주는 별이지. 자세히 보면 별의 주위에 고운 테 같은 것이 있어."

그는 금세 또 나를 떼밀어버리고는 다시 그것을 확인하려는 듯 자신이 망원경을 들여다보았다. 그리고는 나를 자기 앞으로 잡아당겼다.

"이런 망원경은 겨우 태양계의 별이나 좀 볼 수 있는데, 지금은 그것도 토성뿐이야."

나는 다시 렌즈에 눈을 대었다.

"렌즈에 한참 눈이 익숙해져야 해. 배율이 좋은 것으로 보면 테두리가 세 겹으로 된 것까지 보이는데. 철도 좋질 않아. 카로사 목성은 요즘 새벽에만 뜬단 말야. 그놈이면 이 정도로도 위성까지 볼 수 있는데. 열두 개의 위성 가운데 둘은 유난히 커서 금방 알아볼 수 있거든. 실상은 토성에도 위성은 열 개나 있지만 이것으로는 안 보여. 금성도 요즘은 새벽 샛별이지. 밝기는 그놈이 제일인데."

그는 말을 끊고 나서 나를 한동안 지켜보고 있는 기미였다. 그러다가는 다시 망원경 곁으로 와서 나와 얼굴을 나란히 했다.

"보이나? 하지만 재미있는 건 역시 저놈보다 목성이지. 빛깔이 칠면조처럼 변한다니까······"

이윽고 그가 다시 나를 밀쳐냈다.

"욕심을 내선 안 돼. 이제부턴 내가 가장 사랑하는 별을 찾아야겠다."

그는 망원경을 다른 방향으로 조작하기 시작했다.

그때였다. 어디선가 가는 여자의 비명 소리가 들려오고 이어 첨벙하는 물소리가 강안의 고요를 깼다. 방향을 쉬 알 수 없었지만, 그로 하여 강물에 가라앉았던 별들이 일시에 오소소 흔들리는 것 같았다. 여자의 비명 소리가 계속해서 강의 정적을 헤쳐 나왔다. 바위처럼 우뚝우뚝 앉아 있던 사람들이 이제까지 그 소리를 기다리고 있었던 듯 수런수런 물가로 내려가기 시작했다. 소나기 속에서처럼 이따금 먼 외침 소리가 들리곤 하더니 이내 몇 척의 보트가 새로 강변을 떠나가고 있었다. 물소리가 사방에서 고요를 어지럽

했다. 계속해서 망원경만 들여다보고 있던 녀석이 잠에서 깨어난 듯 구부렸던 허리를 폈다.

"누가 보트에서 물로 뛰어든 모양이군."

그도 소리를 듣고 있었던 모양이다. 7시에서 20분을 넘고 있었다. 몇 척의 보트가 강심에서 물소리를 튀기며 다시 바깥으로 저어 나왔다. 어느 것인가는 알 수 없었으나 그중 한 척이 흐느끼는 여자의 울음소리를 싣고 있었다.

"가보자."

그는 망원경을 정성스럽게 다시 보자기에 싼 다음 보트가 닿고 있는 곳으로 걸어가기 시작했다.

"녀석들을 너무 기다리게 해서는 안 돼."

나는 다시 녀석의 주의를 일깨웠으나, 그는 뭔가 궁금하고 초조한 듯 대답도 않고 걷기만 했다. 두 척의 보트가 한 척의 보트를 가운데다 끼고 강을 나왔다. 가운데의 한 척엔 여자가 타고 있었다. 강심에서는 아직도 보트들이 물소리를 일으키고 있었다. 교량 파출소 순경이 전짓불을 비추며 황급히 달려왔다.

여자는 아직도 정신이 나지 않은 듯 물가로 나오자 이내 다시 강으로 덤벼들려 하였다. 사람들이 그녀를 미친 사람 대하듯 함부로 다루었다. 그래도 그녀는 우는 소리를 하다가는 갑자기 그치고 그러다가는 또 짐승처럼 울부짖으며 몇 번이고 다시 강물 쪽을 향해 발버둥을 쳐댔다. 한동안을 그러다 여자는 겨우 직성이 풀린 듯 마침내 파출소 순경의 물음에 띄엄띄엄 대답해오기 시작했다.

둘이 탄 보트가 강심 부근에 이르자 남자가 문득 여자에게 둘이

서 함께 강물로 뛰어들자더라는 것이었다.

"우린 좀 그럴 일이 있긴 했지만, 그래도 처음엔 설마 장난인 줄 알았어요. 하지만 나중엔 그이가 정말로 엉금엉금 달려들어 저를 붙들고 배를 뒤집자고 하는 거예요. 저는 반항했지요. 왜 그랬는지 모르겠어요. 한참 그러다 그이가 문득 정색을 하고 저를 노려보더니 결국은 혼자서만 훌쩍 물로 뛰어들어버리는 거예요."

사내는 나중 자기를 살려두려고 했던 것이라 했다. 그는 보트를 뒤집지도 않았고, 더욱이 뛰어내릴 때는 배에 진동을 주지 않도록 살풋 몸을 날려 갔다는 것이었다. 여자는 마지막으로 바보 같은 사람, 바보 같은 사람, 하고 정확히 두 번을 되풀이한 다음 악몽에서 깨어난 듯 부르르 떨었다.

녀석이 무슨 생각을 했는지 갑자기 아까 이곳으로 걸어올 때처럼 묘하게 궁금하고 초조한 얼굴을 하고 나서더니,

"유서 같은 건 없었겠군요?"

다짐이라도 주듯이 불쑥 여자에게 물었다.

"그런 건 없었지요, 물론."

여자는 이제 자기 주위의 사람들은 모두 살아남은 자기를 위로하고 싶어 하는 거라고 믿었던지, 그래서 그 사람들의 물음에 성실하게 대답해야 할 자신의 의무를 알고 있다는 듯 고분고분한 목소리로 그에게 말했다. 그러곤 또 조금 있다가 여자는 갑자기 생각이 난 듯,

"참, 아까 이런 걸 줬어요"

하면서 둘레둘레 자신의 손가방을 찾았다. 사내 하나가 아까 여자

가 타고 나온 보트에서 그녀의 손가방을 찾아다 주었다.
"아까 배를 타면서 오늘 혹시 무슨 일이 이상하게 되면 집에 가서 펴보라며 비밀 선물처럼 웃고 건네주기에 전 영문도 모르고 집어넣어둔 것이에요."

여자는 손가방에서 쪽지를 하나 꺼내서 터무니없이 녀석 앞에 그것을 내밀었다. 녀석은 여자로부터 그 쪽지를 받아 들고도 거기엔 별 관심이 없는 듯, 오히려 뭔가 맥이 풀린 듯 머뭇머뭇하고 있더니 결국은 그것을 곁에 선 순경에게 넘겨주고 말았다. 그리고는 이내 불이 켜진 보트장 쪽으로 천천히 발길을 옮겨 가기 시작했다.

"바보 같은 자식, 유서를 쓰다니!"

녀석은 걸으면서 느닷없이 죽은 사람을 저주하고 있었다.

"죽으려고 하는 사람의 말을 살고 싶은 사람이 알아들을 수가 있는 줄 알았다니."

그는 지금 자기의 말을 엿들었거든 얼른 그렇다고 동의를 하라는 듯 나를 이윽히 돌아다보았다.

"살아 있는 사람들끼리도 잘 알아들을 수 없는 말을."

그러나 그는 이내 안타까워진 듯 다시 혼잣말을 내뱉어버리고는 얼굴을 돌리고 걷기 시작했다.

"배를 사서 이제 우리의 장례식을 지내자."

두 사람이 보트장까지 이르자, 그는 남아 있는 한 척의 보트를 사자고 했다.

나는 아무래도 어이가 없었다. 녀석이 도대체 이런 식이라면 진이는 녀석이 떠나가는 순간까지도 그가 같이 흐르고 있는 거품이라는 자신을 가질 수 있을 것 같았다. 그의 거짓말이 이제는 거짓 아닌 진짜 행동으로 뒷받침되어 무서운 파괴력을 발휘하기 시작한 것 같았다. 녀석은 이날 밤 어김없이 거짓말 같은 짓들만 천연스레 감행해가고 있는 셈이었다. 더욱이 장례식이란 또 무슨 잠꼬대 같은 소린가.

"도대체 무얼 할 참이야. 기다리는 사람이 있잖아."

"장례식을 치르잔 말야. 그 새끼들은 기다리게 내버려둬."

그는 망원경을 쳐들어 보였다. 나는 또 한번 가슴이 서늘해왔다.

"너는 언제나 내 훌륭한 구경꾼이었지. 오늘도 구경꾼 노릇만 하면 돼"

하고 나서 그는 다시 어조를 고쳐 말했다.

"잠깐이지만 그젯밤 나는 이놈을 팔면 어떨까 하는 생각을 했었지. 하지만 그건 잠깐이었어. 정말 잠깐이었지―"

그는 변명하듯 허둥지둥 잠깐이란 말을 되풀이했다. 말소리가 문득 끝을 흐리고 있었다. 우리는 보트를 탔다. 나는 아직도 확실히 영문을 모른 채 노를 저어 나가기 시작했다. 녀석은 그제야 생각이 난 듯 '별을 보여드립니다. 5원―'의 표딱지를 뜯어서는 그것을 찬찬히 들여다보았다.

"여기다 5원 대신 백 원이라고 써 붙여서 팔까 했지. 하지만 역시 나는 오늘 밤 이렇게 하기로 정했어"

하고 나서 녀석은 그것을 강물에다 띄워버렸다.

"시간이 너무 늦어지겠어. 오늘 밤엔 진이도 와 있을 텐데."

나는 조심스럽게 그를 재촉했다. 그는 물을 내려다보고 있었다.

별들이 노에 차여 비명을 지르며 흩어지고 있었다.

"영국 간다는 건 거짓말이야."

그는 계속 물을 내려다보면서 말했다. 나는 문득 팔에서 힘을 뽑고 노를 멈추어버렸다. 신기한 일이었다. 녀석의 영국행이 거짓말이었다는 사실은 아무것도 아니었다. 나는 녀석의 입에서 거짓말이라는 어휘가 소리로 되어 나오는 것을 처음으로 똑똑히 들은 것이었다. 더욱이 녀석의 목소리는 그 말에 대해 무척이나 많은 것을 생각하고 있었던 듯 낮고 조심스러웠다.

그렇다면 그의 내부에선 아직도 거짓말이라는 그 말의 어의가 그대로 파괴되지 않고 있었더란 말인가. 그는 그런 나의 생각이 당연하다는 듯 말을 이었다.

"생각을 해본 일은 있지만…… 두 번씩이나 쫓겨 가기는 싫었어. 거짓말을 한 것은 그런 식으로 내 자신의 배반을 맛보지 않고는 견뎌 배길 수가 없었던 때문이었지."

그리고는 이제 물결이 가라앉은 강을 더욱 깊이 내려다보았다. 내가 다시 노를 움직이자 그는 팔을 들어 나를 제지했다.

"가만있어. 여기가 좋겠어."

그는 어둠 속에서 나를 한번 건너다보고는, 그 눈길을 하늘로 큰 호를 그린 다음 다시 강물로 내려뜨렸다.

"이런 물건을 그 녀석들에게 다시 팔 수는 없었지. 어젯밤 무척 많이 생각했어. 하지만 오래 가지고 있으면 난 어느 때고 이놈을 팔게 되고 말 것 같았어. 멋있는 장례식을 생각했지. 아까 오후에 여기가 생각났어. 이렇게 잔잔히 별 그림자가 무늬 진 강을 덮고 잠이 들면 이놈은 별의 꿈을 꾸겠지."

 그는 기다란 것을 마치 어린애를 안듯 깊이 가슴에 품었다가는 몸을 구부려 가만히 강물 아래로 밀어 넣었다. 그리고는 한동안 그 물 밑을 들여다보고 있었다.

 배가 꽤 아래로 흘러 내려와 있었다. 보트장의 불빛이 훨씬 상류 쪽에 있었고, 강심의 보트들이 휘적이는 물소리가 아직도 멀리서 계속되고 있었다.

 이윽고 그가 머리를 들면서 말했다.

 "이제 그만 저어 나가지."

(『문학』1967년 1월호)

공범

195×년 9월 어느 날, 신문들은 일제히 특호 활자를 동원하여 그날 군법회의에서 사형선고를 받은 김효 일병에 관한 기사로 사회면 우상단(右上端)을 채우고 있었다. M대학 재학 중 학보(學保)로 입대하여 전방 부대에서 근무 중이던 김효 일병은 월여 전 그의 애인(신문들이 그렇게 썼다)의 편지와 관련하여 그를 학대한 두 동료 사병을 사살한 사건으로 여론을 어수선하게 하였는데, 언도 공판에서 사형이 선고되자 신문들이 다시 붓을 모으기 시작한 것이다.

― 할 말이 없다. 피고는 재판 중 충분히 변호되었을 것이며, 법은 또 그에게 공정했을 것이다. 다만 아직은 구제의 방법이 있으니까 최선을 다해 그가 다시 참된 생을 누릴 기회를 갖도록 힘써볼 작정이다.

H변호사 협회와 인권 옹호회의 회장을 겸하고 있는 한 변호사는

재판 결과에 대한 소감을 묻는 기자의 질문에 퍽 침착한 답변을 하고 있었다. 김효가 재학했던 M대학의 한 교수 역시 지극히 조심스러운 소감이었으나, 스승으로서의 애정이 좀더 배어 있는 목소리였다.

―가슴 아픈 일이다. 법이 좀더 관용을 보일 수 있으리라 믿는다. 그는 젊은이다. 모난 가지를 치고 나면 우리 사회의 좋은 동량감이 될 수도 있을 것이다.

그러나 가장 직설적이고 단호한 결의를 보인 것은 여류 소설가이며 어머니회 회장인 K여사였다.

―내 자식이 당한 일처럼 가슴이 미어진다. 앞으로 여론 환기, 요로에의 탄원, 기타 가능한 모든 방법으로 그의 구명에 앞장서겠다.

그러나 김효에게 희생된 두 사병의 형이라는 사람의 소감은 단지 '말하기 싫다'라는 짧은 한마디뿐이었다.

사진까지 포함한 모든 기사에서 특히 눈을 끈 것은 피고가 최후 진술을 거부한 채 선고가 내려졌다는 사실이었다.

육군 제○○부대 제X중대, 김효 일병이 근무했고 또 바로 그 사고를 저질렀던 부대의 행정반에는 방금 날라온 신문을 들여다보고 있는 중대 부관 강 중위와 서무병 고준 상병뿐이었다.

고준은 김효에 관계된 기사를 샅샅이 다 읽고, 법정에 선 김효의 사진을 한번 더 들여다보고 나서 비로소 머리를 들었다.

벌써 기사를 대강 훑어보고 고준 상병 뒤에서 그의 옆얼굴을 지켜보고 있던 강 중위는 일어서는 고준의 시선을 피하지 않았다.
—어때?
중위의 눈이 분명 그렇게 묻고 있었다.
—뭔가 자꾸만 잘못되어가고 있는 것 같다.
고준은 신문을 접으면서 생각했다.
—어머니는 왜 터무니없이 열부터 올리는 것인가. 또 김효가 최후 진술을 거부한 것은 무엇을 생각했기 때문인가?
고준은 정말 뭔가 자꾸만 잘못되어가고 있는 것 같았다.
"학보는 아니지만 넌 김효와는 유독 가까웠지. 안됐다."
중위는 얼굴에 진실을 담아보려고 잠시 노력을 하는 기색이었다. 방금 비장한 결심을 토로한 어머니회의 K여사가 고준 자신의 어머니라는 것을 안다면 그는 훨씬 더 재미있어했을 것이라 생각하며 고준은 입술로만 말했다.
"그것보다는 사건이 처음부터 잘못되어가고 있었습니다. 앞으로도 계속 그럴 것만 같아 걱정입니다."
고준은 중위의 이해력의 한계를 고려하지 않고 말했다.
"처음부터 잘못이었다구? 난 알아들을 수가 없는걸."
중위는 방금 얼굴에 진실성을 담아보려던 노력을 동댕이치고 고준을 비꼬았다.
—흥, 너도 조금은 알고 있을 게다. 그는 여자의 편지 따위로 동료를 쏘진 않았다.
"직감이란 건 늘 결과가 들어맞은 담에야 뒤늦은 아쉬움 속에 말하게 되는 것이지만, 일이 좋지 않게 끝날 것 같은 예감이 든단 말입니다. 못 알아들으셔도 상관없습니다."

고준 상병의 얼굴에도 노골적인 조소가 지나갔다.

"그 새낀 뒈져야 해! 그가 마지막 할 말이 없었던 것은 당연한 거야."

중위가 느닷없이 사형수를 저주했다.

―흠, 확실히 말해줄까? 최초의 죄인은 너다. 신문은 김효가 악당들의 수모에서 '애인'을 지키기 위해 총을 쏘았다고 하는 것이 더 재미있었을 것이다. 그래서 사건을 처음부터 이런 식으로 끌고 와버렸는지 모르겠단 말이다.

"억울하게 희생된 두 영혼을 괴롭게 해서는 안 되지. 그를 살려 둠으로써."

중위는 화를 낸 일이 좀 쑥스러워졌는지 두덜두덜 꼬리를 달았다.

―그렇지, 너는 그 두 영혼에게 조금은 감사를 해야 할 것이다. 김효의 총부리는 어쩌면 너를 향했을지도 모르니까.

중위는 고준 상병이 계속 대꾸가 없자 할 말을 다 했다는 듯 테이블을 타고 앉아서 가볍게 휘파람을 불기 시작했다.

고준은 창문을 내다보았다. 창 너머에선 가을이 익어가고 있었다. 그는 산기슭과 연병장을 가르고 있는 돌담으로 눈이 갔다. 그러니까 대략 한 달쯤 전, 부대 봉급날이었다. 지금 내다보고 있는 뒷산 너머 골짜기에 위치한 연대 재정대에서 중대 봉급을 수령해 오다가, 고 상병은 기이한 광경을 목도하고 한참 동안 발을 멈춰 선 채 아연해 있었다. 중대 사병 전원이 그 돌담 밑을 네발짐승처럼 외줄로 벌벌 기어가고 있었다. 간격을 일정하게 잡고 코를 담벼락 쪽에 두른 자세로 벌벌 기어가고 있는 모양은 우선 우습달밖에 없었다.
"코를 담으로! 천천히, 천천히! 코를 담으로!"
작업 때 즐겨하는 버릇대로 수건을 목에 감은 부관 강 중위가 회초리를 들고 두 가지 호령을 한꺼번에 내지르고 있었다. 그 회초리를 본 순간 고준은 번뜩 사태를 직감했다.
강 중위는 언제나 그 회초리를 들고 다녔다. 교육을 시킬 때도, 작업을 지휘할 때도, 심지어는 기합을 줄 때도 중위는 그 회초리보다 더 굵은 것을 손에 들지 않았다. 그것이 부관 강 중위의 그다운 점이었다. 그는 주먹이나 워커 발이나 몽둥이를 사용하지 않고 회초리 하나로 족히 사병을 학대(중위는 그것을 가장 인격적인 방법이라고 믿고 있는 모양이었지만, 실상 그 회초리에 의한 인격의 호소는 지능적인 학대라고 고준은 생각했다)하는 방법을 알고 있었다. 그는 절대로 상처가 나도록 사병을 구타한 일이 없었다. 매질이라야 기껏 손을 내밀게 해서 회초리로 손바닥을 치거나 바지를 걷어 올려 세우고 찰싹찰싹 종아리를 때리는 정도였다. 그러나 그의 지능은 그 회초리가 가장 견딜 수 없는 모욕감을 줄 수 있도록 충분히 활용되고 있었다. 그 회초리를 맞은 사람들은 누구 할 것 없이 워커 발 아래서 10분 동안 뒹군 경험보다 더 오래 그 회초리의 기억을 가슴에 담고 있었다.
그때 고준 상병이 생각난 것은 강 중위의 그 회초리와 관련해서였다. 유독 그즈음은 담벼락 때문에 중위의 회초리가 사병들에게 자주 그 인격을 호소하고 들었기 때문이다.

중대의 변소는 막사에서 산비탈로 꽤 떨어진 곳에 있었다. 그래 밤중에 곤한 잠에서 깨어난 사병들은 담벼락 부근에서 게으름을 부리는 일이 많았다. 이튿날 낮이 되어 볕이 땅을 말리면 지린내가 조금씩 중대 행정반까지 흘러 들어왔다. 담벼락에 허연 돌버짐이 피었다. 강 중위는 용의자를 골라다 회초리로 인격을 호소해보기도 하고 중대원을 한데 모아놓고 훈시도 했다. 그러나 안방과 부엌에서 10미터도 되지 못한 거리에 무개변소(無蓋便所)를 두고 살았거나, 자신들의 손으로 그 변소를 쳐다가 밭을 가꾸었던 사병들은 중위의 호소를 가슴속 깊이 명심하질 못했다. 냄새는 줄지 않고, 담벼락의 허연 돌버짐은 군데군데에 계속해서 피어났다.

"코를 담으로! 천천히, 천천히! 코를 담으로!"

중위는 자기의 말에 율동을 느끼기 시작했는지, 호령에 맞춰서 자기의 바지를 회초리로 철썩철썩 갈겨대고 있었다. 고준은 그 소리를 들으며 중대 막사로 들어갔다. 봉급표를 정리하려고 했으나, 밖에서 벌어지고 있는 기이한 광경에 좀이 쑤셔 결국 다시 유리창 가로 갔다.

중위는 가끔 대열의 앞으로 뛰어가서 선두의 이마를 툭툭 두들겨 전진 속도를 지연시키곤 했다.

"너희들, 냄새가 좋은지 코를 대고 실컷 맡아보란 말야. 천천히, 천천히!"

그러더니 문득 그는 자기의 방광이 이상해지는지 분대장 한 사람을 끌어내어 회초리를 넘겨주고는 부리나케 변소 쪽으로 뛰어갔다. 그러자 이번에는 그 대리 감시를 맡은 분대장 녀석이 또 달려

가는 중위를 한번 흘끔 돌아보고는 흉물스럽게 능청을 떨기 시작했다.

"코를 담으로! 천천히, 천천히! 코를 담으로……"

그는 중위가 하던 대로 회초리로 자기의 바지를 툭툭 쳤다. 담 밑을 기던 사병들의 행렬에서 키들키들 웃음소리가 새어 나왔다. 그러자 녀석은 대열로 뛰어들어 다짜고짜 아무 놈의 이마에나 함부로 회초리를 휘두르며 계속해서 소리를 질러댔다.

"천천히, 천천히!"

고준 상병은 중위에게서가 아니라 오히려 익살을 부리고 있는 그 분대장 녀석에게서 더욱 지독한 모욕을 당하고 있는 기분이었다. 그는 갑자기 몸을 부르르 떨었다.

사건은 바로 그날 밤 일어났고, 희생자는 낮에 부관 강 중위 대신 감독을 맡았던 분대장과 또 한 사람, 그저 상습처럼 남의 편지를 가로채 보고 헤헤거리며 좋아하던 다른 일병 한 녀석이었다.

작업을 나갔던 병력이 우렁차게 군가를 부르며 영문을 들어오고 있었다. 강 중위는 행정반을 나가고 없었다. 고준은 다시 일을 시작하려고 했으나 차바퀴가 겉도는 듯한 이상한 음향이 머리에서 웅웅거렸다.

— 김효가 처음부터 입을 다물어버린 것은 할 말이 없어서가 아니라 하기가 싫어서였을 것이다.

— 아니면 그는 배반을 생각하고 있을까.

실상 고준에게는 그 김효의 침묵 자체가 배반이었다.

고준은 행정반에 있었기 때문에 사건 현장을 목도할 수 없었다.

그러나 그는 사고 중대의 서무병으로서 필요한 이외에는 아무것도 더 알려고 하질 않았었다. 사실 두 희생자는 신문들이 말한 대로 그날 고준 상병 자신이 배달한 김효의 편지를 빼앗다가 장난을 쳤다고 했다. 또 그날 밤은 봉급이 나뉘었기 때문에 술을 마실 수 있었던 데에도 조금은 사고의 원인이 있었을 것이다. 김효는 달래듯 두어 번 편지를 돌려달라고 요구했으나 듣지 않자 천천히 총을 집어들었고, 그때까지도 김효는 웃고 있는 것 같은 얼굴이었기 때문에 소대원들은 그저 장난이려니만 했는데, 그는 어디서 났는지 갑자기 탄환을 총에 장전하면서 순간의 여유도 없이 두 사병을 쏘아버렸다고 하였다.

그러나 그런 사고 원인이나 경위 같은 것은 고준에게 큰 흥미가 없었다. 편지에 대한 동료들의 야유 같은 것은 그것이 처음 일도 아니었고 또 김효 일병도 그쯤은 별로 대수롭지 않게 참아 넘길 수가 있었을 터다. 설령 김효가 못 견딜 수모 때문에 우발적인 충동으로 사고를 저질렀다고 해도 어차피 고준에게는 마찬가지였다.

하기야 그것은 고준이 김효의 범행 이유에 대해 그 나름의 생각을 가지고 있었던 때문이긴 했다. 무지(無知)라는 것은 자기 비애를 느끼고 움츠러들었을 때 연민을 살 수 있는 것이지만, 그것은 때로 한계를 넘어서서 활개를 치며 스스로를 향락함으로써 견딜 수 없는 증오를 자아내게 할 때가 있었다. 고준 상병이 그 무지라는 것과 김효의 범행 동기를 관련시켜 생각하게 된 데에는 그날 낮에 겪었던 일이 퍽 도움을 주고 있었다. 고준은 그때 제풀에 몸까지 떨고 있지 않았던가— 무지가 무서운 파괴력으로 자기 향락을 주장하고 있었다. 그것은 죄악이었다.

하지만 고준으로서는 김효의 범행 동기가 어디에 있건, 그 범행 방법이 어찌 되었든 어느 것도 두 생명을 뭉개버린 일에 대해선 변명이 될 수 없다고 생각했다. 고준의 관심을 끈 것이 있었다면, 김효가 사고를 저지르고 나서 고준이 뛰어갔을 때까지 연민 같은 것을 담은 눈길로 쓰러진 두 동료를 바라보고 있었던 일이었다.

그러나 그것은 김효의 범행 동기에 대한 고준의 추리에 나름대로의 어떤 확신을 주면서 그의 관심 안에만 머물러 있었을 뿐, 사건의 해석은 그런 눈길과는 조금도 상관없이 여기까지 끌려와버린 것이었다.

그래 고준은 김효가 자신의 입으로 그것을 말해주기를 바라고 있었다. 그러나 그 기대를 배반당한다고 해도 그는 자기의 생각을 바꿀 마음이 없었다. 그것은 김효 편으로는 더 많은 도의적 책임을 감수해야 한다는 자기 전제 위에서만 가능한 것이었다. 그러나 고준은 그럼에도 불구하고 그러한 사실이 김효의 재판에(그것이 생명과 관계되는 경우라면 더욱) 관계되어서는 안 된다고 생각했다. 그것은 전혀 별개의 문제여야 했다. 그러나 신문들은 김효와 피해자 어느 쪽에 대해서도 똑바로 이야기를 못하고 있는 것 같았다. 고준 상병의 관심이 머물고 있는 곳은 바로 거기였다. 그리고 그것은 고준을 초조하고 불안하게 했다.

더욱 아직은 김효 자신의 생각마저도 그리 확연치가 못했다. 고준은 만약 김효의 생각이 자기를 뒷받침할 수 없는 것이라면 그가 사람을 이해해왔던 지금까지의 방법에 절망을 하고 말 것 같았다.

김효 일병이 중대로 처음 보충을 받아 오던 날, 서무병 고준 상병은 김효가 써 내놓은 신상명세서를 다시 그에게 밀어주면서 말했다.

"가족란을 더 채워요."

신상명세서의 가족란에는 단 한 사람, 그나마 환갑이 지난 노인 한 사람만이 어머니로 기록되어 있었다. 그러나 김효는 고준 상병 쪽으로 그것을 되밀어놓으면서 눈길을 외면해버렸다. 웃음 비슷한 것이 잠시 그의 입꼬리를 스쳐갔다. 그때 고준은 안 되겠다고 생각하며 그를 일단 내무반으로 내보냈다. 학보병이라든지 웬만큼 학교물을 먹은 자들이 자주 그러는 것처럼 김효는 웃고 있었던 것이다. 그것은 소대의 동료 사병들로부터 가장 용서받기 힘든 것이었다. 고준은 경험을 가지고 있었다.

고준이 보충을 왔을 때도 사정은 김효와 별로 다른 게 없었다. 육군 형무소를 체신 없는 시아버지 부엌 드나들듯 했다는 사고병 하나가 이병 계급장을 달고서 온 중대를 누비고 다녔다. 그는 늘 술에 취해 있었으며, 그럴 때면 꼭 눈꼬리에 눈곱이 몰려 있곤 했다. 고준이 처음 이 중대로 온 날 밤이었다. 보충병 신세로는 담배를 정량대로 배급받기가 어려울 듯싶어 밖에서 미리 사 넣고 온 아리랑을 한 알 빼어 물고 막 연기를 한 모금 뿜었을 때였다. 필터를 손으로 감춰 쥐고 있는데도 내무반으로 들어오던 그 이병이 대뜸 콧구멍을 민감하게 벌룽거렸다.

"이거 못 맡던 담배 냄샌데?"

"제가 피우고 있습니다."

고준은 얼른 일어나 그에게 아리랑을 권했다.

"아, 나두 있어."

그러나 이병은 자기 주머니에서 화랑을 꺼내어 피워 물었다. 고준은 소문을 들은 바도 있었지만 정말 이 치를 조심하지 않으면 안 되겠다고 마음을 도사렸다. 고준은 그런 경우 방법을 알고 있었다. 기회를 기다리기로 했다. 그리고 그 기회는 의외로 빨리 찾아왔다. 일주일쯤 지난 뒤에 야간 훈련을 나갔을 때였다. 강원도 천 리 골짜기마다 타오르던 가을이 어둠 속으로 점점 꺼져들고 서녘 하늘이 시체처럼 싸늘한 자줏빛으로 변해가고 있었다. 초저녁 조각달이 희미한 밤 그늘을 짓기 시작했다. 고준은 개인 호에 팔베개를 하고 하염없이 누워 있었다. 그때 그림자 하나가 가랑잎을 부스럭이며 그의 개인 호로 다가왔다.

"피곤한가?"

1미터쯤 간격을 두고 머물러 서서, 일부러 억양을 담으려고 하는 듯한 목소리는 그 이병의 것이었다.

"네, 조금은…… 하지만 다들 견디는 일인데— 좀 앉으시죠."

고준은 피로를 씻어낸 음성으로 말했다. 그러자 이병은 고준의 곁으로 앉으면서 무슨 시커먼 것을 고준에게 건네주었다.

"고구마다. 배도 고플 테지. 생고구마를 씹으며 밤을 지내보지 않은 새끼들은 사는 맛을 모른다."

고준은 기회를 놓치지 않았다.

"상(喪)을 당하신 모양이더군요. 모자에 상장(喪章)을 달고 다니시던데."

 이병은 작업모의 한쪽에 마포천을 접어 달고 다녔다. 고준의 그 한마디는 깊이 숨어버린 이병의 이야기를 끌어내는 데 신약과 같은 신효험을 드러냈다. 이병은 마치 그 약효가 전신으로 골고루 퍼져 나가기를 기다리듯 잠시 눈을 감았다가 조금씩 이야기를 꺼내기 시작했다.

 그는 어머니의 상을 당하고 있었다. 그리고 그에게는 고준이 예상했던 것보다 더 난처한 곡절들을 고향 집에 남겨두고 있는 처지였다. 이병은 그런 자기 신상에 관한 이야기로부터 군대 일반의 이야기, 소대의 이야기까지 모조리 쏟아놓았다. 고준은 그것들을 열심히 깊은 관심을 가지고 들어주었다.

 "나도 신병 시절을 지내봤으니까 너희들의 고충을 안다. 하지만 술이 들어가면 자꾸 분한 생각이 들거든. 말해두지만 내가 술을 마셨을 땐 내 눈에 띄지 않는 게 좋을 거다. 사람을 가리지 않고 마구 행패를 부리는 모양이니까."

 이야기를 끝내고 이병은 떠듬떠듬 고준에게 그런 주의까지 주었다.

 그 며칠 뒤 소대원들에게 모듬매를 때리고 나서 그는 다시 고준을 막사 모퉁이로 불러냈다.

 "미안해. 그런 땐 어쩔 수가 없거든—"

 그는 오히려 고준이 민망스런 표정을 짓고 있었다.

 그로부터 고준은 자기의 방법에 확신을 갖기 시작했다. 그는 이병으로부터 앞으로의 병영 생활을 해가는 데 가장 좋은 이해의 방법을 얻은 셈이었다. 그는 애초 이병에게 자신의 숨은 호소 같은 걸 시켜보려 했을 뿐이었다. 자기 이야기를 털어놓은 사람 앞에 난폭해지기는 누구나 힘들다는 것을 알고 있었기 때문이다. 그래 그는 이병에게 그의 이야기를 언제나 쉽게 받아들일 수 있다는 편안한 태도를 보이려 한 것이었다. 결국 이병은 자기의 모든 이야기를 했고, 고준에게는 그때까지보다 훨씬 더 깊은 관심을 가지고 동료들의 생활을 살피게 된 계기를 준 것이다.

고준은 나중 그런 모든 경험을 김효 일병에게 들려주었다. 어찌 된 일인지 그 이병은 김효가 오기 얼마 전 장기 복무를 지원해둔 바가 있었는데, 그것이 어느 지휘관의 어려운 배려를 입어선지 뒤늦은 허락 통보를 받고 났을 무렵이었다.

하지만 고준의 그런 귀띔은 김효에게도 이병에게도 별 소용이 없었다. 더욱이 이병에게는 그 장기 복무 허락이 전혀 행운이 될수가 없었다. 행운은커녕 무서운 화근이었다. 장기 복무를 위한 특수 교육을 받고 와서부터 진급이 되기 시작한 이병은 오래지 않아 소대의 분대장이 된 후, 부관 강 중위 대신 그 기괴한 기합의 감독을 맡은 날 밤, 김효에게 온 어떤 여자의 편지를 가로채 읽다가 어이없게도 그의 총알에 생애를 무참하게 마감해가고 만 것이다.

다음 날도 그다음 날도 신문들은 계속해서 김효를 걱정하는 눈치였다. M대학 그의 학우들은 탄원서 서명운동을 벌이고 있었고, 법의 공정을 믿는다던 변호사는 그 법의 허술한 구멍을 찾기 위해 특별 변호인단을 조직했다. 그의 스승들은 냉정을 지키려 노력하면서도 김효의 학교생활이 바람직한 것이었다고 지나가는 말처럼 설명했다. 다만 자기 자식의 일처럼 슬퍼하면서 가능한 모든 방법으로 구명운동에 나서겠다던 어머니회의 K여사만이 아직 이렇다 할 기삿거리를 제공하지 못하고 있었다.

사실 어머니회의 K여사는 김효의 사건이 자기 아들이 당한 일인 듯 충격을 받고 있었다. 맨 처음 신문 보도를 보고 K여사는 공교롭게도 그 사고 부대가 바로, 고분고분하지 못한 성미를 가진 아들 녀석의 중대인 것을 알고는 부르르 치를 떨기까지 했다. 그리고 이리저리 증인 심문 같은 델 끌려다닐 아들 녀석이 걱정되어 한동안 입맛까지 잃어버릴 지경이었다. 김효 청년에게 사형이 선고되고는 아예 눈앞이 깜깜 아득했다. 그러나 얼마 동안의 흥분이 가시고 김효 청년이 이제는 사형을 눈앞에 두고 있는 현실을 차곡차곡 정리해 생각하자 K여사에게는 오히려 이상한 평온이 찾아왔다. 그녀는 다시 세상을 향해 김효 청년은 마땅히 재출발의 기회가 주어져야 한다고 호소했다. 신문기자들 앞에선 김효 청년의 구명운동에 즐거이 앞장을 서겠노라 나섰다. 그러면서 K여사는 사실 자기의 그러한 결의야말로 어느 모로나 떳떳하고 정당할 수밖에 없다고 생각했다. 김효 청년은 무조건 구해져야 한다고, 적어도 자기로서는 그를 구하도록 하는 일에 노력을 아끼지 말아야 한다고 생각했다. 법률이 어떻게 판결을 하든 간에 그 법률은 생명의 보편성 위에 서야 할 것이었다. 인간의 생명이란 보편성 그 자체이며 그것의 원리가 아닌가. 사형은, 인간의 생명을 빼앗는 것은 인간에 대한 형벌의 방법일 수가 없었다. 도대체 인간이 법의 이름으로든 다른 어떤 이유로든 다른 한 인간의 생명을 요구할 권리가 있을까? 김효는 그가 아직 살아 있다는 이유만으로도 계속 살아 있어야 할 권리가 있었다. ―인간의 논리가 인간 자체를 부정할 수 있는 데까지 용납되어서는 안 된다.

K여사는 자기 생각에 점점 자신을 갖기 시작했다. 더욱 자기는 인간의 진실을 건져내고 그 불가침의 존엄성의 영토를 사수해나가는 일을 소명으로 삼고 있는 문필가가 아닌가……

그렇다면 김효 청년의 구명에 가능한 방법은 어떤 것이 있을 것인가. K여사는 생각을 짰으나 답답한 머릿속이 좀체 트여오질 않았다.

다음 날 K여사는 찌뿌듯한 머리를 싸안고 일찍 어머니회로 나갔다. 거기서 결국 K여사네들은 '어머니들의 이름으로' 요로에 공개 탄원서를 내고, 한편으로는 가두서명 운동을 벌이기로 했다. 탄원서 문안 작성은 K여사 자신이 맡았다. 여론의 강력한 지지를 얻을 수 있으리라는 결론에서였다. 그러나 K여사의 찌뿌듯한 머리는 여전히 활짝 트이질 않았다. 한사코 김효 청년이 구해져야 한다는 소신과는 반대로 자기의 방법이 그 작업에 어느 만큼의 힘이 될 수 있을까 하는 의문이 머리에서 떠나지를 않았다. 사실을 말하자면 K여사 자신은 그와 같은 방법이 지금으로서는 오히려 김효 청년의 입장을 궁지로 몰아넣을지도 모른다는 의구심을 지니고 있었다. 뭐라고 해도 K여사는 아직 법이 현실 생활과 질서를 위해서 기여하고 있는 구실을 부인할 수 없었다. 때로 법은 눈물까지 흘리면서 보다 큰 질서를 위해서는 비정한 단죄의 칼을 내리치는 것을 보아온 터였다. —질서. 형벌은 경고적인 의미에서도 큰 의미를 지니는 것이다. 경고적인 구실을 겨냥하지 않을 때 법은 칼을 거두는 관용이 가능해질 것이다. 그러나 김효에 대해서 매스컴은 필요 이상의 관심을 표명했고 세상은 지나치게 흥분했다. 만약 이제 법이 그 단죄의 칼을 거두는 경우, 많은 사람들은 여론이 법을 굴복시킬 수 있었다는 기억을 간직하게 될 터였다. 그것이 다행스러운 일일 수만 있을까?

K여사는 머리를 저었다.

그렇다면 지금 여론에 등을 대려는 자신들의 행위는 김효를 위해서 오히려 없음만 못한 일이었다. 그러면 자신은 거기서 외면할 수가 있을까? 그것도 불가능한 일이었다. 결과야 어떻든 자신이 지금 조용히 보고만 있는 것은 자기 문학의 진실을 배반하는 행위임이 분명했다.

K여사의 머릿속에는 이미 김효 일병이 사라지고 없었다.

하지만 K여사가 그렇게 김효 청년을 위해 가두서명 운동을 벌이고 요로에 탄원서를 내고 하는 동안, 불행하게도 사건은 고등 군법회의로 넘어가 이미 항소 기각을 당하고 말았다. 군법회의에서 대법원으로의 상고는 절차법이 미비되어 있으므로 고등 군법회의의 항소 기각은 사실상 김효 일병 사건의 확정심이 되어버린 셈이었다. 고준이 궁금해하던 김효의 최후 진술도 끝내 기회를 잃고 만 것이다. 이제 남은 일은 주무 장관의 확인과 형 집행뿐이었다. 다만 이 사건은 세상을 퍽 소란케 했던 터이므로 사형 집행 여부의 최종 결정이 주무 장관 단독으론 쉽게 행해지지 않을지 모른다는 추측을 남기고 있을 뿐이었다.

고등 군법회의에서 김효의 확정 판결이 내려진 이틀 뒤, 중대 행정반에 온 신문에는 K여사의 김효 구명운동에 관한 기사가 실려 있었다. 숫제 대통령에게 보낸 '어머니들의' 간곡한 공개 탄원서와 가슴에 휘장을 두르고 가두서명 날인 운동을 시작한 K여사네의 어머니회를 위해서 시민들은 협조를 아끼지 않고 있었다. 기대했던 대로 신문들은 탄원서와 기사와 사진을 의기양양하게 싣고 있었다.

"흥, 신문들은 도대체가 어쩌자는 거야. 억울하게 희생당한 두 사람은 천하 악당이고 차라리 김효는 당연한 일을 한 영웅이라고 추키고 싶어 하는 눈치란 말야."

부관 강 중위는 화가 치밀어서 신문을 동댕이쳤다. 고준 상병이 신문을 다시 주워다 펴 들었다.

참으로 기괴한 일이었다. 두 희생자의 영혼은 각각 다른 동기를 지닌 두 사람으로부터 결국 공통된 위로를 받고 있는 셈이었다.

사실 신문은, 세상은 그 두 사람을 은근히 악당으로 만들어놓고 외면을 하고 있는 셈이었다. 하긴 그래야 김효에게 여론이 유리하게 기울 법한 일이었다. 그러나 도대체 그래서 김효를 어떻게 할 참인가. 그것은 아직도 확실치 않았다. 그리고 이제 최후 진술의 기회까지 잃어버린 김효는 정말로 아무것도 말할 것이 없는 것일까. 고준은 이제 모든 것이 자신의 문제로 남아버리게 된 것 같았다. 고준은 김효에게 있어서 사병들에 대한 자기의 방법이 확실히 이해되고 있었는지조차 확신할 수 없는 것이 안타까웠다.

군영 생활을 해본 사람은 알겠지만, 그 생활에서 가장 벗어나기 힘든 것은 시간에 대한 공포였다. 생활에 기복이 없고 언제나 계획된 일과에 따라 훈련하고 먹고 자는, 이를테면 시간이 평면으로만 흐르기 때문에 지나간 일은 기억이 없고 남은 시간은 아득하여 그것은 누구에게나 공포감을 주었다. 전방 산골, 골짜기마다 고요만 넘쳐흐르고 움직이는 것이라고는 철모와 제복의 남자뿐인 세계에 낯선 보충병이 새로 온다는 것은 사병들에게 잠깐 동안의 위안거리가 아닐 수 없었다. 그래서 그들은 대뜸 놀이를 시작하는 것이다. 누이가 있느냐, 마누라가 있느냐, 처제가 있느냐, 처제가 있으면 그년도 널 좋아하느냐, 좀 어루만져주지 않았느냐, 처제 못 따먹은 병신도 있느냐…… 절구통에 치마를 둘러놓고도 히히덕거릴 수 있는 지경에서 그들은 언제나 여자로부터 이야기의 실마리를 찾아냈다.

　고 상병 자신은 그 시간의 공포에서 벗어날 수 있는 방법을 비교적 여러 가지 알고 있었다. 편지를 쓴다든지, 읽었던 책을 머릿속에서 되씹어본다든지, 오래된 음반의 리듬을 쫓는다든지, 학교 시절을 회상한다든지, 심지어 자학까지도 그를 위해서는 지루한 시간을 메워나갈 방법으로 동원될 수 있었다. 그러나 전방 부대의 많은 사병들은 그런 방법을 배운 일이 없는 사람들이었다. 그들이 알고 있는 것은 배우지 않고도 몸에 익어 있는 것뿐이었다. 술과 섹스와 난폭성은 배우지 않고도 이미 몸에 지니고 있는 방법들이었다.

　그러나 그들도 학보 보충병에게는 접근해오는 방법이 달랐다. 학보병들에겐 무턱대고 섣불리 덤벼들려고 하질 않았다. 싸늘할

만치 무관심한 듯한 눈초리로 슬금슬금 눈치만 살피고 맴돌았다. 학보병이 생각하고 속에 지닌 것이 무엇인지는 몰라도 그들을 함부로 할 수 없다는 것만은 알고 있었다. 이들은 학보병들을 공연히 자기네와는 무엇인가 다른 데가 있는 사람들이며, 그 다를 수밖에 없다고 생각되는 것을 무턱대고 부러워하기도 했다. 그래서 한편으론 누구보다 이 괴물들과 특별한 연관을 갖고 싶어들 하였다. 그러나 그들은 그렇게 생각할 뿐 방법을 모른다. 멀찍감치서 슬슬 봐 돌기만 일삼았다. 그러다 이쪽의 눈과 맞부딪치기라도 하면 그들은 속셈을 들킨 것처럼 갑자기 자신을 도사렸다. 이쪽은 그러니까 그들의 관심이 편안히 접근해올 수 있도록 유인해줄 수 있어야 하였다. 그렇지 못할 경우 이쪽의 세련되고 닦인 지능은 당장 악덕으로 심판이 되었다. 그들은 이 새로운 괴물에 대한 관심을 결코 포기하지 않기 때문이다. 이쪽에서 먼저 길을 열어주지 않으니 그들이 새로 접근을 시도해오는 다른 방법인 것이다. 그들은 이제 이 괴물의 행동에 대해 새삼 난폭한 간섭을 가해오기 시작한다. 그리고 배반감을 동반한 그런 간섭은 이쪽을 참으로 견딜 수 없도록 만들었다. 고준은 자신의 충고도 있었지만 김효 일병이 결코 그렇게 된 것은 아니라고 생각했다.

어느 날, 김효는 구겨진 여자의 편지를 들고 와서 고준을 보고 웃으면서 이런 말을 했었다.

"곤란하군요. 이건 어떻게 생각해야 할지 모르겠어요."

나무손(시골에서 온 사병들은 스스로를 그렇게들 말했다)들이 편지를 훔쳐다 큰 소리로 낭독하는 것을 빼앗아 왔다는 것이었다.

고준도 웃을 수밖에 없었다.

"소대에선 뭐든지 나눠 갖지 않나. 하지만 자네가 받은 그 편지의 즐거움은 어떻게 나누어줄 것인가. 괴상하고 치사한 구걸 같지만 자네가 지금 가진 즐거움의 분배 방식이 그런 것이라고 생각할 수밖에 없지."

김효는 이해하는 듯했다. 그리고 그다음부터 그의 편지의 즐거움은 으레 그런 식으로 소대 안에서 골고루 분배를 당하곤 했다. 고준은 이제 소대가 가지고 있는 어떤 분위기를 김효 일병이 이해해가는 거라고 생각했다.

그런데 사건은 방금 엉뚱한 영웅 애정극으로 끝나려 하고 있었다. 증인 심문을 받은 소대의 사병들마저 무엇에 기가 질렸던지 이미 눈을 감아버린 두 사병에 관해서는 한마디도 변명을 못했고, 불가피하기는 했지만 고준 자신도 미처 그 두 사람을 위해서는 전혀 좋은 말을 해주지 못했다. 무엇보다 확실해져야 할 것은 그 두 사람은 자신들이 알고 있는 방법대로 그것이 당연한 것처럼 행동했다가, 생명을 잃은 순간까지도 어째서 그것이 잘못인지를 몰랐을 것이라는 점이었다.

유리창 밖에선 때아닌 가을비가 제법 주룩주룩 소리를 내며 쏟아진다. 머리가 허연 노인은 우리에 갇힌 사자처럼 집무실 안을 꼭 다섯 번이나 왔다 갔다 하고 난 다음에야 겨우 창가에서 발을 멈춰 섰다. 숫제 난자당한 듯한 주름투성이의 이마에는 어떤 완연한 연민 같은 것이 골골이 스며 있다. 혹시라도 뒤에 추궁당할 여지를 남기지 않기 위해 김효 일병 사건을 예까지 가지고 온 L씨가 위엄이라고는 눈곱만큼도 찾아볼 수 없는 금테 안경 너머로 줄곧 노인을 지켜보면서 불안스럽게 손바닥만 비벼대고 있었다. 그는 속으로 놀라고 있었다. 자식도 없는 노인이 한 젊은이의 생명에 관해 그처럼 주저할 줄은 전혀 예기할 수 없었던 것이다.

"그래—"

드디어 노인은 위엄이 숨어들다 못해 이젠 숫제 처량감마저 감돌고 있는 L씨의 안경 앞으로 다가오며 묻기 시작했다.

"글 쓰는 사람, 학교 선생, 재판 때 변호하는 사람, 또 누구더라? 그래 학교 학생들…… 그 학생들하구 신문들이 다 그 젊은이를 살려주는 게 옳다고 한단 말이지?"

"대개 그렇습니다."

노인은 다시 창가로 가서 한동안이나 또 바깥만 내다본다. 늦가을비가 이상한 정취를 자아내고 있다. L씨는 초조했다.

"자넨 아들이 있지?"

창가의 노인이 갑자기 몸을 돌이켰다.

"네, 각하."

L씨는 놀라며 번쩍 부동자세를 취한다.

"그래 자네 생각은 어떤가?"

"네, 저는 오직 각하의 영단을 봉행할 수 있을 뿐입니다."

노인의 인중 근육이 두어 번 실룩거린다.

"무슨 소릴…… 난 지금 자네 의견을 묻고 있는 게야."

—못난 사람.

노인은 심란한 표정이다.

―이 작자들은 한번도 변변한 의견을 내놓은 일이 없지. 그저 부동자세나 취하고 당황해 어쩔 줄을 몰라 하는 것으로 자기 일을 다한 듯이 멍청한 얼굴로 서 있기가 일쑤지.

노인은 다시 창문 밖으로 시선을 던져버린다. 이윽고 그가 다시 L씨를 향해 돌아섰을 때는 이마에 서렸던 연민 같은 것이 한 방울도 남아 있지 않은 얼굴이다.

"안 되겠어. 그 사람들 법이 사람 하자는 대로 다 할 것처럼 너무 떠들어서 말이야."

차가운 유리창에 식히고 식힌 목소리였다.

북악산 밑의 어떤 외딴 청기와집 속에서 머리 흰 노인과 금테 안경을 낀 L씨 사이에 그런 말이 오고 간 그 이튿날, 신문들에는 일제히 김효의 사형 집행 사실이 실려 있었다.

김효는 최후 순간에 '두 영혼에게 가서 사죄하겠다'는 한마디를 남기고 있었다.

행정반에서 신문을 내려놓고 있는 고준 상병의 손이 가늘게 떨고 있었다.

―결국 그렇게 되었구나.

그는 언젠가 야간 훈련 때의 그 시체처럼 싸늘히 식어가던 그런 하늘을 한동안 유리창 너머로 묵묵히 지켜보고 있다가, 문득 펜을 들어 어머니 K여사에게 글을 쓰기 시작했다.

―오늘 김효의 사형이 집행되었군요. 그의 구명운동이 거리와

신문을 그렇게 휩쓸었는데도 말입니다. 저는 신문을 통해 어머니의 뜻도 알고 있었습니다. 하지만 법은 그런 따위 영웅극은 다시 용납하지 않으리라고 시범을 보였습니다. 다 끝난 셈이지요. 하지만 정말 끝났을까요? 두 사병이 무참하게 죽어간 일이나 김효가 결국엔 그렇게 되어버린 일, 두 가지 중 김효 자신의 한마디를 제외하고는 어느 것도 진실이 이야기된 일이 없었던 것 같은 저의 미진한 느낌은 무엇 때문일까요? 바로 말하지요.

이제 어머니께서는 아셨을 줄 압니다. 김효를 변호한 것이 오히려 그를 더 빨리 그렇게 만들어버렸다는 기묘한 아이러니를 말입니다. 어쩌면 어머니께서는 훨씬 전부터 그런 점을 이미 짐작하고 계셨을는지도 모릅니다. 그런데도 어머니께서는 김효의 생명에 앞서 어머니 자신의 어떤 진실이나 신념을 좇아 거리로 나섰을 경우를 상상해봅니다. 그렇다고 지금 저는 어머니의 그런 신념이나 진실을 부정하려고 하진 않습니다. 하지만 누구나 자기 나름으로는 진실을 주장하고 있었는데, 결국은 그 진실이라는 것이 오로지 김효를 보다 빨리 죽게 하는 데에만 보탬하고 있었거나, 적어도 결과에 있어서 아무것도 진실은 이야기되지 못한 것과 마찬가지라면, 우리는 그것을 어떻게 생각해야 할까요.

무서운 일입니다……

고준은 글을 더 써 내려가지 못하고 한동안 머리를 싸매고 있었다. 강 중위가 그것을 뒤에서 조심스럽게 지켜보고 있었다. 고준은 지금 자신의 생각을 정확하게 이야기할 수가 없었.

이제 김효와 같은 영웅은 다시 나타나지 않을지 모른다. 그리고 김효 사건에 질려 이제 다시는 남의 편지 같은 걸 보아서는 안 된다고 나무손들은 생각할지 모른다. 하지만 군대는 여전히 배우지 않고도 아는 방법이 아니면 자기를 어떻게도 할 줄 모르는 나무손들이 얼마든지 들어올 것이다. 그리고 가엾게, 어째서 그것이 김효를 성내게 했는지도 모른 채 뜻 없이 죽어간 두 희생자는 악당이 되었다.

그것을 어머니에게 어떻게 설명할 수 있을 것인가. 게다가 고준은 어머니의 이번 구명운동이, 법의 관용을 기대해볼 수조차 없게끔 하여 김효를 끝내 희생시키고 말았음에 틀림없는 거대하고 요령부득한 어떤 힘—거기서 고준은 개개의 인간이나 집단이 제각기 따로 의지하고 있는 개개의 진실과, 그 개개의 진실들이 불가피하게 서로 야합해서 저지른 무도한 횡포와 음모를 생각했다—의 공범이었다고는 차마 주장할 수가 없었다.

그는 이윽고 종이를 구겨서 주머니에 쑤셔 넣고 행정반을 나와 성큼성큼 대대 인사과 쪽으로 걸어가기 시작했다. 신문이 오기 조금 전, 대대에서 새로 온 보충병들을 인수해 가라던 전화 지시가 비로소 머리에 떠오른 때문이었다.

—이번 녀석들은 어떤 놈들일까.

그는 걸으면서 생각했다.

다음 날부터 신문들은 부지런히 새로운 사건을 쫓고 있었고, 김효는 어디에서도 다시 이야기된 일이 없었다.

(『세대』 1967년 1월호)

등산기

 개벚나무 사이로 들어오는 들판에는 한강 줄기가 길게 누워 있었다. 초가을 냉기에 선득선득 놀라 강은 굽이치며 유리판같이 맑게 빛났다. 그것은 멀고 신비스러웠다. 나는 숨을 죽이고 그 개벚나무 사이에다 시선을 비끄러매고 있었다. 나를 그런 것으로 이끌어주는 것은 언제나 아버지의 눈길이었다.
 아버지는 무거운 등산 배낭을 지신 채 반쯤 바위에 기대앉아서 나와 같은 곳을 바라보고 계셨다. 아니, 정확하게 말하면 내가 그 아버지의 눈길을 따라 강물을 보고 있었다. 나는 정말 바보다. 고등학교 여학생이 된 뒤로 대학 4학년이 된 지금까지 7년 동안 아버지를 따라 산을 오르면서도 내 눈은 아무것도 볼 줄을 모른다. 봄에는 아지랑이가 짙어서 좋고, 여름은 신록이 싱그럽고 산봉우리의 바람이 시원하고, 가을은 또 단풍이 곱고…… 하는 식으로 산을 알고 있을 뿐이다. 그것은 햇수나 헤아리며 산을 다니는 내게는 오히려 산이 단조롭다는 이야기나 마찬가지다. 그러나 바로 그 산이 아버지의 눈길만 가닿으면 이상하게 모습이 변해갔다. 아버지의 눈길은 마술을 지닌 것인가. 산은 아버지의 눈길에 견디지 못하고 그 일상의 옷을 벗어 보이는 모양이었다. 아버지의 눈길이 닿는 곳, 아버지의 발길이 머무는 곳에는 예외 없이 신기로운 산의 정령이 숨을 쉬고 있었다. 아버지는 마치 작고 영원한 노랫소리에 귀를 기울이는 사람처럼 조심스럽고 조용하게 그것들을 찾아내곤 하셨다. 나는 그 아버지의 눈을 통해서만 산을 보는 것이다. 지금 그 개벚나무 사이로 들어오는 강물만 해도 그랬다.

"자, 또 가볼까……"

아버지가 이윽고 자리를 일어서셨다.

나는 후딱 강물에서 시선을 거두고 일부러 피곤한 눈을 해 보이며 아버지에게 두 손을 내밀었다. 아버지의 큰 손이 나를 일으켜 세웠다. 나는 다리를 휘청거리면서 뱅그르 몸을 한 바퀴 돌린 다음 덥석 아버지의 배낭 끈을 붙잡았다. 아버지는 아무 말씀도 하시지 않고 걷기 시작했다. 일행은 벌써 길을 멀리 올라가버렸나 보다. 말소리도 들리지 않았다. 하긴 그 편이 아버지를 더 편하게 할 것 같았다. 나는 끈을 붙잡은 채 머리를 숙이고 아버지를 따랐다. 아버지는 대체로 가볍게 발을 들어 올려서는 살짝 땅을 내려디디면서 힘을 아껴 걷고 계셨다. 등산 보행이었다. 그러나 아버지의 등산화를 신은 발이 너무 크고 투박스러워 보인다. 발뿐만 아니라 아버지는 몸집 전체가 컸다. 그래서 그 발길이 힘이 들어 보이는지 모르겠다. 나는 조금씩 힘이 들어 보이는 그 아버지의 발을 보지 않기 위해 끈을 놓아버리고 시선을 끌어올렸다. 아버지는 무게가 줄자 힐끗 나를 한번 돌아다보실 뿐 역시 아무 말씀도 안 하시고 걷기만 하셨다. 산 아래서 내가 꽂아드린 단풍잎이 퇴색한 모자에 매달려 간들거렸다. 그 모자 밑으로 비쭉 내민 머리털에 흰 것이 눈에 띄게 섞여 있었다. 등산객은 차림새가 험하니까 한 가지는 화려한 색깔이 좋겠다고 하시면서, 모처럼 목에다 두르시고 나온 색 수건의 은옥색 바탕과 진홍 줄무늬가 그 흰 머리털을 완강히 부인하고 있는 듯했다. 등으로 흘러내린 배낭도 전처럼 찰싹 붙어 있지 못했다. 나의 생각 때문일까. 그 배낭이 자꾸만 아버지의 넓은 등에서 무게를 더하며 아래로 처져 내리고 있었다. 사실로 아버지는 그 배낭의 무게 때문에 가끔씩 목을 거북하게 저으시곤 했다. 그러면 나의 눈에서도 아버지의 발걸음이 더욱 무거워지곤 했다. 아버지는 내가 짜드린 두꺼운 털양말을 정강이까지 높이 신고 계셨다.

그런데 조금 뒤에 놀라운 일이 일어났다. 아니, 그것은 조금도 놀라워할 일이 아니었다. 산을 다니다 보면 누구에게나, 또 언제나 있을 수 있는 일이었다. 아버지가 길 가운데 솟은 돌부리를 차고 몸을 조금 기우뚱하신 것이다. 정말 그것은 조금뿐이었다. 그런데 나는 어찌 된 셈인지 그 순간 몸에서 힘이 쭉 빠져나가도록 놀라고 있었다.

"좀 쉬어서 갈까요?"

엉겁결에 나는 그런 말까지 하고 말았다. 아버지가 가만히 한숨을 내쉬고 돌아서며 나를 쳐다보셨다.

"조금만 가면 될 텐데."

 말씀하시는 아버지의 눈길은 나의 머리 너머 산 아래에서 무엇인가를 찾고 계셨다. 그때야 나는 비로소 나의 실수를 깨달았다. 쉬어 가자고 말한 것이 더 나빴다. 나는 정말 바보다. 천마산—모르면 몰라도 그간 다섯 번은 넘어 올랐으리라. 그런데도 나는 아직 점심 취사 터조차 명념(銘念)해두지 못하고 있었다. 아버지는 서울 근교의 모든 산에 대해 개울물이 끊어지는 지점을 알고 계셨다. 그곳은 대개 점심을 짓는 취사 지점으로 되어 있었다. 아버지는 심지어 계절에 따라 달라지는 물의 높이까지 정확하게 구분하고 계셨다. 물이 없는 곳에서는 지세를 살펴서 물을 찾아내시기도 하였다. 뿐만 아니라 어느 산, 어느 지점에서 폭우 같은 것을 만나도 아버지는 가장 가까운 대피소로 우리 S산우회 대원들을 신속하고 안전하게 안내해 가셨다. 서울 근교의 산은 1년 52주 동안을 한번도 겹치지 않는 코스를 안내하실 정도셨다. 벌써 눈치를 챘겠지만, 아버지는 우리 등산회의 리더셨다. 아버지는 대학교 역사 교수지만 세상에는 등산인으로 더 많이 알려지신 터였다. 그렇다고 어디에 산에 관한 이야기를 쓰신 일은 없었다. 그냥 묵묵히 산을 다니실 뿐, 그것을 남에게 말하는 일도 별로 없으셨다. 그러시던 아버지가 어찌 된 일인지 몇 달쯤 전부턴 다른 어떤 사람에게 리더를 대신케 하고 당신은 멀찌감치서 일행의 뒤를 따라다니기 시작했다. 나 역시 그 아버지와 함께 일행의 뒤쪽으로 떨어지지 않으면 안 되었다. 아버지의 기력은 그때부터 눈에 띄게 줄어드셨다. 그러나 다른 사람들이 그 아버지를 특별히 기다려주는 일은 없었다. 그들은 이 아버지의 기력을 눈치채지 못했을지도 모른다. 하지만 눈치를 챘더라도 그들이 아버지를 기다려주는 일은 없었을 것이다. 무엇보다 아버지 자신이 쇠퇴해가는 건강을 인정하려지 않으시는 것이다.

나는 가만히 아버지의 눈을 쳐다보았다. 거울같이 번들거리는 그 강을 보고 계시다가 나의 시선을 의식하자 아버지는 슬그머니 다시 돌아서 걷기 시작하셨다. 걸음걸이가 역시 여느 때보다 무거워 보였다. 정말로 아버지는 너무 갑자기 늙어버리시려는 것 같다. 왜 아버지는 지금 늙으시려는 것인가. 아버지에게는 이제 늙어도 좋을 만큼한 젊음이 없었다.

한 여자를 사랑했고, 그리고 그 사랑이 지극히 서툴렀기 때문에 아버지는 다른 아무것도 하지 못한 채 젊음을 보내버리신 것이다. 하지만 그런 사실은 내가 대학 3학년이 되던 작년 봄에야 비로소 알 수 있었다.

고향을 북쪽에 둔 아버지는 어머니가 죽었다고만 했고, 내가 여학생이 되면서부터 응석으로 어머니를 갖게 해달라고 말해도, 아버지는 그저 웃기만 하셨다. 나는 그런 식으로 아무것도 모르고 지내온 셈이었다. 그런데 작년 봄 어느 날, 그날도 날씨가 매우 청명한 일요일이었는데, 아버지는 저녁 무렵 산을 다녀오시다 당신의 고향 친구라는 분의 집엘 들르신 일이 있었다. 그날 아버지는 술상을 편 아랫방에서 무엇인가 그 친구 분으로부터 오래 졸림을 당하고 계셨고, 나는 안방 마루에 앉아 그 댁 아주머니의 이상하게 조심스런 곁눈질을 자주 느끼고 있었다. 그러다 내가 문득 아주머니에게 사연을 묻게 됐다. 아주머니는 눈을 크게 뜨고 나의 손을 잡았으나 나중에는 이제 내 나이엔 알아도 좋을 일이라며 나의 어머니에 대해 뜻밖의 이야기를 해주셨다.

아버지는 퍽 늦게야 집안 어른들의 주선에 따라 어떤 여자를 사랑했고, 그리고 결혼을 하게 되셨댔다. 그런데 그 여자가 나를 낳고 얼마 안 있다 어떤 다른 남자와 만주로 압록강을 건너고 말았다고. 알고 보니 어머니는 처녀 적부터 그 남자와 마음을 주고받아 온 처지였다고. 아버지는 아무것도 모르고 그 여자를 사랑했을 뿐이었고, 또 나를 낳으신 것이었다. 그리고 그 여자가 떠나간 것은 당신의 사랑이 몹시 서툴렀기 때문이었을 거라며, 아버지는 그 여자를 너무 일찍 용서해버리셨다고. 그리고 그런 당신의 서투른 방법으론 다시 다른 여자를 사랑할 수가 없다며 아버지는 대신 산을 다니기 시작하셨다는 것이다. 내가 철이 들기 전에는 다른 생각을 않겠다며 재혼을 권하는 친구 분껜 한사코 귀조차 주려 하질 않아 오셨다고. 아버지의 친구 분들은 늘 그 여자와 산과 나를 포함한 모든 아버지의 환각으로부터 당신을 빼내어 새로운 생활을 마련해 주고자 했지만 그 일이 번번이 허사가 되어왔노라고.

그날 밤 나는 집으로 돌아오자 아버지에게 따지듯이 물었다. 아버지는 그 여자를 그렇게 지극히 사랑했었느냐고. 그러나 아버지에게선 별로 그런 것 같지도 않다는 대답을 얻어낼 수 있었을 뿐이었다. 그리고 이젠 내가 철이 다 들었다고 했을 때도 아버지는 희미하게 웃으실 뿐이었다.

그러시던 아버지가 정말로 내가 좀 철이 들어야겠다고 생각하는 요즈막엔 그동안 해야 할 일을 다해버린 사람처럼 눈에 띄게 갑자기 늙어버리시려는 기미였다.

숲 사이로 흘러 내려온 연기 냄새가 코로 들어오고, 조금 뒤에는 골짜기에 번진 맑은 웃음소리, 말소리들이 들려왔다.

널따란 고지에 취사 터가 마련되고 모닥불 위에 걸린 통나무에는 벌써 주렁주렁 군대용 반합들이 매달려 있었다. 버너를 가진 사람들은 자리를 따로 해서 찌개를 끓이고 있었다. 남자 어른들은 벌써 한쪽 잔디 위에서 술자리를 펴고 있었다. 남자들은 언제나 조금씩 술을 마셨다. 취사 터 통나무에는 이제 더 반합을 디밀 틈이 없었다.

"불자리를 따로 만드는 건 좋지 않은데……"

아버지가 그런 말씀을 하셨으나 나는 한쪽 웅덩이 같은 데로 찾아가서 배낭을 벗었다.

"한 선생님, 거기 배낭 벗어두시구 일루 오세요."

술자리를 편 곳에서 소리를 질러왔다. 아버지는 청년들처럼 선뜻 손을 들어 응답하셨다.

"부탁해요."

나에게 말씀하시고 아버지는 배낭에서 조그만 술병을 꺼내 들고 그쪽으로 가셨다. 나는 아버지의 배낭 속의 것을 먼저 꺼냈다. 조그만 쌀 봉지와 돼지고기 반 근, 된장, 연뿌리, 굴비 두 마리가 전부였다. 내가 배낭에 지고 온 익은 것과 합치면 점심거리는 넉넉하였다. 아버지의 배낭에는 아직 담요 한 장과 판초 우의, 털셔츠 한 벌이 더 들어 있었다. 그리고 그 밑에는 언제나처럼 어린애 베

개만큼한 돌멩이가 두 개—사실을 말하면 나는 아직도 한편으론 그 아버지의 산에의 집념 속에는 아버지 자신도 모르는 어떤 허망한 과장기 같은 것이 숨어 있을지 모른다는 심히 거북살스런 느낌을 지우지 못해온 터이다. 그것은 내가 7년 가까운 등산 연륜을 쌓은 지금까지도 산에 대한 안으로부터의 강한 욕구와 스스로 부딪치는 환희가 없었기 때문일 것이다. 멋도 모르면서 그런 크고 넓은 산에 가까워진다는 욕심과, 나는 산을 무척 좋아하고 있다는 데 대한 자기 오해와, 아버지를 즐겨 따르고 있다는 생각들이 정말로 내가 산을 좋아하고 있다고 믿어버리게끔 되었는진 모른다. 아니, 나는 아마 그 정도도 되지 못할 것이다. 가끔 학교 교정에 앉아 있다가 바람에 나뭇잎이 하얗게 뒤집히면 문득 산이 그리워지는 때가 있기도 했지만, 나는 아직도 일요일이면 산을 버리고 나의 진(부끄러운 말이지만 진이 또한 나에게는 가장 귀중한 사람의 하나니까 이렇게 말하는데)의 곁에도 있고 싶은 만큼 산과 나 사이에는 그만한 틈이 있는 것이다. 아버지의 경우를 나의 경험으로 해석할 수는 없지만, 그러나 나의 그런 경험은 아버지의 경우를 이해하는 데에 그만큼 무리를 주고 있었다. 그러나 이 돌멩이—아버지는 언제나 돌멩이를 넣어서 배낭의 무게를 만드신다—만은 그런 나의 생각에 더 이상의 독단을 용납하지 않았다.

아버지는 술자리로 가셔서 한 발을 바위에 얹고 서신 채 컵을 입에 대고 머리를 크게 젖히셨다. 그리고는 무슨 말씀을 하시며 유쾌하게 웃고 계셨다. 나는 일순간 그 아버지는 지금 정말 다른 아무 생각도 없으실지 모른다는 생각이 들었다. —내가 너무 쓸데없이 생각을 많이 하는지도 모르지.

 나는 배낭을 정리해두고 쌀과 찌개거리, 굴비 등을 챙겨 들고 개울을 찾아 내려갔다. 개울은 금방 나타났다. 골골골…… 바위 틈을 비집고 새어 나온 물소리가 차가웠다. 나는 먼저 쌀을 씻기 시작했다. 쌀을 양재기에 담고 물을 부어서 겨를 떠올려 흘려낸 다음 손을 넣어 휘젓고는 다시 물을 붓는다. 보얀 뜨물이 올라온다. 이번 것은 찌개를 끓이기 위해 반합에다 받았다. 그리고는 한 번 더 물을 붓고 손을 넣어 젓는다. 물을 갈아낸 다음 손가락을 적당히 벌려서 쌀알을 건져냈다. 물을 흔들어 결을 일으키면 쌀알이 손가락 사이를 간지럽히며 손바닥으로 올라와 앉았다.

 정말 나는 너무 쓸데없는 것을 많이 생각하고 있는지 모른다. 하지만 그 돌은—신경이 어지러웠다.

 이상한 일이었다. 아버지는 배낭이 가벼우면 늘 돌멩이를 넣어서 무겁게 하여 지고 산을 오르는 버릇이 있었다. 처음에 나는 그것을 참을 수가 없어서 아버지에게 물었다. 아버지는 무안한 듯이 대답하셨다:

 "적당히 무거운 짐을 져야 산을 오르기가 더 편하거든……"

 사실로 어떤 사람들은 그게 정말이라고 했다. 믿을 수 없는 일이었다. 그러나 그것이 정말처럼 보이는 것은 무엇보다 그 아버지의 변함없는 버릇이었다. 어느 때 내가 그 아버지의 흉내를 내어 나의 배낭에 돌을 집어넣으려고 했더니 그제사 아버지는 고백처럼 말씀하셨다.

 "나는 짐을 지고서 산을 잘 오를 수 있게 되어버렸지만…… 짐을 지지 않고도 편하다면 나는 그렇게 하겠다. 넌 짐을 지지 않고 산을 오르기가 편하게 습관이 되었으면 좋겠다."

 그 아버지의 표정은 어둡고 무거웠다. 자기의 숙명을 스스로 말하는 사람이 있다면 그의 표정은 아마도 그때의 아버지의 그것과 비슷할 것이었다.

 그때부터 그 아버지의 등덜미를 누르고 있는 돌의 무게는 나에게까지 확연히 전해지기 시작했다. 아버지가 바라지는 않았지만 나에게도 이미 그런 짐의 무게가 지워져 있었음이 새삼 분명해진 것도 바로 그 무렵의 일이었다.

 어느 남쪽 도시로 사나흘 여행을 하고 돌아오는 기차 속에서였다. 나는 몸집이 작기 때문에 기차의 2인용 좌석을 아무리 넓게 앉아도 늘 자리의 한쪽 구석이 남아서 입석 손님이 나의 주위를 기웃거리게 마련이었다. 내가 새침한 얼굴의 여자가 아니었다면 나는 그 남은 자리 때문에 좀더 신경을 써야 했을 것이다. 그러나 대부분의 남자들은 하필 여자인 나에게 선뜻 자리를 양해 받으려 나설 만큼 대범하질 못했다. 그런데 그날은 입석 손님이 거의 없을 만큼 차 속이 한산한데도 나의 좌석 옆 통로엔 줄곧 젊은 장교 한 사람이 등받이에 몸을 기대고 서 있었다. 나는 그 장교가 필경은 자리를 얻으려고 말을 해올 것이라 단정하고 거절의 말을 준비하고 있었다. 한여름 커튼도 없는 좌석에 도저히 세 사람이 몸을 대고 앉을 수는 없었다. 유리창 쪽 자리에는 살이 두꺼운 중년 신사가 얼굴을 볕에 내맡겨놓고 자고 있었다. 나는 만약 장교가 자리를 물어오면 "이분에게도 양해를 구하세요" 하고 그 신사를 가리킬 작정이었다. 그래도 장교가 부득부득 청을 해온다면 그때는 아예 내 쪽에서 자리를 일어서버리는 시늉을 해 보일 참이었다. 그런데 그렇게 몇 참이 지나도록 젊은 장교는 영 자리를 물어오지 않았다. 참다못해 슬쩍 곁눈질을 해보니 그는 기대어 선 채로 끄덕끄덕 졸고 있었다. 나는 이제 나의 예상이 들어맞아 올 때가 멀지 않았다고 생각하며 다시 마음을 도사렸다. 그리고는 나도 눈을 감고 자는 척하기 시작했다. 잠이 올 리 없었다. 찰카각, 찰카각, 차바퀴 소리와 그 사이사이로 천장에서 게으르게 돌아가고 있는 선풍기 소리가 장교 쪽으로 뻗힌 내 신경을 더욱 예민하게 해왔다. 그렇게 또 한참이 지나도 장교는 여전히 다른 기척이 없었다. 나는 할 수 없이 다시 눈을 뜨고 장교를 곁눈질해 보았다. 여전히 끄덕끄덕 졸고만 있었다. 그의 머리가 천장의 선풍기 회전 주기만큼씩의 시간을 두고 천천히 아래로 떨어졌다가 다시 잽싸게 쳐들려 올라가곤 하였다. 나는 갑자기 더 피곤해졌다. 그리고 내 쪽에서 외려 그 장교의 청을 기다리고 있는 것 같은 생각이 들었다. 이제 통로에 서 있는 사람은 오직 장교 한 사람뿐이었다. 나는 차라리 그가 빨리 말을 해왔으면 싶었다. 날씨가 더운 탓도 있었지만, 그렇다고 새삼스럽게 자리를 권하고 나설 수도 없었다. 나는 이상한 힘에 잔뜩 짓눌려 있는 것처럼 답답하고 피곤했다. 그가 어디로 가주거나 나의 여행이 빨리 끝나기를 기다리는 수밖에 없었다. 결국 기차가 서울역에 닿을 때까지 세 시간 동안 그 장교는 줄곧 나의 곁에만 서 있었고, 기차가 멎었을 때에야 나는 겨우 머리를 들고 도망치듯 역을 빠져나왔다.

그런데 그날 집으로 가서 아버지를 보게 되자 나는 잠시 홀가분해졌던 기분이 다시 가라앉고 말았다. 내가 집을 비운 사나흘 동안 아버지는 어디라 말할 수 없이 정결감을 잃고 계셨다. 하나하나 뜯어보면 별로 그런 것 같지도 않은데, 나는 대뜸 아버지에게서 그런 기분이 느껴졌다. 나는 다시 기차에서의 그 답답하고 피곤한 기분이 되었다.

―나 역시도 그간 짐을 지고 있었구나.

문득 나는 그렇게 생각했다. 그러나 아버지는 나의 그런 기분을 아실 턱이 없었다. 더구나 그 후로 내가 아버지와 진 사이에서 얼마나 괴로움을 당하고 있는지는 아버지로선 정말 상상도 못하실 일이었다.

씻은 것들을 챙겨가지고 올라가니 아버지는 그사이 나뭇조각들을 모아다 놓고 불을 만들고 계셨다. 나무가 축어서 불이 잘 붙지 않는 모양이었다. 아버지는 무릎을 꿇고 엎드려 바닥을 후후 불고 계셨다. 나무는 아버지의 풀무질 같은 입바람에 한참 연기를 뿜다가 혹 소리를 내며 겨우 불이 붙었다. 그제야 아버지는 머리를 들고 물러서셨다. 술을 마신 탓도 있겠지만 아버지의 얼굴이 벌겋게 상기되어 있었다. 아버지는 연기를 쐬어 충혈된 눈을 찔끔찔끔 짜고 계셨다. 나는 그 아버지의 눈을 보자 까닭 없이 눈물이 나올 것 같아 얼른 고개를 돌려버렸다. 반합을 집어다 가는 통나무에 꿰어 불 위에 얹었다. 그리고 조금씩 생겨난 알불을 후벼내어 그 위엔 굴비를 얹었다.

"한 선생님, 점심 드십시다. 이리 오십시오."

저쪽 남자들은 벌써들 점심을 먹고 있었다.

"먼저들 하십시오. 우린 아직—"

아버지는 말씀하시며 목수건으로 얼굴을 훔치셨다.

"맛있는 게 있으신 모양이군요. 따로 그러시는 거 보니—"

그들은 우리를 더 부르지 않았다. 나는 나무를 토각토각 부러뜨려 불로 던져 넣었다.

진은 내가 일요일마다 산으로 가는 것을 한사코 반대했다. 처음에 나는 진을 산으로 끌고 와서 산에서 아버지에게 소개를 했었다. 아버지는 뒤에, 좋은 사람이겠지 하실 뿐이었다. 그런 일에 내처 이러쿵저러쿵하고 나서실 아버지가 아니셨다. 그런데 아무 말없이 산을 몇 번 따라오던 진이 산을 싫다면서 오지 않게 되었다. 산과, 산을 다니는 사람에게는 자기가 선뜻 받아들일 수 없는 불투명한 것이 있다고 했다. 그것이 어떤 것인지 집어 말할 수는 없어도 그는 그런 분위기에 젖기가 싫다고 했다. 무언가 흐릿하고, 확실하게 감지할 수 없고, 사람들은 아무것도 확실한 것을 말하지 못하고, 그러면서도 자신이 거기서 받아들일 수 있는 것보다 더 많은 것을 얻고 있다고 생각하는 따위. 그리고 그런 착각이 얼마쯤 지나게 되면 스스로도 아주 정말처럼 믿어버린다는 것이었다. 도대체 네가 산에 대해 말할 수 있는 것은 무엇이냐고 내게 따져 묻기까지 하였다. 하기는 나 역시 아무것도 분명한 것을 말할 수가 없었다. 나중엔 나마저 산을 가지 못하게 하였다. 아버지에게는 이미 타성이 있고, 그리고 누구든지 자기의 짐은 스스로 져야 할 것이며, 내가 아버지 때문에 산을 다녀야 할 필요는 없다고 했다. 득

실대는 사람들의 한가운데로 나와 서보라고. 거기에서 사람은 보다 아픈 진실을 만날 수 있다고. 나는 정말로 아픈 곳을 찔리고 있었다. 그러나…… 나는 진의 말을 들을 수가 없었다.
 반합이 흰 김을 뿜기 시작했다.

 점심을 마치고 일행이 다시 산을 오르기 시작했을 때, 아버지는 곧 일어나려고 하시지 않았다. 판초 우의를 깔고 누워서 오른팔을 이마에 얹은 채 아버지는 잠이 들어 있었다. 그런 아버지를 나는 잠시 그냥 바라보고만 있었다. 일행이 아버지를 재촉하지 않고 떠나 버린 것도 이제는 아버지의 습관을 짐작한 때문이었으리라. 요즘 들어 아버지는 늘 그렇게 일행에서 조금 뒤떨어져 길을 출발하셨다. 아버지는 알고 계셨다. 그리고 두려워하시는 것이다. 같이 떠나면 기력이 다른 사람을 따를 수가 없다. 처음부터 뒤를 따라감으로써 그들보다 먼저 지쳐서 뒤로 물러난다는 사실에서 조심스럽게 자신을 피하고 계신 것이었다.
 아버지는 자기의 쇠퇴해가는 기력이 남에게 또는 당신 스스로에게 확인되지 않도록 애를 쓰고 계신 것이다. 그러니까 지금 아버지를 깨워드린다고 해도 아버지는 자신도 의식하지 못한 구실을 붙여 출발을 지연시키실 게 분명했다. '위선(僞善)'이라는 말이 진의 말의 일면을 대신할 수 있다면 그것은 정말일지도 모른다. 그렇다고 그의 말을 받아들일 수 있을 것인가. 다시 말하지만 나는 아직도 산을 모른다. 산은 내가 영원히 모르고 말 것인지도 모른다. 아버지를 통해 산을 숨쉬고, 아버지의 눈을 통해 산을 느끼고,

또 아버지의 귀를 통해서만 산의 이야기를 들을 뿐인 것이다. 그리고 진의 말처럼 나는 아버지를 위해서 진의 어떤 말도 거역해버릴 만큼 나를 소중히 여기지 않는 것도 아니다. 그렇다고 해도 지금 내가 산을 떠난다는 것은 바로 아버지에 대한 서글픈 배반이 아닐 수 있겠는가—

　나는 말소리가 숲으로 사라지기를 기다리고 앉았다가 아버지를 흔들었다. 아버지는 깜짝 놀란 듯 일어나시더니 주위를 한번 둘러보시고는 배낭을 꾸리기 시작하셨다. 배낭을 다 꾸리고 나자 아버지는 이번에도 그걸 다시 손저울질해보고 계셨다. 나는 조마조마했다. 짐작대로 아버지는 잠시 망설이는 기색이시더니 역시 사방을 두리번거리셨다. 아, 아버지는 또 돌을 찾고 계신 거였다. 아버지는 배낭의 무게에 대해 유난히 민감하셨다. 더구나 요즘 아버지는 노약 증세 때문에 감당하기 힘들어지는 모든 일에 대해 스스로를 용납하지 않으시려고 했다. 그 목수건만 해도 그랬다. 아버지는 색깔의 대비를 별로 좋아하지 않으셨다. 아버지 자신의 등산복은 물론 나의 빨강과 노랑의 상하의에 대해서도 별로 칭찬을 해주지 않으시던 아버지였다. 그런데 그 아버지가 오늘 아침은 갑자기 목수건을 화려한 색깔로 택하셨다. 한 발자국 한 발자국 소리 없이 다가와서 아버지와 친해지려 하는 노년을 아버지는 머리와 팔과 다리, 온몸으로 한사코 거부하고 계신 것 같았다. 그러나 한 발자국 앞으로 나서면 그것은 다시 물러서는 법이 없었다.

　아버지는 조그만 돌을 하나 더 배낭에 넣고 끈을 매셨다. 그리고는 그것을 지고 걷기 시작했다. 천마산 주봉(主峰)에서 3분의 2

쯤 되는 지점이었다.

 어쨌든 아버지는—내가 어느 땐가는 아버지를 떠나고 말리라는 생각을 해본 적이 있으실까. 진에 대해서는 이야기하시지도 않고 묻지도 않으신다. 그것이 나를 더 답답하게 했다. 만주로 갔다는 어머니의 이야기를 하시는 일도 없었고, 내가 철이 들어간다고 이제 새삼스럽게 아버지 자신의 일을 생각하려고 하시는 것 같지도 않았다. 누구를 원망하지도 비난하지도 않고 일요일마다 묵묵히 산을 오르실 뿐이었다. 진은 어느 때 그런 아버지를 가리켜 잠에서 반절쯤 깨어난 사람 같다고 좀 심하게 비꼬았다. 그리고 그런 잠에서 깜짝 놀라 깨어나 눈부신 햇빛을 보도록 아버지 가슴에 파란 독침을 놓아드려야 한다고도 했다.

 아버지와 진의 양쪽을 다 이해할 수 있다는 것은 나의 가장 큰 괴로움이었다. 진은 오직 나는 나이기 위해서만 생각하라고 충고했다. 하지만 그 나라는 것은 필경 아버지를 실망시켜드릴 위험성을 지울 수 없었다……

 아버지가 발을 멈추고 길섶에서 지금 막 노랑이 갈색으로 바뀌어가는 맹감잎을 들여다보고 계셨다. 그 잎에 온몸을 반짝이며 볕을 받고 있는 청개구리가 한 마리 앉아 있었다. 조금 뒤에는 아버지는 다시 발부리를 휘집어서 뽀얀 도토리 알을 찾아내셨다. 그런 모든 아버지의 거동은 지나치게 여유가 있고 한가해서 오히려 아버지의 생각이 다른 데에 머물러 있는 것 같았다.

 능선으로 올라서자 일행이 벌써 건너편 주봉 능선을 오르고 있는 것이 보였다. 대열에 섞인 여자들의 노랑, 진홍의 등산복 빛깔이 가슴이 서늘하도록 고왔다. 그 능선 너머로 비껴 흐르고 있는 하늘이 호심(湖心)처럼 맑고 차가웠다.

—그사이 멀리들 갔구나.

아버지는 일행을 보시더니 손나팔을 만드셨다. 그리고 배를 한 번 내밀었다가는,

여—오—

끓어오르는 힘으로 산을 흔들었다. 길게 울리는 소리가 건너편 능선을 넘어가자 대열이 멎었다.

야—호—

메아리처럼 소리가 건너왔다.

여—오—

아버지는 더 크게 힘을 뽑으셨다.

소리가 꼬리를 달고 골짜기의 대기를 헤엄쳐 건너갔다. 또 소리가 건너왔다. 아버지는 그 소리를 쫓아보내듯 '여오'를 외쳐댔다.

광야에 하늘을 향해 포효하는 맹수의 자세가 그런 것일까. 그렇게 아버지는 산을 울렸다. 마치 아버지의 속에 어떤 무거운 것에 눌린 아픔이 쉴 사이 없이 차올라서 그것을 쏟아내지 않고는 한 걸음도 더 걸을 수 없는 것처럼. 힘을 너무 뽑은 탓인지 아버지 눈은 충혈되어 금방 눈물이 돋아나올 것 같았다. 건너편 대열은 한곳에 모여 주저앉았다.

"아버지, 가세요."

나는 조용히 말씀드렸다.

"우릴 기다리는구나."

말씀하시고 아버지는 이제 수많은 전투를 추억으로 지닌 채 그 퇴역식에서 병사들의 마지막 분열을 받고 있는 늙은 장군처럼 감회 어린 표정으로 골짜기를 건너다보고 계셨다.

"아버지, 가세요."

나의 재촉에 아버지는 마지못해 걸음을 옮기셨다. 그러나 나는 속으로 놀라지 않을 수 없었다. 아버지는 골짜기를 건너 일행을 쫓는 길을 버리고 곧장 이쪽 산봉우리로 향하는 길을 가고 계셨다. 모르고 나서실 턱이 없었다. 이 봉우리는 천마산의 주봉이 아니었다.

"아버지?"

나는 미처 아버지의 생각을 헤아려볼 틈도 없이 아버지를 불렀다. 아버지는 한동안 대답이 없이 걷기만 하시더니 이윽고 걸음을 멈추고 나를 돌아다보셨다.

"오늘은 그냥 이 봉우리에서 쉬고 가자."

아무렇지도 않은 목소리였다. 정말 아무렇지도 않은 목소리였다.

"그렇지만…… 저 사람들이 기다리고 있는데요."

나는 갑자기 또 눈물이 나올 것 같아 투정 비슷하게 말했다.

"그러니까……"

아버지는 뭐라고 하시려다가 잠깐 망설이시더니 그냥 돌아서서 같은 길을 걸어 올라가기 시작했다.

가까스로 봉우리에 올랐을 때는 햇빛이 더욱 맑았다. 여자의 젖가슴처럼 부드럽게 솟은 봉우리를 간지럽히듯 햇빛이 모여들고 있었다. 주봉에는 벌써 일행이 올라가서 조그맣게 움직이고들 있었다. 아버지는 잠시 그 모든 것들을 둘러보고 나서 이윽고 바위 위로 담요를 펴고 누우셨다. 다리 하나를 꺾어 괴고 한 팔을 이마에 얹으셨다. 나도 곧 아버지 곁에다 담요를 깔고 아버지와 나란히 누웠다. 그리고서 한동안 아버지와 생각을 맞춰보려고 했다. 그러나 아버지는 이미 모든 생각에 잠겨 계신 것이 아니었다. 숨소리가 이내 깊이 가라앉아들어 있었다. 잠이 드신 것이었다. 요즘 아버지는 산에서 자주 잠이 들어버리신다는 생각이 들었다.

 나는 할 수 없이 자세를 고쳐 누웠다. 시계(視界)가 하늘로 꽉 차왔다. 그 하늘이 나의 시선에 쫓기듯 허공으로 떠오르면서 까마득히 멀어져가고 있었다.

(『자유공론』 1967년 2월호)

행복원의 예수

 원고지에 옮겨 쓰면 백 장 남짓할 이 이야기의 서두부를 지금 나는 맨 나중에 적고 있다.
 당초부터 이런 소설 같은 글을 쓰겠다는 욕심이 있었던 것은 아니다. 다만 나는 이 이야기가 지금까지 숱하게 보아온 절절한 참회서나 회상록 따위보다는 소설 형식을 취하는 것이 그중 알맞겠다고 생각한 때문이다. 자기 진실에 겨워 지레 울부짖고 들거나, 작은 일에도 겁을 잘 집어먹고 질려 사는 심약한 사람들을 걸핏하면 죄인시하려 드는 그런 글을, 나와 또 나의 생각에 동의해주는 사람들은 이제 더 이상 거들떠보려고도 하지 않을 것이고, 바로 그런 점을 나는 가장 타기할 바라고 여겨온 때문이다. 소설은 아직 그처럼 읽는 사람을 부득부득 간섭하고 드는 글 형식이 아니라고 믿었으니까.
 그러나 이야기를 다 쓰고 보니 그것만으로는 아무래도 나의 생각을 충분히 드러내지 못한 것 같았다. 학교라곤 중학교 2년 정도를 다녀본 게 고작인 데다, 글을 쓴다는 일과는 도대체 인연이 멀었던 나의 주변으로는 오히려 당연한 결과라 여겨졌다.

본래의 목적이 소설은 아니었으니까, 나는 소설의 형식을 포기하는 한이 있더라도 나의 이야기에서 말하고자 했던 바를 좀더 확실하게 하고 싶었다. 그래서 나는 이 몇 마디를 첨가하기로 한 것이다.

이것은 말하자면 참회서—금방 허물을 하고 나서 다시 그 말을 쓰기는 뭣하지만 갑자기 다른 말이 떠오르지 않아서 그냥 이렇게 말할 수밖에 없는데—나의 참회서인 셈이다.

분명히 해둬야 할 것은 그렇다고 그것이 하느님이라든가 예수님, 더더구나 이 글을 읽어주는 독자들에게 무슨 용서를 바라서는 결코 아니라는 것이다. 고백의 유일한 대상이 있다면 그것은 나 스스로일 것이고, 그런 것과는 사실 아무 상관도 없는, 어떻게 생각하면 오히려 그 반대의 일이라고도 할 수 있는 것이다.

지금 이 글을 쓰고 있는 나의 방 어두컴컴한 구석에는 원래 벽에 걸어두었던 예수님의 화상(畵像)이 내려져 있는데, 왜 내가 그것을 끌어내려버렸는가 하는 것을 이해한다면 나의 이 말이 거짓말이 아님을 알게 될 것이다. 그리고 이야기의 대부분은 그것을 내가 끌어내리게 되기까지의 내력을 이야기하는 것이 될 것이나, 그렇다고 그것이 가장 중요한 것이라고는 할 수 없다.

무엇을 참회한다는 것인가. 그것은 여기서 말할 필요가 없을 것이다. 아니 어쩌면 이야기의 끝까지도 그것은 말해질 수 없을지 모른다. 이 이야기가 기왕 독자를 전제로 씌어진 글인 이상, 그것이 앞서 말한 바와 같은 답답한 참회서류가 되어버리지 않기 위해 내 데대한 심회 따위 될수록 삼가야 할 것으로 판단한 때문이다.

다만, 한때는 자신을 하느님의 아들로 믿었고, 언제나 그분의 사람이 필요했던 내가 어째서 그 가장 충실한 심부름꾼을 어두운 방구석으로 끌어내려버렸는가, 그리고 내가 어째서 그에 관한 이야기를 하고 싶어 하는가를 독자는 외면하지 말고 살펴달라는 것을 당부해두고 싶을 뿐이다. 그러면 내가 고백하고자 하는 것이 무엇인가도 곧 짐작을 하게 될 것이다. 한 인간이 스스로의 인간된 숙명을 의식하면서 그 가장 깊은 진심의 요구로부터 행해지는 이야기에 끝까지 귀를 기울여준다면, 그것이 반드시 허무맹랑한 객담만은 아니라는 것, 무엇인가 수긍할 만한 한 조각 진실은 숨어 있을 수도 있다는 것을 인정해주리라 믿고 싶으니 말이다.

시간이 뒤바뀌는 수도 있고 많은 세월이 한꺼번에 생략되는 일도 있겠지만, 그것은 내가 당치도 않은 소설적 기교를 염두에 두어서가 아니라 생각에 떠오르는 순서가 그랬을 뿐이다. 그러니까 내가 이 이야기로써 어떤 독자에게 조금이라도 가까이 다가갈 수 있다면 그것은 나의 소설적 노력의 결과가 아니라, 누구에게나 인정해야 할 우리 서로간의 삶의 진실 때문일 것이다.

그러고 보면, 나는 역시 독자를 의식하지 않은 쪽이지만, 그것은 또한 몸과 마음 어느 쪽으로든 나와 비슷한 경험을 가졌거나, 가질 수 있는 사람에게는 가장 밀접하게 자리를 잡고 서서 자신을 이야기하고 있다는 말이 될 수도 있을 것이다.

'행복원'의 예수

나는 누운 채로 예수를 노려보고 있었다. 아니 이미 목구멍 아래로 삭아버린 웃음을 기다리고 있었다. 그렇게 나의 생각은 둘로 찢기고 있었다.

예수는 내가 그 어느 한쪽을 선택할 수 없을 만큼 기묘한 형상을 하고 있었다. 두 손을 꼭 모아 쥐고, 지금 막 손아귀에 감춘 것을 흔들어 섞은 다음, 그것을 어떻게 다시 나누어 줄까를 생각하고 있었다. 콧구멍이 들여다보일 만큼 턱을 내밀고, 감춰진 것이 어느 손바닥으로 숨는지 눈치채지 못하도록 시선을 천장으로 피하고 있었다. 무표정을 가장하려다 그것이 지나쳐 오히려 어느 한곳을 노리고 있는 것 같기도 했고, 또는 한창 놀이에 재미가 붙어 터져 오르는 웃음을 간신히 눌러 참고 있는 것 같기도 했다.

"후훗……"

나는 결국 웃음 쪽을 택하고 말았다. 그러고 나니 결국은 내가 지고 만 느낌이었다. 예수는 끝내 웃음을 참으면서 표정을 무너뜨리지 않고 있었다.

나는 화상(畵像)— 유리 액자에 끼워 벽에 걸어둔 그 예수의 화상에서 그만 눈을 돌렸다. 그 밖에 벽에는 다른 아무것도 매달린 게 없었다. 옛날 최 노인의 방—, 그 벽에는 최 노인이 늘 감시구처럼 이 '행복원(幸福園)' 마당을 내다보던 두 개의 창문만이 아직 그대로 남아 있었다. 하지만 그 시절엔 예수의 화상도 거기에 걸려 있지 않았었다. 나는 잠시 그 창문께에서 최 노인과 그의 격한 목소리를 떠올려보려 했지만 그런 흔적은 어느 구석에도 남아 있지 않았다. 창문으로 잠시 바깥을 내다보고 싶기도 했지만 그도 실은 보나 마나였다. 병사(兵舍)처럼 깨끗이 정돈된 '행복원'— 그러나 그것을 손질한 아이들은 그 정결감을 느끼지 못했다. 적어도 나의 시절에는 그랬었다. 지금도 마찬가지거나 그 비슷하리라. 아까 방으로 올 때 점심을 끝낸 아이들이 마당 한쪽 끝에 철봉대를 묻고 있는 것을 보았지만, 그러나 거기에도 매달리고 싶어 할 아이는 별로 없을 게 분명했다. 옛날도 그랬다. 그것들이 귀중하게 다루어진 것은 이 '행복원'을 돌봐주는 외국 기관 사람들— 엄청나게 코가 크거나 허리띠를 마지막 구멍에 걸어맨 서양 사람들이 오리처럼 뒤뚱거리고 돌아다니면서 유난히 그런 데 말을 많이 했기 때문이었다. 이 '행복원' 신세를 지고 있던 시절부터 나는 그렇게 생각했고, 지금도 그런 생각을 고칠 만한 이유를 찾지 못했다.

나는 계속 누운 채 게으른 눈길만 훑고 있었다. 몇 번을 되쓸어도 벽에선 아무것도 더 찾아낼 수 없었다. 예수의 화상뿐이었다. 그것이 자꾸만 나의 생각을 못된 곳으로 끌어들이려 하였다. 방금 무엇인가를 감추고 양쪽으로 갈라 쥐려는 손, 앞으로 내민 턱, 무표정을 가장하고 짐짓 천장으로 피해 올린 시선……

나의 상상이 자꾸 그쪽으로 끌리고 있는 것은 조금 전에 이 '행복원'엘 들어서다 만난 그 아이들의 장난질 때문이었다.

정문을 들어서다가 나는 무엇인가 제법 재미있는 장난질에 열중해 있는 몇 아이놈들과 마주쳤다. 그리고 그것이 어떤 놀이인가를 알았을 때 나는 잠시 걸음을 멈추고 서서 녀석들을 지켜보지 않을 수 없었다. 그것은 나 역시 '행복원' 시절에 퍽이나 익숙했던 놀이였기 때문이다.

외국 기관이나 가끔 '행복원'을 찾는 사람들이 자족과 연민과 애정이 섞인 표정으로—바로 그런 표정 때문에 그 사람들은 절대로 우리를 가까이할 수 없게 했다—나누어주던 알사탕을 우리는 다섯 개까지 한 줌에 오므려 쥘 수 있었다.

"몇 개게?"

많지는 않았지만, 미국 알사탕 냄새를 지독하게 싫어하는 애들이 있었다. 이상한 냄새가 난다 했다. 그런 아이들은 한동안 그 알사탕의 고운 색깔만을 아꼈다. 그러다 그 색깔이 까만 손때 밑으로 흐려져 사라지면 드디어 그것을 다른 아이들에게 나눠주지 않을 수 없게 되었다. 아이들의 눈길이 그것을 더 이상 가지고 있지 못하게 했기 때문이었다. 그 알사탕의 분배 방식이 바로 그런 것이었다. 오므려 쥐고 내민 손바닥 속의 사탕알 수를 알아맞히는 아이가 그것을 얻었다. 한 아이가 알아맞히지 못하면, 사탕의 주인은 짓궂은 요술쟁이처럼 다시 턱을 높이 세우고 사탕알을 흔들어 두 손에 나눠 쥔 다음, 그 한쪽 손을 다른 아이에게 내밀었다.

—몇 개게?

조금 전 정문에서 만난 아이들이 예전과 달랐던 것은, 손에서 찾아내고 있는 것이 알사탕이 아닌 조약돌인 것뿐이었다.

나는 예수의 화상에서 다시 눈을 돌렸다. 역증이 나고 초조했다. 아무래도 무슨 일이 일어나야 한다.

잘못은 애시당초 내가 다시 이 '행복원'의 문을 들어선 데서부터였다.

　제대한 지 꼭 1년 만에 다시 예비 사단 훈련을 마치고 시내로 나와 여관에서 하루를 묵는 동안, 목욕을 하고 이발소를 들르고 하면서 내내 생각을 짰으나 찾아가서 시간을 보낼 마땅한 곳이 생각나지 않았다. 어쩔 수 없이 들른 곳, 뒤돌아보기도 싫었던 곳, 그렇기 때문에 더욱 훌쩍 떠나버리기가 어려운 곳이었다.

　아침에 여관을 나와서도 나는 갈 곳을 정하지 못하고 있었다. 여관을 나선 지 두어 시간 동안 코끝에 아른거리는 냄새를 찾아 헤매듯 시내를 쏘다닌 끝에 나는 결국 이 '행복원' 문 앞에 서 있었다. 나 자신도 썩 생각 밖의 일이었다. 코끝에 맴돌고 있던 냄새 같은 것이 바로 이 '행복원'의 그것이었다 해도, 그 냄새를 쫓고 있는 동안 나는 그것이 미처 어디에 나를 머물러 서게 할지 분명한 생각이 없었으니까. 그러나 어쨌든 그게 잘못이었다.

　'행복원'은 옛날보다 훨씬 넓고 윤택스러워져 있었다. 정문까지의 긴 자갈길과, 바로 그 정문 안쪽에 예배당으로 사용되던 벽돌 건물의 양지바른 벽, 그리고 늙은 향나무 고목만이 옛날대로였다. 그 향나무 가지 끝에 매달린 이파리 수가 훨씬 줄어 있는 것이 그간의 세월을 제법 잘 말해주고 있었다. 나는 그때 잠시 길을 잘못 들어선 것처럼 그대로 발길을 돌이킬까 생각을 망설였다. 그러다 갑자기 최 노인을 떠올리고는 그대로 문을 들어서버린 것이다. 아이들의 장난질을 만난 것도 거기였다. 놈들을 우두커니 지켜보고 있던 내가 다시 안쪽으로 발걸음을 옮기자, 아이들도 이윽고 그 장난을 멈추고 슬금슬금 나의 뒤를 따르기 시작했다. 저희들끼리 소리 없는 눈짓만을 건넬 뿐 나에게는 섣불리 무슨 말을 건네올 엄두를 못 낸 채였다. 나는 사무실(이것도 전에는 없었다) 비슷한 데로 가서 유리창을 기웃거렸다. 실내에는 나와 엇비슷한 나이의 올백 머리 청년이 무엇인가를 손에 들고 열심히 닦고 있었다. 겨울 날씨에도 견디지 못할 만큼 난로를 덥혀놓았는지 청년은 유난히 흰 와이셔츠 소매를 단정하게 걷어올리고 있었다. 그는 내가 유리창 너머로 어른거리고 있는 것도 알아보지 못했다. 그런데 뒤를 따르던 아이놈들이 별안간 앞으로 달겨들어 유리창을 두드렸다. 그리고는 일제히 머리를 창 밑으로 숨겼다. 그제야 청년은 동작을 멈추고 유리창 쪽을 내다보았다. 그리고는 천천히 일어나서 닦고 있던 물건을 요리조리 들여다보며 나에게로 걸어왔다. 청년이 들고 있는 것은 말갛게 닦인 펜촉이었다. 그는 나에게로 와서 유리창을 열어젖히려다 손짓으로 다시 출입문 쪽을 가리켰다. 나는 그쪽으로 갔다. 청년은 아직도 나의 뒤에 우두커니 서 있는 아이들을 손짓으로 쫓은 다음 나에게 말했다.

"무슨 일로—?"

여전히 펜촉에다 신경을 모으고 있었다. 그러나 다음 순간 무심히 나를 스쳐보던 청년이 표정을 이상하게 일그러뜨렸다. 나는 까닭을 몰랐다. 혹시 청년이 펜촉 끝에 손가락을 찔리지나 않았나 싶어 그의 손을 얼른 넘겨다보았지만 거기엔 아무 일도 없었다.

"그저 좀—"

나는 일부러 주위를 둘러보며 천천히 말했다. 바로 사무실 왼쪽으로 펌프 우물이 있었다.

"우물이 저기 있으면 여긴 본래 변소가 있던 터죠."

청년이 비로소 나를 정면으로 건너다보았다.

어렸을 때 살이 두꺼운 사람은 얼굴이 변하기 쉬운 모양이었다. 대신 얼굴이 얇은 내 쪽은 별로 변한 게 없었을 것이다.

그 청년은— 어렸을 때 살이 많았다. 그리고 그는 내가 그를 알아보기 전에 먼저 나를 알아보았다.

"아니, 그런데 자네—? 자네 나를 기억하지 못하겠나?"

뜻밖이었다. 최 노인에 대해서라면 나는 뜻밖이라고까지 생각하지 않았을 것이다. 하필이면 바로 그가—! 청년은 금세 얼굴이 변하며 돌아온 탕자를 맞는 아버지처럼 나를 반겼다. 그리고 그런 식의 뜻밖의 일은 계속해서 일어났다.

그 잊을 수 없는 여자—'엄마'는 이 '행복원'의 원장이 되어 있었다. 그리고 그들은 옛날에 이미 나를 용서하고 있었다. 그들의 밝은 표정은 그것이 정말이라는 것을 충분히 증명해주고 있었다. 하기는 일곱 번 아니라 일흔 번이라도 용서해야 한다고 믿어온 그들이니까. 그러나 나는 그들의 얼굴을 보는 순간, 그렇게 단단하기만 하던 내 한쪽 벽이 풀썩 허망하게 주저앉는 소리를 듣고 있었다. 두 다리에서 한꺼번에 힘이 죽 빠져나갔다. 그러나 그것보다 더욱 나를 견딜 수 없게 한 것은 최 노인까지 이미 나를 용서해버린 사실이었다. 최 노인은 오래전에 이미 하느님의 부르심을 받아갔는데, 노인은 그러나 부르심을 받기 훨씬 전부터 나를 용서하고 있었노라고, 오랫동안 명념해온 지기(知己)의 유언을 전하는 사람처럼 그들은 몹시도 다행스러워하였다. 최 노인은 실상 본인은 생각지도 않았던 용서를 그들 스스로 나에게 대신해줬을 수도 있었다. 그렇다고 해도 그들은 그 하느님의 이름으로 그렇게 했노라 스스로의 아량에 감격해할 것이었다. 하지만 나로 말하면 그것은 뜻밖의 낭패였다.

최 노인까지 나를 용서해서는 안 되었다. 그러나 최 노인은 이미 나를 용서해버리고 있었다. 그들의 말이 최 노인 자신의 것이 아니라는 것을 증명할 방법이 없었다. 이제 최 노인의 그 노한 목소리조차 나에게는 이미 남아 있어주질 않았다.

—네놈은 하느님도 용서 못 한다. 하느님이 용서해도 내가 못 한다.

그것은 분명 추석 날 밤이었다. 그리고 나에 대한 최 노인의 무서운 단죄는 그다음 날의 일이었다.

그날 밤도 우리는 여느 때나 다름없이 소등 시간에 따라 일찍 자리로 뉘었다. 아이들은 아무것도 모른 채 그냥 잠으로 녹아들어갔다. 그렇게 기억된다. 그러나 나는 쉽사리 잠이 들지 못하고 있었다. '행복원'에서는 가장 나이가 든 축이었으니까, 그때 나는 어슴푸레 어디선가 명절을 지내던 기억을 떠올리고 있었는지 모른다. 아니 그보다 유리창을 흘러내리는 달빛이 너무 밝고, 그 달빛을 받고 푸르스름하게 드러난 방 안의 형상들이 까닭 없이 무서워진 때문이었을지도 모른다. 그렇다면 그때 나는 아마 틀림없이 최 노인을 생각하고 있었을 게다. 밤이라든가 무서움과 관계되는 일은 무엇이나 최 노인의 입에서 나왔었으니까. '엄마'나 다른 사람들은 절대로 그런 이야기를 하지 않았다. 그러니까 무서움을, 특히 밤 시간에 무서움을 느끼기 시작하면 나는 자연 최 노인을 생각했다. 최 노인 역시 아이들만 우글거리는 이 '행복원'엘 어디서 어떻게 흘러 들어왔는지 자신도 모르고 있는 사람 같았다. 그는 자신에 관한 이야기를 한번도 입에 올린 일이 없었다. 그저 언제나 '행복원' 구석구석을 돌아다니며 무슨 일로든지 손을 쉬지 않았다. 한번은 주일날 '행복원'을 찾아온 어떤 목사가 밭에서 김을 매고 있는 최 노인을 불렀다. 목사는 노인에게 들꽃을 보라고 했다. 그리고 주일날엔 하느님께서도 안식에 드셨다 하였다. 하느님께서 최 노인의 양식을 예비하시니 그날은 안식 속에 하느님의 영광을 찬미하라 했다. 최 노인은 목사가 돌아간 다음 고집스럽게 다시 호미를 찾아 들고 밭으로 나갔다. 그 최 노인이 다른 아이들에게는 더 없이 인자하고 붙임성이 많았으나, 어찌 된 일인지 나에 대해선 유독 까다롭게만 굴었다. 싸움질을 해도 노인은 언제나 내 쪽으로만 허물을 돌렸다.

"나이가 많은 놈이— 큰 녀석이 나쁘다."

힘든 일도 나에게만 시켰다.

"네가 해라. 힘센 놈이—"

그러나 나는 결코 최 노인이 나를 미워한다고는 생각하지 않았다. 나도 그러는 최 노인을 미워하지 않았다. 오히려 그가 나를 본체만체했다면 나는 훨씬 더 풀이 죽었을 것이다. 나는 '행복원' 관리자들의 눈에 쉽게 뜨일 만큼한 나의 나잇값에 대한 관심을 바랐다. 그러나 그것은 최 노인에 대해서보다 '행복원'의 그 '엄마'에 대해서였다고 하는 편이 옳을 것이다. 사실을 말한다면, 나는 그 즈음 '엄마'라고 불러야 하는 '행복원'의 규칙에도 불구하고, 그 여자를 자꾸 '누나'라고만 부르고 싶어 했으니까. 그러나, 눈이 조금 가늘고 손가락 마디에 물방울을 담을 수 있을 만큼 오목오목한 손을 한 그녀가 특히 나에게만 관심을 가져주는 일은 없었다.

"옛날에—"

아이들에게 둘러싸여 이야기를 해줄 때, 그 여자의 시선은 절대로 한 아이에게 고정되지 않고 모든 아이들에게 골고루 나누어졌다. 그런 '엄마'의 태도에서 한 가지 예외가 있었다면, 그것은 그 여자가 가끔 시내 예배당으로 주일 예배를 나갈 때뿐이었다. '엄마'가 시내 예배를 나갈 땐 언제나 한 사내아이만을 단골로 정해 손을 잡고 다녔다. 아이들 중 누구도 그 아이처럼 고분고분 시내 예배를 따라가려 하지 않았기 때문이었다. 아이들은 대개 그렇게들 생각했다. 하지만 어쨌거나 내게는 그게 늘 눈에 거슬렸다. 녀석의 희고 발그레한 얼굴은 '행복원'의 다른 애들과는 달리 언제나 이발소에서 갓 나온 것처럼 매끈했는데, 그런 것도 나에겐 녀석이 눈에 거슬리는 일의 하나였다.

그런데 그날 밤, 나는 끝없이 몸을 뒤척이다가 나중엔 아랫배까지 차올라 살그머니 자리를 빠져나갔다. 사방이 너무 밝고 조용해서 몸을 드러내기가 두려웠다. 나는 집 그림자를 따라 변소로 가고 있었다. 그때 어디선가 조르륵조르륵 물소리가 들려왔다. 나는 놀란 괭이처럼 몸을 작게 움츠렸다. 그리고 숨을 죽이며 귀를 기울였다. 물소리는 계속 조르륵거렸다. 소리의 방향은 우물 쪽이었다. 우물은 변소로 가는 길목 왼쪽 켠에 있었다. 나는 여전히 집 그늘 속에 몸을 숨긴 채 조금씩조금씩 우물 쪽으로 다가갔다. 그러다 어느 한 곳에서 우뚝 발길을 멈춰 서고 말았다. 달빛에 뽀얗게 알몸을 드러낸 여자가 자기 가슴께에다 자꾸만 물을 끼얹어대고 있었다. 신비스런 광경이었다. 나는 오줌이 마려운 것도 잊은 채 그 자리에 계속 숨을 죽이고 서 있었다. '엄마'였다. 나는 달빛에 젖어 아른거리는 '엄마'의 몸뚱이를 눈이 아프도록 훔쳐보고 있었다. 돌아서야 한다고 생각했으나, 두 발이 그사이 땅바닥에 뿌리를 내려버린 것 같았다. '엄마'가 나를 눈치챌까 겁을 먹으면서도 한쪽으로는 거꾸로 '엄마'가 자기 온몸을 들키고 있다는 것 — 그리고 그것이 누구에게인가를 알지 못하고 있는 것이 이상하게도 나를 안타깝게 했다.

"누나, 등 밀어줘?"

어느 틈엔가 나는 그런 소리를 입 밖에 내어버리고 말았다. 그리고 그 '엄마'가 소스라치게 놀라 몸을 굽히는 순간, 나는 후닥닥 정신없이 방으로 도망쳐 들어오고 말았다.

"저 새끼가!"

나지막하면서도 매서운 여자의 소리가 뜀박질보다 더 빠르게 내 뒤통수로 쫓아와 박혔다. 자리로 들어가서도 나는 가슴을 두근거리면서 아직 무엇인가를 기다리고 있었다. 아랫배가 견딜 수 없이 차올랐으나 다시 문을 나갈 수는 절대로 없었다. '엄마'는 분명 목소리로 나를 알아차렸을 것이고, 문을 열고 나가면 나는 당장 거기서 화가 치민 '엄마'를 마주치게 될 것이었다. 가슴이 영 가라앉지 않았다. 그러나 내가 고통스럽게 오줌을 참으면서 밤을 지내는 동안 엄마는 끝내 별다른 기적이 없었다. 다음 날도 '엄마'는 아무 내색을 하지 않았다. 혹시 눈치를 채지 못했을지 모른다고 어렴풋이 희망을 가져보기도 했다. 그러나 일은 그렇지 않았다. '엄마'가 아이들에게 둘러싸여 이야기 같은 것을 할 때 다시는 나에게 눈길을 나누어주지 않았다. 간밤의 '죄인'을 알고 있는 게 분명했다. 그 정도로도 이미 나는 견딜 수가 없었다. 부끄럽고 참담한 낭패감, 무슨 원망은커녕 후회조차 소용없는 깜깜한 절망감이 나를 끝없이 괴롭혔다. 그러던 어느 일요일. 나는 아이들과 떨어져서 그 정문 향나무께의 양지 쪽에 혼자 앉아 볕을 쬐고 있었다. 그때 시내 예배당으로 나가는 '엄마'가 안쪽에서 나타났다. 그 손에는 언제나처럼 예의 사내 녀석이 매달려 있었다. '엄마'는 일부러 내게서 눈길을 피하려는 것처럼 똑바로 문만 보고 걸어 나갔다. 손에 매달린 녀석 혼자 신기한 듯 자랑스러운 듯 내 쪽을 힐끔거리고 지나갔다. 그렇게 두 사람이 막 정문을 빠져나가려고 했을 때, 그리고 그 사내아이가 아쉬운 듯 나를 한번 더 돌아보고 눈을 돌렸을 때였다. 나는 나의 눈과 혼과 팔다리와 몸뚱이가 한데 불덩이가 되어 녀석에게로 튀어갔다. 그리고 언제 움켜쥔 줄도 모르는 돌멩이로 녀석의 뒤통수를 내 힘껏 까부쉈다.

그리고 나는 '행복원'을 쫓겨났다.

"마귀! 마귀!"

여자가 울부짖으며 녀석을 안고 어디론가 뛰어가버린 자리에 나는 혼자 우두커니 서 있었다. 그때 누군가 뒤에서 나의 목덜미를 세차게 움켜잡았다. 최 노인이었다. 나는 별안간 눈물이 콱 솟았다. 그러나 노인도 나를 용서하지 않았다.

어디서 솟아난 힘인지, 최 노인은 내 버둥대는 뒷덜미를 가볍게 정문께까지 끌고 가 곧장 바깥으로 내밀쳐버린 것이다.

"네놈은 하느님도 용서 못 한다. 하느님이 용서해도 내가 못 한다—"

예수는 아직도 웃음을 참고 있었다. 그 웃음은 아무래도 나를 멋있게 속여넘길 수 있으리라는 속셈 때문인 것 같았다. 그러나 그것은 큰 오해다. 나는 이제 그런 따위 놀이엔 익숙해 있는 터이니까. 이제 내가 만약 그 알사탕의 요술 소년 앞에 선다면 나는 한 번의 실수도 없이 그것을 알아맞히고, 원하는 대로 사탕을 얻어낼 수 있는 것이다. 그것은 간단하다.

'행복원'을 쫓겨나고부터 나는 물론 행복할 수가 없었다. 쌀쌀한 가을날 새벽, 무작정 서울역에 내려 객화차들이 줄줄이 늘어선 위로 기관차의 흰 김이 폭폭 솟아오르는 것을 보면서부터 나의 행복하지 않은 생활은 시작되었다. 그러나 그따위 얘기는 그만둬야겠다. 어디를 가도 누군가가 뒤에 숨어 키득키득 나를 비웃어대는 것 같고, 걸핏하면 제풀에 혼자 얼굴이 붉어져 앙앙불락 세상에 복수를 꿈꾸던 것은 잠시뿐이었다. 매우 우연한 일로 나는 그 알사탕 놀음에 대해 생각을 고쳐먹게 된 기회가 생겼다. 찬비가 내리는 거리, 어느 집 처마 밑에서였다. 잠시 비를 피하고 서 있다가 나는 한 가지 괴상한 광경을 만났다.
"우산 고치오— 우산!"
최 노인보다는 좀 나이가 떨어진 듯한 노인 하나가 자기는 우산도 받지 않은 채 주룩주룩 비를 맞으며 골목길을 빠져나오고 있었다. 그리고 조금 후에 노인은 가래를 한번 캑 뱉고 나서 혼자 투덜대듯 외쳐댔다.
"체! 우산들 안 고치우? 싫으면 그만두슈. 누가 아쉰가 보지."
내 앞을 지나가는 노인의 얼굴은 그러나 괴롭고 슬퍼 보였다.
"우산! 우산들 안 고쳐요? 젠장!"
그는 이내 골목의 다른 끝으로 사라져가고 있었다.
그때였다. 내가 의지하고 서 있던 집 대문이 벌컥 열렸다.
"우산!"
소리와 함께 여자가 급히 얼굴을 내밀었다. 그 얼굴이 장난스럽게 웃고 있었다. 노인이 천천히 돌아다보았다.
"아쉬운 사람 여기 있어요."
노인은 그제서야 마지못한 걸음걸이로 길을 되돌아왔다.
내가 본 것은 그것뿐이었다. 노인이 여자를 따라 안으로 사라지자 대문이 다시 안으로 닫혀버렸으니까. 그러나 그때 나는 그 우스꽝스러운 외침 소리와 슬프고 고통스러운 노인의 얼굴을 한참이나 더 생각하고 있었다. 그러다 문득 그 알사탕의 요술이 생각났다. 아니 그것은 그때 바로 생각난 것이 아니었는지도 모른다. 노인의 일과 알사탕 장난을 오랫동안 따로따로 생각하고 있었는지 모른다. 그러나 지금은 확실하다. 노인의 일을 본 뒤로 나는 알사탕 요술에 대해 생각하기 시작했고, 그리고 그 둘은 결국 같은 일이었다. 내민 주먹만 쳐다보며 알사탕의 수를 정직하게 알아맞히려 했던 것이 후회되기 시작했다.

　알사탕을 쥐고 흔들 때의 표정, 그것을 마지막 갈라 줄 때의 동작, 그리고 내가 개수를 말하려고 하는 순간의 그 요술쟁이의 눈을 주의 깊게 살펴야 한다는 것, 그렇게 했더라면 나는 훨씬 더 많은 알사탕을 쉽게 얻어낼 수 있었으리라는 생각이었다.

　다음부터 나는 어떤 요술 놀음에서도 원한 만큼 알사탕을 얻어낼 자신이 섰다. 나의 작업에 첫 밑천이 되어준 것은 나의 하느님이었다. 도대체 나는 그때까지도 나의 하느님께 기도를 하는 것 외에는 가진 것도 아는 것도 아무것도 없었으니까. 하느님이 밑천이 되어주신 나의 작업은 그 속임수 손놀음과 같은 '작죄'와 무관할 수 없었고 거기엔 또 그만한 '속죄'의 기도가 필요한 것이었다. 하느님은 내게 관대히 그 두 가지 은혜를 함께 내려주셨다. 나는 거기서부터 하나씩 요령을 배워갔다. 작업이 행해지면서 저질러진 '죄'에 대해 용서를 얻어내려 열심히 기도를 한다든가, 그 기도가 성실하게 행해진다는 사실은 나에게 희한한 효험을 가져왔다. 대부분의 나의 허물은 그 기도로 하여 늘 하느님의 사함을 얻을 수 있었고, 사람들로부터도 그 하느님의 이름으로 쉽게 용서가 이루어지곤 하였다.

　하지만 이제 그따위 불경스럽고 격에도 맞지 않는 이야기는 그만두는 게 좋겠다. 중요한 것은 나는 그렇게 하여 어느 집 양자로 있은 적도 있었고, 덕분에 학교도 다닐 수 있었다는 사실이다. 그런 일들이 처음부터 성공적이었던 것은 물론 아니다. 그것은 충직하고 떳떳한 신의 아들이 되기 위해 일요일마다 열심히 교회를 찾아다닌 인내와 기다림의 몇 개월을 지내고 난 다음이었다. 어쨌든 나는 그 덕에 나이 든 후에 다닌 학교에서 훨씬 요령 있는 공부를 하여 그 집을 나온 후로는 내 중학교 2학년의 경험으로 고등학교 여학생들을 모아 수험 지도를 한 일까지 있었다. 그 수업은 꼭 열흘 동안 계속됐는데, 그것으로 나는 한 달분 강의료를 받아낼 수 있었다. 이야기가 나왔으니 말이지만, 나는 신문에서 가정교사 구직 광고를 오려가지고 다방에 앉아 차례차례 녀석들의 간 조각을 내먹은 일도 있었다. 일요일마다 교회로 가서 그 주일에 짊어진 죄를 벗는 데 걸리는 시간도 그만큼씩 길어져갔다. 이렇게 말하면 혀를 찰 사람이 있을지도 모르겠다. 하지만 나는 지금 어떤 책망이나 동정 따위를 호소하고 있는 게 아니다. 오히려 사람들은 너무도 쉽사리 속아넘어갔다. 더 이상 속여볼 재미가 나지 않을 정도였다. 그것은 내가 약간은 성실하고, 그들처럼 하느님께 대한 기도에 열심인 것을 보여주는 것만으로도 족히 그렇게 되었다.

무엇을 어떻게 속였는가. 그것은 중요하지 않다. 문제는 그들이 언제나 쉽사리 속아주고, 나는 거기서 용서되었다는 사실이다. 용서와 구원은 나의 손바닥에 있는 것이나 마찬가지였다.

그러나 이제 더 무엇을 감출 것인가.

알사탕 요술쟁이는 그 장난을 끝없이 계속할 수가 없었다. 알사탕은 금방 동이 나버리기 때문이다. 그러나 그 짓궂은 아이는 알사탕을 다 나눠주고 나서도 빈손으로 놀이를 계속하곤 하였다. 아이들은 번번이 낭패를 보게 마련이었다. 알아맞힐 수 있는 것은 빈손뿐이었다. 그 빈손은 이미 알아맞혀도 소용이 없는 것— 번번이 낭패만 본 아이들은 아이의 다른 손을 보자고 했다. 그리고는 비로소 속았다는 것을 알게 되었다. 여기서 이야기를 좀더 비약해도 좋을는지 모르겠다.

예수의 손은 이미 비어버린 것이었다. 그의 손에서 알아맞힐 수 있는 것은 언제나 빈손이라는 것뿐. 그러나 예수는 결코 그 빈손 놀이를 그만두려 하지 않았다. 아니 그만둘 수가 없게 되어 있었다. 그의 손의 정체를 이미 눈치 채이고 당황해진 예수는, 지금까지 자기에게 속아온 인간의 복수가 두려워 그들의 말을 계속 고분고분 들어줘야 하였다. 인간들은 그 예수의 아픔을 눈치채고 나자 더욱더 그것을 이용하려고 들었다. 용서와 구원을 끝없이 요구했다. 인간들은 예수를 효험 있는 귀신이 되도록 요구했다. 원래 효험이 대단한 그들의 귀신은 손만 모으면 언제나 그들의 편이 되어주는 존재였다.

가엾은 예수는 이제 인간들의 요구대로 그들의 귀신처럼 오로지 '용서'와 '구원'을 줄 수밖에 없는 신세가 되었다.

예수가 언제나 인간을 사하기만 하고 무한정하게 구원만을 나누어주는 것이 그 가장 좋은 증거였다. 그러나 그것은 이미 구원도 용서도 아니었다. 예수의 손에서 찾아낼 수 있는 것은 기껏 하찮은 조약돌 정도였다. 그러나 그들은 그것을 사탕으로 믿고 싶어 했고, 예수로 하여금 그렇게 말하도록 강요했다. 그것은 인간 스스로의 기만이었고 가엾은 예수를 농락한 짓이었다. 그러나 예수는 인간들이 자신의 기만 행위를 포기하려고 하지 않은 이상 자신의 신세를 그리 한탄하고 있는 것 같지도 않았다. 그가 손을 모으고 있는 표정은, 인간을 농락해온 허물로 이제는 그들의 요구에 따라 언제나 '구원'과 '용서'만을 내려야 하는, 그 인간들로부터의 수모를 견디지 못해 때론 괴로워하고 있는 듯 보이기도 했으나, 그것은 늘 순간뿐이었다.

어쨌든 내가 언제나 새로운 죄에 대해 용서를 받을 수 있다는 것, 주일날 하루에 그 한 주일의 죄를 몽땅 회개하고 용서를 받게 되리라는 믿음—그리고 그것은 언제나 그렇게 되었지만—은 나를 매우 용기백배하게 했다.

나는 누구든지 속였다. 그리고 기도로써 용서를 받았고, 용서를 받고 나선 또 시들해져서 다른 일을 생각했다. 내가 사람을 속일 수 있는 것은 항상 속아 넘어가주는 사람의 도움이 있었기 때문임은 물론이다. 나의 작업은 그 사람들과의 공모인 셈이었고, 그 공모의 가장 적극적인 동참자들은 역시 예수에게 스스로의 용서를 맡겨두고 필요할 때 언제나 그것을 다시 꺼내올 수 있는 여유만만한 사람들이었다. 하지만 나의 작업 대상이 꼭 그런 사람들에게만 한정된 것은 아니었다. 나의 작업은 대개 하느님과 조금은 관계가 되어 있고, 애초의 나의 수련도 그런 사람들을 상대로 시작되었던 게 사실이지만, 그러나 나의 의지에 배반하는 장애물이 되는 것은 어느 것이고 나의 작업의 대상이 되었다. 물샐 틈 없는 조직을 가진 군대에 대해서도 나는 완전무결한 작업을 행한 경험이 있었다.

병영 생활 때였으니까 불과 2년 전 일이었다. 소대 생활이 지루해진 나는 어떻게든지 병원으로 후송이 되어가서 한 달쯤(그 이상은 사양했을 것이다) 그 희고 푹신푹신한 침대 시트 위에서 시절 좋게 드러누워 지내보고 싶었다. 생각이 정해지자 나는 당장 후송 공작에 착수했다. 우선 어떤 병을 앓는 게 적당할까부터 생각했다. 겉으로 증상이 뚜렷한 것보다 속병 편이 낫다고 생각했다. 속병에 대해서라면 늑막염이나 폐결핵 정도가 그중 증세의 정보를 모으기 쉬울 것 같았다. 결핵성 늑막염 같은 것을 앓기로 작정했다. 병명이 정해지자 나는 곧 밥을 굶기 시작했다. 입맛이 없고 열이 있다고 자주 자리에 누웠다. 될수록 아침 세면은 거르고, 머리는 자라는 대로 버려뒀다. 밤에는 몰래 자리를 빠져나가 공복에다 술을 마셔뒀다. 소금을 얻어놨다가 아침에 그것을 냉수와 함께 먹었다. 술은 혈압을 높이고, 공복의 소금은 체온을 높인다는 비방 때문이었다. 그리고는 가끔씩 마른기침을 했다. 그때마다 견딜 수 없는 듯 상을 찡그렸다. 열흘쯤 그러고 나니 얼굴에 완연한 병색이 끼었다. 드디어 소대장이 걱정을 시작했다. 그때부터 소대장도 내게 매우 열렬히 협조를 해온 셈이었다. 내가 결핵과 늑막염에 대해 걱정하면 소대장과 동료들은 결핵과 늑막염에 관한 모든 증세를 소상히 수집해다 주었다. 의무대에서 약을 얻어다 주기도 했다. 이래저래 모든 증세들을 익혀 빈틈없는 환자가 된 다음, 나는 소금을 잔뜩 먹어두고 중대장에게 의무대로 가서 진단을 받아보겠다고 했다. 나의 이마를 짚어본 중대장은 그렇게 하라고 했다. 나는 고줌말을 거머쥐고 엉금엉금 조심스런 걸음걸이로 의무대로 갔다.

드디어 후송을 위한 그간의 나의 작업에 최초의 시험을 받으려는 것이었다. 그러나 나는 안심하고 있었다. 그런 경우의 시험에서 나는 언제나 보기 좋게 이겨왔으며, 의무대의 중위는 내가 나다니는 연대 교회에서 주일마다 만나는 사람 좋은 안경잡이였다. 그는 의무관이면서도 오히려 교회에서는 군목보다 더 감격적인 기도를 인도하는 사람이었다.

"흠— 얼굴이 안됐군요."

그는 사병에게도 절대 반말을 쓰는 일이 없었다. 그는 위생병에게 우선 나의 혈압을 재게 하였다. 그리고는 입에다 재갈을 물리듯 체온계를 물렸다.

고혈압 160, 체온 150°F. 술, 소금, 단식, 어느 처방이 효험을 본 모양이었다. 원래 나는 혈압이 조금 높은 편이었고, 체온도 그즈음은 으슬으슬 오한이 느껴올 정도였지만, 기대 이상이었다. 나는 완전히 자신을 얻었다.

"요즘 느끼고 있는 증세를 좀 자세히 말해봐요."

"지긋지긋·열이 오르고 마른기침이 계속됩니다."

중위는 상의를 벗으라고 했다. 그리고는 나의 가슴에다 청진기를 댔다. 간간이 숨을 크게 쉬라고 하면서 중위는 목 근처에서부터 배꼽 아래까지 골고루 청진기를 이동시켜나갔다. 나는 미리 익혀온 비밀 호흡법을 행사했다. 숨을 들이쉴 때는 배를 당기고 내쉴 때는 반대로 슬그머니 내밀어서 호흡량을 최소한으로 줄였다. 그리고 가끔 견딜 수가 없어진 듯 발작적으로 마른기침을 쏟아대곤 했다. 한참 만에 중위는 돌아앉으라고 했다. 그리고는 다시 등을 조사했다.

"언제부터 몸이 이상하다고 느끼기 시작했소?"

중위가 드디어 청진기를 귀에서 뽑으며 걱정스럽게 물었다.

"열이 오르고 마른기침을 시작한 건 퍽 오랩니다."

이제 여기서는 그 이상 기계를 쓰는 일이 없을 것이고, 기껏해야 문진(問診)이나 타진(打診) 정도가 고작이리라 짐작한 나는, 중위의 질문에 여유 있게, 그러나 초조하고 불안한 듯 대답했다.

"열은 어떻게?"

"매일 일정한 시간이면 오릅니다. 전에는 그 시간이 아침이었는데, 요즘은 오후에 있습니다."

나는 중위에게 확신을 주려고 노력하면서, 일부러 시간의 변동까지 자세히 말해주었다. 그러면서 나는 늑막염이 거의 매일 일정한 시각에 열이 오른다는 것을 일러준 소대장에게 감사하고 있었다.

"그리고 다른 이상한 점은 없었소?"

"저녁에 잘 때는 땀으로 목욕을 할 정돕니다."

"기분은?"

중위의 눈망울은 안경 너머에서 아직 무엇인가 망설이고 있었다.

"옆구리가 늘 뻐근한 듯 거북하고 오만 일이 다 귀찮습니다."

그것도 중요한 증세의 하나였다.

"혹 기침할 때 피가 섞인 일은 없었소?"

그것까지는 미처 생각해두지 못한 일이었다. 피기침에 관해서는 물론 알고 있었지만, 나는 중위가 나의 증세를 거기까지 끌고 가리라고는 미처 기대하지 않았기 때문이었다. 나는 아침 일찍 뱉은 가래에만 붉은 빛깔이 조금씩 돈다고 하려다가 그쯤은 양보해두는 편이 외려 효과적일 수도 있을 것 같아 말을 바꾸었다.

"주의해 보지 않아서 잘 모르겠습니다."

중위는 아직도 안경 너머에서 눈알을 굴리고 있더니, 이번에는 침대 위로 누워보라고 했다. 그는 신중하게 타진을 시작했다. 특히 갈빗대 부근을 고루 두들겼다. 아무래도 결심을 하지 못하는 것 같았다.

"뭐 복무에는 상관이 없겠지요?"

나는 누운 채 불안한 듯 물었다. 그는 대답도 않고 나를 일으켜 앉히더니 다시 청진을 시작했다. 나는 역시 배의 동작을 거꾸로 호흡했다.

"이상한 마찰음이 있어요."

중위는 여전히 갈빗대 부근에서 미련을 못 버린 듯 그곳을 되풀이해 살폈다.

"왜 여태 여기로 오지 않았소?"

드디어 중위가 청진기를 한 손으로 모아 쥐면서 어둡게 말했다. 나는 마치 사형선고를 예상하는 피고처럼 절망적인 표정으로 혹은 애원하듯 중위를 쳐다보았다.

"곧 후송 준빌 하시오. 아직 낙심할 필요는 없습니다. 당신은 건성늑막염입니다. 어쩌면 결핵성인 것도 같고……"

그날로 당장 나는 연대 의무 중대로 후송이 되어 갔다. 의무대를 떠날 때 중위는 일부러 나를 불러다 친절한 당부를 아끼지 않았다.

"당신이 치료받고 있는 병원과 경과를 늘 연락해주시오. 필경 어느 육군 병원일 것입니다. 걱정이 되어서 그럽니다."

철봉대를 묻는 작업이 끝났는지 아이들이 그새 창밖으로 몰려와 왁자지껄 떠들어대고 있었다.
아무 일도 일어날 것 같지 않다. 도대체 이곳을 찾아온 것부터가 엉터리 짓이었다. 무엇을 하러 왔는가. 나도 확실한 이유는 알 수 없다. 고아원 출신도 나처럼 번지르르해질 수 있다는 자랑을 하러? 또는 이제는 회개하고 모든 것을 용서받은 평화스런 얼굴을 보이러? 아니면 언제나 용서만 받아 싱거워진 나머지 아직도 나를 용서하고 있지 않은 자의 얼굴이 보고 싶어서? 그건 그럴 법도 하다. 아까 이 '행복원'엘 들어설 때까지만 해도 나는 어떤 식으로든 모든 것이 이미 용서되어 있었고, 오히려 그 용서를 너무나 쉽사리 얻어낼 수 있다는 것에 심사가 퍽이나 시들해 있었으니까. 그러나 다만 최 노인 한 사람은 결코 나를 아직도 용서하지 않고 있으리라 믿어온 나였으니까. 그러나 그런 미련스런 호기심 때문에 이 시골 도시, 그중에도 돌자갈 많은 이 산기슭까지 '행복원'을 찾아오지는 않았을 것이다. 그러면 최 노인에게서 그 마지막의 용서를 얻어내려고였던가? 더더구나 그런 것은 아니었다. 최 노인이 이미 나를 용서했다 했을 때 나는 어떻게 되었던가. 지금 내가 생각할 수 있는 확실한 이유는 다만 나의 병적이 아직도 이곳에 남아 있고, 예비 사단 재훈련을 마치고 나와서 갑자기 갈 곳이 없었고, 그래 어물어물 발길이 미쳐 머문 곳이―사실 나의 열세 살까지의 기억은 단 한 곳 이 '행복원'뿐이었으니까―바로 여기였다는 것뿐.

 무슨 이유에선지 모른다. 최 노인이 나를 용서해버렸다는 것이 어째서 이렇게 사지를 마비시킨 듯 나를 지치고 초조하게 하는 것인가. 지금까지의 나의 삶이 연기처럼 허망하게 흩어져 사라져가는 것 같다. 하지만 그토록 세상이 만만해 보이기만 하던 내게 아직도 어느 먼 곳에서 인간의 이름으로 치러야 할 일이 남아 있는 것처럼 느끼게 해온 것은, 가장 서투르게밖에 하느님을 부를 줄 모르던 그 최 노인에게 목덜미를 잡히고 눈물을 흘렸던 일과, 버둥거리는 나를 문밖으로 내밀쳐버리던 노인의 그 격한 목소리— 하느님이 용서해도 내가 못 한다— 바로 그것이었다.

 무엇을 두려워해도 그 두려움 자체에 이미 용서가 약속되어 있는 거라고 믿어온 나였지만, 최 노인의 그 격한 목소리는 오늘날까지도 늘 어떤 숙명의 짐처럼 나를 무겁게 덮쳐누르고 있었다. 하여 나에겐 오직 그 한 가지 일만이 언제까지나 용서받지 못한 마음속 죄과의 짐으로 남아온 셈이었고, 나는 오히려 싫지 않게 그 짐을 짊어져온 것이었다.

 그 최 노인이 나를 용서해버렸댔다. 그리고 바로 그 순간에 내가 예수로부터 얻어낸 모든 알사탕은 한갓 조약돌로 변했고 나는 더 이상 그를 부릴 수 없게 되어버린 것이다.

 아이들이 환성을 지르는 바람에 나는 다시 감았던 눈을 번쩍 떴다. 예수의 화상이 다시 눈에 들어왔다. 창문을 통해 들어온 아이들의 모습이 액자의 유리에 가득 차 있었다. 그것은 흡사 예수가 아이들에게 둘러싸여 아직도 그 알사탕 놀음을 계속하고 있는 것처럼 보였다. 그 예수의 주위에서 아이들이 와글바글 스멀대고 있었다. 알사탕의 수를 알아맞히느라고 제각기 소리를 지르고 있었다. 나는 얼굴이 달아올랐다. 딱한 아이들이었다. 그리고 가엾은 예수였다.

　예수여. 당신은 애초에 화평이 아니라 검을 주려 왔던 게 아니오. 나는 눈을 감아버렸다.

　이제 당신은 땀을 흘리며 정말로 당신의 아버지께 이렇게 기도할 차례가 아니오. ―아버지, 이제 가엾은 저를 그만 저 인간들에게서 풀어주십시오. 저들은 저들의 이름으로 죄를 짊어지게 하고 용서를 행하게 하소서. 그리고 저를 더 부리시려거든 저들을 벌할 권능도 함께 내리소서.

　나는 어느덧 자신이 그인 듯 중얼거리다 아이들이 다시 환성을 올리는 바람에 눈을 번쩍 뜨고 말았다. 그리고는 벌컥 자리를 차고 일어나 창문을 열어젖히고 팔을 휘저어 아이들을 쫓았다. 녀석들은 이내 참새 떼처럼 멀찌감치 달아나 나를 향해 혀들을 내물었다. 예수로 하여금 그 아버지에게 기도를 드리라고 한 것이 잘못인 것 같았다. 기도는 먼저 그 무서운 아이들에게 드려야 할 것이었다. 나는 다시 방바닥으로 풀썩 드러누웠다. 이제 예수는 혼자였다. 혼자서 누구에겐가 기도를 드리고 있는 형국이었다.

　괴로운 일이지만 그 가엾은 의무관 중위에 관해서 좀더 이야기를 해야겠다. 그는 너무나 쉽사리, 그리고 완전하게 속아넘어갔기 때문에, 그로 인해 뒷날 나로부터 그만한 복수를 감수해야 했었다. 하지만 나는 물론 처음부터 그를 골리려고는 생각지 않았었다. 우선의 욕심은 그 푹신푹신하고 정결한 시트의 침대였으니까.

연대 의무관은 그 중위의 의견서가 얼마나 세밀하고 완벽했던지, 몇 마디 간단한 확인 정도로 하루 뒤에 나를 다시 사단 의무대로 후송시켰다. 나를 담당한 사단 의무관은 눈이 훨씬 날카롭고 질문도 정밀했다. 하지만 그것도 큰 문제는 못 되었다. 뭐라고 해도 아직 X선 촬영 시설이 없는 사단 의무대로서는 대대, 연대 두 의무관의 진단 결과를 번복시킬 확증을 잡아낼 길이 없었다. 그 위에 그에겐 부득부득 그것을 번복시키고 나설 이유도 없었다. 야전병원까지 보내어 X선 촬영을 시킬 것까지는 틀림이 없었다. 야전병원까지 가서야 기계와의 대결이 시작될 판이었다. 그러나 기계라는 것은 생각하기에 따라 사람보다 더 속이기가 쉬운 것이었다. 그때를 대비하여 나는 미리부터 탄환 꽁무니에서 빼낸 납가루 봉지를 간직하고 있었다. X선은 대부분의 금속을 투과하거나 반사한다고 했다. 납가루만은 투과도 반사도 없이 그냥 사진에 흠집 같은 흔적으로 나타나기 때문에 육안으로는 폐의 침윤 여부를 판독해내기가 어렵다고 했다. 소문이었지만 나는 일단 그 소문을 믿기로 했었다. 촬영이 있을 때 예정한 부위에다 그 납가루를 바르기만 하면 되는 것이었다. 유수한 육군 병원에서는 X선 필름을 영사 스크린에 걸어보기 때문에 판독이 대개 확실하다지만, 야전병원 정도에 그런 시설이 갖춰져 있을 리 없었다. 천하 없어도 야전병원까지는 안심이었다. 그리고 실상 나의 목적도 그 야전병원 정도였다. 거기까지 옮겨가 지나는 동안이면 내가 눕고 싶을 만큼은 충분히 그 희고 푹신푹신한 침대에 누워 지낼 수 있을 터이기 때문이었다.

　과연 사단 의무관은 나에게 두 가지 방법 중 하나를 택하라고 했다. 처음부터 아예 야전병원으로 후송되어 가거나, 사단에 있으면서 야전병원으로 가서 우선 사진부터 찍어보고 그 결과를 따르거나 하랬다. 대번 후송을 시키지 않은 것을 보면 그 의무관은 하급 부대 의무관들의 진단을 완전히 믿지 않았던 것 같았다. 나는 여유를 보이는 게 좋겠다 싶어 우선 사진부터 찍어 오겠다 하였다. 그리고는 사단 의무 중대에서 며칠을 더 누워 지내고 있었다. 그런데 그사이 나의 생각이 느닷없이 반대로 뒤바뀌고 말았다. 우선은 그 침대라는 것이 생각과는 달리 별반 신통한 게 못 되었다. 거의 하루 종일 누워 있거나, 실없는 잡담을 하면서 하릴없이 비실비실 지내야 했다. 더욱 견뎌 배기지 못할 것은 그곳에 머물러 있는 진짜 환자들이었다. 허벅지까지 벌컹거리는 탈장 환자나 오리걸음을 걷는 치질 환자까지는 그래도 나은 편이었다. 별안간 벌떡 넘어져서 게거품을 품어대는 전간 환자나 한쪽에서 양다리 사이의 것을 흘끔흘끔 꺼내 들여다보며 고심참담해하는 친구들이란 보기만 해도 창자가 곤두설 지경이었다. 더구나 사단에서는 그 모든 친구들과 함께 식사를 하고 한 변소를 쓰게 되어 있었다.

　나는 다시 나의 부대로 돌아가기로 결심했다. 이미 침대의 매력을 잃은 데다 더 이상 속여볼 상대를 찾을 수도 없었다. 이제 별다른 재미를 볼 수 없게 된 이상, 차라리 나의 후송지와 치료 경과를 연락해달라던 대대 군의관 중의에게로 되돌아가, 그가 놀라는 얼굴이라도 구경하는 편이 나을 것 같았다. 그리고 그것은 내가 그

야전병원의 어두컴컴한 촬영실에서 납가루 사용을 포기함으로써 간단히 그렇게 될 수 있었다. 섭섭한 것은 다만 그 납가루의 효험이나 기계를 속일 수 있으리라던 방법을 실험해보지 못한 것뿐, 그러나 그렇게 대대 의무관의 심히 낭패스런 표정으로 얼마쯤은 보충받을 수 있었다.

아이들이 다시 창밖에 모여들고 있었다. 예수님이 다시 아이들에게 둘러싸여버렸다. 그러자 그는 다시 아이들을 상대로 빈손 놀이를 시작했다. 그러나 이제 그의 얼굴에서는 숨겨진 웃음기를 볼 수 없었다. 머나먼 기억 속, 그 우산 수리장이 노인의 얼굴이 생각났다. 그것은 아마도 두 개의 얼굴이 하나로 겹쳐져 있었던 것 같았다. 사실이었거나 아니거나 적어도 지금까지의 나의 기억은 그랬다. 그 예수의 얼굴 역시 그랬다.

나는 이윽고 조용히 자리에서 일어나 나의 삶의 기폭을 내리듯 천천히 벽상의 예수를 내렸다.

예수, 이제 당신을 놓아드리려는 거외다.

손에 들려 떨리는 눈으로 불안한 듯 나를 쳐다보고 있는 예수님을 내려다보며 나는 그렇게 중얼거리고 있었다.

그러자 나는 비로소 다시 온전히 혼자가 되었다는 생각이 들었다. 하느님도 예수도, 이제는 최 노인도 이미 나의 곁에는 없었다.

그러니까 이 이야기는 그날 밤 내가 사무실로 가서 끝까지 납득을 못하겠다는 원장에게 '행복원'에서 한 달만 일을 하겠노라 우격다짐을 하여 결국 하느님의 뜻이라면 그렇게 하라는 승낙을 얻어내고는, 어떻게 하면 아이들에게 가엾은 예수를 괴롭힘으로써 더 이상 스스로 오욕을 지지 않게 해줄 수 있을까를 생각하면서 다음 날 하루를 지내고 나서부터 쓰기 시작한 것이다.

 얼마간의 시간이 흐른 뒤, 이야기를 쓴 일에 약간의 보람을 느끼게 된다면, 그다음의 이야기는 그때 가서 다시 쓸 생각이다.

(『신동아』 1967년 4월호)

해설

이카루스의 꿈

권오룡
(문학평론가)

    1960년대 한국소설의 맥락을 파악하는 잘 알려진 한 가지 이해 방식이 있다. 즉 1960년대 소설은 최인훈의 『광장』에서 시작되어 김승옥을 거쳐 이청준으로, 그리고 다른 작가들로 이어진다는 선조적 이해의 틀이 그것이다. 단적인 예로 김현은 1960년을 정치적으로는 4·19의 해였지만 문학적으로는 『광장』의 해라고 단정지었다. 또 김승옥의 소설들이 보여주는 현란한 '감수성의 혁명'(유종호)은 60년대 문학의 차별적 특질로 내세우기에 조금도 손색이 없는 것이었다. 그리고 이들의 뒤를 이은 60년대 작가들의 작업은 '개인의식'(김주연)이라는 근대적 이념형의 수립이라는 의미로 수렴되었다. 그러나 이제 그로부터 어언 반세기가 지난 시점에서 사후적으로 되돌아봄에 있어 60년대 소설의 전개 양상에 대한 이해의 틀은 이러한 단선적 맥락으로부터 조금 더 세분된 갈래들로 분화되어야 할 필요가 있는 것으로 보인다. 이러한 필요는 60년대

문학을 그 시대만의 것으로 한정하지 않고 오늘날에까지 이르는 한국 현대문학 전체를 계보적 관점에서 이해하려 할 때 더욱 커진다. 정작 60년대 문학의 특질들이 보다 체계화된 비평적 논의들에 의해 정리되기 시작하는 무렵부터 최인훈과 김승옥이 60년대 문학의 현장으로부터 현저히 후퇴하는 양상을 보이기 시작했다는 사실은 60년대 문학만을 대상으로 한 단선적 논리가 금세 봉착하게 되는 한계다. 이러한 논의의 협착함을 극복하고 60년대 이후의 한국문학과의 연관성까지를 염두에 두고 보다 정밀하고 입체적인 60년대 문학의 지형도를 그리기 위해서는 부분과 전체의 상관성까지를 고려해야 할 것이다. 시대정신으로 집약되는 전체의 차원에서 결정(結晶)되는 한 시대의 문학의 이월적 가치는 또한 부분의 차원에서 개별 작가들이 스스로의 글쓰기를 추동해온 지속적인 탐색과 실천에 의해 보증되어야 한다. 이런 시각에서 볼 때 1965년에 등단하여 2008년에 작고할 때까지 40년 넘는 오랜 기간 동안 글쓰기의 긴장을 늦추지 않고 최일선의 현장에서 항상 '도달한 것의 마지막'을 써온 이청준의 경우는 60년대 문학을 60년대 이후의 한국 현대문학 전체로 적분하여 그 두께와 부피를 가늠하는 데 가장 중요한 상수라고 평가하지 않을 수 없다. 조금 과감히 말한다면 이청준 없는 한국 현대문학이란 성립조차 되지 않는다. 그러므로 이청준 문학의 뿌리를 더듬어본다는 것은 60년대 이후 한국 현대문학의 어떤 상상력의 원형, 혹은 정신 기제를 규명해본다는 의미와도 연결된다. 1960년대 이후 한국 사회에서 문학은 무엇이었는가? 과거를 통해 현재의 문학의 위상과 의미를 묻는 이 물음에 대한 단서를 이청준의 초기 소설에서 찾아보도록 하자.

잘 알다시피 「퇴원」은 이청준의 등단작이지만, 이 작품은 우선 그 인물과 행위의 모호함이라는 주제, 그리고 형식 면에 있어서는 서사 구조의 중층성이라는 이청준적 특질을 단번에 고스란히 보여 준다는 점에서 단순히 등단작이라는 의미 이상의 중요한 의의를 지닌다. 이 소설이 대뜸 제기하는 문제는 지금 '나'가 있는 곳에서 '나'의 존재의 의미와 확실성이 의심받는다는 명제다. 주인공이 지금 있는 곳은 병원이지만 정작 그가 환자인지 아닌지는 그 자신도 모르고 의사나 간호사도 모른다. 아니, 이렇다는 것은 그가 위궤양 환자인지 아닌지를 판정하려 할 때에만 그렇다는 것이고, 간호사인 미스 윤은 그에게 '자아망실증 환자'(p. 30)라는 병명을 부여하지만 과연 이것이라고 해서 정확한 병명인지는 여전히 알 수 없다. 아무튼 위궤양 환자든 자아망실증 환자든 어느 경우에나 그의 정체성이 확인되지 않는 대상으로만 머무를 뿐이라는 사실에는 변함이 없다. 이에 더하여 보조 인물인 의사 준과 간호사 미스 윤의 행위도 이 인물의 모호성을 부각시키는 데 일조를 더한다. 위궤양 환자임을 자처하는 '나'에게 의사인 준은 오히려 술을 권하고, 퇴원하는 '나'에게 미스 윤은 "다시 돌아오시겠죠"(p. 35)라는 알쏭달쏭한 말을 던진다. 요컨대 주인공이 처해 있는 '지금 여기'의 상황은 모든 것이 흐릿한 안개 속에 잠겨 있는, 다분히 카프카적인 부조리한 상황이다. 이런 이유로 정작 이 인물에 대해 보다 큰 시사적 가치를 지니는 것은 과거의 체험이다. "소학교 3학년

때 가을"(p. 17), 광의 은밀한 공간에 "어머니와 누이들의 속옷" (p. 18)을 깔아놓고 잠들었다가 아버지에게 발각되어 이틀이나 광에 갇힌 채 굶어야 했던 일, 군대에서 상관들에게 뱀가죽을 입힌 지휘봉을 만들어 주면서 '뱀잡이'라는 별명으로 불렸던 일 등. 이 사건들의 의미에 대해서는 차차 논의하도록 하고, 일단 여기서는 이렇게 모호한 현재에 과거를 불러내고, 의식의 지평에 기억의 단층들을 만들어낸다는 점에서 「퇴원」의 서사구조는 단선적이고 평면적인 것일 수 없게 된다는 사실을 지적해두도록 하자.

「퇴원」이 형상화하고 있는 것과 거의 동질적인 모호함을 우리는 이청준 초기의 대표작이라 할 수 있는 「병신과 머저리」에서 다시 만나게 된다. 그러나 「퇴원」에서의 현재와 과거가 주인공 개인의 것으로 국한된 사실들로 구성되어 있음에 비해, 「병신과 머저리」는 형과 동생이 세대차로 인하여 각기 다르게 체험한 현실의 의미와 그 충격 내용을 묻는 것으로 문제성의 범위가 확대되어 있다. 이 소설의 대부분은 형의 이야기로 채워져 있지만, 궁극적인 문제는 동생에 의해 제기된다. 동생에게는 지금 사랑하던 여자가 자기를 떠나 다른 사람과 결혼하려고 하는 실연의 아픔이 던져져 있다. 형은 형대로 자기가 수술한 소녀를 죽게 만든 실패의 상처를 갖고 있다. 이 사건을 계기로 형은 평소의 성실했던 생활 태도에서 벗어나 연일 술을 마시며 자신의 전쟁 체험을 소재로 한 소설 쓰기에 매달린다. 형의 이러한 행위들에 연관성을 맺어주면 수술의 실패—사실 이것을 꼭 형의 잘못이라고 단정할 수는 없지만—로 인한 현재의 상처가 노루 사냥이나 6·25 이전의 군대 체험, 패잔병으로 낙오되었을 때의 사건들과 연관된 상처의 기억을 유도하는 것이라 이해할 수 있다. 말하자면 형은 과거의 추억에 의지하여 현재의 고통의 의미를 반추하는 것이다. 수술의 실패 이후 형의 고통스러운 심리 상태는 거지 소녀가 구걸하기 위해 내민 손을 형이 밟고 지나가는 삽화적인 이야기를 통해 우회적으로 드러난다. 그 학대적인 행위는 자신의 자학적 심리 상태가 타인에 대한 공격성으로 전화되어 표출된 것일 터이다. 그렇다면 형이 소설처럼 써나가는 과거 이야기에 동생이 그토록 관심을 갖는 이유는 무엇일까? 어쩌면 동생 또한 형처럼 형의 이야기를 통해 자신의 실연의 상처를 지우려 하는 것일 수 있다. 형이 미완의 상태로 남겨놓은 소설의 마지막 부분을 동생이 대신 쓰는 것은 그의 조급한 마음을 여실히 드러낸다. 그러나 동생의 이러한 의도가 성공하려면 형의 상처와 동생의 상처가 동질적인 것이어야 한다는 전제가 필요하지만 이 지점에서 형과 동생은 결정적으로 갈라진다. 즉 형의 아픔은 명확한 환부가 있지만 동생에게는 "아픔만이 있고 그 아픔이 오는 곳"(p. 212)은 없다. 이리하여 혜인의 입을 빌려 동생이 스스로에게 묻는 것은 "이유를 알 수 없는 환부를 지닌, 어쩌면 처음부터 환부다운 환부가 없는 선생님(=동생)은 도대체 무슨 환자일까"(p. 200)라는 것이다.

여기서 우리는 한두 가지 의문을 갖게 된다. 동생의 아픔에는 과연 환부가 없는 것인가라는 것과, 형/동생의 구분이 내포하는 다른 두 세대 간의 체험 내용은 어떻게 차별화되는가라는 것이다.

형의 체험을 특질화하는 사건은 두말할 나위도 없이 6·25다. 이런 점에서 형을 50년대적 인물로 규정한다면 형과 세대를 달리하는 동생은 60년대 세대에 속할 것이다. 60년대 세대의 의식이란 4·19와 5·16을 각기 주체와 객체의 입장에서 상반된 방식으로 연속적으로 통과하는 과정에서 형성된 의식을 가리킨다. 그렇다면 형과 달리 동생에게 환부가 없다는 것은 어떤 의미에서인가? 필경 그것은 6·25와는 달리 4·19와 5·16이라는 사건은 그것이 단지 객관적이고 역사적인 현실이라는 이유만으로 60년대적 아픔의 근원이 되는 것은 아니라는 의미를 함축하는 것이리라. 다시 말해 4·19가 좌절된 희망이었고 5·16은 4·19를 좌절시킨 폭력적 사건이었다 하더라도, 이러한 사실 자체가 1960년대의 한국 사회를 고통스럽게 만드는 아픔의 이유 자체나 이유의 전부는 아니라는 것이다. 60년대적 고통의 진단에는 심층적인 통찰이 필요하다는 것, 일단 이것을 우리는 「병신과 머저리」에서 아픔의 근원을 알지 못해 고통스러워하는 동생의 인식 내용이라고 말할 수 있다. 이러한 인식의 전환은 관점의 전환을 함께 요구한다. 이제 그 아픔의 환부는 역사적 사건이라는 바깥이 아니라 그 사건의 체험을 통해 독특하게 형성된 의식의 내면에서 찾아져야 하는 것이다. 그렇다면 "나의 아픔 가운데에는 형에게서처럼 명료한 얼굴이 없었다"(p. 212)는 동생의 탄식이 의미하는 바도 환부의 부재가 아니라 그것의 위치 이동일 것이다. 이제 형과 동생의 아픔의 차이는 얼굴을 지닌 아픔, 즉 외부적이고 객관적인 근거를 갖는 아픔과 얼굴 없는 아픔, 내면에 은폐되어 얼굴로 표출되지 않는 아픔으로 구분된다. 그리고 이러한 인식과 더불어 1960년대 이후 한국문학의 내면성의 탐색이 시작된다.

영혼의 내시경이라 부름 직한 이러한 내면 탐색적 관점에 의해 이청준의 인물들은 욕망의 주체로 자신들의 정체를 드러낸다. 다시 「퇴원」의 주인공의 경우를 살펴보자. 앞서 우리가 잠깐 언급했던 주인공의 과거 이야기, 즉 광에서 엄마와 누나의 속옷을 깔아 놓고 잠들었던 사건에 대한 이야기에서 명확하게 드러나는 것은 성적 욕망에 대한 눈뜸이다. 또 '뱀잡이'라는 별명으로 불렸던 군대 체험담은 주인공이 금지된 욕망을 자신만의 것으로 단속하지 않고 욕망의 전도사 역할까지를 수행했음을 밝혀준다. 이제 성인이 되어 현실 사회에 놓이게 된 주인공에게 이 욕망은 억압되어 있을 수밖에 없고, 어쩌면 이로 말미암아 모호한 환자의 처지에 놓이게 되는 것일 터이지만, 욕망이기에 그것은 충족되지도 않지만 사라지지도 않고 언젠가 돌아오게 되리라는 것이 미스 윤의 "다시 돌아오시겠죠?"(p. 35)라는 의미심장한 물음을 통해 암시된다. 「병신과 머저리」의 형의 경우는 어떠한가. 형에 대해서도 그의 환부를 6·25라는 현실적 사건으로 단정하지 않고 내면 탐색적 관점에서 관찰한다면 형을 고통스럽게 하는 것은 어떤 욕망의 존재 여부, 그리고 이것과 현실의 연관성에 대한 끈질긴 추궁이다. 수술과 한 소녀의 죽음. 여기에는 어쩌면 아무런 인과관계가 없을지도 모른다. "소녀는 수술을 받지 않았어도 잠시 후에는 비슷한 길을 갔을 것이고, 수술은 처음부터 성공의 가능성이 절반도 못 됐던 경우였다"(p. 170). 그러나 여기에 형의 과거 이야기가 겹쳐지면 사정은 조금 복잡해진다. 우선 형이 쓰는 소설의 서장(序章)을 이루는 노루 사냥에 따라갔던 이야기. 여기서 형은 "상처를 입은 노루(가) 설원에 피를 뿌리며 도망쳤"(p. 179)던 '섬뜩'했던 체험을 이야기한다. 그러나 이 섬뜩한 장면에서의 형의 태도는 모호하다. "〈나〉는 차라리 노루가 쓰러져 있는 것을 보기 전에 산을 내려 가 버리고 싶었다. 그러나 〈나〉는 망설이기만 할 뿐 가슴을 두근거리며 해가 저물 때까지도 일행에서 벗어나지 못하고 있었다"(p. 179). 이와 흡사한 모호함은 형의 전쟁 체험담에서도 나타난다. 형이 쓰는 소설의 주된 줄거리인 이 이야기의 결말은 두 개의 버전을 갖는다. 하나는 형이 미완으로 남겨놓은 결말부를 완결 지으려는 조급함 때문에 동생이 대신 쓴 것과, 이를 지우고 형 자신이 다시 쓴 것이 그것이다. 동생의 버전에서는 형이 직접 김 일병을 죽인 것으로 되어 있지만, 형의 버전에서는 관모가 김 일병을 죽이고, 이어서 형이 관모를 죽인 것으로 되어 있다. 이 두 개의 버전에서 동생의 이야기는 지극히 합리적인 선택의 결과물이다. 적 후방 깊은 곳에 낙오된 처지에서 살아 돌아가기 위해서는 움직이기 어려운 부상병을 처치하는 것 외에는 다른 방도가 없었을 것이다. 그러나 이런 이유로 김 일병을 사살한 관모까지 죽였다는 형의 이야기는 결혼식장에 다녀온 형이 관모를 만났다는 다른 사실에 의해 그 진위성이 심각하게 의심받게 된다. 관모라는 인물이 살아 있다면 관모를 죽였다는 형의 이야기는 무엇인가? 결국 이런 모호함을 공유하는 노루 사냥 이야기와 패잔병 체험담에서 우리가 확인하게 되는 것은 실현되지 않은 채로 형의 심층 의식 속에 감춰진 상태로 남아 있었던 어떤 욕망의 존재다. 어떤 욕망인가? 살해 욕망이 아니겠는가. 노루 사냥에서 어린 소년이었던 형은 노루가 흰 눈밭 위로 피를 흘리며 도망다니는 장면에서 '섬뜩'함을 느끼면서도 끝내 그 노루가 죽는 최후의 장면까지를 보고 싶다는 욕망을 품고 있었고, 패잔병 체험담에서도 형은 줄곧 김 일병을 괴롭히다 끝내 죽이기까지 하는 관모를 죽여버리고 싶다는 욕망을 지니고 있었던 것이다. 어쩌면 잊혀져 있었을 형의 살해 욕망은 관모에게 구타당하는 김 일병의 '파란 불꽃' 같은 눈빛을 통해 되살아나 더욱 강렬한 것이 되었으리라. 그러나 욕망이기에 그것은 실현되지 않는다. 노루가 죽는 최후의 장면을 직접 보는 대신 형은 "다음 날 그들이 산을 세 개나 더 넘어가서 결국 그 노루를 찾아냈다는 이야기"(p. 179)에 "끔찍스러운 몸서리"(p. 179)를 치는 것으로 자신의 욕망을 부정하고, 죽이고 싶어 했던 형의 욕망에도 불구하고 관모는 살아남았다. 형을 만난 자리에서 관모는 왜 "두려워서 비실비실 물러"(p. 211)났을까? 그것은 형이 그때까지도 욕망으로 품고 있었던 관모에 대한 강렬한 살의를 느꼈기 때문이 아닐까? 형이 지닌 이 타자에 대한 살해 욕망이 수술 후 죽은 소녀에게 겹칠 때 형을 괴롭혔던 물음은, 혹시 그 소녀의 죽음이 자신의 살해 욕망에 의해 초래된 결과가 아닐까라는 것이었으리라. 욕망의 존재를 인정한다면 이러한 무의식적 동기의 존재까지 인정하지 않을 수 없다. 과연 형은 그 소녀를 죽이고 싶어 했던 것일까? 그러나 이 고통스러운 자문에서 벗어나는 길은 역설적이게도 욕망 자체에 이미 내장되어 있다. 욕망은 실현되지 않기에 계속 욕망으로 존재하는 것이 승인된다. 만일 형이 소녀에 대해 살해 욕망을 품고 있었다면/하더라도 욕망인 한 그것은 실현되지 않은 것이기 때문에 형은 그 소녀에 대한 고의적 살해 혐의에서 벗어날 수 있게 된다. 이러한 알리바이를 위해 형은 자신이 한번도 실현한 적 없는, 다만 그 존재만이 확인될 뿐인 욕망을 과거의 체험으로부터 불러내는 것이다. 소녀에 대한 수술과 죽음의 사건 이후 형을 사로잡았던 고뇌의 정체를, 현실이라는 게 욕망과 무의식의 결과물일지도 모른다는 확인할 수도, 부정할 수도 없는 가능성으로 규정한다면, 동생의 고민 역시 환부가 없기 때문이 아니라 자신의 욕망의 정체가 무엇인지, 자신의 무의식이 어떻게 구조화되어 있는지를 명확히 파악할 수 없다는 절망적 인식에서 비롯되는 것임이 어느 정도 분명해진다.

「병신과 머저리」에서 형을 사로잡고 있었던 살해 욕망과 소녀의 죽음이라는 현실과의 일치 가능성 여부라는 문제의 기원적 형태는 「퇴원」 이후 이청준의 두번째 소설인 「아이 밴 남자」에서 이미 드러나 있는 것이었다. 이러한 사실을 통해 우리는 등단 초기의 이청준이 집중적으로 천착한 핵심적 주제가 욕망의 주체 세우기였다는 사실과 더불어 이청준의 독보적인 자리가 이 지점에 마련된다는 사실을 확인할 수 있다. 「아이 밴 남자」는 어떤 소설인가. 이 소설의 주인공의 직업은 장의사의 운전기사다. 그에게는 말 그대로 죽여버리고 싶은 사팔뜨기 누이동생이 있다. 주인공에게 이 동생은 자신의 불우함을 적나라하게 비춰 보여주는 거울이고, 그런 처지에서 벗어나려는 소망의 장애물이다. 이런 누이동생에게 이 인물이 품고 있는 살해 욕망은 실제적인 것인가, 아니면 지긋지긋한 가난에서 벗어나고 싶다는 절실한 소망의 뒤틀린 비유일 뿐인가? 이 두 개의 가능성은 이 인물로 하여금 종국에 이르러 기묘하게 합치하는 두 개의 동선(動線)에 따라 움직이도록 만든다. 일거리를 찾기 위해 연락소를 돌아다니는 일의 차원에서 이 인물은 회사에서 가까운 곳으로부터 먼 데로 뻗어나가는 원심적 궤적 위에서 움직인다. 그러나 이 움직임의 방향성은 누이를 죽이고 싶다는 욕망의 차원에서는 누이의 죽음이라는 현실로 점점 다가가 마침내 누이가 죽어 있는 자기 집에 이르게 되는 방향성과 일치한다. 의식의 차원에서 그는 가장 멀리 가고 있었지만 욕망의 차원에서는 가장 가까이 가고 있었던 것이다. 멀리 감으로써 가장 가까이 간다는 이 오이디푸스적 궤적을 실현할 수 있는 것이 있을까? 있다면 무엇일까? 그것은 단 하나, 무의식뿐이다. 무의식 속에서 현실과 욕망은 이접(離接)한다. 이와 더불어 여기서 주목해야 할 한 가지 사항은 이 무의식의 존재와 그것의 비의지적 작동에 대한 확인과 더불어 '인간'의 의미에 돌이킬 수 없는 균열이 생긴다는 점이다. 과연 누이동생의 주검 앞에서 주인공이 취할 수 있는 표정이나 태도는 어떤 것일까? 내심 바랐던 바가 현실화된 데 대해 기뻐하는 모습일까, 아니면 이를 감추고 짐짓 슬퍼하는 듯한 제스처일까? 그 어떤 것일 수도 없다. 그 어떤 표정이나 태도도 이미 분열된 존재인 그의 인간적 진실 전부를 드러내주지는 못한다. "그냥 멍하니 서 있는 것"(p. 61) 외에 그가 달리 취할 수 있는 자세는 없다. 이런 그에게 안이라는 인물이 내뱉는 "이 새끼야! 너도 한번쯤은 사람이 죽는 걸 슬퍼해보란 말야"(p. 62)라는 사나운 꾸짖음은 그에게 모종의 인간다움을 요구하는 것일 터이지만, 이미 욕망에 의해 파편화된 주체인 그에게는 어떤 의미의 인간의 개념도 전체적 진실로서의 가치를 지니지 못한다. 이제 인간의 진실에 다가가기 위해서는 겹의 시선, 겹의 서사 구조가 필수적 요건으로 떠오르게 된다.

「퇴원」에서 「아이 밴 남자」를 거쳐 「병신과 머저리」에 이르는 맥락 속에서 선명히 그 모습을 드러내는, 의식과 욕망 사이에서 분열되고 파편화된 존재로서의 인간상, 이것이 이청준이 그의 초기 소설들을 통해 부각시키고 있는 60년대적 인간형이다. 욕망의 주체로 등장한 이 새로운 인간은 탄생의 순간에 이미 '60년대적'이라는 범주를 벗어난다. 이청준적 인간형은 60년대가 필요로 했고 또 이 필요에 따라 수립하고자 했던 인간형과 탄생의 배경을 같이하면서도 무엇보다도 그 냉혹하리만큼 철저한 내면 성찰적 관점에 힘입어 60년대적 의식의 지향성을 뛰어넘는다. 잘 알려져 있듯 문학과 사회의 영역에서 말할 때 60년대적 인간형이란 근대적 의미의 개인을 지칭한다. 당연히 4·19를 탄생 배경으로 갖는 이 근대적 개인이라는 인간형은 민주적 시민 사회의 주체로 요청된 당위적 인간형이었다. 그러나 당위적인 것이었기에 60년대적 개인은 필경 현실과의 갈등을 내포하고 있었고, 이 갈등의 폭은 60년대를 이루는 또 하나의 사건인 5·16 군사 쿠데타의 부당성에 의해 더욱 증폭되었다. 이러한 당위성과 현실 사이의 딜레마는 컸다. 가령 「굴레」 같은 소설에서 주인공이나 다른 인물들이 취직을 위한 시험장에서 느껴야 하는 불편함, 상대방을 통해 우회적으로 지각되는 낭패감이나 굴욕감, 그리고 끝내는 이것을 극복하지 못한 나머지 충동적으로 폭발시키지 않을 수 없는 무모한 저항감 등은 이러한 갈등에서 비롯되는 것이 아니겠는가. 이 소설의 등장인물들이 지니고 있는 이러한 심리적 응어리들은 어느 특별한 개인만의 것이 아니라 이청준이 4·19와 5·16을 거의 동시적으로 체험한 60년대 세대의 심리적 공통분모로 드러내고 있는 것이라는 점에 주목해야 한다. 이러한 세대적 집단 심리의 발생 기제는 어떤 것이며 또한 이를 바탕으로 형성되는 독특한 의식의 지향성은 어떤 것인가? 이에 대한 논의의 실마리를 찾기 위해서는 이청준이 회고적으로 파악하고 있는 4·19와 5·16의 의미를 다시 짚어보아야 한다. 이청준은 4·19와 5·16을 이렇게 회상하고 있다.

    대학에 입학하면서 4·19를, 그다음 해에 바로 5·16을 겪었는데, 한참 의식이 활발할 때 겪었던 이 두 사건의 의미를 지금 소박하게 정리해보면 삶에서 어떤 정신세계가 열렸다가 갑자기 닫혀버린 것으로 이해되었던 것 같아요. 20대의 분출을 사회적인 엄청난 힘이 방종으로 단죄하고 억압했을 때 여기서 갈등이 생겨나게 되었던 것

---

1) 권오룡 엮음, 『이청준 깊이 읽기』, 문학과지성사, 1999, p. 25.

이죠. 이런 갈등 의식을 우리 세대와 따로 떼어놓고 생각할 수는 없는 일이겠지요.[1]

이청준에게 4·19와 5·16의 의미는 정치적인 것이기에 앞서 정신적인 차원으로 다가온 것이었다. 어떤 정신의 개진과 은폐, 이것이 이청준에게 각인된 두 사건의 의미였다. 그것은 일면 대립하면서도 '방종'과 '단죄,' '억압'과 '갈등'의 인과적 연결 양상을 띠고 있는 것이기도 하다. 4·19가 '방종'이고 5·16이 '단죄'라면, 그리고 5·16 이후의 현실이 '억압'과 '갈등'의 대립 공간이었다면 이는 어떤 의미에서 그러할까? 여기서 우리는 프로이트가 『토템과 터부』에서 개진했던 인류학적 가설을 원용해볼 수 있다. 이 가설에 입각하여 말하면 4·19가 행한 '방종'이란 다름 아닌 아버지를 살해한 것이었다. 4·19가 '단죄'되어야 했던 이유는 이것이었다. 그러나 엄밀히 말하면 4·19는 아버지를 살해한 것이 아니라 추방한 것에 지나지 않았다. 그러므로 죄의식은 크지 않았고, 따라서 폭력적이고 권위적인 아버지의 재출현을 막기 위한 형제들 사이의 결속도 느슨했다. 이 느슨함을 틈타 5·16은 발생할 수 있었다. 이리하여 추방된 아버지의 빈자리에는 훨씬 강력한 권력이 들어서게 되지만, 그러나 문제는 원초적 아버지가 둘일 수는 없다는 엄연한 사실에 있었다. 그러므로 아버지의 빈자리를 강제로 차지하고 들어선 권력이 제아무리 강하더라도 그것이 진짜 아버지, 진정한 '아버지의 이름'이 될 수는 없었다. 따라서 그것의 정당성과 진정성은 끊임없는 항의와 부정의 대상이 될 수밖에 없었고, 이런 이유로 말미암아 그것이 표면적으로 장악하고 있었던 막강한 권력에도 불구하고 그 권위의 상징성은 취약할 수밖에 없었다. 현실에의 복종은 개인의 수준에서조차 정당성의 훼손, 포기, 상실을 의미하는 것이었다. 이것은 심각한 딜레마가 아닐 수 없었다. 이청준이 말하는 60년대 세대의 갈등은 이 딜레마를 모태로 하는 것이었다. 다시 「굴레」를 떠올려보자. 이 소설에서 현실과 명분 사이의 엇박자는 결국 등장인물들을 충실한 현실주의자도, 철저한 이념주의자도 될 수 없게 만든다. 또 「별을 보여드립니다」에서 일체의 세속적인 것을 거부하고 별로 표상되는 어떤 초월적 가치에의 지향을 고집했으나 결국 그 지향성을 포기하게 되는 탈현실 지향적 인물의 배경에 놓여 있는 것도 이러한 딜레마가 아니겠는가.

4·19와 5·16의 동시적 체험에서 생성된 60년대 세대의 정신적 특질을 정신분석의 용어로 말하면 불완전한 거세다. 이청준의 초기 소설들 가운데 다수가 이 주제와 연관되어 있는 것은 그러므로 결코 우연이 아니다. 이 연관성은 압도적으로 사회적, 시대적 인식에 기초한 것이므로 이것은 이청준 개인의 유년 시절의 체험과 관련지을 필요도 없는 사항이다. 이청준의 감수성의 발생적 뿌리가 어떤 것이든, 중요한 것은 이청준이 그만의 독특한 감수성과 날카로운 통찰력으로 60년대의 '시대의 핵'(김현)을 꿰뚫었다는 사실을 인정하는 일일 뿐이다. 알다시피 거세란 물리적 위협을 권위의 승인으로 전환시켜 욕망을 철회하는 것을 말한다. 그러나 5·16 이후의 60년대 사회에서 물리적 위협은 날이 갈수록 커졌으

나 권위는 승인되지 않았다. 그러므로 욕망 또한 철회되지 않았다. 이럴 때 제거되지 않은 욕망의 주체는 어떻게 되는가? 그것은 위협을 향유의 대상으로 전환시켜 욕망을 보존하면서 스스로가 현실적 권위 너머의 메타적 지점에 초월적 권위를 수립하는 입법자가 되고자 한다. 1960년대 이후 한국문학과 지식의 저항성, 그리고 이것을 통해 자기 것으로 만들 수 있었던 영광의 뿌리는 이 같은 아이러니의 정신에 있었다. 그러나 진정한 의미의 아이러니란 안과 밖을 같이 부정하는 것이다. 그리고 안팎을 아우르는 부정의 변증법에 의해 아이러니는 어떤 실체적, 현실적 결과가 아니라 오직 가능성만을 만들어낸다. 이런 의미에서의 아이러니를 실천할 수 있는 몇 안 되는 것 가운데 하나가 소설이거니와, 이청준이 택한 것은 이 같은 아이러니의 도구로서의 소설이었다. 이러한 아이러니를 지탱해주는 것을 초월 의지라 부른다면 이청준에게 있어 이 같은 초월 의지는 등단작인 「퇴원」에서부터 이미 선명히 드러난다. 앞서 보았던, 주인공의 어린 시절에 있었던 '속옷 사건'에서 아버지는 어린 주인공을 이틀이나 광에 가두고 굶기지만 그는 조금도 배고픈 내색을 하지 않는다. "이틀을 굶겨놔도 배고픈 줄을 모르는 놈입니다. 저놈은"(p. 17). 1960~1970년대 이청준 소설의 중요한 의미소인 허기와 단식의 테마는 거세의 물리적 위협이 향유의 대상으로 전환되었음을 분명하게 보여준다. 물리적 거세의 극단은 죽음이다. 굶기기라는 처벌에는 이 극단적 단계의 가능성까지가 내포되어 있다. 그러나 어린 주인공은 죽음에 대한 암시적 위협을 향유의 대상으로 전환시켜 죽음 충동을 즐긴다. 같은 맥락에서 볼 때 「바닷가 사람들」의 경우는 어떠한가? 이 소설에서 바다는 죽음의 장소다. 형이 바다에서 죽었고, 종내에는 아버지도 바다에서 죽게 된다. 그래서 아버지는 '나'에게 바다에 나가지 못하게 한다. 바다는 아버지의 명령에 의해 금지된 곳이다. 그러나 그 아버지마저 바다에서 죽은 후 주인공은 아버지의 명령을 어기고 처음 탄 "배를 따라 몸을 일렁이면서"(p.141) 수평선을 향한다.

「줄광대」에 이르러 거세의 테마는 대타자의 권위에 대한 거부에 그치지 않고 초월적 권위의 수립을 위한 입법적 지위를 욕망하는 데까지 나아간다. 이 대목은 이청준의 글쓰기의 의미가 형성되는 과정에 하나의 명시적 출발점을 이루는 것이라는 점에서 무척 중요하다. 미리 앞서 말하면 「공범」과 「행복원의 예수」에서 이 글쓰기의 의미에 섬세한 수정이 가해지지만, 일단 불완전한 거세라는 60년대의 의식 구조 속에서 글쓰기의 의미를 사유한 최초의 시도를 담고 있다는 점에서 「줄광대」는 각별한 중요성을 갖는다. 이 소설은 세 개의 서사 층위를 갖는다. 첫째, 줄광대 부자(父子)의 줄타기와 죽음에 관련된 사실의 층위. 둘째, 이 사실들이 화자에 의해 직접 목격된 것이 아니라 줄광대 부자와 함께 서커스단에서 한솥밥을 먹으며 트럼펫을 불던 사내의 회상적 이야기를 통해 전달되는 구조에 의해 형성되는 증언의 층위. 마지막으로 이 모든 것을 기록하여 소설화하는 화자의 글쓰기의 층위. 우선 사실의 층위에서 이야기되는 것은 삶과 죽음 사이의 경계선 위에서 이루어지는 줄광대 부자의 장인적(匠人的) 삶의 방식이다. 여기서도 아들에게 부과되는 것은 아버지의 명령이다. 아버지는 아들에게 줄을 타기 위해서는 "눈이 없어야 하고 귀가 열리지 않아야 하고 생각이 땅에 머무르지 않아야 한다"(p. 84)고 가르친다. 이 같은 무념, 무상, 무욕의 경지에 이르기 위해서는 사랑하는 여자라도 죽일 수 있어야 한다. 실제로 "아버지는 어머니를 죽이고 다시 줄을 탈 수 있었지만"(p. 91) 아들 운은 아버지가 실천으로 보여준 이 명령을 따르지 않고 여자를 죽이는 대신 자신이 죽는 길을 택한다. 아들은 결국 아버지의 명령을 거역함으로써 아버지의 경지에 이르지 못한 것인가? 이 두 사람의 줄타기 방식에 있어 모든 욕망의 제거를 필수 요건으로 삼는 아버지의 방식은 단연 초자아적인 것이다. 그것은 세이렌의 노래를 듣지 않도록 하기 위해 부하들의 귀를 밀랍으로 막고 자신만은 귀를 열어두는 대신 마스트에 몸을 묶는 저 오디세우스의 방식을 그대로 닮아 있다.[2] 그렇다면 아들은 이 초자아적 규범에 미달한 것인가? 이 물음에 대한 단서가 운에 대한 소문, 즉 그가 승천한 것이라는 사람들의 허무맹랑한 믿음에 들어 있다. 이 소문에 내포되어 있는 것은 아버지의 줄타기가 요구했던 지상의 규율보다 더 높은, 즉 욕망을 배제하거나 억압하지 않고 그것까지를 끌어안는 천상의 규율, 초월적이면서도 해방적인 규율을 아들이 만들고 실천하려 했었던 것이라는 사실에의 믿음이다. 물론 이러한 이카루스적 욕망의 결과는 죽음이었지만, 아들은 이 죽음의 가능성을 향유하면서 아버지의 법칙을 거부하고 그것을 극

---

2) 오디세우스의 초자아적 자세에 대한 논의로는 Renata Salecl, *(Per) Versions of Love and Hate*, N. Y.: Verso, 2000, p. 59 이하 참조.

복하려 했던 것이다. 그것은 초자아에의 미달이 아니라 초과였고, '아버지의 이름' 너머의 초월적 권위에 대한 실천적 지향이었다.

　여기까지가 「줄광대」에 담겨 있는 불완전한 거세의 테마다. 이제 우리는 '트럼펫 사내'에 의해 수행되는 증언의 층위로 옮겨가야 한다. 이 줄광대 부자의 이야기는 어떻게 살아남아 우리에게까지 들려지는가? 이 모든 전말을 소상히 알고 있는 트럼펫 사내가 자기 목숨처럼, 아니 어쩌면 목숨보다 소중하게 기억에 간직하고 있었기 때문이다. 그가 아니었다면 줄광대 부자의 죽음은 서커스단에서 간혹 있을 수 있는 사고 정도의 의미로 묻혀버리기 십상이었을 것이다. 똑같은 사고에 의한 죽음의 대물림이 그 비극성을 조금 더해주기는 하겠으나 그 이상의 의미는 아니었을 것이다. 그렇다면 이 트럼펫 사내에게 줄광대 부자의 이야기를 간직해야만 했던 특별한 이유가 있었던 것일까? 줄광대 아들을 죽음으로 내몬 여인과 함께 살았다는 것이 그 이유일까? 그럴 수도 있겠지만 이것만으로는 미흡하다. 결국 그가 이 이야기를 간직해야 했던 동기는 모호함 속에 묻혀 있을 수밖에 없지만, 그러나 그가 이 이야기를 주인공에게 들려주는 동기만은 분명하다. 그것은 이제 죽음이 임박했음을 예감한 그가 평생 "유일한 재산처럼 소중하고 엄숙"(p. 78)하게 간직해왔던 이야기가 그의 죽음과 함께 멸실되지 않도록 하기 위함이었고 그래서 기록으로 남을 수 있었다. 그러므로 이 트럼펫 사내가 들려주는 이야기의 사실성에서 진정성에 이르기까지의 모든 것을 보증하는 최종적 권위는 '나'에 의해 쓰여지는 글이라는 상징적 질서에 귀속된다. 이 경우 글이란 운의 욕망, 즉 스스로 초월적 권위가 되고자 했던 욕망의 존재를 확인시켜주는 대타자적 질서가 아니겠는가. 이청준에게 글이란 초월적 권위에 대한 욕망을 욕망의 형태로 보존하기 위한 수단이자 그 실천이었다. 운이 자신만의 방식에 따른 줄타기로 실현하고자 했던 초월적 권위에의 욕망은 실현되지 못한 채 트럼펫 사내의 '말하기'로, 그리고 '나'의 '글쓰기'로 그 존재 방식을 변화시키면서 보존된다. 이 존재 방식의 변화가 암시하는 것은 초월적 권위라는 것이 내용으로 고정되어 타인들에게 강요되거나 타인들을 교화하고자 하는 권위가 아니라 오직 말하기나 글쓰기의 행위, 달리 말하면 발화 행위énonciation의 순간에만 수립되고 존재하는 것이라는 사실이다. 운에 대한 절름발이 여인의 흠모는 오직 운이 줄을 타고 있을 때만의 것이었다. 그러나 운은 줄에서 내려와야 한다. 마찬가지로 발화 행위의 순간은 금방 사라진다. 행위의 순간에서 벗어날 때 발화 행위는 발화(된 것)énoncé로 남는다. 트럼펫 사내의 말은 결국 나에 의해 고정된 내용과 무수한 의미적 가능성을 갖는 글로 남게 된다. 행위로서의 줄타기, 말하기, 글쓰기가 이야기가 되어 버리는 것이다. 이렇게 행위가 내용으로 침전되어버릴 때 행위만을 버팀목으로 삼았던 글의 초월적 권위 또한 화석화되지 않겠는가. 그리고 이것은 아이러니의 심각한 훼손을 초래하지 않겠는가. 이러한 환원적 회로에 빠지지 않을 수 있게 해주는 소설적 계책을 마련해야 한다는 것, 그의 오랜 소설 쓰기의 과정에서 이청준의 염두에서 한시도 떠나지 않았던 문제는 이것이었다고 말할 수 있다. 순환-확대-분산-수렴-심화 등의 연쇄에 의해 형성되는 이청준의 소설 세계는 이런 복잡한 고뇌의 무늬들로 직조된 거대한 태피스트리다. 「줄광대」만을 놓고 볼 때 이러한 환원적 회로에서 벗어나기 위해 이청준이 고안해내는 가장 이청준다운 계책은 바로 글쓰기의 주체(나)와 말하기의 주체(트럼펫 사내)와 줄타기라는 행위의 주체(운)를 분리시킨다는 것이다. 이렇게 분리시켜 중첩적으로 감싸이게 만드는 구성 방식에는 필자가 다른 자리에서 '침묵으로 말하기'[3]라고 이름지었던 이청준 특유의 방식과 더불어 그의 또 다른 특징적 방식인 '미장아빔mise-en-abyme' 방식의 뿌리까지가 내장되어 있다.[4] 「줄광대」는 이러한 이청준식 글쓰기의 한 전형의 효시를 이루는 작품이라는 점에서 각별히 중요한 의미를 갖는다.

이제 거세의 위협에 굴하지 않는 반항인 l'homme révolté 이청준은 글쓰기라는 초월적이고 상징적인 권위를 무기로 삼아 현실에 이미 존재하는 대타자적 권위들의 정당성에 차례차례 도전한다. 이런 맥락에서 가장 먼저 눈여겨보아야 할 작품은 「무서운 토요일」이다. 「무서운 토요일」은 「줄광대」에 바로 뒤이어 발표된 작품이거니와, 이 소설에서도 우리가 가장 먼저 맞닥뜨리게 되는 것은 거세의 테마이다. 토요일마다 아내와의 부부관계를 의무적으로 치

---

3) 권오룡, 「허기를 이겨내기 위한 단식」, 이청준 전집(열림원판) 완간 기념 심포지엄 발제문(2003. 5. 20).
4) 이청준 소설의 '미장아빔' 방식에 대해서는, 장경렬, 『응시와 성찰』(문학과지성사, 2008)에 수록된 「'아찔한 소용돌이,' 그 안으로」를 참조할 것.

러야 하는 주인공에게 "아내와의 토요일 밤은 바로 그 아내를 향한 공포"(p. 99)의 시간이다. 이미 그에게는 정상적인 방식으로 이 의무를 치러낼 힘이 없다. 그럼에도 불구하고 그는 약의 힘을 빌려서라도 이 의무를 수행해야 한다. 주인공이 '임포텐츠'라는 이름의 거세 콤플렉스에 사로잡히게 된 데에는 사연이 있다. 아내와 신혼여행을 갔을 때 신부가 들려준, 개구리를 춤추게 하는 방법에 대한 이야기가 그것이다. 아니, 보다 정확히는 그 이야기를 들려주던 아내의 "키득거리는 웃음소리"(p. 104) 때문이다. 이후로 이 웃음소리는 줄곧 환청으로 엄습하면서 그를 거세의 늪으로 빠뜨린다. 이것 외에 또 한 가지 주인공을 괴롭히는 것은 군에 입대한 후 "훈련소 시절의 그 잊을 수 없는 사격장의 꿈"(p. 108)이다. "10여 리의 행군 끝에 사격장에 이르렀을 때는 구토가 일어날 것같이 온몸이 열로 불덩이가 되어 있었"(p. 108)던 주인공이 그야말로 필사적으로 안간힘을 다해가며 사격을 했으나 연속되는 사격에도 불구하고 그의 타겟은 움직이지 않는다.

분주히 돌아가는 타겟들 사이에서 그것은 언제까지나 돌아가지 않을 것처럼 우뚝 서 있기만 했다. (p. 110)

그 타겟은 '우뚝 서 있기만' 하는 것이 아니라 "마치 살아 있는 괴물처럼 천천히, 그리고 커다랗게 나에게 다가"(p. 111)오기까지 한다. 이 사격장의 꿈 이야기에서 거세된 주인공에게 돌아오는 팔루스적 욕망을 읽어내는 것은 그리 어려운 일이 아니다. 그는 지금 거세되어 있다. 그러나 그에게는 여전히 욕망이 존재한다. 그 거세는 아직 불완전한 것이다. 그렇다면 그의 아내는 어떠한가? 아내는 아내대로 '불감증'이라는 여성적 거세의 증상을 지니고 있다. 그러나 아내의 이러한 거세의 원인은 다른 데 있다. "동물학과에서 석사 과정"(p. 101)을 밟고 있는 과학도인 아내에게는 매우 잘 정돈된 생활 방식이 있다.

커피에 대해서 말이지만, 아내는 참으로 한결같은 데가 있었다. 내가 밖에서 들어오거나 손님이 왔을 때 아내는 반드시 커피를 내왔다. 사람을 싫어하는 성미 때문인지 아내는 가정부를 두려고 하지 않았다. 그리고 그때마다 자기도 한자리에서 커피를 마셨다. 손님이 여러 번 드나드는 날도(그런 날은 한 달에 한 번 있을까 말까 했지만) 아내는 그게 몇 잔째가 되든 그때마다 똑같이 커피를 마셨다. 그 대신 아내가 손님이나 나에게 베푸는 모든 응대는 그뿐이었다. 커피가 끝나면 상대가 나이거나 손님이거나 상관하지 않고, 아내는 다시 서재로 사라졌다. 그리고 논문에 몰두해버렸다.
그날도 아내는 커피를 마시고 나자 곧 자리를 일어섰다. 나는 갑자기 역정이 치올라서,
"그냥 거기 좀 앉아 있구려"
하고는 아내를 쏘아보았다. 그러나 아내는 무엇을 오해했는지 그냥 선 채로,
"예외를 두게 되면 우리는 피차 피해를 입게 돼요."(pp. 101~02)

사람을 대하는 일상적 예의까지를 포함하는 모든 것이 예외를 인정하지 않는 엄격한 과학적 법칙에 따라 잘 조직되고 제도화되어 있는 아내의 생활방식을 지탱하고 있는 것은 과학적 정신을 자연과 인간을 지배하는 최고의 질서의 원리로 삼고자 했던 근대의 계몽주의적 합리성에 대한 신념이다. 이 초자아적 신념에 의해 욕망은 억압되고 지워진다. 아내는 왜 거듭 임신 중절을 되풀이하는가? 주인공의 거세가 팔루스로 존재하기에 대한 좌절이라면 아내의 불감증과 임신 중절은 팔루스를 소유하고자 하는 욕망에 대한 거부의 의미로 읽힌다. 이 욕망의 거부, 욕망의 제거가 아내를 "영혼이 없는"(p. 124), 다시 말해 욕망이 거세된 '기계'로 만든다. 문제는 이 기계적으로 정확한 초자아적 태도의 이면에 덧대어져 있는 잔혹함이다. 개구리를 춤추게 만드는 방법의 과학성에 내포된 잔혹함, 잉태된 아이를 지워버리는 잔혹함, 그러고도 토요일마다 기계적으로 반복되는 이들 부부 사이의 행위를 "또 한 번의 살인을 예비하는 잔인한 유희"(p. 124)로 만들어버리는 잔혹함. 이청준이 근대의 과학적 합리성, 그리고 이것이 요구하고 표방하는 초자아적 권위의 이면에서 간파해낸 이 잔혹함은 수세기에 걸친 계몽의 수행에도 불구하고 인류를 덮치고 있는 아도르노적 의미의 '재앙'과 동궤의 것이다. 이런 의미에서 잔혹함에 대한 이청준의 통찰은 합리성, 과학성 등과 같은, 근대 세계가 최고의 상징적 권위로 수립하고 존중해왔던 대타자적 질서에 대한 발본적 추궁이 아닐 수 없다. 우리에게 근대의 의미에 대한 성찰이 본격적으로 시작되기도 전에, 한국 사회에서 근대가 갓 작동하려던 그 시점에 이미 근대의 어두운 이면과 그 너머를 사유했던 이청준의 혜안은 놀라움 그 자체가 아닐 수 없다. 바로 이 지점에서 이청준의 문제의식은 1960년대의 한국 사회라는 시공간을 다시 한 번 뛰어넘는다.

그러나 그렇다고 해서 이청준이 문학을 현실의 모든 대타자적 질서를 넘어서는 최고의 상징적 권위로 내세우고 있는 것이라고 생각해서는 안 된다. 문학이 이를 요구하고 주장한다면 이는 문학의 영광이 아니라 자만일 것이다. 이청준의 끊임없고 가차 없는 자기 성찰은 문학이 자칫 빠질 수 있는 자만의 늪을 경계하는 데 있어서도 빈틈이 없다. 문학은 과연 그것이 인간의 진실에 대한 이야기라는 이유만으로 최고의 상징적 권위임을 자처할 수 있는가? 그렇기는커녕 문학의 이러한 나르시시즘은 오히려 문학이 거부하거나 초월하고자 하는 현실의 대타자들의 권위를 강화시키는 데 이바지하는 '공범'이 되는 것은 아닌가? 이것이 「공범」에서 이청준이 문학의 위상과 관련하여 묻고 있는 것이다. 이 소설은 1962년에 실제 있었던 사건을 소재로 한 것이지만 이 사실을 알고 모름이 이 소설을 이해하는 데 관건이 되지는 않는다. 군대 내무반에서 여자 친구에게서 온 편지를 갖고 장난치는 두 명의 병사를 사살한 한 학보병이 1심 재판만 받고 항소를 포기한 채 형장의 이슬로 사라져버렸다는 것, 이것이 이 사건의 외형을 이루는 사실의 전부다. 이 사건을 소설화하면서 이청준이 제기하는 첫번째 물음은 과연 법은 진실 전부를 파악하고 있는가라는 것이다. 허구적 상상력을 통해 이청준은 이 사건의 배후에 중대 부관 강 중위의 "가장 견딜 수 없는 모욕감"(p. 268)을 건드리는 기합과 이를 흉내 내어 "더욱 지독한 모욕"(p. 270)을 느끼게 한, "육군 형무소를 채신 없는 시아버지 부엌 드나들듯 했다는 사고병"(p. 273)이었던 분대장, 그리고 "그저 상습처럼 남의 편지를 가로채 보고 헤헤거리며 좋아하던 다른 일병 한 녀석"(p. 270)이라는 사건과 인물을 설정해놓는다. 이들의 존재와 행위는 그 자체만으로 법의 완전하지 못함을 증명한다. 그들에게는 그들만의 규율, 즉 지젝이 롭 라이너 감독의 영화 「어 퓨 굿 맨」에서 법의 파편화 사례로 예시했던 이른바 '코드 레드Code Red'라는 것[5]이 있었고, 그날도 그들은 아무 생각 없이 이에 따라 행동했을 뿐이다. 법의 빛 앞에서는 자취를 감추지만 법의 그늘에서는 여전히 다시 활개치는 이 '코드 레드'의 존재, 이에 대한 저항의 태도에 담겨 있을 수 있는 정의에 입각한 인간적 진실을 충분히 고려할 수 없다는 것 등은 법이 결코 채울 수 없는 영원한 결락이다. 현실적 질서 체계로서의 법의 지위와 정당성이 문제되는 것은 이 지점에서다. 또한 법 너머의 초월적 권위에 대한 호소가 힘과 명분을 획득하게 되는 것도 이 대목에서다. 그래서 「공범」에서 사람들은 여러 이유를 근거로 여러 가지 방식으로 김효 청년에 대한 구명운동에 나선다. 여기에는 고준의 어머니인 K여사도 끼어 있다. 그러나 "인간의 생명이란 보편성"(p. 277)에 대한 절대적 신념, 그리고 "인간의 진실을 건

---

5) Slavoj Žižek, *The metastases of enjoyment*, N.Y.: Verso, 2005, p. 54.

져내고 그 불가침의 존엄성의 영토를 사수해나가는 일을 소명으로 삼고 있는 문필가"(p. 278)인 "자신이 지금 조용히 보고만 있는 것은 자기 문학의 진실을 배반하는 행위"(p. 279)라는 확고한 사명감을 동기로 삼고 있음에도 불구하고 K여사의 속내는 그리 단호하고 확고하지 못하다.

    그러나 K여사의 찌뿌듯한 머리는 여전히 활짝 트이질 않았다. 한사코 김효 청년이 구해져야 한다는 소신과는 반대로 자기의 방법이 그 작업에 어느 만큼의 힘이 될 수 있을까 하는 의문이 머리에서 떠나지를 않았다. 사실을 말하자면 K여사 자신은 그와 같은 방법이 지금으로서는 오히려 김효 청년의 입장을 궁지로 몰아넣을지도 모른다는 의구심을 지니고 있었다. (p. 278)

K여사의 이런 회의에 이어 고준은 김효 일병의 사형 집행 후 어머니인 K여사에게 보내는 편지에서 이런 질문을 던진다.

    이제 어머니께서는 아셨을 줄 압니다. 김효를 변호한 것이 오히려 그를 더 빨리 그렇게 만들어버렸다는 기묘한 아이러니를 말입니다. 어쩌면 어머니께서는 훨씬 전부터 그런 점을 이미 짐작하고 계셨을지도 모릅니다. 그런데도 어머니께서는 김효의 생명에 앞서 어머니 자신의 어떤 진실이나 신념을 좇아 거리를 나섰을 경우를 상상해봅니다. 그렇다고 지금 저는 어머니의 그런 신념이나 진실을 부정하려고 하진 않습니다. 하지만 누구나 자기 나름으로는 진실을 주장하고 있었는데, 결국은 그 진실이라는 것이 오로지 김효를 보다 빨리 죽게 하는 데에만 보탬하고 있었거나, 적어도 결과에 있어서 아무것도 진실은 이야기되지 못한 것과 마찬가지라면, 우리는 그것을 어떻게 생각해야 할까요. (p. 286)

어떻게 생각해야 하는가? 과연 인간적인 진실이나 문학적 진실이란 어떤 것이고, 그것은 예컨대 법 같은, 현실의 다른 대타자적 질서와 어떤 관계에 놓이는 것인가? 이런 문제에 대한 일반적이고도 확고부동한 답을 구하기는 쉽지 않은 일이지만, 그러나 이청준 나름의 답에 대한 암시는 이 소설의 소재로 삼아진 사건 자체에 내포되어 있다. 정신분석의 관점에서만 말한다면 김효 일병의 살해 행위는 이 또한 불완전한 거세의 결과물이다. 여자에게서 온 편지를 돌려보는 일 따위는 사건이 있던 날 전에도 다반사로 있어왔던 일이고, 김효 역시 이제까지는 이런 일을 견디고 다른 사병들과 함께 내무반 생활을 해왔던 것이다. "인간관계가 유지될 수 있는 것은 주체가 거세되어 있기 때문"[6]이라고 한다면, 김효는 그날따라 제거(=거세)하거나 억압할 수 없었던 어떤 욕망을 현실화함으로써 살인을 저지르게 된 것이다. 어떤 욕망인가? '코드 레드' 너머에 수립되어야 하는, 존엄성에 대한 존중이라는 이른바 인간적 정의에 보다 가깝게 접근해 있는 대타자적 질서를 자신의 힘으로 수립하겠다는 욕망이 아니었을까? 그러나 욕망인 한 그것은 잠재

---

6) Renata Salecl, 앞의 책, p. 69.

되어 있어야 했다. 불행히도 그날 김효는 이 욕망을 충동화하여 실현함으로써 금기를 깨뜨렸고, 이 위반의 대가는 죽음일 수밖에 없었다. 거듭 말하거니와 욕망은 실현되지 않음으로 해서 욕망으로 존재한다. 욕망의 주체란 결국 대타자와의 타협의 산물이 아닐 수 없다. 이것을 문학과 연관 지으면 어떻게 되는가? 글쓰기란 욕망의 실현 수단이 아니라 보존의 방식이라는 것, 이것이 욕망과 연결되어 있는 문학의 진실임을 이청준은 설파하고 있는 것이다. 마치 K여사의 구명 운동이 그러하듯 문학이 스스로 초월적인 대타자적 질서의 지위를 요구하고 나설 때 그 결과는 현실에 존재하는 대타자적 권위만을 강화시켜주는 '공범'의 지위로 전락하고, 이것은 또한 문학의 죽음에 다름 아니라는 것, 이것이 「공범」에서 이청준이 김효라는 인물의 운명에 빗대어 사유하고 있는 문학의 진실일 것이다.

삶과 문학의 진실이 서로 다르지 않다는 것은 이를 통해 입증된다. 그러므로 이청준의 문학적 진실은 삶의 윤리적 진실이기도 하다. 이러한 명제는 「공범」에 이어 「등산기」에서도 거듭 소설적 형상화의 대상으로 삼아져 있다. 7년 동안이나 아버지의 산행을 따라다닌 딸의 담담한 관찰자적 시선에서 서술되고 있는 이 소설은 그러나 그 담담함 속에 쉽사리 가라앉지 않는 아버지의 욕망의 일렁임을 담고 있다. 아버지의 등산, 거기에는 어떤 배경이 있는가?

아버지는 퍽 늦게야 집안 어른들의 주선에 따라 어떤 여자를 사랑했고, 그리고 결혼을 하게 되셨댔다. 그런데 그 여자가 나를 낳고 얼마 안 있다 어떤 다른 남자와 만주로 압록강을 건너고 말았다고. 알고 보니 어머니는 처녀 적부터 그 남자와 마음을 주고받아온 처지였다고. 아버지는 아무것도 모르고 그 여자를 사랑했을 뿐이었고, 또 나를 낳으신 것이었다. 그리고 그 여자가 떠나간 것은 당신의 사랑이 몹시 서툴렀기 때문이었을 거라며, 아버지는 그 여자를 너무 일찍 용서해버리셨다고. 그리고 그런 당신의 서투른 방법으론 다시 다른 여자를 사랑할 수 없다며 아버지는 대신 산을 다니기 시작하셨다는 것이다. (p. 293)

욕망이 타자의 욕망에 대한 욕망이라면 사랑하는 여자의 떠남은 아버지로부터 욕망을 박탈해버린 것일까? 그래서 아버지는 재혼도 거부한 채 딸만을 데리고 탈속의 삶을 살아가는 것일까? 이런 아버지에게 등산은 어떤 의미를 갖는가? 아버지의 등산에는 한 가지 기이한 버릇이 있다. "아버지는 배낭이 가벼우면 늘 돌멩이를 넣어서 무겁게 하여 지고 산을 오르는 버릇이 있었다"(p. 296). 이에 대해 아버지는 "적당히 무거운 짐을 져야 산을 오르기가 더 편"(p. 296)하기 때문이라고 둘러대지만, 이것이 사실이 아님은 딸에게 들려주는 "나는 짐을 지고서 산을 잘 오를 수 있게 되어버렸지만…… 짐을 지지 않고도 편하다면 나는 그렇게 하겠다. 넌 짐을 지지 않고 산을 오르기가 편하게 습관이 되었으면 좋겠다"(p. 296~97)는 말을 통해 밝혀진다. 일부러 무거운 배낭을 메고 다니는 아버지의 등산은 고통스러운 즐김, 즉 향유의 대상이었던 것이다. 사랑하는 여자가 떠난 후에도 사라지지 않는 욕망을 아버지는 향유의 대상으로 전환시켜 욕망 그 자체로 보존해왔던 것이다. 이런 아버지에게서 세속에서 벗어난 초연함과 고고함의 모습이 비쳐지는 것에서 욕망과 초자아의 기묘한 공존 관계를 다시 한 번 확인하게 된다.

「공범」에서 욕망에 대한 처벌은 죽음이었다. 그러나 현실적으로 모든 욕망에 대한 처벌이 죽음인 것은 아니다. 죽음이란 오직 법이라는 상징적 권위가 욕망에 대해 내릴 수 있는 극단적 형벌이다. 그렇다면 법 이외의 다른 상징적 권위가 욕망에 내리는 처벌은 어떤 것인가? 가령 종교는 욕망과 이로 말미암은 일탈을 어떻게 다스리는가? 「행복원의 예수」를 보자. 이 소설의 주인공은 다른 사람들을 속이기를 예사로 하며 이를 즐기기까지 하는 삐뚤어진 심성의 소유자다. 「공범」이 법이라는 대타자적 질서의 작동 메커니즘을 파헤치기 위한 시금석으로 삼았던 것이 살인이라는 죄였다면 「행복원의 예수」는 신성모독의 불경(不敬)함을 통해 같은 주제에 접근한다. 주인공에게 종교란 그가 일상적으로 저지르는 크고 작은 죄로부터 죄의식을 면제해주는, 그리하여 다시 죄를 저지를 수 있도록 만들어주는 편리한 도구다.

나의 작업에 첫 밑천이 되어준 것은 나의 하느님이었다. 도대체 나는 그때까지도 나의 하느님께 기도를 하는 것 외에는 가진 것도 아는 것도 아무것도 없었으니까. 하느님이 밑천이 되어주신 나의 작업은 그 속임수 손놀음과 같은 '작죄'와 무관할 수 없었고 거기엔 또 그만한 '속죄'의 기도가 필요한 것이었다. 하느님은 내게 관대히 그 두 가지 은혜를 내려주셨다. 나는 거기서부터 하나씩 요령을 배워갔다. 작업이 행해지면서 저질러진 '죄'에 대해 용서를 얻어내려 열심히 기도를 한다든가, 그 기도가 성실하게 행해진다는 사실은 나에게 희한한 효험을 가져왔다. 대부분의 나의 허물은 그 기도로 하여 늘 하느님의 사함을 얻을 수 있었고, 사람들로부터도 그 하느님의 이름으로 쉽게 용서가 이루어지곤 하였다. (p. 323)

불경한 욕망을 타인에 대한 기만 수단으로 삼고 이것을 즐기기까지 하는 이 위험한 인물이 '행복원'이라는 종교 기관, 즉 초자아적 집단에서 무사할 리는 없다. 그러므로 이 인물이 두 번의 사건을 저지르고 그곳에서 쫓겨나는 것은 당연히 예정된 수순이었다. 첫번째 사건은 "달빛에 뽀얗게 알몸을 드러"(p. 319)내고 목욕하고 있는, '엄마'라고 불리는, 아니 불러야 하는 원장에게 다가가 "누나, 등 밀어줘?"(p. 319)라고 내뱉고는 도망쳤던 사건이다. 이 인물이 '엄마'라는 원장에 대해 품고 있었던 마음의 정체가 모종의 결핍감과 엉킴으로써 더욱 커질 수밖에 없었던 성적 욕망이라는 것은 굳이 밝힐 필요조차 없다. 이에 이어진 두번째 사건은 '엄마'가 일요일마다 데리고 나가던 한 사내아이의 뒤통수를 돌멩이로 까부순 사건이다. 첫번째 사건에서 이 인물에게 돌아온 것은 "저 새끼가!"(p. 319)라는 정도의 욕설이었지만 두번째 사건에서 그는 '마귀'가 된다. 마귀가 하느님의 집에 있을 수는 없다. 그리하여 당연히 그는 그곳에서 쫓겨난다. "네놈은 하느님도 용서 못 한다. 하느님이 용서해도 내가 못 한다"(p. 321)는 최 노인의 저주와 함께. 그러나 이렇게 쫓겨난 후 몇 차례의 사기 행각을 저지른 후 군에 입대해서도 군의관을 속여먹는 사기극을 펼친 후 마침내 제대하여 별 뜻 없이 '행복원'을 찾아온 그를 기다리고 있는 것은 그에 대한 용서였다.

그러나 나는 그들의 얼굴을 보는 순간, 그렇게 단단하기만 하던 내 한쪽 벽이 풀썩 허망하게 주저앉는 소리를 듣고 있었다. 두 다리에서 한꺼번에 힘이 죽 빠져나갔다. 그러나 그것보다 더욱 나를 견딜 수 없게 한 것은 최 노인까지 이미 나를 용서해버린 사실이었다. 최 노인은 오래전에 이미 하느님의 부르심을 받아 갔는데, 노인은 그러나 부르심을 받기 훨씬 전부터 나를 용서하고 있었노라고, 오랫동안 명념해온 지기(知己)의 유언을 전하는 사람처럼 그들은 몹시도 다행스러워하였다. 최 노인은 실상 본인은 생각지도 않았던 용서를 그들 스스로 나에게 대신해줬을 수도 있었다. 그렇다고 해도 그들은 그 하느님의 이름으로 그렇게 했노라 스스로의 아량에 감격해할 것이었다. 하지만 나로 말하면 그것은 뜻밖의 낭패였다.

최 노인까지 나를 용서해서는 안 되었다. 그러나 최 노인은 이미 나를 용서해버리고 있었다. 그들의 말이 최 노인 자신의 것이 아니라는 것을 증명할 방법이 없었다. 이제 최 노인의 그 노한 목소리조차 나에게는 이미 남아 있어주질 않았다.

─네놈은 하느님도 용서 못 한다. 하느님이 용서해도 내가 못 한

다. (pp. 315~16)

　최 노인을 포함한 행복원 사람들의 그에 대한 용서는 무엇을 의미하는가. 그 용서는 최 노인이나 원장 같은 사람들에게는 종교적 관용의 실천이라는 당연한 처사이겠으나 그 인물에게 있어서는 자신이 욕망의 주체임을 부정당하는 것에 다름 아니다. 그것은 죄의 부정이 아니라 존재의 부정이다. 그것은 어쩌면 '행복원'에서 쫓겨난 것보다 더 가혹하고도 더욱 철저한 처벌일 것이다. 「행복원의 예수」에서 용서란, 욕망에 대한 거세의 종교적 방법임과 동시에 거세되지 않은 욕망에 대한 종교적 처벌이기도 하다. 그래서 이 인물은 옛날 최 노인이 쓰던 방에 걸려 있던 예수의 화상을 내려놓는 것을 통해 종교와의 마지막 대결을 벌인다. 이 대결은 자신의 존재를 부정하는 용서라는 초자아적 행위에 맞서 자신을 욕망의 주체로 지켜내기 위한 싸움이다.

　그러나 이 싸움에서 이 인물이 수단으로 택한 것이 소설적 글쓰기였다면 이 때 글쓰기라는 행위의 의미와 목적은 무엇인가? 이렇듯 이청준에게 있어 소설 쓰기는 항상 글쓰기란 무엇인가를 새롭게 묻는 것과 나란히 간다. 이청준에게 소설이란 항상 이 물음을 통해, 이 물음과 더불어 열리는 미답의 영역이었다. 「행복원의 예수」만을 놓고 말한다면 이 인물의 소설적 글쓰기는 그의 삐뚤어진 심성과는 어울리지 않게 종교를 위선이나 기만으로 폄훼하려는 것도 아니고 용서라는 행위를 통해 구현되는 종교의 정신적 권위를 부정하려는 것도 아니다. 다만 자신의 욕망을 욕망으로 지켜내고자 하는 것일 뿐. 이 욕망의 보존이라는 명제는 「병신과 머저리」의 형을 통해 이미 주장되고 실천되었던 것임을 다시 한 번 상기하자. "형은 그 아픔 속에서 이를 물고 살아왔다. 그는 그 아픔이 오는 곳을 알고 있는 것이다. 그리하여 그것은 견딜 수 있었고, 그것을 견디는 힘은 오히려 형을 살아 있게 했고 자기를 주장할 수 있게 했다"(p. 211). 욕망을 통해 주체는 살아 있을 수 있고 주체성을 주장할 수 있다는 것, 이것이 이청준이 글쓰기의 초기에 이미 밝혀내고 있는 욕망의 존재론이다. 이 잘 알려진 라캉적 테마는 그러나 라캉과 아무런 인연도 없다. 그것은 오로지 이청준만의 것일 뿐. 이 독보적인 욕망의 존재론을 이청준은 글쓰기의 의미에 대한 사유로까지 밀고 나간다. 이청준은 소설의 이름으로 최고의 상징적 권위에 군림하려 하지 않는다. 다만 소설과 다른 상징물들, 다른 대타자적 질서와의 차이를 사유하고 이를 통해 문학을 문학으로 올곧게 다듬어나가고자 하는 것일 뿐이다. 법과 종교를 포함한 모든 사회적 제도나 상징체들이 욕망에 대한 통제와 억압을 기반으로 하여 수립되고 존립하는 것이라는 사실은 이 지점에서 한번쯤 상기될 필요가 있다. 그리고 이것은 불가피한 것이기도 하다. 문학이라고 해서 이런 사실을 완전히 부정할 수는 없다는 것은 「공범」에서 K여사의 회의를 통해 잘 나타나 있다. 60년대적 의식은 그 발생적 구조의 특성으로 말미암아 현실적 권위 이상의 것이 되고자 하는 욕망을 지닐 수밖에 없었고 이를 실현하려 했지만, 이청준은 글쓰기에 대한 냉엄한 자기 성찰적 자세를 통해 이 욕망을 욕망으로만 단속했다. 그랬기에 오히려 그것은 현실의 여러 대타자적 질서에 대한 끊임없는 충격의 진앙일 수 있었다. 글쓰기는, 그리고 문학은 현실의 대타자적 질서를 굽어보는 메타적 지점에서 욕망의 인정이 통제나 억압보다 중요하다고 강변하는 대신 그것들을 슬쩍 비껴난 자리에서 다만 욕망의 존재를 지켜내는 것만을 자신의 소임으로 삼는다. 인간의 숱한 제도적, 상징적 장치들 중에서 오직 문학을 포함한 예술만이 욕망의 존재에 대한 인정과 그것을 살아 있도록 지켜내는 것을 기반과 동력으로 삼는 것이라는 사실은 새삼 중요하게 음미되어야 할 사항이다. 그것은 오늘날 우리가 욕망을 키치화하는 초자아적 요구가 과도한 시대에 살고 있는 것이기 때문에 더욱 그러하다. 문학과 예술은 오직 욕망의 통로를 통해 인간적 진실에 접근한다. 이런 사실에 대한 인정을 바탕으로 우리는 이제 이렇게 말할 수 있다. 한국문학은 이청준을 통해 인간의 총체적 진실에 접근할 수 있는 길을 찾았다라고.

〔2010〕

자료

텍스트의 변모와 상호 관계

이윤옥
(문학평론가)

> 「퇴원」
>
> | **발표** | 『사상계』 1965년 12월호.
> * 제7회 『사상계』 신인문학상 당선작(심사평 및 수상 소감 → 자료집 참조).
> | **최초의 단행본 수록** | 『별을 보여드립니다』, 일지사, 1971.

1. 실증적 정보

이 작품은 작가의 육필 초고가 남아 있다. 발표작과 크게 다르지 않은 초고에는 광에 대한 삽화가 없다. 초고에서 의사 이름은 '준'이 아니라 '결'이었고, 누워 있다 죽는 '남자'는 '수수께끼 씨'였다.

2. 텍스트의 변모

1) 『사상계』(1965년 12월호)에서 『별을 보여드립니다』(일지사, 1971)로
 - 12쪽 2행, 5행: 율동 → 율동감
 - 23쪽 16행: 그렇게 물었다. → 필요도 없는 시간을 묻고 있었다.

---

* 텍스트의 변모를 밝힘에 있어 원전의 띄어쓰기 및 맞춤법을 그대로 살렸음을 밝혀둔다.

- 28쪽 17행: 일어나 앉았다. → 벌떡 자리를 차고 일어났다.
- 29쪽 19행: 가슴속으로 [삽입]
- 30쪽 15행: 자기망각증이라든가 → 자기망각증 환자라든지

2) 『별을 보여드립니다』(일지사, 1971)에서 『별을 보여드립니다』(중원사, 1992)로

- 10쪽 22행: 예(禮)까지 → 짐짓 사양기까지
- 27쪽 19행: 하나 → 하날 새로 만들어
- 28쪽 11행: 고기는 → 살집은
- 30쪽 15행: 자기망각증 환자라든지 → 자아망실증 환자라든지
- 32쪽 5행: 무슨 뜻 → 좀더 특별한 뜻

3) 『별을 보여드립니다』(중원사, 1992)에서 『소문의 벽』(열림원, 1998)으로

- 10쪽 8행: 택할 수밖에 없었던 것이다. → 선택한 셈이었다.

3. 인물형

1) 준: 이 이름은 「퇴원」뿐 아니라 「공범」(고준), 『씌어지지 않은 자서전』(이준), 「소문의 벽」(박준)에도 나온다. 당선 소식을 듣고 쓴 일기를 볼 때 '준'은 작가 자신을 말한다. 초고에서 작가가 투영된 인물이 '나' 하나였다면, 완성작에서는 '걸'이 '준'으로 바뀌면서 '준'과 '나,' 둘이 된다.

2) 미스 윤: 「퇴원」의 미스 윤처럼, 「조만득 씨」에서 조만득을 돌보며 그의 처지에 공감하는 간호사도 미스 윤이다.

4. 소재 및 주제

1) 환부를 알지 못하는 환자, 어디에도 자신의 소재가 없는 존재: 자기 얼굴이 없는 자아망실증은 「아벨의 뎃쌍」「줄광대」「병신과 머저리」등 습작을 포함해 초기작을 지배하는 정서다. 이후 다른 작품에 나타나는 가면

역시 자기 얼굴 없음과 동일한 뜻을 지닌다(30쪽 15행).

- 습작「아벨의 덧쌍」: i) 생활이란 아마 그런 자기망각 속에서나 이루어지는 것인 모양이었다. ii) 어느 한번도 그는 자신을 던져 넣어 그것들과 맞서보았던 기억이 없었다. 조바심만 설치던 초라한 젊음에는 어느 구석에도 자신의 소재가 없었다.
-「줄광대」: 나는 적합지가 않다. 좀더 확실한 목소리로 말할 수 있는 사람이 여길 왔어야 했다. 그 이야기를 들었어야 했다. 나는 그럴 수가 없다. 더욱이 그것을 여자에게 물을 수는 없었다. 이 혼돈 속에서 나의 소재를 확인해볼 수 있는 방법을 영영 찾을 수 없을 것 같은 두려운 생각이 들었다.
-「병신과 머저리」: i) 혜인은 아픔이 오는 곳이 없으면 아픔도 없어야 할 것처럼 말했지만, 그렇다면 지금 나는 엄살을 부리고 있다는 것인가. ii) 어쩌면 그것은 나의 힘으로는 영영 찾아내지 못하고 말 얼굴일지도 몰랐다. 나의 아픔 가운데에는 형에게서처럼 명료한 얼굴이 없었다.

2) **거울과 얼굴 보기**: 자아망실 상태의 인물이 자아회복으로 나아가는 것을 보여준다(26쪽 3행, 21행).

-『조율사』: i) 지훈은 전번의 어항을 어디로 치워버렸는지, 그 대신 조그만 면경으로 자기 얼굴을 열심히 비춰 보다가는 ii) 나는 그 물구멍 위로 몸을 굽혔다. 그러다 거기서 문득 이상한 것을 보았다. 그건 물론 내 얼굴이었다. 내 얼굴이 물에 비친 것이었다. 그런데 그때 내 얼굴이 전혀 딴 사람의 그것처럼 낯설어 보였다. 그것은 내가 오랫동안 거울을 보지 않고 지내온 탓만은 아니었다.
-「여름의 추상」: 하지만 녀석들이 그렇게 서로 남의 얼굴을 제 얼굴로 삼고 지내게 된 것은 뭐니 뭐니 해도 놈들에겐 아직 거울을 보는 지혜가 없기 때문일 것이다.

3) **광에 대한 삽화**: 김현은「이청준에 대한 세 편의 글」중 '욕망과 금기'(『문학과 유토피아』)에서 이 삽화를 길고 섬세하게 분석했다. 이청준

도 수필 「사라진 밀실을 찾아서」에서 이 삽화가 무엇을 의미하는지 말하고 있다.

4) **전짓불**: 「퇴원」 이후 『씌어지지 않은 자서전』 「소문의 벽」 「잔인한 도시」 「전짓불 앞의 방백」 중 '인화 불능의 필름' 등, 여러 작품에 반복해서 나타난다. 특히 박준의 6·25 때 전짓불 기억 등, 온통 전짓불투성이인 소설 「소문의 벽」은 전짓불의 의미망이 무엇인지 석확하게 보여준다. 거기서 전짓불은 자신의 정체를 철저히 숨긴 채, 양심에 따른 선택과 정직한 자기 진술을 불가능하게 만드는 모든 폭력의 원형이다. 얼굴을 숨긴 채 들이대는 전짓불 앞에서는 일방적인 진술과 선택만 강요된다. 그 결과 양심에 따른 정직한 선택이 불가능한 상태에서 누군가의 편에 서야 하는 절망적 상황, 선택을 요구당하지만 실제로는 어떤 선택의 여지도 없는 상황이 연출된다. 이청준 작품 속에 나오는 작가들이 점점 글을 쓸 수 없는 이유도 전짓불에서 찾을 수 있다.

5) **여자의 육체에 대한 관심**

① 유방(16쪽 12행)

- 『이제 우리들의 잔을』: 이 신기로운 탄력과 적당히 말랑말랑한 부드러움을 함께 지닌 젖봉오리를 이 세상 모든 여자들이 빠짐없이 가지고 있다는 것은 참으로 고마운 일이 아닐 수 없겠지.

② 머리칼 냄새(29쪽 16행)

- 『이제 우리들의 잔을』: 그보다 진걸은 더 가까운 것을 쫓고 있었다. 윤희의 머리 냄새였다. 머리칼 냄새보다 여자로 느끼게 해주는 것이 있을까. 또 여인의 어떤 것이 머리칼 냄새보다 은밀하면서도 직접적으로 사내를 자극시킬 수 있는 것이 있을까. 외모나 성격이나 교양이 아무리 달라도 여인의 머리칼 냄새는 그 여인의 여인인 것만을 말해준다.

> 「아이 밴 남자」
>
> | **발표** | 『사상계』 1966년 3월호.
>
> * 「姙夫」에서 「아이 밴 남자」로 개재(『별을 보여드립니다』, 중원사, 1992).
>
> | **최초의 단행본 수록** | 『별을 보여드립니다』, 일지사, 1971.

1. 실증적 정보

1) 초고

작가의 육필 초고가 두 편 남아 있다.

초고는 발표작과 달리 다음처럼 끝난다.

: "이 새끼야. 너도 한번쯤은 사람의 죽음을 슬퍼해보란 말야."/갑자기 놈에게 안의 말을 개처럼 짖어주고 싶었다.

초고에는 작가 자신이 다음과 같은 '미비점'을 메모해놓았다.

: "(미비点) ① 주하와 나의 性格對照, ② 현의 이름 및"

그 미비점 중 '현'의 이름은 '현희'가 된다.

2) 습작 「아벨의 뎃쌍」과의 연관성

① '나'는 미술학도였다가 학교를 중퇴한 뒤 자동차학교에 입교하고 졸업한다. '나'는 입대 전의 습작 「아벨의 뎃쌍」의 '나'(미술학도)와 '운전수'(미술 지망)를 합한 인물이다.

* 「아벨의 뎃쌍」: 자료집 참조.

② 「아이 밴 남자」 초고에는 습작 「아벨의 뎃쌍」에 나오는 택시 운전수 삽화와 유사한 택시 운전수에 대한 묘사가 있는데, 그 택시 운전수는 「아벨의 뎃쌍」의 오관모, 「행복원의 예수」의 '나'와 겹친다.

– 습작 「아벨의 뎃쌍」: "이치! 대갈통으로 뎃쌍을 하는군!" 그러나 운전수 사내는 자기도 고교시절엔 미술을 지망했었노라면서 올렸던 손을 펴서 세차게 가로저었다./"복잡한 거리에서 핸들을 붙잡은 채 엉뚱하게 창유리에는 그

림을 그리지— 하지만 그게 틀렸거든— 생활은 원체 멋이란 걸 곁들이기가 힘이 든단 말야— 아차 하면 그 생활까지도 통째로 잃고 마는 수가 있으니까."/사내는 잠시 슬픈 빛을 띠었다./그는 각과 원의 이치를 체득하고 나서 생각을 고쳐먹었다는 것이었다. "자네. 원에서 각을 보나?" 상을 찌푸리고 바깥을 지켜보던 사내가 걸상을 당겨 앉으며 물었다. 병운이 영문을 몰라 하는 것을 보고 사내는 거보란 듯이 다시 이야기를 시작했다. "원이 말야. 각을 품지 않은 게 아니지. 너무 많은 각을 품고 나니까 오히려 각을 잃고 만 거란 말야. 생활이란 일테면 이 원과 각의 관계와 같은 거지. 내가 비록 핸들을 붙들고 뎃쌍을 하다가 정신을 가다듬어야겠다고 생각한 것은 분명히 꿈의 상실을 뜻하지. 슬펐어. 하지만 그러고 나서야 나는 이렇게 한 사람 구실을 착실히 할 수 있게 되었거든."

-「아이 밴 남자」(초고 1) : 무한정 뻗어나간 시가지의 밤은 야광이 꽃처럼 아름답다. 하지만 그것은 밤의 요술에 불과한 것이다. 장엄한 어둠 속에 영원을 배우고 조용한 환성 같은 철없는 꿈들이 돋아났다가도 하룻밤 뒤에는 벌써 퇴색한 동양화처럼 지저분하게 될 뿐인 것이었다. 내게도 꿈은 있었다. 자랑스러운 것은 아니겠지만 그것은 지금까지 내게 있는 단 하나의 소망이었고 또 어느 만큼은 그것과 관련을 맺어 왔으니 내게 있어서는 그렇게도 말할 수 있을 것이었다. 멋진 택시 운전수가 되는 것이었다./고아원 시절. 어디가 아파서였던지「엄마」와 병원을 가는 택시 속에서 나는 그렇게 최초의 나의 꿈을 결정해버렸던 것이다. 그때 나는 그 멋진 차가 운전수의 차인 줄로 믿었던 것이다. 고등학교 때 그림 공부를 하면서는 이미 그 운전수라는 것이 택시의 고용인이라는 것을 안 뒤였지만 핸들을 쥐고 앉아서 창문에 뎃쌍을 하는 운전수의 자태를 막연히 그려보고는 했었다.

2. 텍스트의 변모

1) 『사상계』(1966년 3월호)에서 『별을 보여드립니다』(일지사, 1971)로

- 37쪽 3행: 바닥으로 → 차고 바닥을
- 40쪽 4행: 사팔눈이 슬그머니 벌어지더니 → 사팔눈이
- 41쪽 7행: 빼앗기고 영락해 버리지 않는다고 장담할 수도 없는 일이었다. → 빼앗기고 말 판세였다.
- 42쪽 5행: 내다볼 수 있었다. → 함께 내다볼 수 있는 순시행차였다.
- 42쪽 21행: 평상시 정보수집차 순시를 나설 때, 나는 이곳에 별반 기대를 걸지 않는다. → 평상시엔 별반 기대를 걸고 있지 않던 곳이다.
- 48쪽 8행: 나는 그렇게 말했으나 → 변명을 늘어놓는 동안
- 49쪽 2행: 현희를, 현희의 눈을 나는 싫증내본 적이 없는 것이다. → 현희만은, 현희의 눈만은 나를 싫증내게 한 적이 없다.
- 49쪽 6행: 지내주기를 바랐던 것이다. → 지내주는 편이 오히려 마음 편할 지경이었다.
- 50쪽 23행: 결정은 → 결정은 백번이라도
- 52쪽 4행: 결국은 → 결국은 우리들의 유일한
- 56쪽 1행: 현희였다./나는 그런 안타까운 기원이 서려들수록, 현희에게서 한발자국 더 물러서려고 했던 것이다. 그녀의 눈동자가 좋아진 것으로부터 두려운 것으로 변했을 때, 나는 그것이 현희인 것을 확실히 알았다. → 그렇게 되기를 바랬다. 현희를 향해서였다./하지만 나는 그런 안타까운 기원이 서려들수록, 현희에게서 더욱 더 멀리로만 달아나려고 했다. 모든 것을 감추려고 했다. 그녀의 맑은 눈동자 때문이었다. 행여라도 그녀의 눈에 그늘이 낄까 두려워졌기 때문이었다.
- 63쪽 17행: 이상하다. 〔삭제〕

2) 『별을 보여드립니다』(일지사, 1971)에서 『별을 보여드립니다』(중원사, 1992)로

- 38쪽 23행: 심상찮은 → 은밀스런
- 41쪽 22행: 계속 유지되었으니 → 별반 변함이 없었으니

- 49쪽 15행: 저런 누이를 → 저 지경이 된 사람을 혼자
- 60쪽 14행: 우리 집 → 나와 누이년의 셋집

3) 『별을 보여드립니다』(중원사, 1992)에서 『병신과 머저리』(열림원, 2001)로
- 39쪽 17행: 오빠 구실을 한번 해주기 위해 이렇게 지쳐나고 있는 것이다. → 그 오라비 구실을 한번 해준답시고 이 지경 이 꼴이 아닌가.
- 49쪽 5행: 나는 현희가 → 그녀가
- 52쪽 6행: 그 축복을 지금 나는 누이년에게 내리려는 것이다. → 이제 누이에게 그 축복을 내려야 할 때가 된 것이다.

3. 소재 및 주제

1) 눈: 현희의 눈과 누이의 눈은 맑은 눈동자와 그에 대비되는 눈을 보여준다. 이후, 누이의 눈은 사팔눈. 안질 등으로 변형된다. 예를 들어 「안질주의보」가 있다(48쪽 19행, 50쪽 1행, 22행).
- 「퇴원」: i)눈빛이 형편없이 탁해졌군요. 내일 거울을 가져다드릴 테니 좀 보세요. ii)나는 미스 윤의 장난기가 서린 듯한 눈을 바라보았다. 속눈썹이 길다. 그것은 마치 가시처럼 나의 몸 어느 부분을 찔러왔다.
2) 임신과 유산(49쪽 9행)
- 습작 「아벨의 뎃쌍」: 천국의 산실은 유산만을 거듭했다. 그리고 쇠약해진 임부의 사지는 점점 마비되어가기 始作했다.
- 「무서운 토요일」: 무엇보다 이들은 지금 아이를 낳아 기르고 있는 것이다. 그것이 나의 말을 이해할 수 없다는 가장 좋은 증거다. 이렇게 말하면 나를 무슨 불구로 아는지도 모르겠다. 그런 것은 아니다. 아내는 세심한 주의에도 불구하고 분명 두 번이나 임신을 한 적이 있다. 문제는 차라리 그 임신에 있었다.

> 「줄광대」
>
> | **발표** | 『사상계』 1966년 8월호.
>
> * 「줄」에서 「줄광대」로 개재(『황홀한 실종』, 나남, 1984).
>
> | **최초의 단행본 수록** | 『별을 보여드립니다』, 일지사, 1971.

1. 실증적 정보

1) 등단 전 습작과의 연관성

입대 전 습작인 「昇天」과 「줄」이 「줄광대」의 원형이다. 두 편의 습작은 발표작의 3장 부분에 해당된다.

① 발표작과 습작의 가장 큰 차이는 화자인 나(남기자)의 등장이다. 화자의 도입으로 「줄광대」는 격자소설이 된다. 격자소설은 이후 이청준 소설의 매우 중요한 특징이 된다.

② 습작의 줄광대 윤(允)은 발표작에서 구름을 연상시키는 운으로 바뀐다. 이 이름은 비록 본문에서는 "운이라는 이름자가 구름 운(雲) 잔지 운수 운(運) 잔지는 모르겠"다고 했지만, 공중에서 줄을 타는 광대의 이름에 잘 어울린다.

2. 텍스트의 변모

1) 『사상계』(1966년 8월호)에서 『별을 보여드립니다』(일지사, 1971)로

- 66쪽 22행: T읍 → C읍 (이후 T읍은 모두 C읍으로 바뀜)
- 71쪽 22행: 넘었음을 나에게 알려주었다. → 훨씬 지나 있었다.
- 82쪽 23행: 선생 → 노인
- 95쪽 22행: 무연한 표정으로 〔삽입〕
- 96쪽 2행: "선생님께서 그 트럼펫 부는 남자의 딸이 누군지 모르고 떠나시기를 바랬는데 이젠…" 〔삭제〕

힐끗 한번 〔삽입〕

- 96쪽 8행: 여자는 다시 나직히 말했다. → 여자가 처음으로 나직한 한 마디를 말해 왔다.
- 96쪽 9행: "지금은 아침에 선생님 주머니에서 제 것만 가지고 나온 게 잘못했던 것 같아요." → "돌아가세요. 이젠 다 끝났지 않아요."/절망적일 만큼 침착한 목소리였다.
- 96쪽 17행: 하지만 나는 그걸 물을 수는 없었다. → 하지만 나는 이미 그렇게 말을 할 수는 없었다. 차곡차곡 생각을 정리해볼 수도 없었다.
- 97쪽 5행: 그러나 여자는 그런 나의 속셈을 용납하지 않겠다는 듯이,/ "아버지는 어젯밤에 돌아가셨어요. 그리고 제 어머니가 절름발이 여자였다는 걸 말씀드리면 선생님께 도움이 될지 모르겠어요."/나를 보지도 않고 선언하듯 말하고는 인부의 등에서 젖고 있는 관에다 여전히 시선을 매단 채 걷고만 있었다. 〔삭제〕

2) 『별을 보여드립니다』(일지사, 1971)에서 『황홀한 실종』(나남, 1984)으로

- 69쪽 8행: 와서 내내 잠을 자버렸던 것이다. → 들어와 내처 낮잠만 자버렸던 것이다.
- 71쪽 12행: 반쯤 벗은 몸을 〔삽입〕
- 71쪽 23행: 역시 나는 아이놈의 말을 믿고 있었던 것이다. → 아이 놈의 말은 역시 믿을 만해 보였다.
- 75쪽 16행: 한 가지 희망은 있다. → 그렇다고 아예 희망이 없는 것도 아니었다.
- 77쪽 12행: 없었으리라는 생각이 들었다. → 없으리라는 것은 옳은 소리였던 것 같았다.
- 97쪽 3행: 잃어버리고 말 → 찾을 수가 없을

3) 『황홀한 실종』(나남, 1984)에서 『시간의 문』(열림원, 2000)으로

- 71쪽 6행: 그것이 생각나기는 했으나, 그때마다 금방 다시 잊어버리곤 해서 여태 물어보질 못했던 것이다. → 그런 생각을 했지만, 그때마다 금세 다시 주의가 헷갈려버리곤 해서 기회를 놓치고 만 일이었다.
- 75쪽 5행: 그는 정말로 승천을 해갔다고 생각하게 되었다는 것이었다. → 나중엔 위인이 정말 승천을 해갔다고 믿게끔 되어버렸다는 거였다.
- 75쪽 12행: 나는 지금 그 트럼펫의 사내를 만나려는 것이다. 어쩌면 정말 이야기가 있을 것 같기도 했다. 문화부장이 말한 그 나의 문학적 센스 때문에 생긴 오해인지는 모르겠다. 하지만 나는 사내를 한 번 만나봤으면 싶었다. 그러나 녀석은 사람을 만나려지 않는다는 것이다. → 문화부장이 말한 내 문학적 센스 때문에 생긴 오해인진 모르겠다. 어쩌면 기대 이상의 수확을 얻을 수 있을 것 같기도 했다. 우선 사내를 한번 만나봤으면 싶었다…. 그래 지금 나는 그 트럼펫 사내를 만나려는 것이다. 그런데 위인이 통 사람을 만나려질 않는단다.
- 75쪽 23행: 괘념하지 않은 채 〔삽입〕
- 78쪽 13행: 귀중한 것일지 어떨지는 → 내게도 소중하고 엄숙한 것일지는
- 79쪽 15행: 사람들은 운이 처음부터 어머니 없이 세상에 나온 사람으로 믿고 있다고 생각할 만큼 그는 → 그는 처음부터 어머니가 없이 세상을 태어난 사람처럼
- 93쪽 1행: 쩡쩡하게 → 생생하게
- 95쪽 5행: 나는 사내에게서 아직 좀더 듣고 싶은 이야기가 있는 것 같았다. 〔삭제〕

3. 인물형

1) 나: '나'는 문학을 지망했으면서도 한 편의 작품도 쓰지 못한 사람이다. '나'는 이후 이청준 소설에 꾸준히 나오는, 소설을 쓰지 못한 소설가, 또는 소설가 지망생의 맨 앞에 있는 인물이다.

- 「매잡이」: 민 형은 소설을 한 편도 쓰지 않은 소설가로 통하고 있었다.
- 「문턱」: 자네가 쓰는 걸 봐야 내가 진짜 소설을 포기할 수 있을 테니까. 내 얘기들을 자네가 대신 써줘야 말이여.

4. 소재 및 주제
1) **자신의 소재가 불분명한 존재**: 앞의 「퇴원」 주석 참조.
2) **20여 년 만의 귀향**: 「빗새 이야기」 등, 이청준의 소설에는 작가 자신이 그랬듯 20여 년 만에 귀향하는 인물이 종종 나온다. 인물에 작가가 투영됐기 때문에 습작의 T읍이 발표작에서는 C읍으로 바뀌었을 것이다. 이청준이 20여 년 만에 찾아가는 고향은 '장흥'이다.
3) **다리가 불구인 인물과 새의 관계**: 「날개의 집」에서, 중심 주제로 보다 심도 있게 다뤄진다.
4) **장인 소설**: 이 작품은 이청준 소설의 주요 흐름 중 하나인 장인 계열 소설의 시초이기도 하다. 이 계열의 소설로 「과녁」 「매잡이」 「변사와 연극」 「꽃과 소리」 「불 머금은 항아리」 「날개의 집」 「목수의 집」, 연작 『남도 사람』 등이 있다.

「무서운 토요일」

| **발표** | 『문학』 1966년 8월호.
| **최초의 단행본 수록** | 『별을 보여드립니다』, 일지사, 1971.

1. 실증적 정보
1) **등단 전 습작과의 연관성**
제대 후 습작인 「엄숙한 유희」가 「무서운 토요일」의 원형이다.
* 「엄숙한 유희」 → 자료집 참조.

① 「엄숙한 유희」에는 「무서운 토요일」 외에 「별을 보여드립니다」 「가수」 「떠도는 말들」의 싹 또한 들어 있다. 전체적으로, 이야기는 「무서운 토요일」, 주요 인물의 행적과 성격은 「별을 보여드립니다」와 연결되어 있다.

② 「엄숙한 유희」에서 여자에게 최음제를 먹인 뒤, 여자를 거부하는 사람은 피현수(「별을 보여드립니다」의 '그'에 해당)가 아니라 장명준이다. 장명준은 최음제를 여자에게 실험하고, 그 실험을 아주 이성적인 어떤 '기계'에 대한 것이라고 설명한다. 초고에는 "'기계'를 모두 뺄 것"이라는 작가의 메모가 적혀 있다. 하지만 완성된 글에는 '기계'가 그대로 남아 있다.

2. 텍스트의 변모

1) 『문학』(1966년 8월호)에서 『별을 보여드립니다』(일지사, 1971)로

- 99쪽 9행: 더욱 중요한 것은 [삽입]
- 102쪽 2행: 같이 → 그때마다 똑같이 커피를
- 104쪽 17행: 불감증이라고들 → 불감증이나 임포텐스라고들
- 105쪽 17행: 한꺼번에 모두 [삽입]
- 106쪽 14행: 그런 사람의 심사 [삽입]
- 107쪽 13행: 아내 쪽에서 들려오곤 했다. → 나를 괴롭혀오곤 했다.
- 108쪽 14행: 높다랗게 제방을 쌓아 올려서 만든 사선(射線)에 → 높다란 사선 위로
- 111쪽 13행: 느닷없이 어떤 [삽입]
- 113쪽 20행: 술 반 되 → 술 한 되
- 116쪽 7행: 그러나 나는 값을 묻지도 않고 돈을 치르고 문을 나서는 것이었다. → 그러나 이 여자에겐 나 역시 약값을 묻지도 않고 돈을 치르고 문을 나서는 것이 예사였다.
- 116쪽 16행: 감정 → 고마움
- 118쪽 4행: 무서운 웃음소리가 [삽입]

- 118쪽 9행: 생각 → 착각
- 118쪽 13행: 망막 위로 〔삽입〕
- 119쪽 13행: 분명 인간에의 반역이다. → 분명한 반역이다.
- 122쪽 1행: 아이를 낳지 않을 결정은 제가 하는 것인 줄 아시죠? → 아이를 낳도록 하자구요? 누가 말이지요?
- 124쪽 5행: 나의 생각이 → 시도를

2) 『별을 보여드립니다』(일지사, 1971)에서 『병신과 머저리』(홍성사, 1984)로

- 105쪽 7행: 금세 어디선가 〔삽입〕
- 105쪽 9행: 나는 무서운 꿈을 꿀 것 같은 불안감에 싸여 겨우겨우 잠이 들고 있었던 것이다. → 나는 왠지 무서운 꿈이라도 꿀 것 같은 불안감에 좀처럼 그대로 잠을 이룰 수가 없었다.
- 107쪽 9행: 그런 것은 없는 것이다. → 그런 허물은 없었다.
- 108쪽 17행: 제방에서 → 사선 위에서
- 109쪽 6행: 군인 → 병정
- 110쪽 13행: 내가 하필 그 사격장의 꿈을 꾸게 된 데는 그럴 이유가 있는 것 같았다. → 그럴 이유가 있었던 것도 같았다.
- 111쪽 3행: 그것이 움직이는 것은 회전 방향이 아니었다. → 그것의 움직임은 회전이 아니었다.
- 112쪽 5행: 그런데 내가 놀란 것은 아내가 벌써 그 아이를 꺼내버렸다는 사실이었다. → 하지만 그것은 아내 혼자 벌써 그 아이를 꺼내버린 다음이었다.
- 116쪽 15행: 모른 체해주는 것이 고마웠던 것이다. → 모른 체해주는 그 여자의 아량 때문이었다.
- 119쪽 16행: 그리하여 → 그렇게 해서라도
- 122쪽 14행: 당신은 훌륭한 기계요. 약품반응이 정확합니다. → 당신은

- 참 훌륭한 기계니까. 약품반응이 정확하거든.
- 122쪽 21행: 하지만 건방진 기계지요. 아이를 배는 수가 있으니. → 하지만 우습게 건방진 기계지. 가끔은 아이까지 배는 수가 있으니.
- 123쪽 15행: 별들이 잔잔히 깔린 하늘이 끝없이 흐르고 있었다. → 하늘도 그저 깜깜한 어둠뿐이었다.
- 123쪽 21행: 그것도 약을 먹고 말이다. 끔찍한 일이다. 〔삭제〕
- 123쪽 23행: 그것은 정말 무서운 일이다. 〔삭제〕
- 124쪽 2행: 어디에 그 비슷한 말이 있던가. 아내는 이미 살인을 했던 것이다. 〔삭제〕
- 124쪽 9행: 터무니없이 눈물이 볼을 적시고 흘러내렸다. → 그새 어둠에 눈이 익어진 탓일까, 검은 하늘에서 별들이 하나 둘 환각처럼 희미하게 살아나고 있었다.

3) 『병신과 머저리』(홍성사, 1984)에서 『병신과 머저리』(열림원, 2001)로
- 121쪽 6행: 아무 말도 맙시다. 모른 체합시다. → 아무 말도 말아요. 그냥 모른 체…
- 121쪽 11행: 약을 먹지 않은 체하고 말이오. → 모른 척하고 그냥…
- 121쪽 22행: 이제 아이를 낳도록 합시다. → 우리도 이젠 좀 어엿한 어른이 되어야 하지 않소.
- 122쪽 1행: 아이를 낳도록 하자구요? → 어른이 된다구요?
- 122쪽 21행: 실수로 〔삽입〕
- 123쪽 18행: 그러나 잘못은 있는 것 같았다. 분명한 것은 지금 나는 오늘 밤의 일을 후회하고 있지는 않다는 것이다. 아내와 나는 영혼의 교합을 가질 수가 없었다. 그런데도 아이는 생겼다. 아내가 밴 것은 육신만의 결합에 의한 육신만의 잉태였다. 영혼이 없는 육신만을./대개의 경우 그것들은 사전에 살인이 되고 말았지만 어쩌다 그 육신을 배게 되었을 경우 그것은 우리가 그 새로운 생명의 영혼만을 죽이고 육신을 죽이는 데는 실

패를 하고 만 때인 것이다. 아니 그 영혼은 처음부터 없었던 것이라고 해야 옳다. 얼마나 많은 가능한 생명의 영혼을 우리는 함께 죽여왔는가. 더구나 아내는 영혼을 합하려는 노력조차 없었다. 아내도 그것을 두려워하고 있는 것은 아닐까. → 지금 분명한 것은 아내와 내가 결코 영혼의 교접을 가질 수 없는 황량한 처지였다. 그런데도 이따금 아이가 생겼다. 영혼이 없는 육신의 잉태. 그리고 핏빛 눈발 속을 꺽둑꺽둑 걸어오는 사격표시판들의 그 절망스런 육박! 아내에게도 그것은 견딜 수 없는 두려움이었으리라. 그래서 그 비정한 유희의 대가로 늘 학살을 되풀이해왔으리라.

- 124쪽 3행: 것 → 잔인한 유희
- 124쪽 6행: 그 모든 것을 용납할 수가 없었다. → 다시 그런 유희를 참을 수가 없었다.

3. 인물형
   * 습작 「엄숙한 유희」
   1) **장명준**: 'ㅇ준' 계열로 작가의 분신이라 할 만하지만, 당시 작가가 처한 개인적, 전기적 상황과 심리 상태는 명준보다 피현수가 더 많이 대변해준다. 피현수는 '외로움'이라는 핵심정서로 인해 「별을 보여드립니다」의 '그'와 겹친다.
   2) **피현수**: 「마스코트」(윤현수), 「가학성 훈련」(현수)의 주요인물 이름이기도 한데, '현수'라는 이름은 필연적으로 외로울 수밖에 없다("흠, 피현수라 이건 참 건방진 이름이군! 어질 현 뛰어날 수자니까 다른 놈들은 모두가 바보 멍텅구리라 이 말이지"). 방직회사 사장 피상윤의 아들인 피현수는 아버지 회사 방화범이기도 하다. 피상윤은 「떠도는 말들」의 두 부정적 인물인 피문어와 최상윤의 이름이 결합된 것이다. 피현수의 행적을 정리하면 다음과 같다. 대학 중퇴-결혼-입대-도미-귀국-방화-자수.
   3) **지겨운**: 피현수의 이야기를 글로 써 잡지에 팔려다 명준에게 돈을

받고 넘긴다. 지겨운은 자료 제공자라는 점에서 「매잡이」의 민태준, 「문턱」의 구정빈, 「줄광대」의 트럼펫 사내, 「비화밀교」의 조 선생, 「가수」의 한치균과 겹친다.

4. 소재 및 주제
1) **임신과 유산**: 앞의 「아이 밴 남자」 주석 참조.
2) **별**: 마침내 '나'는 엄숙한 유희를 참을 수 없게 되는데(아무리 엄숙해도 유희는 유희일 뿐이므로), 이후 이어지는 문장에서 살아나는 별들은 이청준의 많은 작품에서 그렇듯 새로운 꿈과 희망을 나타낸다. 「별을 보여드립니다」 「마기의 죽음」 「6월의 신화」 『씌어지지 않은 자서전』 「별을 기르는 아이」 등.
3) **퇴계로 K다방**: 지겨운이 매일 다방에 나오고 장명준이 그곳에서 지겨운을 만나는 방식과 과정은 이후 『씌어지지 않은 자서전』 『조율사』 등에서 반복된다.
4) **눈 덮인 사격장 일화**: 「해공의 질주」에도 나온다.
   - 「해공의 질주」: 살의로 곱게 꽃핀 겨울 사격장의 먼 타게트선…

「바닷가 사람들」

| 발표 | 『청맥』 1966년 9월호.
| 최초의 단행본 수록 | 『별을 보여드립니다』, 일지사, 1971.

1. 텍스트의 변모
1) 『청맥』(1966년 9월호)에서 『별을 보여드립니다』(일지사, 1971)로
   - 125쪽 11행: 마음이 있었다. → 정신이 팔려 있었다.
   - 125쪽 12행: 마지못해 머리를 숙이고 → 마지못한 듯

- 125쪽 13행: 손을 떼자마자 〔삽입〕
- 127쪽 1행: 돌은 놈이 있는 데서 어림도 없는 데 가서 떨어졌다. → 돌은 어림없이 멀리까지 날아갔다.
- 127쪽 7행: 하늘과 맞닿고 있었다. → 그 바다와 맞닿고 있었다.
- 128쪽 17행: 그리고 서서 아버지는 구멍 같은 눈 속에서 정신이 나간 사람처럼 눈알을 굴리고 있었다. 〔삭제〕
- 130쪽 6행: 혼자 배를 타고 바다를 넘어가곤 했다. → 혼자서만 수평선을 넘어가곤 했다.
- 130쪽 10행: 우는 소리 같은 노래소리만 했다. → 울음소리 같은 노래만 웅얼거렸다.
- 130쪽 17행: 어머니는 나를 아직 사람으로 생각지 않으니까 → 어머니는 그 소리를 냈다.
- 135쪽 2행: 사기그릇 부딪는 소리가 몇 번 있었으나 → 사기그릇 부딪는 소리가 났다. 사기그릇 부딪는 소리가 한참 계속되더니
- 135쪽 8행: 일본배니 밀수니 단속이니 하는 말이 → 일본배니 뭐니 하는 소리들이
- 138쪽 3행: 머뭇거리고 → 머뭇머뭇 넘실거리고
- 141쪽 13행: 그 이야기를. → 그 수평선 너머의 이야기들을 말이다.
- 141쪽 14행: 자세히 자세히 살피고 있었다. → 바라보고 있었다.

2) 『별을 보여드립니다』(일지사, 1971)에서 『이어도』(열림원, 1998)로
- 125쪽 18행: 위엄을 보여서 질리게 하고 싶은 모양이다. → 깐엔 제법 위엄이라도 부려 보이고 싶은 모양이다.
- 126쪽 8행: 복술이가 한 번 꿈틀했으나 내가 한 손으로 귀를 붙잡고 있었기 때문에 다시 주저앉아버린다. → 복술이 놈이 몸을 꿈틀했으나 내가 아직 한 손으로 귀를 붙잡고 있었기 때문에 안타까운 듯 낑 소리를 한 번 내고는 다시 주저앉아버린다.

- 126쪽 19행: 마지못해 날아오르지만 → 마지막 순간에야 날아오르는 식이지만
- 127쪽 10행: 왼쪽으로 보이던 흰 돛이 이젠 오른쪽으로 너무 멀리 가버려서 거의 검은 점이 되어 움직이지도 않는 것 같았다. → 바로 왼쪽으로 눈앞 가까이 보이던 흰 돛배가 이제는 어느새 오른쪽 멀리 검고 조그만 점이 되어 멀어져가고 있었다.
- 127쪽 14행: 어디서 오는 것인지 바다에는 언제나 한두 척의 배가 돛을 올리고 그 바다를 넘어갔으나 → 어디로부터 와서 어디로 가는 것인지 눈앞에선 언제나 한두 척의 돛배가 멀리 수평선을 넘어가고 있었지만
- 129쪽 3행: 이제는 그들도 사람을 잡아넣고 싶은 생각이 들 것이라고. → 이제는 공사판 사람들도 생사람을 제물로 잡아 넣고 싶은 생각이 들 것이라고.
- 130쪽 5행: 컸으나 → 발바닥이 굳었으나
- 130쪽 12행: 어머니는 늘 그 소리를 웅얼거렸다. → 어머니가 늘 웅얼거리던 소리
- 131쪽 16행: 그러면 그들은 → 그런데 그때마다 위인들은
- 132쪽 14행: 엄청나게 클 거라고 → 귀에 거슬릴 거라고
- 133쪽 14행: 문에는 대고 구멍이 뚫렸다. 〔삭제〕
- 136쪽 3행: 이만큼 일을 했으면 지금은 좀 앉아서 먹을 게 있어야지. → 이만큼 배를 탔으면 지금쯤은 좀 마른 땅에 앉아서 먹고살 게 있어야지.
- 136쪽 9행: 무서운 → 묵연한
- 137쪽 12행: 아버지는 어머니에게든지 나에게 조금만 화를 낼 때도 늘 그랬었다. 왜 나는 송주사가 어머니에게 그러는 것인지, 또 어머니는 어째서 송주사가 그래도 가만있는 것인지 알 수가 없었다. → 아버지가 어머니나 나에게 화를 낼 때도 물론 그랬다. 나는 어째서 송 주사가 어머니에게 아버지처럼 그런 식으로 화를 내는 것인지, 또 어머니는 어째서 송 주사가 그래도 말없이 참고 있는 것인지 아무래도 곡절이 개운치 않았다.

- 137쪽 22행: 무엇을 하고 있었는지도 모른다는 생각이 들었다. → 나 몰래 무슨 일을 하고 있었던 게 분명했다.
- 138쪽 9행: 조용조용 → 어디론지
- 138쪽 10행: 어쨌든 무척도 돌아오기가 힘드는가 보다. → 이 뭍으로 돌아오기는 아직도 그리 힘이 드는 것일까.
- 139쪽 13행: 거기에다 몸을 기대었다. → 그 밑둥치께에 몸을 기대고 앉았다.
- 139쪽 19행: 생각해보니 바다는 너무나 많은 것을 가져가 버린 것 같다. 달이와 아버지와 복술이와 그리고 또 더 있을 것 같았다. → 생각해보니 바다는 너무나 많은 것을 가져갔고 또 가져갈 것 같았다. 달이와 아버지와 복술이와, 그리고 언젠가는 그 무성한 입속 노랫가락의 뜻이 아리송하기만 한 어머니마저도….
- 141쪽 11행: 아무도 알아내지 못한 → 아버지도 달이도 어쩌면 그것을 알아내고 싶어 그곳으로 갔을, 그러나 아무도 그것을 알아올 수 없었던
- 141쪽 14행: 그리운 듯 그 수평선을 언제까지나 → 그 수평선을 오래오래

2. 소재 및 주제

1) 가족 관계: 바다를 넘어가 영영 오지 않는 아버지, 그 아버지를 기다리며 끊임없이 울음소린지 노랫소린지 모르는 웅웅 소리를 뱉는 어머니, 그 어머니를 보며 홀로 노는 '나,' 아버지처럼 바다를 넘어가 오지 않는 형. 이들의 관계는 이후 여러 작품에서 다양하게 변주되는 하나의 원형이다. 『사랑을 앓는 철새들』「이어도」「연」「해변 아리랑」, 연작『남도 사람』 등.

2) 수평선을 넘어가는 꿈: 이후 『씌어지지 않은 자서전』「이어도」「빗새 이야기」「연」「해변 아리랑」『인문주의자 무소작 씨의 종생기』 등으로 이어진다.

3) 간척사업과 연결된 공사판과 제방 둑이 무너지는 일화: 이후 「침몰선」 『당신들의 천국』 『제3의 현장』 『자유의 문』 『사랑을 앓는 철새들』 등으로 이어진다.

> 「굴레」
>
> | 발표 | 『현대문학』 1966년 10월호.
> | 최초의 단행본 수록 | 『별을 보여드립니다』, 일지사, 1971.

1. 텍스트의 변모

1) 『현대문학』(1966년 10월호)에서 『별을 보여드립니다』(일지사, 1971)로
   - 142쪽 13행: N신문사 → M일보사
   - 146쪽 14행: 제가 우습게 되지 않습니까, 원! → 이쪽이 정말 우습게 되지 않소, 젠장!
   - 161쪽 1행: S → Z
   - 164쪽 16행: 꼬직히 앉아버렸다. → 자세가 꼿꼿해져 버렸다.
   - 166쪽 17행: 또는 알고 있는 것과 반대되는 결과를 → 적어도 어떤 식으로 결정이 내려지리라는 것을 빤히 짐작하고 있을 이들이 그 결정의 내용과는 정반대가 되는 결과를
   - 167쪽 19행: 믿어지지 않아서 → 믿어지고 있어서

2) 『별을 보여드립니다』(일지사, 1971)에서 『병신과 머저리』(홍성사, 1984)로
   - 144쪽 13행: 비서 → 심부름꾼
   - 165쪽 17행: 글자를 → '가' 자를
   - 166쪽 8행: 발행 삼 개월 정도로는 M일보에 어떤 성격 규정이 어려울 것 같습니다. 가령 Z나 Y지라면 두 개가 비교되겠습니다마는… → 발행 실

적 3개월 정도로는 M일보에 아직 어떤 성격 형성이 어렵지 않겠습니까.
3) 『병신과 머저리』(홍성사, 1984)에서 『가면의 꿈』(열림원, 2002)으로
- 142쪽 14행:「○○名」의 광고에 → '○○명' 따위 인색한 신문광고에 이끌려
- 145쪽 11행: 따지고 보면 2년 후배가 되는 여학생에게 터무니없는 농을 한 일이 더 화가 났다. → 내 군대 경력 탓에 따지고 보면 2년 후배가 되는 여학생에게 실없는 농담을 지껄인 일이 더 화가 났다.
- 150쪽 2행: 터무니없이 큰 소리로 틀리게 답한 해답을 광고하는 친구가 몇 있었다. → 큰 목소리로 짐짓 자신의 오답을 광고하는 친구가 몇 있었다.
- 150쪽 16행: 발소리가 문을 나가버리자 나는 갑자기 가슴이 비어버린 것처럼 공허한 기분이 되어 한동안 빈 눈을 하고 멍하니 앉아있었다. → 발소리가 문을 나가자 나는 지레 내 가슴이 텅 비어버린 것처럼 망연한 기분이 되어 한동안 멍청하게 앉아있었다.
- 151쪽 4행: 친절히 써서 → 자세히 적어 엉뚱하게
- 151쪽 5행: 뭐라고 할 수가 없지만 → 누가 크게 나무랄 일만은 아니리라는 희망을 지녀볼 수가 있었지만
- 151쪽 8행: 작문문제가 있었다. → 하필이면 그 골칫거리 작문 문제가 절반이나 되었다.
- 151쪽 9행: 나는 애초 작문에는 손을 대려고도 하지 않았으니까 절반은 깎아먹고 시작한 셈이었다. → 나는 애초 그 독일어 작문에는 젬병이어서 그쪽엔 아예 손도 대려고 하지 않았으니 그걸로 이미 점수를 절반은 깎아먹고 시작한 셈이었다.
- 152쪽 13행: 느끼고 있었던 것을 → 지레 단념한 것을
- 153쪽 5행: 발표되어 있는 것은 수험번호였다. → 필기시험 합격자로 발표되어 있는 것은 이름이 없는 수험번호뿐이었다.
- 153쪽 7행: 수험표를 찢어 없앤 생각이 났다. → 이미 찢어버린 수험표를 어디서 다시 찾을 길은 없는 처지.

- 153쪽 20행: 집으로 오다가 나는 별로 주저하지 않고 → 하지만 나는 집으로 돌아오던 길에 결국
- 154쪽 3행: 말을 꺼내기도 전에 〔삽입〕
- 154쪽 4행: 그리고는 자기 사진을 떼어내면서 말했다. → 그리고는 그 수험표에서 자기 사진을 떼어내며 혼잣소리처럼 말했다.
- 154쪽 7행: 하기는 S가 수험표를 내줄 때 나는 그것을 벌써 짐작하고 있기는 했다. 〔삭제〕
- 156쪽 4행: 자진 퇴사를 하고 말았다는 것이었다. 월급을 주면서 일을 주지 않는다는 것이었다. 그 친구 하루 여덟 시간씩 열흘쯤 빈 책상을 지키고 앉아 있게 했더니 제풀에 회사를 나오지 않게 되더라는 것이었다. 월급은 주면서 일을 주지 않고, 다만 근무 시간에 자기 일을 할 수 없다는 사칙을 지키게 했을 뿐이었다고. → 결국엔 자진 퇴사 형식으로 제풀에 회사를 나오지 않게 되더라고. 일이 그렇게 되기까지 회사에선 그에게 꼬박꼬박 월급을 주면서 일은 주지 않고, 다만 그 몇 달간 회사 업무 시간에 자기 일을 할 수 없다는 사칙을 엄격하게 지키게 했을 뿐이었다고.
- 156쪽 21행: 그러자면 우선 외양부터 〔삽입〕
- 156쪽 22행: 아침 일찍 → 그래 이날 아침엔 모처럼 일찍 잠자리에서
- 157쪽 1행: 넥타이를 매고 나서 어머니에게 사실을 말할까 하다가 나는 그냥 대문을 나서고 만 것이었다. → 아침을 먹는 둥 마는 둥 서둘러 넥타이를 챙겨 매고 나선 혼자 은근히 들뜬 기분에 어머니에게까지 사실을 말할까 말까 망설이다 그나마 간신히 말을 참고 대문을 나서 온 것이었다.
- 159쪽 1행: 화를 낼 것 → 성깔 따위를 드러낼 것
- 160쪽 7행: 아량을 가지고 진취적인 자세를 취하리라 믿었습니다. → 진취적인 편집과 운영 자세를 취하리라 믿었습니다.
- 162쪽 2행: 그새 거짓말처럼 〔삽입〕
- 162쪽 15행: 자기 자리에 꼬직히 앉아 버렸다. → 앞을 향해 꼬직히 돌

앉아 버렸다.
- 163쪽 16행: 기다리게 하지. → 기다리게 하면 어디가 덧나나.
- 164쪽 2행: 묵묵히 턱짓으로 〔삽입〕
- 164쪽 6행: 정신이 조금 드는지 〔삭제〕
- 165쪽 9행: 이런 긴장된 분위기는 열심한 수험생들의 피를 말린다. → 그렇듯 긴장된 분위기는 아직 자기 믿음을 버리지 못한 수험생들의 피를 말리게 마련.
- 166쪽 19행: 횡포요 〔삽입〕
- 166쪽 22행: 낙제를 하고 → 여기서 낙방을 하고 나면
- 168쪽 21행: 바위에 머리를 짓찧기고 난 듯 멍멍하고 어질어질했다. → 바위에 머리를 짓찧인 듯 멍멍하고 어질어질해 나는 두 다리를 가누기조차 힘이 들었다.
- 169쪽 4행: 나의 깊은 곳으로 → 내 어둡고 깊은 곳으로 힘없이

4) **전기와의 연관성**: 'X지방 출신' '부 사망'이라는 '굴레'는 전라도 출신에 아버지가 없는 작가의 개인사와 겹친다.

2. 소재 및 주제

1) **굴레**: 「굴레」에는 '굴레'라는 말이 전혀 나오지 않는다. '굴레'의 의미는 '굴레'가 반복해서 나오는 「가학성 훈련」과 「날개의 집」을 보면 알 수 있다.

- 「가학성 훈련」: 결국 현수는 아버지처럼 자신의 굴레를 사랑할 수가 없었다. 너무 헐렁거리고 귀찮고 거추장스러웠다. 그리고 그를 불안하게 했다. 헐렁헐렁 괴롭히기만 하는 굴레를 그는 사랑할 수가 없었다. 그렇다고 아버지에게서처럼 그 굴레를 벗어 내던져버릴 수도 없었다. 아니 현수가 자신의 굴레를 사랑할 수 없는 것은 그것을 끝내 벗어내던질 수가 없다는 자기 절망 쪽에 더 큰 이유가 있었을지 모른다.

- 「날개의 집」: 그는 이제 갈 데 없이 자신의 고삐에 매여 끌려다니는 한 마리 짐승의 형국이었고, 벗을 수 없는 굴레에 힘든 멍에를 짊어진 가엾은 가축 신세 한가지였다.

2) **군 복무**: 이청준은 1962년 2월 군에 입대했고 1년 반 후인 64년 학적보유자 혜택으로 제대했다(144쪽 15행).

「병신과 머저리」

| **발표** | 『창작과비평』 1966년 가을호.
* 제12회 동인문학상 수상작 (수상심사평 및 수상소감 → 자료집 참조).
| **최초의 단행본 수록** | 『별을 보여드립니다』, 일지사, 1971.

1. 실증적 정보

「병신과 머저리」의 원형은 입대 전 습작 「아벨의 뎃쌍」이다. 그러니까 「병신과 머저리」는 1962년 2월 군 입대 이전에 이미 배태되어서 등단작인 「퇴원」보다 대략 3년 정도 앞섰음을 알 수 있다. 입대 전 습작으로는 「아벨의 뎃쌍」에 이어 「줄광대」의 원형인 「승천」과 「줄」이 있고, 제대 후 습작으로 「엄숙한 유희」가 있다. 습작에 따라 작가의 글쓰기 이력을 따져보면 다음과 같다: 「병신과 머저리」→「줄광대」→「무서운 토요일」→「별을 보여드립니다」→「퇴원」.

① 「아벨의 뎃쌍」에 나오는 병운(「병신과 머저리」의 형)은 미술대학을 휴학하고 군에 입대한다. 「병신과 머저리」의 동생(화가)이 「아벨의 뎃쌍」에 나오지 않음을 고려할 때, 병운이 나중에 둘로 분화된 것을 알 수 있다.

② 「아벨의 뎃쌍」과 「병신과 머저리」의 주목할 만한 차이점은 병운(형)이 오관모와 김 일병 두 사람을 모두 죽이는 것이다. 「아벨의 뎃쌍」에서는 오관모가 김 일병을 먼저 쏘았지만, 아직 살아 꿈틀거리는 김 일병에게

마지막 총을 난사하는 사람은 병운이다. 「병신과 머저리」에서, 형이 쓰는 소설의 핵심은 그가 오관모에게 권총을 난사하는 마지막 장면이다.

③ 「아벨의 뎃쌍」은 처음 제목이 「아벨의 탄생」이었다. 이청준이 습작의 제목을 「아벨의 탄생」에서 「아벨의 뎃쌍」으로 수정한 것은 수없이 고민했지만 결론을 낼 수 없었던 마지막 부분 때문이었을 것이다. 그가 생각한 새로 탄생할 인간은, 완전한 아벨도 완전한 카인도 아닌 복합적 인물, 바로 진정한 인간의 모습이 아닐까. 「아벨의 뎃쌍」의 마지막 부분 참조(182쪽 10행, 182쪽 20행).

④ 「아벨의 뎃쌍」에서 무수히 고민하면서도 끝맺지 못했던 얼굴의 주인은 바로 「병신과 머저리」의 '나'다(206쪽 10행).

⑤ 「아벨의 뎃쌍」은 「병신과 머저리」가 되면서, 화자 '나'가 삽입되어 격자소설의 형식을 취한다(위의 「줄광대」 주석 참조).

2. 텍스트의 변모

1) 『창작과 비평』(1966년 가을호)에서 『별을 보여드립니다』(일지사, 1971)로
   - 171쪽 17행: 갖는 것이 → 말하고 있는 것은
   - 194쪽 3행: 흰 쌀알만큼씩 한 것들이 그 상처 벽에 수없이 옴실거리고 있었다. 하나의 생명은 작은 다른 여러 생명으로 분화되어가고 있는 것이었다. → 상처 벽이 흙 버랑처럼 무너져가고 있었다.

2) 『별을 보여드립니다』(일지사, 1971)에서 『병신과 머저리』(홍성사, 1984)로
   - 172쪽 2행: 생활 → 시간
   - 179쪽 19행: 소문으로만 들었으나 → 소문으로만 듣게 되었다. 그러나 〈나〉는 그것만으로도
   - 180쪽 18행: 안 된다는 것 → 안 된다는 느낌이 깊었던 점만은 지금도 고백할 수가 있을 것이다.
   - 182쪽 4행: 사람은 → 사람의 안팎은

- 183쪽 5행: 나는 울컥 형이 미워졌으나 잠잠히 뒤를 따르고만 있었다. → 나는 울컥 화가 치밀어 올랐으나, 그것을 꾹 참아 넘기며 앞서 가는 형을 조용히 뒤따랐다.
- 183쪽 22행: 거지아이의 발을 밟아버린 거 말입니다. → 아까 그 아이의 손을 밟아버린 거 말입니다.
- 184쪽 19행: 한 사람도 없었는지 어쨌는지 모르지만, 관모가 정말로 → 몇이나 되었는진 알 수가 없지만, 관모가 그 신병들의
- 186쪽 16행: 하체를 〔삽입〕
- 193쪽 6행: 꿀꺽꿀꺽 맛있게 받아먹던 것을 거절한 지가 사흘 → 받아먹던 것도 이미 사흘 전의 일
- 194쪽 23행: 형은 무슨 이유로 지금 그 살인의 이야기를 하고 살인의 기억을 자기에게서 확인하고 싶어졌는지 모르지만, 그는 지금도 끝없이 망설이고 있는 것이었다. → 형은 지금 무슨 이유로 그때의 살인의 이야기를 하고 있는지, 그리고 그 살인의 기억을 되새기고 있는지도 알 수가 없었다. 더욱이 그 살인의 기억 속에 이야기의 결말을 망설이고 있는지 형의 심사를 알 수가 없었다.
- 196쪽 3행: 그리고 관념화한 하나의 사건을 순전히 자기 것으로 만들어 되씹음으로써 자신을 확인하는 이상한 방법으로 힘을 얻으려는 것이었다. → 그리고 자신을 확인하고 새로운 삶의 힘을 얻으려는 것이었다.
- 196쪽 7행: 영악한 → 영악하고 노회한
- 197쪽 10행: 화폭에 매달리느라고 그런 생각은 → 그것을
- 198쪽 5행: 퍽 자세히 → 알 만한 것은
- 200쪽 17행: 그러기 위해서 분명히 떠나간다고 스스로 긍정하는 감정으로 말씀을 드리고 이 글을 끝맺겠어요. → 그러기 위해선 누구보다 먼저 자신이 자신을 용서해야 하리라는 조그만 소망 속에 이 글을 끝맺겠어요.
- 200쪽 19행: 문을 열지 않을 → 열리지 않을 문의

3) 『병신과 머저리』(홍성사, 1984)에서 『병신과 머저리』(열림원, 2001)로
- 172쪽 12행: 귀와 눈이 → 귓속과 눈길이
- 173쪽 21행: 딱 멈추고 있는 것이다. → 딱 멈춘 채 앞으로 나아가질 않고 있었다.
- 175쪽 18행: 목소리에 희열을 담으며 → 반색을 하는 목소리로
- 182쪽 4행: 논리로만 구명될 수 있는 → 합리적 논리로만 설명될 수 있는 것이
- 185쪽 16행: 숙연해 있는 → 엎드려 있는
- 187쪽 18행: 갈대 → 억새대
- 191쪽 18행: 불쾌한 듯 그를 쫓았다. → 역겨워 그를 호되게 쫓았다.
- 192쪽 12행: 명랑해진 → 차분해진
- 212쪽 9행: 얼굴일는지도 모를 일이었다. → 얼굴일지도 몰랐다.

3. 인물형
1) **나(동생)**: 「퇴원」의 주인공처럼 환부를 모르는 환자.
2) **오관모**: 한 손에 언제나 지배의 상징물인 대검을 들고 다니는데, 이후 대검의 변형이라 할 수 있는 회초리, 가죽장갑, 지휘봉 등을 들고 다니는 습관을 지닌 다른 인물들이 나타난다. 「공범」의 강 중위, 「자서전들 쓰십시다」의 피문어, 「예언자」의 홍 마담, 「제3의 신」의 탄 등.

4. 소재 및 주제
1) **환부를 알지 못하는 환자**: 앞의 「퇴원」 주석 참조.
2) **아픔 앓기**: 환부를 알든 모르든 이청준의 인물들은 아프다. 그들의 아픔 앓기는 도대체 어떤 의미가 있는가. 한참 후 『흰옷』 작가노트를 보면 아픔 앓기는 세 단계를 거친다. 자신의 본모습과 근본을 잃고 사는 아픔 앓기 → 그 아픔을 삶 속에 포용하고 삭이기 → 함께 아파하기, 대신

아파하기(211쪽 10행).

3) **자기 진술에 대한 고통과 망설임**: 자서전을 쓰고 있는 형의 경우처럼 자기 얘기(참회서, 자서전)를 소설로 쓰며 고통을 겪는 소설가 아닌 인물들을 우리는 「행복원의 예수」의 '나', 『이제 우리들의 잔을』의 김삼응, 『씌어지지 않은 자서전』의 '나'(이준. 나중에 소설가가 됨)에게서 다시 찾아볼 수 있다.

4) **자서전의 대필**: 동생이 형의 소설(자서전, 참회서)을 제멋대로 마무리 짓는 것은 일종의 대필 행위라 할 수 있는데(이 계열의 인물들로 「가수」의 주영훈과 허순, 「엑스트러」의 '나', 『언어사회학서설』 연작의 윤지욱, 「새와 나무」의 시장이, 「문턱」의 반형준 등이 있다), 자서전을 대필시키는 것은 전짓불을 견디지 않는 행위와 관련된다.

- 「소문의 벽」: i) 문학행위란 어떻게 보면 한 작가의 가장 성실한 자기 진술이라고 할 수 있다. 그런데 나는 지금 어떤 전짓불 아래서 나의 진술을 행하고 있는지 때때로 엄청난 공포감을 느낄 때가 많다. ii) 쉽사리 거둬들일 수 있는 글이란 그 전짓불을 견디려 하지 않은 것들뿐. 그런 글들이 신통할 리 없었다.

5) **노루 사냥**: 연작 『가위 밑 그림의 음화와 양화』의 「머릿그림」에서는 개도살로 변형되어 있고, 『당신들의 천국』에서는 이순구를 마을 청년들이 집단 단죄한 사건을 '노루 사냥'이라 부른다.

- 『가위 밑 그림의 음화와 양화』의 「머릿그림」: 우리는 곧 방으로 들어갔다. 하지만 역시 우리는 끝내 도망치듯 해가는 그런 자신들을 용서할 수가 없었던 것 같았다. 아무리 끔찍스럽고 기분이 나쁘더라도 볼 것은 기어코 보아야 한다는 생각, 거기서 외면을 하고 자리를 비켜선다고 어떤 사실이 존재하지 않는 것으로 될 수는 없다는 생각, 마지막을 보아야 한다는 생각……('지워 버리고 싶은 양화')

- 『당신들의 천국』: 이른바 그 노루 사냥 사건은 그러니까 바야흐로 이 섬 안에 무서운 배반의 역사가 싹트기 시작한 상서롭지 못한 징후의 시초였다.

「전근 발령」

| **발표** | 1966년 겨울.
| **최초의 단행본 수록** | 『살아 있는 늪』, 홍성사, 1980.

1. 텍스트의 변모

1) 『병신과 머저리』(홍성사, 1984)에서 『예언자』(열림원, 2001)로
   - 221쪽 5행: 증오가 끓어올라 소용돌이치고 있었다. → 억누를 길 없는 분노가 소용돌이쳐 올랐다.
   - 226쪽 11행: 너무나 정상적으로 쉽게 진행되어 가고 있는 것이 어딘지 섭섭했다. → 너무나 정상적이고 의연스러운 것이 어딘지 서운했다.
   - 226쪽 15행: 이제 그것들로부터 떠나게 되리라는 생각은 아무래도 사실로서 그에게 다가오지 않았다. → 그것들로부터 떠난다는 생각이 아무래도 실감으로 다가오질 않았다.
   - 228쪽 8행: 담합이 이루어지고 있는 것 같았다. → 논담이 일고 있는 것 같았다.

2. 인물형

- **김순주 교장과 고 선생**: 극히 단편적이지만 『당신들의 천국』에서 조백헌 원장과 이상욱의 관계를 연상시킨다. 육지로 발령이 난 조백헌 원장이 부임을 망설일 때 이상욱이 보여주는 무언의 압력과 조 원장이 느끼는 배반감이 그렇다.

3. 소재와 주제

이 작품에 나오는 초등학교는 1948년 이래, 전쟁을 한 번 겪고 교사 낙성식을 두 번 갖는데, 이청준이 다닌 회진동초등학교의 역사와 일치한다.

이후 이청준은 『흰옷』 등, 초등학교 때 선생님들 이야기를 좀더 심화시킨 작품들을 여러 편 발표한다.

「별을 보여드립니다」

| **발표** | 『문학』 1967년 1월호.
| **최초의 단행본 수록** | 『별을 보여드립니다』, 일지사, 1971.

1. 실증적 정보

제대 후 습작인 「엄숙한 유희」의 피현수가 이 작품의 주인물 '그'의 원형이다. 그가 처한 사랑을 얻을 수 없는 상황, 그가 느끼는 말에 대한 불신과 인간적 고립감 등은 이미 이 습작 속에 들어 있다. 민영의 의미는 「엄숙한 유희」에서 피현수가 미국에서 귀국했을 때와 같다. 피현수는 제대 후 친정에 간 아내를 찾아가지만 거절당하고, 미국으로 간 뒤 3개월 후 귀국한다.

- 「엄숙한 유희」: i) 그러니까 만약 여자가 현수를 받아들였더라면 그의 기계주의는 그리고 그의 고독은 한 여자의 사랑만으로 충분히 추방될 수 있는 것이었다. ii) "내가 싫어하는 것은 열외에 선다는 것이었오. 상식적인 용어로 일괄될 수 없는 것, 그것은 무엇보다 불행이오. 나는 나 자신 속에 숨어 있는 그 열외 요소가 미웠다는 말이오. 그래서 커다란 질서, 나 개인이 문제가 되는 일이 없는 거대한 규제 속에 나를 던져 넣어서 적어도 다른 사람과 동일한 기능을 발휘하는 한 부분이 되고 싶었던 것이오. 그리고 이곳은 그런 나의 생각에 아주 안성맞춤이요." (피현수가 군대에서 아내에게 보낸 편지)

2. 텍스트의 변모

1) 『문학』(1967년 1월호)에서 『별을 보여드립니다』(일지사, 1971)로

- 233쪽 9행: 그리고 그것은 그의 주변에서는 → 놈의 주변에서는
- 233쪽 14행: 거인 같은 것으로 남아 있기도 했다. → 거인 같은 데가 엿보이고 있었던 게 사실이긴 했다.
- 233쪽 20행: 三년쯤 만에 귀국하는 사람에게서 보통 볼 수 있는 트인 감격이나 → 三년 만에 고국땅을 다시 밟는 감격이나
- 234쪽 10행: 그 눈이, 아주 서서히였기는 하지만 다시 열리기 시작한 것은 전혀 다른 쪽을 향해서였다고 생각된다. 그것은 진에게로였다. 〔삭제〕
- 234쪽 11행: 우리(나와 몇 친구)는 얼마쯤 책임을 느껴야했다. 하지만 사정을 생각해보면 꼭 그런 것만도 아니었다. → 우리(나와 몇 친구)에게도 물론 책임이 전혀 없는 것은 아니었다.
- 237쪽 16행: 그의 재능을 아껴 → 벌써부터
- 239쪽 5행: 하고 자신 있게 말했다. → 조금도 꺼림칙해 하는 기색이 없었다.
- 239쪽 15행: 가증스런 것은 사실 그는 제가 그것을 견디어낼 수 있으리라는 점에서보다 자기가 견딜 수 있으리라는 자신이 선 것 만으로 선언을 했던 거예요. → 가증스런 것은 제가 그것을 견디어낼 수 있으리라는 자신이 선 것만으로 그 분은 그런 선언을 해 버린 거예요.
- 240쪽 9행: 그때 내가 납득할 만한 이유도 말하지 않았다. → 떠나가는 데도 이유를 남기지 않았다.
- 240쪽 12행: 영은 나의 곁에도 있지 못했던 것이다. → 우리들 곁에선 영은 발견될 리 없었다.
- 240쪽 18행: 노래도 해주고 익살도 부리곤 하는 유일한 벗이기는 했지만 → 노래와 익살로 친구 노릇을 대신해주던 것이었지만
- 241쪽 14행: 굳게 닫힌 듯하던 그의 눈이 차츰 열리기 시작한 것은 엉뚱하게도 진을 향해서였다. 나는 조금 당황했으나 그즈음 녀석의 생활에 어떤 변혁의 가능성이라도 줄 수 있을까 싶어 그냥 옆에서 지켜보기만 하기

로 마음을 작정했던 것이다. → 굳게 닫혀 있던 그의 영혼의 문이 서서히 다시 열리기 시작한 것은 엉뚱하게도 옛날 나의 진이를 향해서였다. 나는 당황해지지 않을 수 없었다.

- 242쪽 9행: 꼿꼿이 세운 진의 얼굴에는 뜻밖에 두 줄기 눈물이 흐르고 있었다. → 꼿꼿이 자세를 세우고 있는 진의 눈에는 뜻밖에 눈물이 어려 있었다.
- 242쪽 16행: 의지를 지닌 〔삭제〕
- 242쪽 17행: 함께 붙어 흐르던 거품이 의지를 내세우고 그 부표에 머물러버려도 진은 혼자 떨어져 계속해서 흘러내려가는 것이었다. → 붙어 흐르던 거품이 부표에 머물러 버릴 때도 진이는 혼자 계속해서 개울을 흘러내려가는 거품이었다.
- 243쪽 5행: 몇 명 미국유학 지망자를 →유학 지망생 몇 명을
- 243쪽 7행: 시골에는 찾아볼 사람도 없는 듯 애써 내려가 보려고도 하지 않았다. → 시골에는 처음부터 내려가 볼 생각을 하지 않았다.
- 244쪽 12행: 한데 그러던 녀석이 언제부턴가는 그 진이를 향해 서서히 다시 눈을 열기 시작함으로써 나를 당황시키고 만 것이다. 그러나 나는 결국 그런 진이와의 일을 모른 체해두기로 마음을 고쳐먹고 말았다. 〔삽입〕
- 244쪽 21행: 녀석과 진이의 일을 모른 체 곁에서 지켜보고만 있었다. 〔삽입〕
- 244쪽 22행: 나의 그런 기대하고는 상관없이 〔삽입〕
- 245쪽 8행: 망원경이다. → 망원경 사건이다.
- 245쪽 11행: 아니 나는 그냥 무심히 지나치고 말았을지도 모른다. 녀석이 후딱 긴장을 하며 발을 멈추고 서는 바람에 나도 따라 머물러 서보니 → 앞서 가던 녀석이 후딱 긴장한 표정으로 발을 멈춰서는 바람에 나까지도 함께 그리된 참이었다.
- 245쪽 17행: 조그맣게 켜 단 꼬마전구의 불빛을 받고 〔삭제〕

- 246쪽 19행: 그날 밤, 망원경을 조사해 보고난 다음 그는 부득부득 흥정을 해서 나의 주머니까지 털어가면서 그것을 사고 말았다. 그가 내게 맞대고 돈을 빌리라고 한 것은 그것이 처음이었다. → 그리고는 망원경을 한번 샅샅이 조사해보고 난 다음, 그는 나의 주머니까지 톨톨 털어가면서 부득부득 그것을 사내에게서 빼앗아버리고 말았다.
- 247쪽 18행: 화를 내면서 이렇게 소리친 일이 있었다. → 화를 내버린 일까지 있었다.
- 247쪽 19행: 사랑할 수 → 볼 수
- 247쪽 23행: 내 것인 채로 해줘… → …그냥 내 것으로 놔둬줘…
- 248쪽 2행: 그러면서 망원경을 꼭 붙들고 있었다. → 목소리까지 겁에 질리고 있었다.
- 248쪽 14행: 거멓게 앉아 있다가 천천히 일어서는 그림자를 살펴보니 녀석이었다. → 거먼 그림자가 불쑥 일어서는 것을 살펴보니 그것이 녀석이었다.
- 254쪽 2행: 몇몇 친구란 → 모일 친구란
- 256쪽 13행: 나는 농인 체 호기심을 누르면서 처음이자 마지막으로 허리를 굽혀 망원경의 대안렌즈로 눈을 가져갔다. → 나는 농담을 지껄이면서도 호기심에 이끌려서 망원경의 대안렌즈 앞에 허리를 굽혔다.
- 258쪽 21행: 단념할 수 없다는 듯 〔삭제〕
- 258쪽 22행: 침착하게 → 띄엄띄엄
- 259쪽 6행: 조심스럽게 일어서서 물로 뛰어들어 버렸어요. → 결국은 혼자서만 훌쩍 물로 뛰어들어버리는 거예요.
- 260쪽 8행: 누구에게 주어버릴까 하고 〔삭제〕
- 261쪽 4행: 해괴하고 꿈같은 소리인가. → 잠꼬대 같은 소리인가.
- 261쪽 22행: 오늘 밤엔 진이씨도 와 있을 텐데. 〔삽입〕
- 262쪽 1행: 가는 선을 그으며 〔삭제〕

- 262쪽 20행: 별의 넋을 지닌 놈을 → 이런 물건을
- 262쪽 22행: 제 넋을 지닌 채 가게 해줄 수는 없을까를 생각했지. 아까 오후에 여기가 생각났어. 이렇게 잔잔히 무늬진 별의 이불을 덮고 하늘을 보며 잠이 들면 이놈은 별의 꿈을 꾸겠지. → 멋있는 장례식을 생각했지. 아까 오후에 여기가 생각났어. 이렇게 잔잔히 별 그림자가 무늬 진 강을 덮고 잠들면 이놈은 별의 꿈을 꾸겠지.

2) 『별을 보여드립니다』(일지사, 1971)에서 『눈길』(홍성사, 1984)로
- 233쪽 23행: 계속해서 눈길을 나의 어깨 너머로 보내면서 무엇을 찾고 있는 사람처럼 두리번거리고 있었다. → 눈길을 어깨 너머로 다른 무엇을 찾고 있는 식이었다.
- 234쪽 3행: 무엇을 찾고 있는 듯한 눈을 하고 있었다. → 그런 눈이었다.
- 234쪽 13행: 좀 더 알 수 없는 점이 있겠으나, 우리는 그것이 아마 민영이리라고 생각했다. → 섣부른 확신은 피해야 했지만 아마 민영이 분명하리라 생각했다.
- 237쪽 13행: 우리들을 〔삽입〕
- 238쪽 8행: 자기를 잊으라고 하더라는 것이었다. → 자기를 떠나 잊으라고, 그것이 그의 마지막 당부더라 하였다.
- 238쪽 18행: 거추장스럽게 생각되지가 않았던 것이다. → 그것이 그리 쑥스럽게만 생각되지가 않았다.
- 243쪽 17행: 유연했다. → 나 몰라라 였다.
- 244쪽 18행: 사랑한다고 → 그가 그렇게
- 248쪽 1행: 목소리까지 겁에 질리고 있었다. 〔삭제〕
- 251쪽 6행: 지워질 수 없을 것이라는 따위의 가장 논리를 빌리지 않은 말로 → 지워질 수 없는 사람들이 아니냐는 감상적인 설득으로
- 252쪽 16행: 그대로 우두커니 〔삽입〕
- 255쪽 7행: 군데군데 사람이 두셋씩 → 사람의 모습들이 군데군데 짝을

지어

- 255쪽 10행: 증오스런 눈길로 [삭제]
- 255쪽 17행: 그리고는 보자기를 풀었다. → 그리고는 내가 그의 곁으로 다가서기를 기다려 천천히 그의 보자기를 풀었다.
- 256쪽 17행: 것이 토성이다. → 별이지.
- 258쪽 12행: 뭔가 궁금하고 [삽입]
- 258쪽 16행: 육지로 내려서자마자 다시 강으로 덤벼들다가 붙잡혔다. → 물가로 나오자 이내 또다시 강으로 덤벼들려 하였다.
- 258쪽 17행: 한동안을 그러다 여자는 겨우 직성이 조금 풀린 듯 파출소 순경의 질문에 띄엄띄엄 대답을 해오기 시작했다. → 사람들이 그녀를 미친 사람 대하듯 함부로 다루었다. 그래도 그녀는 우는 소리를 하다가 갑자기 그치고 그러다가는 또 짐승처럼 울부짖으며 몇 번이고 다시 강물 쪽을 향해 발버둥을 쳐댔다. 한동안을 그러다 여자는 겨우 직성이 풀린 듯 마침내는 그 파출소 순경의 설득조의 질문에 띄엄띄엄 대답을 해오기 시작했다.
- 259쪽 12행: 묘하게 궁금하고 [삽입]
- 260쪽 7행: 오히려 뭔가 맥이 풀린듯 [삽입]
- 260쪽 11행: 녀석은 혼자 중얼거리고 있었다. → 녀석은 걸으면서 느닷없이 사자를 저주하고 있었다.
- 261쪽 3행: 오늘 밤 그는 거짓말 같은 것들을 하나도 빼지 않고 이행하고 있는 것이다. → 이날 밤 그는 하나도 빼지 않고 거짓말 같은 짓들만 내 앞에 어김없이 감행해나가고 있는 셈이었다.

3) 『눈길』(홍성사, 1984)에서 『별을 보여드립니다』(열림원, 2001)로

- 233쪽 16행: 천문학 → 천체 물리학
- 236쪽 15행: 힘든 것을 지니게 된 것 같았다. → 힘든 짐 같은 것을 짊어지게 된 것 같았다.

- 238쪽 2행: 처참한 → 황량스런
- 239쪽 16행: 가증스런 것은 제가 그것을 견디어 낼 수 있으리라는 자신이 선 것만으로 그분은 그런 선언을 해버린 거예요. → 가증스런 그분은 그런 선언을 해버린 거예요.
- 240쪽 5행: 위장은 누구나 스스로 알아차리는 법이니까요. 〔삽입〕
- 250쪽 9행: 보다 현명한 친구들은 → 더러는
- 254쪽 17행: 자신을 줄 수 없었던 거리. → 자신감이 없었던 거리.
- 260쪽 2행: 혹시 무슨 일이 이상하게 되면 집에 가서 펴보라고 하기에 전 영문도 모르고 집어넣어 둔 것이에요. → 아까 배를 타면서 오늘 혹시 무슨 일이 이상하게 되면 집에 가서 펴보라며 비밀 선물처럼 웃고 건네주기에 전 영문도 모르고 집어넣어 둔 것이에요.

3. 소재와 주제

1) **고립과 고독**: 습작「엄숙한 유희」처럼, '그'가 원하는 관계는 좌절되고 고립 속에 놓인다(240쪽 14행, 249쪽 11행).
 -「시간의 문」: 사람을 찍어도 역시 마찬가지더군. 사진의 사람들은 언제나 저쪽이고 나는 이쪽이거든. 공간이 지워지지 않는단 말이에요.

2) **고립을 야기하는 소통불능의 말**: 사실을 외면하고 논리의 요술을 부리는 말, 변명거리에 불과한 말에 대한 회의와 불신이 여기서 떠오른다(239쪽 17행).

3) **거짓말**: 거짓말은, 말이 소통이 아니라 단절만 야기할 때 그 단절을 극복하기 위해 인물이 취할 수 있는 지난한 몸짓이다(외로움을 이기려는 거짓말은 현실에서 자기 소재를 확인하려는 것으로「퇴원」등의 인물이 보여주는 칭병도 거짓말의 연장선에 있다). 하지만 이어 그 거짓말이 극단화될 때 나타날 파괴력이 암시되는데, 그 극단적 경우를「조만득 씨」에서 읽을 수 있다(244쪽 4행, 261쪽 1행).

-「조만득 씨」: 과장님께서는 언제나 그가 현실을 외면하고 달아나는 쪽만을 생각하고 계시지만, 거꾸로 그가 현실을 못 견뎌서 그에 대한 복수로 그 자신이 아니라 그의 현실 쪽을 깨부숴버리려는 경우도 생길 수 있기 때문이지요. 우리가 그의 현실의 일부라면 우리 자신도 그가 거꾸로 깨부숴 없애려는 세계의 일부로서 그의 복수를 감내해야 할 처지가 아니겠어요. 그처럼 무서운 비극이 있겠어요.

4) **도벽**: 타인의 물건 훔치기 역시 단절에서 오는 외로움을 이기기 위한 거짓말의 변주다. 이런 몸짓조차 도로가 될 때 인물들은 결국 미칠 수밖에 없다(「문패 도둑」의 임정태).

5) **광기**: 거짓말하기가 극점에 이른 상황에서 인물들은 광기에 빠지는데, 이 광기는 희망의 왜곡된 형태다(256쪽 6행).

망원경의 수장이 별의 상실과 동의어일 수 있는 상황에서, 인물들은 완전히 미치거나 현실로 복귀해야 하는 기로에 놓인다. 이청준의 초기작에서는 자기 소재를 찾으려는 문제적 인물들이 미치지 않고 현실(작가의 용어로는 '생활')로 복귀하는 경우도 많다. 이 작품의 '그'는 조만득 씨와 달리 미치지 않고 현실로 복귀한다. 「퇴원」의 인물도 마찬가지다. 이청준의 작품 속에는 이와 유사한 상황에 처한 인물이 많다. 「꽃과 뱀」의 이화, 「꽃과 소리」의 윤가화, 『쓰여지지 않은 자서전』의 왕, 「소문의 벽」의 박준, 『조율사』의 지훈, 「황홀한 실종」의 윤일섭, 「제3의 신」의 호아, 「조만득 씨」의 조만득, 「겨울광장」의 완행댁 등.

「공범」

| **발표** | 『세대』 1967년 1월호.
| **최초의 단행본 수록** | 『별을 보여드립니다』, 일지사, 1971.

1. 텍스트의 변모
1) 『세대』(1967년 1월호)에서 『별을 보여드립니다』(일지사, 1971)로
   - 271쪽 13행: 대수롭지 않게 여기고 있었던 눈치이기도 했지만 → 대수롭지 않게 참아 넘길 수가 있었을 것이다.
   - 272쪽 8행: 사건은 조금도 해석에 그것의 도움을 받지 못한 채 → 사건의 해석은 그런 눈길과는 조금도 상관없이
   - 273쪽 10행: 그를 내보냈던 것이다. → 그를 일단 내무반으로 내보냈다.
   - 273쪽 20행: 빼어 필터를 감춰 쥐고 → 빼어 물고
   - 274쪽 9행: 서녘 하늘의 노을이 시체처럼 싸늘한 자줏빛으로 변하자 초저녁 조각달이 막 그늘을 짓기 시작하고 있었다. → 서녘 하늘은 시체처럼 싸늘한 자줏빛으로 변해가고 있었다. 초저녁 조각달이 희미한 밤그늘을 짓기 시작했다.
   - 275쪽 15행: 물론 나는 모르고 그러는 것이지만. 〔삭제〕
   - 276쪽 18행: 숨졌기 때문이다. → 마지막 숨결이 끊기고 말았으니까 말이다.
   - 277쪽 10행: 신문기자에게 토했던 비장한 결의는 까맣게 잊어버리고 있었던 것이다. → 입맛까지 잃어버릴 지경이었다.
   - 277쪽 15행: 신문기자에게 토했던 자기의 말이 생각난 것도 그즈음이었다. 그러자 K여사는 자기의 말을 이행하리라고 생각하기 시작했다. 사실 자기의 그때 결의는 정당한 듯했다. → 세상을 향해 김효 청년은 마땅히 재출발의 기회가 주어져야 한다고 주장했다. 그리고 신문기자에게는 그 김효 청년의 구명운동에 즐거이 앞장서겠노라 했다. 그러면서 K여사는 사실 자기의 그러한 결의야말로 어느 모로나 떳떳하고 정당할 수밖에 없다고 생각했다.
   - 279쪽 2행: 질서를 위해 칼을 → 보다 큰 질서를 위해서는 비정한 단죄의 칼을

- 279쪽 7행: 그것은 자랑스러울 수만 있을까? → 그것은 다행스런 일일 수만 있을까?
- 279쪽 15행: 그사이 사건은 고등군법회의로 가서 공소기각을 당하고 말았다. → 하지만 K여사가 그렇게 김효 청년을 위해 가두서명 운동을 벌이고 요로에 탄원서를 내고 하는 동안 불행하게도 사건은 고등군법회의로 넘어가서 이미 공소 기각을 당하고 말았다.
- 279쪽 18행: 항소 → 상고
- 281쪽 17행: 하나의 방법으로 → 그를 위해서는 지루한 시간을 메꾸어 나갈 방법으로
- 282쪽 3행: 자기네와는 무엇인가 다르며 그것을 무척 부러워하기도 했다. → 이들은 학보병들을 공연히 자기네와는 무엇인가 다른 데가 있는 사람들이며 그 다를 수밖에 없다고 생각되는 것을 무턱대고 부러워하기도 했다.
- 282쪽 15행: 그것은 이 괴물의 행동에 대한 간섭이다. → 그들은 이 괴물의 행동에 대해 난폭한 간섭을 가해오기 시작한다.
- 282쪽 17행: 고준은 김효 일등병이 자기의 충고로 거기까지는 가지 않았던 것이라고 믿었다. → 고준은 자신의 충고도 있었지만 김효 일등병이 그렇게 된 것은 아니라고 생각했다.
- 284쪽 20행: 네, 저는 각하의 영명하신 결단이 있으시리라 믿습니다. → 네, 저는 오직 각하의 영단을 봉행할 수 있을 뿐입니다.
- 285쪽 6행: 머리를 돌렸을 때는 → L씨를 향해 돌아섰을 때는
- 285쪽 12행: 다음 날, 신문에는 김효의 사형집행이 보도되어 있었다. → 북악산 밑의 어떤 외딴 청기와집 속에서 머리 흰 노인과 금테 안경을 낀 L씨 사이에 그런 말이 오고갔던 그 이튿날, 신문들에는 일제히 김효의 사형집행 사실이 보도되어 있었다.
- 286쪽 12행: 문학진실을 따라 → 어머니 자신의 어떤 진실이나 신념을

좇아
- 286쪽 13행: 문학진실을 → 그런 신념이나 진실을
- 286쪽 14행: 누구나 진실을 주장하였는데, 결국은 김효까지도 희생시켜야만 했던 것처럼 오히려 횡포스러웠거나 → 하지만 누구나 자기 나름으로는 진실을 주장하고 있었는데, 결국은 그 진실이라는 것이 오로지 김효를 보다 빨리 죽게 하는 데만 공헌하고 있었거나
- 287쪽 10행: 거기서 고준은 매카니즘이란 말을 생각했다. → 거기서 고준은 개개의 인간이나 집단이 제각기 따로 의지하고 있는 개개의 진실과, 그 개개의 진실들이 불가피하게 서로 야합해서 저지른 무도한 횡포와 음모를 생각했다.
- 287쪽 15행: 아까 → 신문이 오기 조금 전

2) 『별을 보여드립니다』(일지사, 1971)에서 『병신과 머저리』(홍성사, 1984)로
- 270쪽 1행: 흉물스럽게 〔삽입〕

3) 『병신과 머저리』(홍성사, 1984)에서 『예언자』(열림원, 2001)로
- 269쪽 3행: 아닌 게 아니라 냄새가 → 지린내가
- 270쪽 13행: 그저 그러는 것인 줄 알고 남의 편지나 보고 → 그저 상습처럼 남의 편지를 가로채 보고
- 276쪽 3행: 그래서 그는 이등병에게 어느 때든지 그것을 받아들일 수 있으리라는 쉬운 태도를 보이려 했던 것이다. → 그래 그는 이등병에게 그의 이야기를 언제나 쉽게 받아들일 수 있다는 편안한 태도를 보이려 한 것이었다.
- 276쪽 6행: 동정을 → 깊은 관심을
- 276쪽 10행: 그것은 어떤 지휘관의 배려에서였는지 쉽게 받아들여지고 있었던 것이다. 그러나 그것은 결코 이등병에겐 축복스런 행운이 되질 못했다. → 그것이 어느 지휘관의 어려운 배려를 입어선지 뒤늦은 허락통보

를 받고났을 무렵이었다./하지만 고준의 그런 귀띔은 김효에게도 이등병에게도 별 소용이 없었다. 더욱이 이등병에게는 그 장기 복무 허락이 전혀 행운이 될 수가 없었다. 행운 커녕은 무서운 화근이었다.

- 276쪽 18행: 마지막 숨결이 끊기고 말았던 것이다. → 생애를 무참하게 마감해가고 만 것이다.
- 278쪽 3행: 살아 있어야 할 것 같았다. → 살아 있어야 할 권리가 있었다.
- 281쪽 13행: 섹스로부터 → 여자로부터
- 282쪽 14행: 그들은 엉뚱한 방법으로 접근을 시작해오기 때문이다. → 그들이 새로 접근을 시도해오는 다른 방법인 것이다.
- 287쪽 5행: 뜻 없이 〔삽입〕

2. 인물형

-**고준**: 이 이름에 대해서는, 위의 「퇴원」 주석 참조.
- '청준'의 변형인 '정훈' '영훈' '명훈'도 다 같은 계열이다.

3. 소재 및 주제

1) **강 중위의 회초리**: 앞의 「병신과 머저리」 주석 참조.
2) **허기와 고구마**: 허기는 작가가 살아온 가난한 시대의 중요한 소재 중 하나다(274쪽 20행).
 - 『씌어지지 않은 자서전』: 이렇게 밤을 새우며 생고구마를 씹어보지 않은 새끼덜은 세상맛을 모르지.

「등산기」

| **발표** | 『자유공론』 1967년 2월호.
| **최초의 단행본 수록** | 『별을 보여드립니다』, 일지사, 1971.

1. 텍스트의 변모
1) 『자유공론』(1967년 2월호)에서 『별을 보여드립니다』(일지사, 1971)로
   - 291쪽 19행: 젊은 남자에게 → 다른 사람에게
   - 293쪽 14행: 귀도 주지 않고 고집을 세우시더라고. → 귀를 주시는 일이 전혀 없으시더라고.
   - 295쪽 4행: 10년 → 7년
   - 305쪽 2행: 억눌린 감격의 표정으로 → 감회 어린 표정으로
   - 306쪽 9행: 그 하늘은 나의 시선에 쫓기듯 떠오르면서 멀어져 가는 것 같았다. 나는 거기에다 끝없이 사념을 띄워 보내고 있었다. → 그 하늘이 나의 시선에 쫓기듯 허공으로 허공으로 떠오르면서 멀어져 가고 있었다.
2) 『별을 보여드립니다』(일지사, 197)에서 『병신과 머저리』(홍성사, 1984)로
   - 293쪽 6행: 남자와 만주로 도망을 가버렸다고. → 다른 남자와 만주로 압록강을 건너고 말았다고.
   - 294쪽 1행: 마치 모든 일을 다 한 사람처럼 → 마치 그동안 해야 할 일은 모두 다 해버린 사람처럼 눈에 띄게
   - 295쪽 2행: 어떤 과장이 있는지 모른다고 생각하고 있다. → 아버지 자신도 모르는 어떤 거북스런 과장이 숨어있는지 모른다고 혼자 조심스레 생각해 오는 터였다.
   - 295쪽 13행: 귀중한 사람이니까 떳떳하게 말하겠다 → 가장 귀중한 사람의 하나니까 이렇게 말하는데
   - 299쪽 23행: 점심 드십시다. 〔삽입〕

- 300쪽 20행: 분명한 것을 〔삽입〕
- 306쪽 10행: 높게 〔삽입〕

3) 『병신과 머저리』(홍성사, 1984)에서 『병신과 머저리』(열림원, 2001)로
- 291쪽 12행: 신속히 → 신속하고 안전하게
- 292쪽 7행: 역시 걸음이 무겁다고 생각했다. → 걸음걸이가 역시 어느 때보다 무거워보였다.
- 292쪽 23행: 측은해 하는 곁눈질을 당하고 있었다. → 조심스런 곁눈질을 자주 느끼고 있었다.
- 293쪽 3행: 조금씩 → 뜻밖의
- 293쪽 13행: 이야기도 듣지 않겠다면서 → 다른 생각을 않겠다며
- 295쪽 2행: 거북스런 과장이 숨어있는지 모른다고 혼자 조심스레 생각해 오는 터였다. → 허망한 과장기 같은 것이 숨어 있을지 모른다는 심히 거북살스런 느낌을 지우지 못해온 터이다.
- 296쪽 19행: 아버지가 늘 돌을 배낭에 넣어지고 다니신다는 것이었다. → 그 아버지의 변함없는 버릇이었다.
- 296쪽 21행: 말씀하시는 것이었다. → 고백처럼 말씀하셨다.
- 297쪽 7행: 의식이 되기 시작했다. → 확연히 전해지기 시작했다.
- 298쪽 2행: 그러면서 나는 자꾸 마음을 도사리고 있었다. 〔삭제〕
- 298쪽 10행: 장교 쪽으로 뻗는 신경을 차단했으나 그것은 나의 잠까지도 함께 쫓아냈다. → 장교 쪽으로 뻗힌 내 신경을 더욱 예민하게 해왔다.
- 298쪽 18행: 젊은 장교 역시 앉으려고 생각은 아예 하지 않고 있는 것 같았다. 〔삭제〕
- 299쪽 2행: 금세 다시 흐려짐을 느꼈다. → 다시 가라앉고 말았다.
- 302쪽 4행: 배반이 되는 것 같은 생각이 드는 것이다. → 서글픈 배반이 아닐 수 있겠는가.
- 302쪽 12행: 참으로 무거운 짐을 지시고서야 산을 오를 수 있게 되어버

리신 것이었다. 〔삭제〕
- 303쪽 14행: 실망시켜 드릴 것만 같은 것이다. → 실망시켜 드릴 위험성을 지울 수 없었다.
- 306쪽 9행: 한없이 높게 → 까마득히

2. 인물형
- 진: '나'(여자)의 애인인 진은 「별을 보여드립니다」에서 '나'(남자)의 애인일 뻔했다가 '그'의 애인이 된 여자의 이름이다. 진은 다른 작품에 또 나온다.

3. 소재 및 주제
1) 강의 묘사(288쪽 12행)
- 「별을 보여드립니다」: 강물은 어둠 속에 커다란 거울처럼 번쩍이며 길게 누워 있었다. 거기에 크고 작은 불빛들이 차갑게 가라앉아 있었다.
2) 기차 안 묘사: '나'가 남쪽 여행에서 돌아오는 기차 안에서, 좌석 옆에 서서 조는 장교 때문에 답답함과 피곤함을 느끼는 일화는 『사랑을 잃는 철새들』에서도 비슷하게 나온다.

「행복원의 예수」

| 발표 | 『신동아』 1967년 4월호.
| 최초의 단행본 수록 | 『별을 보여드립니다』, 일지사, 1971.

1. 실증적 정보
1) 등단 전 습작과의 연관성
습작 「아벨의 뎃쌍」에 나오는 오관모의 고아원 시절 이야기가 원형이다.

① 구약성서의 카인과 아벨 이야기와 연계해 죄와 벌, 용서에 대해 모색한다는 점에서 「벌레 이야기」와 주제적으로 유사하다. 이청준이 오랜 시간 천착한 '용서'는 연작 『남도 사람』과 『언어사회학서설』 결편의 제목인 「다시 태어나는 말」과 긴밀히 연결된다.

② '나'는 카인이 아벨을 돌로 쳤듯이 '사내아이'를 돌로 친다. 아벨을 돌로 쳐 죽인 카인은 습작 「아벨의 뎃쌍」에서 오관모와 병운, 「병신과 머저리」에서 형, 「행복원의 예수」에서 '나'로 변주된다. 이청준은 아벨을 자위능력이 없는, 인간이기 이전의 절대선으로 폄하한다.

2) 이전 발표 작품과의 연관성

① 「병신과 머저리」의 격자소설 형식이 다시 나타난다.

② '나'가 소설 형식으로 자신의 참회서를 쓰는 것은 「병신과 머저리」의 형과 같다(앞의 「병신과 머저리」 주석 참조).

2. 텍스트의 변모

1) 『신동아』(1967년 4월호)에서 『별을 보여드립니다』(일지사, 1971)로

- 310쪽 19행: 유리 액자에 낀 그 화상에서 → 유리 액자에 끼어 벽에 걸어둔 그 예수 화상에서
- 315쪽 23행: 뜻하지 않게 만난 그 자식에게 〔삭제〕
- 316쪽 21행: 잠을 쫓아버릴 만큼 무서웠기 때문이었을 것이다. → 까닭 없이 무서워진 때문이었을지도 모른다.
- 318쪽 11행: 나갈 때 → 나갈 때뿐이었다. 엄마가 시내 예배를 나갈 땐
- 321쪽 5행: 문밖으로 나를 내밀어 버렸던 것이다. → 거기서 나를 사정없이 문밖으로 내밀어버렸던 것이다.
- 323쪽 8행: 요술손 → 요술
- 323쪽 12행: 요령 → 요술
- 323쪽 18행: 그 기도에서 하느님으로부터 용서되었고 → 그 기도로 하여

하느님의 사랑을 얻을 수 있었고
- 325쪽 10행: 계속 고분고분 〔삽입〕
- 327쪽 8행: 그리고 나서는 우선 → 병이 정해지자 나는 곧
- 332쪽 4행: 하지만 곰곰 생각해보면 〔삽입〕
- 332쪽 11행: 오늘날까지도 〔삽입〕
- 334쪽 16행: 소문이었지만 나는 그 소문을 굳게 믿고 있었다. 〔삽입〕
- 336쪽 10행: 그것은 두 개의 얼굴처럼 보이기도 했다. → 그것은 꼭 두 개의 얼굴이 하나로 겹쳐 있었던 것처럼 생각되었다. 예수의 얼굴 역시 그랬다.
- 337쪽 5행: 그때 가서 〔삽입〕

2) 『별을 보여드립니다』(일지사, 1971)에서 『병신과 머저리』(홍성사, 1984)로
- 309쪽 9행: 혹은 흥분한 독자들에게 나는 매를 맞을는지도 모른다. 〔삭제〕
- 309쪽 13행: 믿으면서 이 이야기를 하는 것이다. → 믿고 싶으니 말이다.
- 310쪽 4행: 화가 난 듯 〔삭제〕
- 310쪽 12행: 무연 → 무표정
- 312쪽 17행: 눈을 무연히 하고는 〔삭제〕
- 324쪽 16행: 언제나 나의 죄를 위해 〔삭제〕
- 325쪽 10행: 인간들을 성내게 하지 않기 위하여 → 인간의 복수가 두려워
- 326쪽 23행: 그것은 뭐 아주 쉬운 일이었다. 〔삭제〕
- 327쪽 13행: 말을 들은 일이 있었기 때문이었다. → 비방 때문이었다.
- 328쪽 9행: 그리고는 말대꾸를 시키지 않으려는 것처럼 입에다 체온계를 물렸다. → 그리고는 입에다 재갈을 물리듯 체온계를 물렸다.
- 328쪽 19행: 나는 미리 생각해 둔대로 호흡을 했다. → 나는 미리 익혀 온 비밀호흡법을 행사했다.
- 330쪽 1행: 그것은 양보하기로 했다. → 그것은 아예 양보를 하는 편이 오히려 효과적일 수가 있는 걸로 알았다.

- 331쪽 11행: 아까 이 「행복원」을 들어선 후 최 노인의 소식을 듣기 전까지만 해도 → 아까 이 「행복원」을 들어서고 있을 때까지만 해도
- 332쪽 1행: 그러니까 결국 나는 아무 생각도 없이 왔다가 이런 낭패를 당하고 만 것이다. 〔삭제〕
- 332쪽 10행: 이상한 일이었다. 〔삭제〕
- 333쪽 18행: 그러고 보니 정말로 그는 누구에겐가 지금 슬픈 기도를 드리고 있는 것 같기도 했다. → 혼자서 누구에겐가 열심히 기도를 드리고 있는 형국이었다.
- 334쪽 5행: 질문도 사무적이었다. → 질문도 정밀했다.
- 334쪽 18행: X선 필름을 〔삽입〕
- 336쪽 7행: 그러자 예수는 또 놀이를 시작하려고 하는 것 같았다. → 그러자 그가 다시 아이들을 상대로 빈손놀이를 시작하였다.
- 336쪽 12행: 나는 조용히 일어나서 마치 기(旗)를 내리듯 천천히 벽상의 예수를 떼어 내렸다./예수, 너를 놓아주려는 거다. → 나는 이윽고 조용히 자리에서 일어나 나의 삶의 기폭을 내리듯 천천히 벽상의 예수를 내렸다./예수, 이제 당신을 놓아드리려는 거외다.

3) 『병신과 머저리』(홍성사, 1984)에서 『별을 보여드립니다』(열림원, 2001)로

- 309쪽 3행: 어느 만큼 거리를 두면서 간접적으로만 이야기를 해야 할 것으로 판단한 때문이다. → 내 데데한 심회따윈 될수록 삼가야 할 것으로 판단한 때문이다.
- 309쪽 19행: 한 인간의 진실 → 우리 서로간의 삶의 진실
- 310쪽 14행: 얼굴 가죽 밑에서 〔삭제〕
- 311쪽 3행: 나는 그곳을 내다보기 위해 몸을 일으키지는 않았다. → 창문으로 잠시 바깥을 내다보고 싶기도 했지만 그도 실은 보나마나였다.
- 311쪽 15행: 나는 누운 채 창문을 지나치면서 눈으로 계속 벽을 핥고 있었다. → 나는 계속 누운 채 게으른 눈길만 훑고 있었다.

- 313쪽 11행: 그러니까 내가 다시 이곳을 찾아온 것은 애초엔 아예 생각 밖의 일이었다. → 나 자신도 썩 생각 밖의 일이었다.
- 313쪽 14행: 어쨌든 나는 그렇게 하여 결국 이곳을 다시 찾아든 것이었다. 그리고 그게 잘못이었다. → 그러나 어쨌든 그게 잘못이었다.
- 313쪽 19행: 가장 정직하게 → 제법 잘
  나는 그때 거의 뜻밖의 장소에서 그냥 돌아설까 하고 망설이다가 갑자기 최 노인을 — 정말 최 노인만을 — 생각하고는 그대로 그냥 문을 들어서고 말았다. → 나는 그때 잠시 길을 잘못 들어선 것처럼 그대로 발길을 돌이킬까 생각을 망설였다. 그러다 갑자기 최 노인을 떠올리고는 그대로 문을 들어서버린 것이다.
- 315쪽 14행: 그리고 그들은 다 같이 나를 용서하고 있었다. 옛날에 이미 그렇게 했다는 것이다. → 그리고 그들은 옛날에 이미 나를 용서하고 있었다.
- 317쪽 21행: 잊어버렸더라면 → 본체만체했다면
- 319쪽 3행: 그리고 나는 거기서 다시 → 그러다 어느 한곳에서
- 319쪽 19행: 미움에 복받친 → 매서운
- 320쪽 8행: 엄청난 절망감, 절대로 복수를 꿈꿀 수조차 없는 그런 원망스럽고 피곤한 기분이 나를 못 견디게 했다. → 부끄럽고 참담한 낭패감, 무슨 원망커녕 후회조차 소용없는 깜깜한 절망감이 나를 끝없이 괴롭혔다.
- 321쪽 20행: 누구에게도 아닌 앙심을 짓씹으며 → 앙앙불락
- 321쪽 22행: 다시 곰곰이 생각을 하게 된 것이다. → 생각을 고쳐먹게 된 기회가 생겼다.
- 323쪽 12행: 바로 그 요술이라는 것이 어떤 속임수와 같은 〈죄〉와 상관이 될 수밖에 없는 것이었고, 또한 〈사죄〉의 기도가 필요한 것이었다. → 그 속임수 손놀음과 같은 '작죄'와 무관할 수 없었고 거기엔 또 그만한 '속

죄'의 기도가 필요한 것이었다.

- 323쪽 21행: 잘 알지도 못하고 → 불경스럽고
- 324쪽 3행: 어려운 → 인내와 기다림의
- 325쪽 11행: 약점을 → 아픔을
- 333쪽 2행: 모욕이라도 당한 듯 〔삭제〕
- 334쪽 7행: 역심을 발휘해야 할 〔삭제〕
- 334쪽 14행: 흠집 같은 흔적으로 〔삽입〕
- 336쪽 10행: 사실이었거나 아니거나 적어도 지금까지의 나의 기억은 그 랬다. 〔삽입〕

3. 소재 및 주제

1) 용서의 문제: 「행복원의 예수」는 특히 '인간의 이름으로' 행하는 '용서'의 문제로 「벌레 이야기」와 직접적인 관련을 맺는다. "네놈은 하느님도 용서 못 한다. 하느님이 용서해도 내가 못 한다"는 최 노인의 말은 하느님이 용서해도 인간이 용서 못 한다는 뜻이다. 따라서 진정한 용서는 최 노인의 단죄와 그에 따른 '나'의 참회가 있어야 가능하다. 그들의 용서를 마주한 '나'의 낭패는 용서의 선행 조건이 하나도 채워지지 않았는데, 당사자를 제쳐두고 타인들이, 그것도 신의 이름으로, 신의 이름을 빌려 행한 용서와 그 허위성을 보여준다(316쪽 2행).

2) 구원에 대한 비판: 인간들이 예수에게 죄를 부리고 끝없이 용서와 구원을 요구하며, 실제 용서와 구원을 얻었다고 착각하는 데 대한 신랄한 비판이 『이제 우리들의 잔을』에도 있다.

- 『이제 우리들의 잔을』: 먼저 하느님께 자신의 죄부터 부려주고 싶어 한단 말일세. 사실 얼마나 많은 사람이 자신의 죄를 생채로 짊어지고 가서 하느님께 부려버리려고 하는가. 하지만 그것은 소용없는 짓이지. 기도에서 얻을 수 있는 것은 실상 자기 죄를 깨달은 자가 절망 가운데서 얻는 위로와 용기뿐이

거든. 한데도 거기서 정말 용서를 얻었노라고 착각하는 사람들이 가끔 있지. 하지만 그 사람들은 정말 얻을 것을 얻지 못한 구원의 약속이 스스로의 죄닦음을 조건으로 한다는 것을 모르기 때문에 그 죄닦음을 위해 주신 위로와 용기를 놓쳐버리거든. 결국 그 구원의 약속까지도 잃고 마는 거지.

3) **병**: '나'가 결핵성 늑막염 같은 것을 앓기로 작정하는 것은 「귀향연습」의 남지섭의 행적과 겹친다.

- 「귀향연습」: 군대 시절에는 신문에서도 병명을 알 수 없어 '괴질'이라고 말하는 혹독한 피부염을 앓았고, 또다시 결핵성 늑막염 증세가 보인다고 후송병원까지 쫓겨 가 두 달가량 근무를 비운 일이 있었으며, 제대가 가까워질 무렵에는 군의관으로부터 한 번 더 간장 주의의 경고를 받았다.

4) **여자의 육체 훔쳐보기**: 「퇴원」에서 엿보였던 여자의 육체에 대한 관심은 달밤에 목욕하는 여자를 훔쳐보는 것으로 발전한다. 「바람의 잠자리」 「치자꽃 향기」 「불의 여자」. 「불의 여자」에서는 달밤이 비 오는 낮으로, '뽀얀 달빛'이 '뽀얀 빗줄기'로 바뀐다.

〔2010〕